新注和歌文学叢書 12

土御門院御百首
土御門院女房日記 新注

山崎桂子 著

青簡舎

目次

凡　例

本書は『土御門院御百首』と『土御門院女房日記』の全注釈である。

『土御門院御百首』

一、底本には宮内庁書陵部蔵梶井宮本『土御門院御百首』(一五一・一八一)を用いた。

二、本文掲出に際して、百首部分は一首を単位として区切り、1~100の通し番号を付した。これは新編国歌大観番号と同じである。その後に裏書と書状を掲出した。書状は「家隆卿定家卿のもとへつかはす状」を書状Ⅰ、「定家卿の返事」を書状Ⅱ、「家隆卿中院へまゐらする御ふみ」を書状Ⅲとし、適宜段落に区切って番号を付した。

三、本文を定めるにあたっては底本の本文をできるかぎり尊重したが、読みやすさへの配慮から次のような処置を施した。

1、字体は通行の字体を用いた。

2、清濁を分かち、評詞と裏書、書状部分には句読点、「　」を施した。

3、仮名遣いは歴史的仮名遣いに改め、もとの表記をルビで残した。

4、動詞の活用語尾など底本にない文字を補った際は、補った文字の右側に圏点(・印)を付した。

5、見消・補入・重書は修訂後の本文で掲出し、右側に圏点(、印)を付して、(見消)(補入)(重書)と注記した。

6、底本の漢字表記を仮名にひらいたものは、覧↓らん《覧》、釼↓けん《釼》、などと傍記した。

7、漢文風に書かれているところには返点と送仮名を付した。

四、百首部分の和歌には合点と集付が付されている。合点は定家と家隆それぞれに両点は◎、片点は○、なしは—で歌末に（ ）に入れて示した。これらは解説中にも一覧表にして掲出した。

五、諸本との異同については宮内庁書陵部蔵『土御門院御集』（伏・九一）付載の『土御門院御百首』と同蔵『土御門院御百首』（伏・一七二）の二本を以て対校したが、底本の本文に問題があり校訂した場合はその部分に圏点（、印）を付し、〔語釈〕でそのことにふれた。また指摘すべき異文のある場合はそのことにふれたが、それ以外の異同を逐一掲出することはしなかった。前者を伏A本、後者を伏B本と略称した。

六、〔現代語訳〕〔他出〕〔本歌〕〔語釈〕〔補説〕の順に項目を立てて示したが、〔他出〕〔本歌〕〔補説〕はそれがある時のみ項目を立てた。

七、〔他出〕は勅撰集、私撰集その他の順で掲出した。他出本文との間に異同があるものはそれをも示したが、詞書・作者書には触れなかった。

八、〔語釈〕〔補説〕では類歌や語釈の参考となる歌を掲出した。類歌は類似した歌のことで、作者がそれを見て作ったということではない。後の類歌についてもそのことを断って掲出した。作者が明らかにそれを見て作ったと思われるものは影響を受けていると記してあげた。

九、『土御門院御集』のことを『御集』と略称したところもある。

本百首については、村尾誠一「新古今直後の表現の一側面―土御門院御百首を中心に―」（『東京外国語大学論集』

四三号、平成三年一一月）↓『中世和歌史論』（青簡舎、平成二一年）がある。本注釈で村尾氏の説として引くものは全てこれによる。

本書以前に発表した書状部分の注釈に「『土御門院御百首』付載「定家・家隆往返書状」を読む」（『志學館大学人間関係学部研究紀要』第三三巻第一号、平成二四年一月）「『土御門院御百首』付載「家隆卿中院へまゐらする御ふみ」を読む」（同第三四巻第一号、平成二五年一月）がある。本書では手を加え改稿している。

『土御門院女房日記』

一、底本には冷泉家時雨亭叢書第二九巻『中世私家集五』（朝日新聞社、平成一三年）所収『土御門院女房』の影印を用いた。書名を『土御門院女房日記』としたことについては解説を参照されたい。

二、本文掲出に際して、和歌を単位として区切り、〔1〕～〔41〕の段落にわけた。和歌には1～43の通し番号を付した。

三、底本には白紙の丁や散らし書きの部分があるが、翻刻に際しては追い込んだ。長歌のところは句間の空白に有無があるが、全てに一字分の空白を入れた。これらの書写形態については同叢書や、ほぼ底本の書写形態通りに翻刻した拙稿（「新出資料『土御門院女房』（冷泉家時雨亭文庫蔵）の翻刻」、『志學館大学文学部研究紀要』第二三巻第二号、平成一四年一月）を参照されたい。

四、本文を定めるにあたっては底本の本文をできるかぎり尊重したが、読みやすさへの配慮から次のような処置を施した。

1、字体は通行の字体を用いた。

2、清濁を分かち、地の文には句読点、「　」を施した。
3、仮名遣いは歴史的仮名遣いに改め、もとの表記をルビで残した。
4、動詞の活用語尾など底本にない文字を補った際は、補った文字の右側に圏点（・印）を付した。
5、見消・補入・重書は修訂後の本文で掲出し、右側に圏点（、印）を付して、〈見消〉〈補入〉〈重書〉と注記した。
6、欠損の多い冒頭部分については右の処置を施していないところがある。また次のような処置を施した。
・欠損箇所を□で示した。その際、おおむね欠損部に書かれていたと思われる字数分を□で示したが、あくまで推定である。
・一部欠損があるものの、ほぼ判読できる字については［　］で囲んで示した。
・〈現代語訳〉を〈推定大意〉とし、内容を推定して記したが、それでも不明のところは……とした。
五、〈現代語訳〉〈語釈〉〈補説〉の順に項目を立てて示したが、〈補説〉はそれがある時のみ項目を立てた。
六、〈語釈〉では本歌や引歌の他に類歌や語釈の参考となる歌を掲出した。類歌は類似した歌のことで、作者がそれを見て作ったということではない。後の類歌についてもそのことを断って掲出した。作者が明らかにそれを見て作ったと思われるものは影響を受けていると記してあげた。
七、『土御門院女房日記』は孤本であり、対校すべき伝本はない。また撰集等の他出もない。

本書以前に発表した注釈に「『土御門院女房』注釈（一）～（三）」（『志學館大学人間関係学部研究紀要』第二五巻第一号～第二七巻第一号、平成一六年一月～平成一八年一月）がある。本書では手を加え改稿している。

本書に先立つ注釈として、田渕句美子・中世和歌の会「『土御門院女房』注解と研究（上）」（『早稲田大学教育学部学術研究―国語・国文学編―』第五九号、平成二三年二月）、同「『土御門院女房』注解と研究（下）」（『早稲田大学教育・総合科学学術院　学術研究―人文科学・社会科学編―』第六〇号、平成二四年二月）がある。「注解と研究」の略称で本注釈にも引用している。併せて参照されたい。

『土御門院御百首』『土御門院女房日記』

一、注釈・解説に引用する和歌の本文と番号は『新編国歌大観』に拠った。表記には漢字を当てたところがある。『万葉集』は旧大観番号。但し、『建礼門院右京大夫集』は新編日本古典文学全集（小学館）、『高倉院昇霞記』は水川喜夫『源通親日記全注釈』（笠間書院、昭和五三年）を用いた。前者の歌番号は『新編国歌大観』と同じだが、後者は異なる。

二、その他のテキストの主なものは次の通りであるが、本文中に注記したものもある。

冷泉家時雨亭叢書（朝日新聞社）…『俊頼髄脳』『古来風体抄』『土御門院御集』『御製歌少々』『明月記』／新日本古典文学大系（岩波書店）…『本朝文粋』『今昔物語集』『宇治拾遺物語』『承久記』／日本古典文学大系（岩波書店）…『菅家文草』／新編日本古典文学全集（小学館）…『伊勢物語』『源氏物語』『大和物語』『枕草子』『更級日記』『栄花物語』『讃岐典侍日記』『平家物語』『義経記』／日本古典文学全集（小学館）…『近代秀歌』『詠歌大概』『毎月抄』／日本歌学大系（風間書房）…『奥義抄』『僻案抄』『井蛙抄』『梨本集』／新潮日本古典集成（新潮社）…『古今著聞集』『和漢朗詠集』／中世の文学（三弥井書店）…『衣笠内府歌難詞』『六代勝事記』『五代帝王物語』『源平盛衰記』『詠歌一体』／歌論歌学集成（三弥井書店）…『井蛙抄』／講談社学術文庫（講談社）…『今物語』『増鏡』／新訂増補国史大系（吉川弘文館）…『百練抄』『吾妻鏡』／国書刊行会…『明月記』／名著刊行会…『玉葉』／図書寮叢刊（明治書院）…

『玉葉』／大日本古記録（岩波書店）…『中右記』／史料纂集（八木書店）…『葉黄記』／新釈漢文大系（明治書院）…『詩

『詩経』『荘子』『白氏文集』／和刻本漢籍随筆集（汲古書院）…『西京雑記』／岩波文庫（岩波書店）…『法華経』

三、注釈・解説に引用する漢詩文については私に書き下したところもある。

四、巻末に解説、参考文献および和歌各句索引を付した。

五、本文の翻刻・掲載については、『土御門院御百首』は宮内庁書陵部より許可を、『土御門院女房日記』は財団法人冷泉家時雨亭文庫より許可を得ている。宮内庁書陵部並びに冷泉家時雨亭文庫に感謝申し上げる。

注釈

土御門院御百首

中院御百首 土御門

定家卿点九十二首朱
家隆卿点九十八首墨

春二十首

立春

1

朝あけの霞の衣ほしそめて春たちなるゝあまの香具山　（定家○家隆○）

本歌の心をみるべし。姿詞およびがたし。真実〳〵殊勝。目もくれ候。

〔現代語訳〕　立春

立春の今日、空が明るくなってくると、朝霞が衣を干し始めたようにかかって、だんだんと春の景色に慣れていく天の香具山よ。

本歌の心を思い合わせて味わうべきだ。歌の姿も詞も常人には及び難い。まことにまことにすぐれている。感動の涙で目が曇って見えなくなるほどです。

〔他出〕　続古今集・春上・四、歌枕名寄・二九一二

〔本歌〕　春過ぎて夏来るらし白妙の衣干したり天の香具山（万葉集・巻一・二八・持統天皇）

〔語釈〕　**○朝あけ**　朝、空が明るくなること。夜明け方。万葉以来「あさけ」の形で多く詠まれる。**○霞の衣**　天

の香具山にかかっている霞を白い衣に見立てた表現。「干す」「染め」「裁つ」「馴る」は衣の縁語。**○ほしそめて**「そ（初）む」は動詞の連用形に接続してその行為が始まる意、また、始められた行為や動作の結果が長くあとに残る意を表わす。ここは立春になって霞が立ち始めたことを衣を干し始めたと擬人化して言う。「そめ」は「初め」と「染め」の掛詞。**○春たちなる〻**「春立ち」は立春のこと。立春となり、天の香具山が春の景色に慣れて行くのである。「たち」は「立ち」と「裁ち」の掛詞。「なる、」は「慣る」と「馴る」の掛詞。**○あまの香具山**大和国の歌枕。畝傍山、耳成山とともに大和三山の一つ。『風土記』逸文の伝承から「天の」を冠して称され、聖性を持った山と認識されていた。「久方の天の香具山この夕べ霞たなびく春立つらしも」（万葉集・巻一〇・一八一二、新勅撰集・春上・五）。**○本歌の心**「本歌」は持統天皇歌。「心」は歌の内容、作者の精神・感動を言う。**○姿詞**「姿」は和歌の形式、表現様式。「詞」は用語、表現。**○真実**まことに。ほんとうのところ。**○殊勝**ことにすぐれていること。

〔補説〕百首巻頭で天の香具山の立春を詠んでいる。天の香具山は『万葉集』巻頭二首目の舒明天皇の国見歌以来、為政者の統治を象徴する山でもあったので本百首の巻頭にふさわしい一首と言える。天の香具山は新古今期になって再認識された山である。本歌である持統天皇歌は『新古今集』夏の巻頭（一七五）に入集するので、土御門院も直接的にはこちらに拠ったかと思われる。この期の歌人達も多く詠んでいるが、この歌以前に「霞」と共に詠まれた歌には次のようなものがある。

久かたの雲ゐに春の立ちぬれば空にぞかすむあまの香具山（正治初度百首・四〇四・良経）
峰は花ふもとはかすみ久かたのくもゐにみゆるあまの香具山（同・六一三・慈円）
花ざかり霞の衣ほころびてみねしろたへの天のかご山（三体和歌・一九・定家）
ほのぼのと春こそ空に来にけらしあまの香具山かすみたなびく（新古今集・春上・二・後鳥羽院）
春のたつ霞の光ほのぼのと空に明けゆくあまの香具山（院四十五番歌合・一・後鳥羽院）

大かたの春のひかりののどけきに霞にあくるあまの香具山（同・一四・秀能）

「院四十五番歌合」は土御門院が本百首を詠む前の建保三年（一二一五）六月二日に催されたものなので、後鳥羽院の詠などは意識していたと思われる。

また「朝あけ」を春の歌で用いた例に、

山かげの霞の衣ほころびて春風さむき朝あけの袖（鴨御祖社歌合・五・通光）

がある。源通光は土御門院の院司であり叔父にあたる。土御門院の初期和歌活動に関わっていたと思われる人物で、やはり影響なしとしないだろう。「朝あけ」については戸田茂睡の『梨本集』に言及がある。『僻案抄』で定家が「あさあけの」と「あ」文字を加えることを難じているのに対して茂睡が反論したもので、土御門院のこの歌を論拠として引いているので左に掲出する。

土御門院御製に、

朝あけのかすみの衣ほしそめて春立ちなるゝあまのかぐ山

この御歌のある百首を、家隆卿に點を仰せつけられしに、家隆卿この御歌に點をかけらるゝ。扨御内意にてもあるか、家隆卿よりこの百首を読み人不レ知にして定家卿へ越されたるに、定家卿もこの御歌に點をかけ、脇づけに、「姿詞難レ及候。真実殊勝にて目くれ候」との書付し給へば、「朝あけ」の詞のとがめは猶以てなし。右の僻案抄に書きしことは大方僻言なり。

この後「邪推ながら」として二条家批判を展開するのだが、土御門院の歌とそれへの定家、家隆の合点を指摘するのは茂睡の渉猟ぶりを示すものである。

評詞は巻頭ということもあろうが、本歌によって知られる「心」「姿」「詞」の三点から激賞している。しかし定家も家隆も片点で両点ではない。

子日

しら雪のきえあへぬ野べの小松原ひくてに春の色はみえけり　（定家○家隆○）

義理相叶ひ、詞花珍重。

〔現代語訳〕子の日

白雪のまだ残っている野辺の小松原で根引きをしているが、その手には早くも緑の春の色が見えるよ。

歌の内容と論理の双方がよく合っていて、美しい言葉遣いがめでたい。

〔他出〕続古今集・春上・二四、題林愚抄・一二二（五句「色はみえつつ」）

〔語釈〕**○子日**　「ねのひ」または「ねのび」。正月、初子の日に野辺に出て小松（若松）の根を引いたり、若菜を摘んだりして遊ぶ行事。**○きえあへぬ**　すっかり消えてしまっていない。消え残っている。「心ざしふかくそめて し折りければきえあへぬ雪の花と見ゆらむ」（古今集・春上・七・読人不知）。**○小松原**　こまつばら。小松の生えている原。「巻向の檜原のいまだくもらねば小松が原にあは雪ぞふる」（新古今集・春上・二〇・家持）「きのふまで雪ふる年の小松原ひきかへてけり春のけしきに」（為忠家初度百首・三・俊成）。**○春の色**　「白妙に雪のふれれば小松原色の緑もかくろへにけり」（貫之集・一二五）のように、冬のものである雪の白に対して小松の緑を春の色として言う。ここは様子の意の「色」ではない。**○義理相叶ひ**　「義」は言葉の内容、意味のこと。「理」は物事の筋道、ことわりのこと。歌に詠まれている内容と論理の双方がよく合っている。「義理相叶詞句珍重」（建長八年百首歌合・九四三番判詞）などと用いられる。**○詞花珍重**　「詞花」は巧みに修飾した言葉。「珍重」はめでたいの意。

〔補説〕残雪に若菜摘みを併せ詠む歌は多いが、小松引きを併せた歌は少ない。その中で順徳天皇が建暦元年（一二一一）三月の「五十首歌」に子日題で、

ねのびする小松が原に白雪の消えあへぬまに春はきにけり　（紫禁和歌草・二）

と詠んでいるのは注目される。類似しており、土御門院はこの歌を知っていたのではないかと思われる。順徳天皇十五歳の詠である。
土御門院には他に小松原の残雪を詠んだ歌として次の二首がある。
かすみゆく檜原はいまやくもるらん小松が原の雪のむら消（御集・一一六）
三笠山さすやあさひの松の葉にかはらぬ春の色はみえけり（同・一一一）
前者は〔語釈〕掲出の家持歌の本歌取り、後者は結句にかけての表現が2と同じである。

霞

白浪のあとこそ見えねあまの原かすみの浦にかへるつり舟（定家〇家隆〇）

下句美麗。

〔現代語訳〕 霞
白浪の跡は（すぐ消えてしまうので）見えないが、大空は霞んでいて、（その名通りの）霞の浦へ釣り舟が帰って行くのが見えるよ。
下句が美麗だ。

〔他出〕 新後拾遺集・春上・六九（五句「かへるかりがね」）
〔本歌〕 世の中をなににたとへんあさぼらけこぎ行く舟のあとの白波（拾遺集・哀傷・一三二七・満誓）
〔語釈〕 **〇白浪のあとこそ見えね** 「跡」は海上や湖上に出来る船の航跡。すぐ消えるはかないものの喩えとして用いられる。「こそ見えね」の係結びによって逆説的に下句に続く。「かきくらし猶ふるさとの雪の中にあとこそ見えね春は来にけり」（新古今集・春上・四・宮内卿）。**〇あまの原** 大空。広々とした天空。**〇かすみの浦** 常陸国の歌枕。近世以降「霞ヶ浦」とも。「春霞かすみの浦を行く舟のよそにも見えぬ人を恋ひつつ」（内裏名所百首・七三五・定家）。**〇かへるつり舟**　「かへる」は「浪」の縁語。「伊勢の海はるかにかすむ波間よりあまの原なる海士の釣舟」（内裏名所百首・八六・行意）。

〔補説〕　評詞で下句を美麗だと褒めている。〔語釈〕掲出のように定家自身が既に『内裏名所百首』で「かすみの浦を行く舟の」と詠んでいた。それを「かすみの浦にかへるつり舟」としており、言葉続きはこちらの方が美しいかもしれない。「かすみの浦」は『内裏名所百首』で恋題の名所に設定されたことにより詠まれるようになった。特にこの定家詠はその恋題に新境地を拓いた一首である。土御門院が『御百首』の詠出に際して『内裏名所百首』を作歌の参考にしていることは確かで、ここも本歌としては満誓の歌を挙げるべきだが、右掲の定家詠と行意詠に学んだものと思われる。後年同じ霞題で、

伊勢の海のあまの原なる朝霞空にしほやく煙とぞみる（御集・一三）

と詠んでおり、これはやはり行意詠からの影響である。

4　鶯

雪の中に春はありともつげなくにまづしる物は鶯の声　（定家◎家隆◎）

あなうつくしの姿詞や。こは誰にか。

〔現代語訳〕　鶯

「雪のうちにももう春は来ているのだ」と誰も告げもしないのに、真っ先にそのことを知るのは鶯の声によってであるよ。

ああ美しい歌の姿と詞だ。この作者はいったい誰なのだろう。

〔他出〕続後撰集・春上・一八、万代集・八八、新三十六人撰・一一（二句「春はきぬとも」）
〔本歌〕世中のうきもつらきもつげなくにまづしる物は涙なりけり（古今集・雑下・九四一・読人不知）
〔語釈〕**○なくに**　打消の助動詞ズのク語法ナクに接続助詞ニがついたもの。～でないのに。**○まづしる**　他に先立っていち早く察知する。「しる」の主語は人か鶯か判断に迷う。本歌では涙が主語であるが、ここは次にあげる千里の歌などによって人が知ると解するのがよいだろう。**○鶯の声**　「鶯の谷より出づる声なくは春くることをたれかしらまし」（古今集・春上・一四・千里）「鶯の声なかりせば雪きえぬ山里いかで春をしらまし」（拾遺集・春・一〇・朝忠）「降りつもる雪きえがたき山里に春をしらする鶯の声」（後拾遺集・春上・二一・読人不知）などの伝統的発想がふまえられている。
〔補説〕定家、家隆とも両点をつけて高く評価している。定家はここに至って「こは誰にか」と作者に関心を示している。伝統的な発想に沿った穏当な歌となっている。

5

若菜

たが為のわかなならねど我がしめし野ざはの水に袖はぬれつゝ　（定家○家隆○）

心詞みな相叶へり。あな上手の所為哉。

〔現代語訳〕若菜
誰のための若菜というわけではないが、私が標識をつけた野で摘んでいると、沢水に袖が濡れることだ。
歌の内容と詞がよく合っている。ああ上手な人のしわざだなあ。
〔他出〕続古今集・春上・二三、雲葉集・三一、歌枕名寄・三一二一、題林愚抄・三三一四
〔本歌〕君がため春の野にいでて若菜つむわが衣手に雪は降りつつ（古今集・春上・二一・光孝天皇）

〔語釈〕　**○たが為の**　特定の誰かのための。贈る相手を言う。**○わかな**　春の初めに摘む食用の野草。宮中では初子の日に若菜が奉られ、また正月七日の白馬の節会でも食された。2で既に「子日」が詠まれているので、ここは子日に限らぬ若菜摘み。**○我がしめし**　自分が所有権を示す印（標・しめ）をした。「しむ」は占む、禁む。「あすからは若菜つまむとしめし野にきのふもけふも雪は降りつつ」（万葉集・巻八・一四二七・赤人、新古今集・春上・一一）「春日野の草はみどりになりにけり若菜つまむと誰かしめけむ」（新古今集・春上・一二・忠見、忠見集・二九・初句「春の野の」）。**○野ざは**　野沢。平野にある湿地、池沼。水辺に生えているのは「芹」か「ゑぐ」（不詳）であるが、ここは芹かと思われる。「君がため山田の沢にゑぐつむと雪げの水に裳の裾濡れぬ」（万葉集・巻一〇・一八三九）「沢におふる若菜ならねどいたづらに年をつむにも袖は濡れけり」（新古今集・春上・一五・俊成）。**○袖はぬれつゝ**「つゝ」は動作が継続・反復する意をあらわす。「袖が濡れっぱなしですよ」との気持。「水」と「ぬ（濡）れ」は縁語。**○所為**　しょゐ。なすところ。しわざ。

〔補説〕　光孝天皇歌を本歌としつつ、〔語釈〕に掲出した『新古今集』春上に並ぶ歌々（一一・一二・一五）が参考にされている。特に本歌の「君がため」を「たが為のわかなならねど」と逆説的に詠んだのは俊成歌の影響であろう。それは新古今的とも言えようが、本歌の一途さや沢水に袖を濡らしつつも若菜を摘む必然性が失われた感は否めない。評詞に「あな上手の所為哉」と記しながら、定家、家隆とも片点である。

6

残雪

むもれ木の春の色とや残るらん朝日がくれの谷のしらゆき　（定家○家隆◎）

おほく埋木を詠ずるに、など此の心候はざりけるぞ。

〔現代語訳〕　残雪

埋木の春の景色とでもいうつもりで残っているのだろうか、朝日の射さない谷の白雪は。

古来多く埋木を詠んでいるが、どうしてこのような心を詠んだ歌がなかったのだろう。

〔他出〕　続後撰集・春上・二九、秋風集・二五、新三十六人撰・一二、和漢兼作集・一五、古今注10・六〇七、和歌密書・二〇、題林愚抄・四二七

〔語釈〕　**〇むもれ木**　樹木が水中や土中に埋もれて炭化したもの。陸奥国の歌枕名取川で産することから、恋の歌や沈倫の歌に「瀬々の埋木」「谷の埋木」として詠まれる。「名取河せぜのむもれ木あらはれば如何にせむとかあひ見そめけむ」（古今集・恋三・六五〇・読人不知）。ここは四季の歌として谷の白雪（残雪）を花の咲かないはずの埋木の花に見立てて詠んだもの。「埋木の咲かですぎにし枝にしも降りつむ雪を花とこそみれ」（貫之集・八五七）。**〇春の色**　「色」は様子、気色《けしき》。「春の色のいたりいたらぬ里はあらじ咲ける咲かざる花の見ゆらむ」（古今集・春下・九三・読人不知）。**〇朝日がくれ**　朝日が射さない場所のこと。従って雪が残っている。「消え残る朝日がくれの白雪は去年のかたみをたたぬなりけり」（堀河百首・八一・公実）。

〔補説〕　定家の評詞は自分自身について言ったものともとれるが、「おほく」としているのは古来の常套的な埋木詠を指しているのだろう。「此の心」とは残雪を埋木の花と見立てる純粋な四季詠としての詠み方のことである。事実、沈倫の意を込めない埋木詠は稀である。もっとも土御門院のような至尊の身で沈倫を託つことは考えられない。

定家の歌で埋木を詠んだものは九首ある。その内八首は恋か述懐での常套的な詠み方であるが、

名取川春の日数はあらはれて花にぞしづむせぜの埋木（拾遺愚草・一一七四）

の一首が純粋な四季詠である。定家には承元年間（一二〇七～一二一〇）土御門天皇から『古今集』を賜って、書写し献上したことがあった。その時、書写本の奥に付けた自詠二首の内の一首が、

ためしなき世々のむもれ木朽ちはてて又うき跡の猶や残らん（拾遺愚草・二七一九）

であった。

本百首は堀河百首題であるからやはり『堀河百首』が参考にされている。〔語釈〕に掲げた公実歌は残雪題で詠まれたものであるが、「朝日がくれ」「しらゆき」は公実歌に拠るものであろう。

梅

7

梅がか《ゝ》もたがたもとをか契るらんおなじ軒ばの春の夕風　（定家―家隆〇）

一事も無《シ》レ難。但し普通の当世歌。

〔現代語訳〕　梅　（男と女が契るように）梅も誰かの袂と約束しているのだろうか、梅と同じ香りのする春の夕風が（約束相手のところに向かって）軒端を吹き渡っていくよ。

一つも難点がない。但し普通程度の今風の歌である。

〔他出〕　新続古今集・春上・七五

〔語釈〕　**〇梅がかも**　係助詞「も」は他にも同類のものがあることを示す。ここは人間に対して梅の香も、と擬人化して言う。**〇たもとをか契るらん**　「たもと（袂）」は袖、「契る」は約束する意。「か」は疑問。梅と袖・袂は「梅が香を袖にうつしてとどめてば春はすぐともかたみならまし」（古今集・春上・四六・読人不知）のように縁あるものとして多く詠まれている。ここは梅と袂が男と女のように約束しているのだろうか、と詠んでいるのが新味。**〇軒ば**　軒端。屋根の先端部分。梅は軒端近くに植えられる。そこは風の通ってくる場所であり物思う場所でもある。「月させとおろさぬ窓の夕風に軒端の梅は匂ひ来にけり」（小侍従集・一一）。軒をモチーフとした和歌の表現については川平ひとし「軒に夢みる」（『中世和歌論』笠間書院、平成一五年）に詳しい。**〇春の夕風**　「夕風」は夕方に吹く風。「秋の夕風」は『万葉集』から例があるが、「夏の夕風」「春の夕風」は新古今期から詠み始められる。従って比較的新しい表現。7に先行する歌としては「花は雪とふるのをやま田かへしてもうらみはてぬる春の夕風」（千五百番歌合・四五一・後鳥羽院）を始め建保元年『内裏詩歌合』に二首、『内裏名所百首』に一首がある。**〇一事**ひとつのこと。**〇当世歌**　今の世に流行する歌。今風の歌。「当世」は今の世、現代の意。

〔補説〕　この歌について村尾誠一氏は新古今的であるとし、新古今期に好んで詠まれた「春の夕風」を結句に体言止として用いていること、『伊勢物語』第四段の世界を想起させること、の二つを理由として指摘する。歌の解釈については物語的に解する村尾氏とは若干意見を異にするが、この指摘は正鵠を射たものと思う。『伊勢物語』からの影響も、氏の見解通り直接と言うよりは『新古今集』春上の梅歌群（四四〜四七）を介してであろう。既に1・3・5でも触れたように土御門院が『新古今集』に親炙し、同時代に詠まれた和歌に敏感で、直接的にはそれらに拠って詠歌していたことは以下でも確認されるところである。

この歌に対し、定家は「一事も難無し」としながらも、それを「普通の当世歌」であると断じて片点もつけていない。村尾氏もこの点について「上皇の歌に対する評語としてはかなりに厳しいものがあると思われ、めずらしい程に忌憚がない評と言えよう」とする。学ぶべき直近の手本に拠ったのだが、土御門院がそれを志向すればするほど新鮮さは感じられないものになったのではないか。『新古今集』という和歌の達成後に始発した土御門院にとっては無理からぬところである。しかし「春の夜の闇はあやなし」（古今集・春上・四一・躬恒）のような妖艶さとは違った、春の夕べの爽やかさが感じられる歌として評価してもよさそうであるが。

8

柳

鶯のよるといふなる岩ばしのかづら木山になびく青柳　（定家―家隆〇）

〔現代語訳〕 柳

鶯が撚ると言うそうだが、（途絶えたままの）岩橋のある葛城山に、その青柳がなびいている。

〔他出〕 夫木抄・三五一（二句「よると啼くなる」、下句「かづらき山の青柳の糸」）

〔本歌〕 鶯の糸によるてふ玉柳吹きなみだりそ春の山風（後撰集・春下・一三一・読人不知）

〔語釈〕 **○よる** 撚《よ》る。古来、柳の枝を糸に喩え、それは鶯が撚ったものと見立てていた。「青柳を片糸によりて鶯の縫ふてふ笠は梅の花がさ」（古今集・神遊歌・一〇八一）。**○いふなる** 「なる」は伝聞。連体形で「岩ばし」にかかるが、意味的には結句の「青柳」にかかると解する。**○岩ばしのかづら木山** 葛城（木）山は大和国の歌枕。役の行者が一言主の神に命じて葛城山から金峰山に岩橋を掛けさせたが、一言主が自分の醜貌を恥じて夜しか働かなかったため完成しなかったという伝説上の橋。久米路の橋、久米の岩橋と言う。通例は恋の歌で男女の仲が絶えることや成就しないことに掛けて詠まれる。「岩ばし」はこの伝説を踏まえるので、二句の「よる」を「撚る」と「夜」の掛詞とみてもよかろう。**○青柳** 早春に青い芽を吹いた柳。枝垂れ柳のその様子を「青柳の糸」と表現したので、初句の「撚る」が導かれる。

〔補説〕 青柳と葛城山の関係については久保田淳『新古今和歌集全評釈』第一巻（講談社、昭和五一年）二六一〜二六六頁に言及がある。それによると「青柳の葛城山」という続け方は新古今期に詠まれ始めたものであるという。用例を次のように指摘されている。

青柳の葛城山の花ざかり雲に錦をたちぞかさぬる（拾遺愚草・一一一・二見浦百首）
白雲のたえまになびく青柳の葛城山に春風ぞ吹く（千五百番歌合・二二一・雅経、新古今集・春上・七四）
あさ緑糸よりかくる青柳の葛城山の春雨の空（内裏名所百首・六一・順徳天皇）
青柳の葛城山の長き日は空もみどりにあそぶ糸ゆふ（同・六三・定家）
白雲は本よりかかる青柳の葛城山ににほふ春風（同・六七・家隆）

8はこれらの影響下に詠まれたと思われるが、『内裏名所百首』には次の一首もある。

かづらきや高間の雲やかすむらんみどりになびく青柳の糸（七二・康光）

「なびく青柳」に着目すれば、雅経と康光の歌が特に参考にされているだろう。

「青柳の葛城山」の「青柳が単なる序詞乃至は枕詞なのか実際にあるのか、あるとしたらどこにあるのか」について久保田氏は枕詞のように用いられているとし、葛城山に青柳があるものとしてみねばならないと述べている。確かに8は葛城山に青柳が生えており、それが春風になびいている景として理解出来る。土御門院も初・二句は本歌を踏まえた伝統的な発想で、三句以下は新古今期の新しい表現を取り入れて詠んだのであろうが、定家の評価は高くない。7の評詞と同様の理由と思われる。

9

早蕨

あさみどり苔のうへなるさわらびのもゆる春日を野べに暮しつ

（定家◎家隆◎）

〔現代語訳〕早蕨

苔の上に浅緑の早蕨が萌え出る春の日を、ひねもす野辺で過ごしてしまった。

〔他出〕題林愚抄・六九〇

〔本歌〕岩ばしる垂水の上の早蕨のもえいづる春になりにけるかも（万葉集・巻八・一四一八・志貴皇子）

〔語釈〕〇**あさみどり**　うすい緑。うすい萌葱。専ら青柳や霞の色について用いられる。「あさみどり糸よりかけて白露を玉にもぬける春の柳か」（古今集・春上・二七・遍昭）「若菜つむ我を人見ばあさ緑野べの霞も立ちかくさなん」（貫之集・六八）。〇**苔のうへなる**　「なる」は所在を表す。苔の上にある（＝生えている）。苔は漢詩では「青苔」「緑苔」、和歌では「深みどりいはほが上にむす苔や空にのぼらぬ煙なるらん」（堀河百首・一三三〇・匡房）「奥山の岩根のつつじ咲きぬれば苔のみどりも色はえにけり」（久安百首・七一九・実清）のように詠まれる。ここでは深緑の苔の上に浅緑の早蕨が萌え出たという色彩の対照を見るべきであろう。**〇さわらびのもゆる**　早蕨。蕨はシダ植物で早春に拳状に巻いた新葉を出す。これが早蕨で食用にする。若菜の一種。「もゆる」は「萌ゆる」で草木の芽ぐむこと。蕨は「煙たちもゆとも見えぬ草の葉をたれかわらびと名づけそめけん」（古今集・物名・四五三・真静）のように掛詞と縁語仕立てで詠むのが伝統的であった。ここも「わらび」「もゆる」は「藁火」「燃ゆる」の掛詞で縁語であるが、その技巧に主題のある歌ではない。**〇春日**　はるひ。春の一日。**〇野べに暮しつ**　野辺で一日中暮らしてしまった。「つ」は完了の助動詞で「暮す」という動詞について人為的なニュアンスを表す。「都人やどを霞のよそに見て昨日もけふも野べに暮しつ」（六百番歌合・六九・良経）「我が心春の山辺にあくがれてながながし日をけふも暮しつ」（新古今集・春上・八一・貫之）。

〔補説〕　この歌には異例な点が二つある。一つは早蕨を浅緑とすることで他に例がない。通例は「紫塵嫩蕨人拳手」（和漢朗詠集・早春・一二・野）の句に拠って『堀河百首』早蕨題の二首（一三三・一四四）以来、紫と詠まれるのが普通である。穂に付いている細毛の色であるが、家隆も、

おしなべてもゆる草葉はみどりにて紫ふかきのべの早蕨（壬二集・一〇一四）

と詠んでいる。

二つ目は苔の上に早蕨が生えているという設定である。両者を取り合わせた歌は近世の『芳雲集』（実陰）に「岩根早蕨」題の一首（四四一）があるのみ。本歌の初・二句「垂水の上の早蕨」から情景を構築したものと思われる。通例は苔の上に置く露、また苔の上に散る桜や紅葉が詠まれる。

定家、家隆共に両点で高く評価しているのは〔語釈〕に指摘したような色彩的美しさが初句切れで効果的に歌われていることによるのだろう。漢詩句や常套的掛詞、縁語に拠らない歌いぶりで、上句の清新さと下句のゆったりとした穏やかさがマッチした一首である。初句に「あさみどり」を用いた土御門院詠には、

あさみどりはつしほそむる春雨に野なる草木ぞ色まさりける（御集・二一）

もある。春雨を染色の初入《はつしほ》ととらえて草木の色を浅緑と表現している。

蕨を詠んだ土御門院詠は他に二首ある。一首は同じ堀河百首題で詠んだもので、

早蕨のもゆる春日となりしより垂水の水も岩そそくなり（御集・一九）

である。やはり志貴皇子の歌を本歌としている。もう一首は「草名十首」中の、

野べに出でて誰が家づとと折りつらん春の蕨にまじるいたどり（御集・三一〇）

で、蕨と共に「いたどり（虎杖）」を詠んでいる。虎杖は散文では『枕草子』に見えるが、和歌に詠まれた例は他に無く貴重な一首である（一説に歌語では「さいたづま」だと言うがはっきりしない）。蕨同様に虎杖も食用であり西日本では春の同時期に出る。家苞に折る蕨に虎杖が混じっているという表現は阿波での実見に基づくものかもしれない。習作と晩年の作の違いと言うべきだろう。

10

桜

見わたせば松もまばらに成りにけり遠山ざくらさきにけらしも　（定家◎家隆◎）

如法秀逸歟。

〔現代語訳〕桜

見わたせば松の緑もまばらになった。遠山の桜が咲いたのだなあ。

型通りの秀逸歌か。

〔他出〕続後撰集・春中・七一、万代集・二〇二、新三十六人撰・一四、新時代不同歌合・四七、題林愚抄・八三二

〔本歌〕　桜花さきにけらしなあしひきの山のかひより見ゆる白雲（古今集・春上・五九・貫之）

〔語釈〕　○まばら　疎ら。隙間の多いさま。通例は板屋の屋根がまばらで時雨や月の光が洩る、落葉して梢がまばらになるなどと用いられる。ここは桜の花が咲くにつれて松の緑の割合が相対的に疎らになったと詠む。○遠山ざくら　遠くの山の桜。「桜さく遠山鳥のしだりをのながながし日もあかぬ色かな」（新古今集・春下・九九・後鳥羽院）。○さきにけらしも　咲いたのだなあ。「けらし」は「けるらし」の約。「も」は不確定の意を添えて表現をやわらげる終助詞で主に奈良時代に用いられた。遠山を見渡して松の緑が疎らであることに気づき、桜が咲いたのだと推定している。後の例だが「緑なる外山の松のたえまよりあらはれて咲く花桜かな」（弘長百首・八八・家良）はこの状況に近い。○如法秀逸　にょほふしうい
つ。「如法」の原義は仏の教えのとおりであること。また一般に形式にかなっていること、型通りであること。「秀逸」は優れていること。和歌の批評で多く用いられ、建保四年『内裏百番歌合』の評詞には秀逸の語が七例見える。「如法秀逸也」（宗尊親王三百首・一八一評詞）もある。

〔補説〕　本歌の貫之歌は『古来風体抄』（一三三）などでは第二句が「さきにけらしも」。しかし、より直接的には「院御百首」中の、

山桜咲きにけらしも御芳野の八重たつ雲ににほふ春風（後鳥羽院御集・五一五）

の初・二句の影響を受けている。同様に初句「見わたせば」は「見わたせば山もとかすむ」（新古今集・春上・三六）、第四句「遠山ざくら」は〔語釈〕掲出の「桜さく遠山鳥の」といずれも後鳥羽院の作を意識した措辞であろう。定家、家隆とも両点であるのは、10が明らかに後鳥羽院の諸詠に倣っていることを認めたからでもあろう。

10の後代への影響と思われるものに次の一首がある。

をはつせの山は桜になりにけりまばらにみゆる嶺のときは木（洞院摂政家百首・一五二・範宗）

春雨

鶯の木づたふ木々も春雨のふる巣恋しき声ぞ物うき　（定家○家隆○）

ありがたう候。

〔現代語訳〕　春雨

鶯が枝から枝へ移り伝う木々にも春雨が降って（花が移ろい散ってしまうし、自分も濡れるので）、古巣が恋しいと言って鳴くその声が物憂く聞こえる。

珍しい歌です。

〔他出〕　古今注6・二五六（四句「古すさびしき」）、題林愚抄・七六七

〔本歌〕　鶯はこづたふ花の枝にても谷のふる巣をおもひ忘るな（詞花集・恋下・二五九・仁祐）

〔語釈〕　**○木づたふ**　木の枝から枝へ移り伝う。「鶯の木づたふ梅のうつろへば桜の花のときかたまけぬ」（万葉集・巻一〇・一八五四）「木づたへばおのが羽風にちる花をたれにおほせてここらなくらむ」（古今集・春下・一〇九・素性）。**○春雨**　細い雨で静かにしっとりと降る。花の頃降るので花が散ることに関わらせて詠まれる。「春雨はいたくな降りそ桜花いまだ見なくにちらまくをしも」（万葉集・巻一〇・一八七〇）「梅の花ちるてふなへに春雨のふりでつつなく鶯のこゑ」（後撰集・春上・四〇・読人不知）。**○ふる巣**　住み古した巣。春、出て来るまで住んでいた谷の巣。「ふる」は「降る」と「古」の掛詞。「鶯は花の都に旅だちてふるす恋しきねをやなくらん」（清輔集・一五）。**○声ぞ物うき**　「物うき」の「もの」は接頭語。「物憂し」は何となく気が進まず、めんどうだの意。ここは鶯の声が憂鬱そうだということ。鶯が物憂い声で鳴くのは雨で花の色が移ろい散るからであり、自分自身が雨に濡れるから。「鳴きとむる花しなければ鶯も果はもの憂くなりぬべらなり」（古今集・春下・一二八・貫之）。鶯が雨に濡れることを厭うのは「心から花のしづくにそほちつつうくひずとのみ鳥のなくらむ」（古今集・物名・四二一・敏行）によっ

て知られる。「うぐひす」の名は「憂く干ず」（つらいことに濡れて乾かない）だという。**〇ありがたう**　「ありがたく」の音便形。類が少ない。珍しい。『千五百番歌合』の評詞に「まことにめづらしく、ありがたくこそ見え侍れ」（一五一番）などとある。

【補説】　本歌として掲出した仁祐の歌は背後に人事を込めた恋の歌であるが、それを春雨題の季節の歌に詠みなした体である。しかし実のところは次の二首に強く影響を受けている。

春きても猶大空は風さえて古巣恋しき鶯のこゑ（正治初度百首・二一・後鳥羽院）

谷ふかき雪のふる巣におもなれて花にものうき鶯のこゑ（千五百番歌合・一七七・具親）

後鳥羽院の下句、具親の「雪のふる巣」「ものうき」との類似が著しい。評詞「ありがたう候」は春雨の「降る」と古巣の「古」を掛詞にした鶯の歌の先例がないことからこう言ったのだろう。さほど積極的な評価ではないのだろう、二人とも片点である。

春駒

難波え（補入）やまばらにみえし蘆の葉もめぐめばやがて駒ぞすさむる　（定家〇家隆〇）

此の駒こそ神妙におぼえ候へ。

【現代語訳】　春駒

難波江の（霜枯れて）まばらに見えていた蘆の葉も（春になって）芽ぐんでくれば、すぐに春駒が好んで食《は》むことだろう。

この駒の詠み方は優れていると思われます。

【語釈】　**〇春駒**　冬の間は柵の中にいた馬が春になって野に放し飼いされる。その景を題にしたもの。**〇難波え**

難波江。摂津国の歌枕で蘆の名所。**○まばら**　↓10。**○蘆**　蘆は水辺や湿地に生えるイネ科の植物。春、角のような新芽を出す。「つのぐめる蘆のわか葉をはむ駒のあるるはみるや難波江の人」（堀河百首・一七七・公実）。**○めぐめば**　芽ぐむ。萌む。春になって芽を出すと。**○すさむる**　他動詞下二「荒む」は心を寄せる、好くの意。ここは駒が好んで食べることを言う。「おほあらきの杜の下草おいぬれば駒もすさめずかる人もなし」（古今集・雑上・八九二・読人不知）。**○神妙**　原義は霊妙不可思議であること。ここは優れているという意。歌合の判詞に多く用いられる。「ともに神妙なり」（清輔朝臣家歌合・三五番）「はじめをはりあひかなひて、ことに神妙に見たまふれば」（千五百番歌合・一二八六番）。『御集』にも「無難神妙候へども」（一二一）との家隆の評詞がある。

〔補説〕『堀河百首』寒蘆題に次の二首がある。

霜がれの野辺のほとりのしをれ蘆は行きかふ駒もすさめざりけり（九六一・公実）

野がひせし蘆もまばらにかれはててくきのわたりもさびしかりけり（九六五・顕季）

いずれも冬の景であるが、12はこれらをふまえて時間が推移して春になったという設定で詠んでいるのである。初心の土御門院の作歌方法として注目される。これを定家は「神妙」と評しているのだろう。

13

帰雁

みよしのゝ花にわかるゝ雁がねもいかなる方によると鳴くらん　（定家○家隆○）

〔現代語訳〕帰雁

（武蔵国入間のみ吉野の雁は「君が方にぞよる」と鳴くそうだ。）ここ大和国のみ吉野の美しい花に別れて帰っていく雁も鳴いているが、いったいどこに心を寄せると言って鳴いているのだろう。

〔他出〕続後拾遺集・春上・五二

〔本歌〕　みよし野のたのむの雁もひたぶるに君が方にぞよると鳴くなる（伊勢物語・一〇段・一四）

〔語釈〕　**〇みよしの**　「み」は美称の接頭語。吉野は大和国の歌枕。平安時代後期には桜の名所として定着。但し本歌である『伊勢物語』の「みよし野」は武蔵国入間郡の地名。〔補説〕参照。**〇雁がね**　「雁が音」が原義だが雁を言う。**〇いかなる方による**　「よる」は心を寄せる意。「いかなる」には「こんなに美しい桜の花以外のどこに」の気持が込められている。

〔補説〕　先後はわからないが、類似した歌が慈円にある。

み吉野の花にわかれやをしむらむ鳴きてぞかへる春のかりがね（拾玉集・四二八七）

大和の吉野と武蔵国の吉野は別のものとして和歌に詠まれて来たが、新古今期に「たのむの雁」に花や桜を併せ詠むようになって混同が起こったようである。その嚆矢は、

時しもあれたのむの雁のわかれさへ花ちるころのみ吉野の里（正治後度百首・三一五・具親）

と思われる。この歌は『新古今集』（春下・一二二）に入集し、諸注による解釈の試みがあることが久保田淳『新古今和歌集全評釈』第一巻（講談社、昭和五一年）三五三頁で言及されている。具親が大和の吉野と武蔵の吉野をはっきりと認識した上で詠んでいるかどうかは疑問であるが、『新古今集』に採られているのは問題とされなかったからか。この歌の撰者名注記（烏丸本）は家隆のみである。具親以後の用例としては、

み吉野の月をたのむの雁がねや花さく春もよるとなくらむ（千五百番歌合・四〇〇・忠良）

み吉野やたのむの雁のこゑすなり花になごりの春のあけぼの（同・四七六・雅経）

岩橋の神をたのむの雁なれや桜を分けてよると鳴くなり（仙洞句題五十首・九六・後鳥羽院）

があり、13が続く。忠良詠は「月をたのむの雁がねやとはいかに侍るにか、老心およびがたく侍るにや」、雅経詠も「なほ花になごりのなどいへる、こころえがたきやうにや侍らむ」といずれも釈阿によって難じられ負けている。ちなみに『歌枕名寄』は具親詠を大和国、武蔵国双方に採歌している。土御門院はどうだったのか。13の下句「い

かなる方によると鳴くらん」は明らかに『伊勢物語』の歌を本歌とした表現であるが、第三句の「も」は武蔵の吉野の雁に対して大和の吉野の「雁がねも」と言っていると解すべきだろう。土御門院は両者を認識した上で詠んでいると見て現代語訳をした。

14

喚子鳥

まきもくのひ原の山のよぶこ鳥花のよすがに聞く人もなし　（定家○家隆○）

以ての外の心にまかせて候物哉。是などは大方おぼえず候。

〔現代語訳〕 喚子鳥

巻向の檜原の山の呼子鳥が鳴いているが、その声を（散ってしまった）花のよすがとして聞く人もいない。

思いも寄らない自由な発想であることよ。こんなことは全然思いつきもしませんでした。

〔他出〕 新続古今集・春下・一八四（五句「きくひとぞなき」）、夫木抄・一八一〇

〔語釈〕 **○まきもくのひ原の山**　巻向の檜原の山。巻向は大和国の歌枕。檜原は檜の生えている原だが、固有名詞的に用いられている。その原に続いている山。「鳴神の音のみききしまきむくの檜原の山をけふ見つるかも」（万葉集・巻七・一〇九二）。**○よぶこ鳥**　呼（喚）子鳥。古今伝授三鳥の一つで具体的に何の鳥であるかは不明。人を呼ぶように鳴くという。「をちこちのたつきもしらぬ山中におぼつかなくもよぶこ鳥かな」（古今集・春上・二九・読人不知）。**○よすが**　縁。記憶や思い出のよりどころ。ここは「美しかった花のかたみとして」の意。「年ごとになきてもなにぞよぶこ鳥よぶにとまれる花ならなくに」（新撰和歌・一一七）「花のえに羽うちかはしよぶこ鳥なけども春はとまらざりけり」（保憲女集・二九）によると呼子鳥は花に来て鳴き、散る花や過ぎゆく春を呼びとどめるものと考えられていた。**○以外**　もってのほか。普通、否定的なことについて用いられるが、ここは「思いも寄らない」

という意外性を言う。**○大方おぼえず**　「大方」は打消「ず」と呼応して、全く、一向に。（このような趣向は）全く思いもつかなかった。

〔補説〕　定家も家隆も合点をつけており評詞は否定的なものではないが、「以ての外の心にまかせて候物哉」と言っているのは、巻向の檜原の山に呼子鳥を取り合わせたこと、呼子鳥の声を「花のよすが」として聞くということ、この両方の先例がないことを暗に指摘しているのだろう。通例、巻向の檜原の山で詠まれるのは霞・雪・月影・杣人・時鳥などである。定家にしてみれば非常に珍しい取り合わせと発想の歌だと思ったのだろう。

　この歌は〔他出〕掲出のように『新続古今集』春下に「呼子鳥をよませ給うける」の詞書で、

　なけやなけしのぶの森のよぶこ鳥つひにとまらむ春ならずとも（一八五・順徳院）

と並んで入集する。順徳院歌は『順徳院御百首』中の春末尾の詠で、定家の評は「つひにとまらむ春ならずとも、又三月尽よみ残し候ける、毎度驚愚眼候」。この歌は配流後の晩年に属する作なので習作である14と単純に比較はできないが、同題で並べられると優劣おのずからなるものがあろう。

15

苗代

氷とけし山のしづくをせきかけてなはしろ水にさゞ浪ぞたつ　（定家○家隆○）

〔現代語訳〕　苗代

　氷が溶けて流れ出た山の雫を堰き止めて、注ぎ入れた苗代の水に、小波が立っているよ。

〔他出〕　夫木抄・一八九一、題林愚抄・一三六二（二句「山田のしづくを」）

〔語釈〕　**○氷とけし山のしづく**　冬の間氷っていた山の雫が春になって溶けて流れ出る。発想の背景に「苗代の山田のを田にしめはへてまかする水や雪げなるらん」（堀河百首・二二六・匡房）がある。山の雫は「あしひきの山のしづくに妹待つと我たちぬれぬ山のしづくに」（万葉集・巻二・一〇七・大津皇子）のように人や袖を濡らすものとして詠まれるのが通例で、このような詠み方は珍しい。後の例だが「谷風に山の雫もとけにけりけふより春も立ちやしぬらん」（後鳥羽院自歌合・一）がある。**○せきかけて**　水を堰き止めて苗代田に引き入れる。「せきかくるを田の苗代水すみてあぜこす浪に蛙なくなり」（後鳥羽院御集・五二五）。**○なはしろ水**　苗代は稲の種籾を播いて苗を育てる田。そこに引き入れる水が苗代水。**○さゞ浪ぞたつ**　このように苗代に小波が立つと詠んだ歌は他にない。実景にそぐわないからか。

【補説】〔語釈〕に掲出した後鳥羽院の「せきかくる」詠に影響を受けて詠まれたと思われる。これは「院御百首」の歌である。

氷った山の雫が溶け出して堰きかける程の水量になるというのも不自然な気がするが、山の雫を詠んだ後年の作には、

妹まつと山の雫に立ちぬれてそほちにけらしわが恋ごろも（御集・二〇三）

がある。これは〔語釈〕に引いた大津皇子の歌を本歌とした恋の歌で、いささか古風だが詠み方としては本来的なものだろう。

16

菫

すみれつむ春の野原のゆかりあればうす紫に袖やぬれなん　（定家―家隆―）

【現代語訳】菫

菫を摘む春の野原では、紫草のゆかりがあるので、薄紫色に袖が濡れることだろう。

【他出】題林愚抄・一三八五（五句「袖やそめけん」）

〔本歌〕　春の野にすみれつみにと来し我そ野をなつかしみ一夜寝にける（万葉集・巻八・一四二四・赤人）

〔語釈〕　**○ゆかり**　縁。「紫のひともとゆゑに武蔵野の草はみながらあはれとぞ見る」（古今集・雑上・八六七・読人不知）によって紫草の縁を言う。ここは菫も紫色であることから「ゆかり」と言っている。「紫のゆかりとみえて武蔵野のすみれは色にあらはれにけり」（正治初度百首・一〇二一・経家）「紫の色ににほへるすみれ草同じゆかりはなつかしきかな」（古今注・三流抄・一二一六）。**○うす紫**　通例、藤や藤袴の色を言うが、「箱根山うす紫のつぼすみれ二しほ三しほたれか染めけん」（堀河百首・二四二・匡房）の例もある。**○袖やぬれなん**　「や」は軽い疑問。「春ごとにながるる河を花と見てをられぬ水に袖やぬれなむ」（古今集・春上・四三・伊勢）のように袖が濡れることは多く詠まれるが、ここは何によって濡れるのかが不明。またこの結句は18と同じ。

〔補説〕　定家、家隆共に合点を付けていない歌が二首あるが、その内の一首。評価が低かった理由は〔語釈〕で指摘した「袖やぬれなん」だろう。ここは乙系統の伝本で「そめなん」「そむらん」「そめけん」など異文が多く発生している。歌意の不自然さに依るものと思われる。為家の歌に、

　紫に袖もやそめむかり衣すみれつむ野の花のゆかりに（為家集・二四一）

があり、16からの影響を感じさせるが、こちらは「袖も染めむ」としている。

　後年の土御門院の菫題の歌に、

　紫のねはふよこ野のつぼすみれ春やゆかりの色に咲くらん（御集・二一六）

がある。これは俊成の、

　紫のねはふよこ野のつぼすみれま袖につまむ色もむつまし（久安百首・八〇八）

の上句をそっくり取ったもので、そのことは家隆の評詞で指摘されている。

杜若

17
春風の池吹きはらふ浪のうへにお《を》のれかげそふ杜若かな　（定家○家隆◎）
これ程の物とこそしり候はざりつれ。

〔現代語訳〕 杜若

春風が池の面を吹き払って立つ浪の上に、自分の影を映し添えている杜若だよ。

これほどのものとは知りもしないことでした。

〔他出〕 雲葉集・二四六（二句「いけふきあらふ」）、題林愚抄・一三九六（二句「いけふきあらふ」、三・四句「浪の声におのれかげろふ」）

〔本歌〕 はるの日の影そふ池のかがみには柳のまゆぞまづは見えける（後撰集・春下・九四・読人不知）

〔語釈〕 **○春風の池吹きはらふ**　春風が池の表面を吹き払う。この「はらふ」と「浪」の関係がしっくりこない印象を受ける。通例は雲・霧・露・木の葉などを吹き払うと詠まれる。「吹き渡る」とあるべきか。**○おのれ**　自分自身。「みづうみにおのれ影みる鏡山やまのすがたも雪ふりにけり」（内裏名所百首・七一六・忠定）。**○かげそふ**　「かげ」は水に映った杜若の像。「そふ」は付け加える、添えるの意。「くもりなき池の鏡の底清みうつしとどめよ花のおもかげ」（長方集・三七）「池水に汀の松のうつるより月もちとせのかげやそふらん」（建保六年中殿御会・二・順徳院）などに照らすと、浪の上に影を添えるという発想は因果関係に無理があるだろう。**○これ程の物**　この評詞が何に感心しているのか、はっきりしない。定家が片点、家隆は両点であるから評価は低くはない。作者の実力を言うのか、或いは杜若題の詠み方を言うのか。

18

藤

このごろはたごの藤浪なみかけてゆくてにかざす袖やぬれなむ　（定家○家隆○）

〔現代語訳〕　藤

この頃は多古の藤浪には浪がかかって（いるので）（まだ見ていない人のためにそれを手折って）、行く手に藤の花をかざしている袖は濡れることだろう。

〔他出〕　新続古今集・春下・二〇三、歌枕名寄・七五三二

〔本歌〕　たこのうらの底さへにほふ藤波をかざしてゆかむみぬ人のため（万葉集・巻一九・四二〇〇・縄麿）

〔語釈〕　**○このごろは**　藤の花盛りのこの頃は。〔補説〕参照。**○たごの藤浪**　「たご」は多古（多祜・多胡・田子）の浦。越中国の歌枕で藤の名所。藤浪は長く垂れた藤の花房が風になびくさまを浪に見立てた表現。「かけ」「ぬれ」は「浪」の縁語。「ぬれつつもしひてぞ折らんたごの浦の底さへ匂ふ春の藤浪」（内裏名所百首・二一七・順徳天皇）。**○ゆくてにかざす**　「行く手」は進んで行く方向。「かざす」は本歌に拠る言葉。但し本歌の「かざす」は頭髪や冠に挿す意だが、ここは手に持って掲げる意。**○袖やぬれなむ**　浪のかかった藤を手に持って掲げるので袖が濡れるのである。この結句は16と同じ。

〔補説〕　初句を「このごろは」とするのが新古今期に好まれたようで作例が多い。著名なのは、

このごろは花も紅葉も枝になししばしなきえそ松の白雪（正治後度百首・四二一・後鳥羽院、新古今集・冬・六八三）

だが、『千五百番歌合』の判歌でも後鳥羽院はこの句を四首に用いている。他では雅経に七首、順徳院に六首あり、流行したのである。それに影響を受けて用いてみたものか。後年の詠に、

このごろはあるじもしらぬ梅の花春は都のこずゑのみかは（御集・三二〇）

がある。

「ゆくてにかざす」は他に用例もなく不審な表現だが、本歌の誤解から生じたものか。結句「袖やぬれなむ」は〔語釈〕掲出の順徳天皇歌「ぬれつつも」に引かれたのであろう。「このごろは」はもとより、それらの句を用いんがために結構された歌という印象が強い。定家、家隆とも片点は付けている。

19

款冬

波かくる井手の山吹さきしよりを《お》られぬ水になくかはづ哉　（定家○家隆◎）

【現代語訳】 款冬
波がかかる井手の山吹が咲いた時から、（山吹が映っているのを）手折ろうとしても手折れないその水の辺で、頻りに鳴いている蛙よ。

【他出】 続後撰集・春下・一四二（五句「かはづなくなり」）、歌枕名寄・八五八（五句「かはづなくなり」）

【本歌】 春ごとにながるる河を花と見てをられぬ水に袖やぬれなむ（古今集・春上・四三・伊勢）

【語釈】 **○款冬** 款冬《カントウ》は本来フキの別名だが、山吹の用字の慣用。**○井手の山吹** 井手は山城国の歌枕。山吹と蛙の名所。「蛙なく井手の山吹ちりにけり花のさかりにあはましものを」（古今集・春下・一二五・読人不知）。**○をられぬ水に** 水に映った花なので手折ることが出来ない、その水に。本歌に拠る句。**○なくかはづ哉** 「かはづ」は蛙、また河鹿とも言う。「沢水に蛙なくなり山吹のうつろふ影やそこに見ゆらん」（拾遺集・春・七一・読人不知）。

【補説】 この歌の末句「なくかはづ哉」では歌の中心が蛙になり、歌題の山吹は添え物になってしまう印象を与える。乙系統の伝本に「かはづなくなり」とする異文があるのはこのようなことの反映ではないかと思われる。未熟さは否めないだろう。

20

三月盡

吉野川かへらぬ春もけふばかり花のしがらみかけてだにせけ　（定家○家隆○）

【現代語訳】 三月盡

吉野川よ、（流れて行って帰らない流れと同様に）呼んでも返らない春も、今日だけはせめて花の柵をかけて堰き止めておくれ。

〔他出〕続後撰集・春下・一六五、歌枕名寄・二一一八

〔本歌〕桜ちる水のおもにはせきとむる花のしがらみかくべかりける（能因集・三一、千載集・春下・九九）

〔語釈〕**○三月盡**　陰暦三月晦日。春が行くことを惜しむ心を詠む題。**○吉野川**　大和国の歌枕。「吉野川よ」と呼びかける。吉野川は万葉以来流れの絶えない聖なる川として詠まれていたが、平安中期以降吉野自体が雪の名所から桜の名所に変わってくるのに呼応して、川に流れる花が詠まれるようになった。**○かへらぬ春も**　過ぎて行って、泣いたり呼んだりしても返ってこない春。「も」は川の流れに対して「春も」と言う。「声たててなけどかへらぬ春ゆゑに心をさへもつくしつるかな」（久安百首・一二〇・公能）「吉野川ながるる水にちる花のかへらぬ春をなにをしむらん」（洞院摂政家百首・二一四・実氏）。**○花のしがらみ**　柵《しがらみ》は川の流れを堰き止めるもの。川面に散った桜の花を柵に見立てる。「吉野川花のしがらみなかりせばしばしも春のとまらましやは」（正治初度百首・一〇二一・経家）「浪もせに流れもやらず吉野川おのがかけたる花の柵」（後鳥羽院御集・六七九）。

〔補説〕春の歌の後半部に同一歌句の繰り返しが続いている。10まばらに、12まばらに、16袖やぬれなん、18浪かけて・袖やぬれなむ、19波かくる、20かけて。

夏十五首

更衣

21 昨日までなれし袂の花のかにかへまくを《お》しき夏衣かな　（定家〇家隆〇）

此の句ぞいつも愚意にうけず候。

〔現代語訳〕　更衣

昨日まで馴れていた袂の花の香のせいで、（夏になったのに）取り替えるのが惜しく思われる夏衣だ。

この句はいつも私としては容認出来ないのです。

〔他出〕　続古今集・夏・一八二、題林愚抄・一六五七（三句「花ぞめに」）

〔本歌〕　花のいろに染めし袂の惜しければ衣かへうき今日にもあるかな（拾遺集・夏・八一・重之）

身にしめるまだ花の香もあるものをとくもへだつる夏衣かな（兼澄集・九一）

〔語釈〕　〇かへまくをしき　替えようとすることが惜しい。「まく」は推量の助動詞「む」のク語法。〇夏衣　夏の単《ひとえ》の衣。昨日までの袷《あわせ》の花衣を夏衣に替えることが惜しいということ。「をしき」が「夏衣」にかかるので少し訳しにくい。「なれ」「袂」「かへ」は衣の縁語。〇此の句　「此の句」は第四句「かへまくをしき」を指していると思われる。〔補説〕参照。〇うけず　容認出来ない。納得できない。「むかし俊成入道、しきりにながめと云ふ物の、別にあるやうによむ事はうけずと申し侍りき」（遠島歌合・一二番判詞）。

〔補説〕「まくをし」は『万葉集』に二十九例ある。最も多いのは「散らまくをし」で「春されば散らまくをしき梅の花」（巻十・一八七二）を始めとし二十例を数える。ところが中古になると「たたまくをし」を掛詞や縁語仕立てにした更衣の歌が多くなる。これは、

今日くれてあすとだになき春なればたたまくをしき花のかげかな（躬恒集・三八八）

の影響であろう。

一方「かへまくをし」は新古今期に初めて見える表現で、21の他には、

花の袖かへまくをしきけふなれや山時鳥こゑはおそきに（秋篠月清集・一〇五六）

のみである。この歌は「かへまくをしき」のみならず「花」「袖」の言葉も類似している。同様の類歌が雅経にある。

袖の色になれにし花のからにしきたたまくをしき夏衣かな（明日香井集・三一四）

21の本歌としては重之と兼澄歌を指摘すべきであるが、どうも右の良経と雅経詠を取り合わせたもののように見える。雅経詠は『明日香井集』によれば建仁二年八月二十五日の百首和歌の作、良経詠は『秋篠月清集』部類部に収められている。いずれも私的な場で詠まれたものとすれば土御門院が見た可能性は低いか。これ以後も「かへまくをし」の用例は少なく、室町期の二例のみである。その一つ、

花ぞめは心にかかる袖の香をかへまくをしき夏衣かな（永享百首・二〇八・公保）

は21から影響を受けた作と思われる。

定家は片点を付けながらも「此句ぞいつも愚意にうけず候」と珍しく否定的な評詞を記している。他に問題となりそうな句はないので「此句」とは「かへまくをしき」だと思われる。右記のように良経詠以外前例のない新奇な句だからであろうか。しかし「いつも」と言っており不審である。定家には「まくをし」は二例あり、いずれも「たたまくをしき」である。

山桜咲くや弥生の春霞たたまくをしきよもの木のもと（石清水若宮歌合・二二）

しき浪のたたまくをしきまとゐしてくるるもしらぬ和歌の浦人（拾遺愚草・二七四三）

前者は正治二年（一二〇〇）の作で通具と合わされ、「彼のたたまくをしきよりは、春の霞花のもとによるところありてをかしければ」として勝っている。「彼のたたまくをしき」とは右に掲出した躬恒歌のことで、これを本歌としていることを指摘したもの。定家は「まくをし」に色々な動詞を上接させることを嫌ったのだろうか。しかし上代から平安朝を通じて、荒る・解く・置く・踏むなど種々の動詞に続けた例が多く見られ、新古今期も同様である。定家は本歌取りで掛詞にして使う以外は好ましくないと思っていたのか。

22

卯花

月日へてうつればかはるながめ哉さくらはちりし庭の卯の花　（定家―家隆〇）

〔現代語訳〕　卯の花

月日を経て（季節が）移れば変わる眺めだなあ。桜はもう散ってしまった、その庭に（今度は）卯の花が咲いている。

〔本歌〕　桜ちり卯の花も又咲きぬれば心ざしには春夏もなし（貫之集・八五四）

〔語釈〕　**〇月日へて**　（春から夏へと）月日が経過して。「手もふれで月日へにける白真弓おきふしよるはいこそ寝られね」（古今集・恋二・六〇五・貫之）や「月日へてしづまるほどのなげきにぞこととふ人のなさけをも知る」（拾遺愚草・二七七三）のように恋や哀傷など人事に関して用いられるのが常で、22のように季節の推移を言うのは異例。**〇うつればかはる**　この句の用例は中古以前の和歌では『源氏物語』の「目に近く移ればかはる世の中を行くすゑとほくたのみけるかな」（若菜上・四六三）のみ。その後は定家の「殷富門院大輔百首」に「いつしかとけふぬぐ袖よ花の色のうつればかはる心なりけり」（拾遺愚草・二一六）とある他、『御室五十首』『正治初度百首』などに例が見える。**〇卯の花**　初夏に白い花をつける。通例、月光・雪・布・波に喩えて詠まれる。ここは桜の色に関連づけて卯の花を詠んだものであろう。但し桜と卯の花を併せ詠む時は「桜色にそめし衣を卯の花のしらがさねにぞたちかへてける」（忠盛集・二二）のように更衣に寄せるのが普通である。

〔補説〕　定家の無点が示すように秀作とは言えない。この歌の「月日へて」「うつればかはる」については建永元年（一二〇六）七月二十八日の「和歌所当座歌会」での次の二首からの影響が考えられる。

袖の露もあらぬ色にぞきえかへるうつればかはるなげきせしまに（新古今集・恋四・一三二三・後鳥羽院）

月日へて秋の木の葉を吹く風にやよひの夢ぞいとどふりゆく（拾遺愚草・二八六一）

同歌会の証本は散逸しているが、後鳥羽院詠は「被忘恋」、定家詠は「寄風懐旧」の題。この他「雨中無常」の三題が出された。断定は出来ないが、右の歌を見ていた可能性は高いのではなかろうか。

更に順徳天皇の承久二年（一二二〇）八月の「朗詠題百首」に、

桜色の春の衣はぬぎかへて猶よそならぬ庭の卯の花（紫禁和歌草・一二一一）

がある。更衣題だが土御門院の21・22を合わせて成した一首のように見える。特に末句に「庭の卯の花」と置くのは22が初例で、順徳天皇のこの歌が二例目となるのである。

23

葵

あふひ草かけてぞたのむ神山のみねの朝日のくもりなければ　（定家○家隆○）

〔現代語訳〕　葵

葵草を掛けて神の霊験を頼みにすることだ。神山の峰から昇る朝日に曇りがないので。

〔本歌〕　ゆきかへる八十氏人の玉かづらかけてぞ頼む葵てふ名を（後撰集・夏・一六一・読人不知）

君が代はくもりもあらじ三笠山みねの朝日のささんかぎりは（江帥集・一五五、詞花集・雑下・異本歌四一六）

〔語釈〕　**○あふひ草かけてぞたのむ**　葵草は賀茂の祭で用いられるフタバアオイ。冠に挿したり、牛車の簾に掛けたりした。「たのむ」は賀茂社の霊験・利益を期待する意。「昔よりけふのみあれに葵草かけてぞたのむ神のしるしを」（堀河百首・三五七・顕仲）。**○神山**　山城国の歌枕。上賀茂神社の北にある山。「神山のけふのしるしの葵草心にかくるかざしなりけり」（堀河百首・三五三・公実）「神山の麓になれし葵草ひきわかれてぞ年は経にける」（千載集・夏・一七四・式子内親王）。**○みねの朝日**　〔本歌〕掲出の匡房歌や「峰高き春日の山に出づる日は曇るときなく照らすべらなり」（古今集・賀・三六四・因香）のように通例は三笠山や春日山に詠まれる。春日山（三笠山を含む総称）は平城京の東にあり、朝日や月が出る山として多く詠まれた。土御門院も「三笠山さすや朝日の松の葉にかはらぬ春の色はみえけり」（御集・一一一）と詠んでいる。しかし、上賀茂神社の神山の朝日は23の他には「神山のみねの朝日に葵草おのがかげのみかたぶきにける」（百詠和歌・二）があるのみ。**○くもりなければ**　朝日が清かに射して神慮が明らかであることを言う。

24

郭公

ほとゝぎすなくや卯月のしのぶ草忍び〳〵の故郷のこゑ　（定家○家隆○）

〔現代語訳〕　郭公

郭公が鳴く卯月の忍草のように、忍び忍びに、懐かしい故郷を偲ばせる郭公の声がする。

〔他出〕　題林愚抄・一八四〇（二句「なくやさ月の」）

〔本歌〕　郭公なくや五月のあやめぐさあやめもしらぬ恋もするかな（古今集・恋一・四六九・読人不知）
郭公なく声きけば別れにし故郷さへぞ恋しかりける（同・夏・一四六・読人不知）

〔語釈〕　**○ほとゝぎすなくや卯月の**　郭公の鳴く卯月の。卯月は陰暦四月。「や」は感動の間投助詞。本歌の一つである『古今集』四六九に拠る表現。但し「ほと、ぎすなくや」を「卯月」に続けたのは24が初例。**○しのぶ草**　シダ植物のノキシノブ（ウラボシ科）。ここまでの上句は「忍び〳〵」を導く序詞のようになっている。しかし忍草は特定の季節に結びつかない素材なので、なぜ「卯月のしのぶ草」となるのかは疑問。郭公と忍草の組み合わせもこの歌のみ。**○忍び〳〵**　卯月頃郭公がまだ声を潜めて鳴く様子を言う。**○故郷のこゑ**　この句も珍しい。他には近世の用例が一首あるのみ。懐かしい故郷を思い出させる郭公の忍び音の意か。「郭公忘られぬかな故郷のならしの岡のよはの一声」（基俊集・一九）。

〔補説〕　著名歌二首を本歌としつつ新味を出そうとする余り、耳慣れない言葉続きになってしまったという印象である。村尾氏は「本歌の構造的な骨格を利用しながら」再構成した作品であるが「本歌の世界とはほとんど関わらない、骨格の機知的な利用」と評している。後年の、

郭公なくや雲井のはれずのみおもふ心や空になるらん（御集・一二四）

などは穏当な詠みぶりであるから、これは初学の勇み足というところか。「郭公なくや卯月の」という作例で24に続くものでは、

郭公なくや卯月の夜の雨に草の庵をおもひこそやれ（光経集・一四六）

白妙の衣ほすより郭公なくや卯月の玉川の里（道助法親王家五十首・三二五・家隆）

がある。光経歌は建保五年（一二一七）四月の詠。土御門院が「卯月の」と続けたのには、「う」に「憂」を掛ける意図があったからか。「憂し」の意を持たせたものでは、

世の中を卯月の空にほととぎす過ぎにしかたを忍び音ぞなく（月詣和歌集・七二八・公朝）

などもある。しかし24は四季の歌であるからそこまで解する必要はないだろう。

25

菖蒲

夏の池のみぎはのあやめうちなびき吹く風ごとにさゞ浪ぞたつ　（定家○家隆○）

さゞ浪候ひつれば、ふくは兼ぬるが勝る。

〔現代語訳〕　菖蒲

夏の池では風が吹いて来る度に水際の菖蒲がなびき、水面に小波が立つよ。

「さゞ浪」とありますので、「ふく」の意はそれに兼ねさせて詠まない方が勝っています。

〔語釈〕**○菖蒲**　あやめ。現在のショウブのこと。水辺に生え、根や葉、茎に芳香がある。通例は根を引く、軒に葺くなどと詠まれる。**○みぎは**　水際。汀。**○うちなびき**　「うち」は強意の接頭語。「風ふけばくれうちなびくかくれぬのあやめの草も心あるらし」（惟成弁集・二五）。**○さゞ浪ぞたつ**　この結句は15の結句と同じ。

〔補説〕後の歌だが、類歌に、

菖蒲草なびく汀の夕風に匂ひをよする池のさざ波（芳雲集・一三〇九）

がある。25の享受例と思われる。

評詞は底本では「さ丶浪候つれはふくは兼勝」。「ふくは」のところに虫損があり明瞭ではないがこのように読める。伏A本・伏B本は「さ丶波候つれは不令兼然」。いずれも意味がとりにくいのだが、「さ丶浪候つればふくは當然」がもとの本文ではなかろうか。伏A本・伏B本の「然」字はそのなごりであろう。ここは底本を補読して本文を作成した。結句に「さゞ浪」とあるのだから、風が吹いているのは当然なので重ねて詠まなくてもよいということであろう。菖蒲がうちなびくのも風が吹くからであって、同心病とまではいかないが重複した表現への難であろう。

26

早苗

早苗とる伏見の里に雨過ぎてむかひ《ゐ》の山に（見消）雲ぞか丶れる　（定家○家隆○）

此の「むかひの山」は如何に候事ぞ。これなどよみぬべき人こそおぼえ候はね。あなうつくしや。

〔現代語訳〕早苗

早苗をとっている伏見の里に、五月雨がさっと通り過ぎて、（見上げると）向いの山に雲がかかっている。

この「向いの山」はどうしたことでしょう。これなど他に詠めるだろう人を私は知りません。ああ美しい。

〔他出〕　続後撰集・夏・一九五、秋風集・一六九、歌枕名寄・一一一七

〔語釈〕　**○早苗とる**　「早苗」は稲の若い苗。田植えをするため、苗代で育てた早苗をとる。陰暦五月に行う。**○伏見の里**　歌枕。大和国と山城国にあるが、ここは山城国。通例は「臥す」との掛詞で用いられることが多い。伏見の里と早苗の取り合わせは珍しく、初例。この他には「早苗とるかけひの水やあまるらん伏見の里の五月雨のころ」（光経集・一九八）のみ。光経には24の類似歌もあり、本百首を目にすることがあったのかもしれない。**○雨過ぎて**　（五月雨が）通り過ぎて。この句の用例は中古にはなく、『正治初度百首』の良経歌（四四四）から。**○むかひの山**　固有の地名ではなく正面の山。作者の視点から見たもの。**○雲ぞかゝれる**　この句の初出は『堀河百首』仲実歌（一三六七）。末句に置くのは為業（続詞花集・八八）や公重（風情集・三五四）あたりから。新古今期以降好んで詠まれるようになる。

〔補説〕　『正治初度百首』に次の二首がある。

五月雨に伏見の里は水こえて軒に蛙の声きこゆなり（三〇・後鳥羽院）

きく人もなくて時雨や過ぎぬらんかり田のいほに雲ぞかかれる（一七六〇・師光）

前者は土御門院が伏見の里と早苗を取り合わせる契機となったかと思われ、後者は時雨ではあるが、雨が「過ぎ」る、「雲ぞかかれる」とあり、関係がありそうに見える。

定家が評詞で褒めている「むかひの山」であるが、「むかひの」を岡・峰・里・野辺などに続けた例は上代から中古を通じてあるが、山に続けた先例は次の二首のみ。

この里にいり日のかげはさしながらむかひの山に時雨ふるめり（風情集・一九九）

いそがずはふた夜もみまし草の庵のむかひの山にいづる月かげ（式子内親王集・一八八）

定家が「むかひの山」という句に新鮮さを感じたのは類例の少なさからだろう。定家自身の歌にこの句の使用はな

い。「むかひの山に雲ぞかゝれる」という下句は自然な表現で確かに美しい。しかし、定家も家隆も片点なのは伏見の里に早苗という取り合わせに必然性がなかったからではないか。この歌で定家が褒めたせいか、土御門院は「むかひの山（岡）」という句を後年好んで用いている。

あかねさすおのが色にやそめつらん入日むかひの岡の紅葉ば（御集・一一三）
窓ちかきむかひの山に霧晴れてあらはれわたるひばらまきはら（同・二四二）
雲かかる月のをちかたはれやらでむかひの山に時雨ふるらし（同・二六五）

27

照射

ともするは山のするゑにたつ鹿のなかぬ比だに露ぞこぼるゝ

（定家〇家隆〇）

〔現代語訳〕 照射

照射をする端山の麓に立つ鹿が、妻恋いをして鳴く頃でもないのに、涙の露がこぼれるよ。

〔本歌〕 奥山に紅葉ふみわけなく鹿のこゑきく時ぞ秋は悲しき（古今集・秋上・二一五・読人不知）

〔語釈〕 **〇照射** ともし。夏の夜、山中で篝火を焚いて鹿をおびき寄せ、弓矢で射る狩のこと。**〇は山のするゑ** 端《は》山《やま》は外山《とやま》に同じ。「するゑ」は裾、麓。人里近くの山。奥山、深山《みやま》に対する語。但しそれに「末」が付いた例は27が初例。他には『草庵集』に一例（四〇一）あるのみ。**〇なかぬ比だに** 牡鹿が牝鹿を求めて鳴くのは秋。〔本歌〕に掲出した『古今集』歌の如くその声は哀切で涙を誘うものであった。ここは「そのような秋でもないのに」と逆に本歌を踏まえる。**〇露ぞこぼるゝ** 露は涙の比喩。恋を詠み込む場合の他は、鹿を憐れむ、「ますらを」の労苦、の二つによる涙が考えられる。ここは前者の心に触発されつつ諸々の哀れを催した作者の涙がこぼれると解すべきだろう。

〔補説〕類歌と見られるものに、

ともしするは山しげ山たつ鹿の涙や露の色にいづらん（範宗集・一七〇）

がある。建保三年（一二一五）六月一日句影供の詠。秋の鹿の場合は露が多く詠まれるが、照射に露が詠まれることは珍しい。先行例とは言え範宗のこのような歌を土御門院が見ていたとも考えにくい。上句の言葉続きは常套的なものであり、土御門院としては照射の歌に秋の鹿の歌を接いで一首としたというのが実情か。

23・24・26・27はいずれも歌題が初句にある、いわゆる上実の歌になっている。また25・26・27の結句はいずれも「○○ぞ○○」になっている。

五月雨

明日香川ふち瀬もえやはわぎもこがうちたれ髪の五月雨の比（定家○家隆○）

〔現代語訳〕五月雨

明日香川の淵と瀬を見分けることができるだろうか、出来はしない。吾妹子の打垂髪のように五月雨が降って水かさが増しているこの頃は。

〔他出〕新三十六人撰・二五

〔本歌〕世の中はなにかつねなる明日香川きのふの淵ぞけふは瀬になる（古今集・雑下・九三三・読人不知）

ほととぎすをちかへりなけうなゐこがうちたれ髪の五月雨の比（躬恒集第三類本・一六四）

〔語釈〕**○明日香川**　飛鳥川とも。大和国の歌枕。〔本歌〕に掲出の『古今集』歌によって人の世の変わりやすさを言う喩えに用いられる。**○ふち瀬**　淵と瀬。川の深い所と浅い所。川の縁語。「淵は瀬になりかはるてふ明日香川渡り見てこそしるべかりけれ」（後撰集・恋三・七五〇・元方）。**○えやは**　「え」は下に反語や打消を伴う副詞。

「やは」は反語。ここは不可能の意をあらわす。**○わぎもこ**　吾妹子。愛する女性を親しんで言う語。「わき」は「吾《わぎ》」と「分き」の掛詞。初・二句からの続きで、明日香川の淵と瀬を見分けることができるだろうか、出来はしない、の意になる。**○うちたれ髪の**　打垂髪。下げ髪。女性や子供が髪を結い上げないで垂らしたもの。三・四句は結句「五月雨」の「みだれ（乱れ）」に掛かる序詞。

〔補説〕　本歌の躬恒歌と下句は同じだが、明日香川の五月雨に転じて掛詞で新趣向を出そうとしているのは評価すべきだろう。

29

盧橘

雨お《を》もき軒のたち花露ちりて昔をしたふ空のうき雲　（定家○家隆○）

〔現代語訳〕　盧橘

雨を重く含んでいた軒の花橘の露がぱっと散って、懐かしい昔を慕う香が漂う空には雲が浮かんでいる。

〔本歌〕　五月まつ花橘の香をかげば昔の人の袖の香ぞする（古今集・夏・一三九・読人不知）

〔本文〕　盧橘子低山雨重　盧橘子低《みた》りて山雨重し（和漢朗詠集・夏・一七一・白、白氏文集・巻二〇・「西湖晩帰回望孤山寺贈諸客」）

〔語釈〕　**○雨おもき**　それまで降っていた雨が止んで、水滴が橘の木に重く見えるほど溜まっている状態。本文の「山雨重」にあたる表現。「雨おもき」という言葉はこの歌が初出例。**○たち花**　橘。蜜柑の古名。歌題の盧橘《ロキツ》は夏蜜柑（金柑とも）の漢名。白楽天の詩句も子（実）すなわち夏蜜柑の果実を詠んだもの。但し和歌では盧橘も橘・花橘と同意で、夏に咲く花の香を詠む。**○昔をしたふ**　昔を懐かしく思う。橘の香は昔を思い出させるものとされていた。「昔をば花橘のなかりせば何につけてか思ひ出でまし」（後拾遺集・夏・二一五・高遠）。**○空のうき雲**　雨後の空が晴れて雲がぽっかりと浮かんでいる景。通例は煙や「ゆくへもしらぬ」で詠まれる。ここは第四句との因果関係が明瞭ではない。

〔補説〕「空のうき雲」という句は中古以前には『恵慶法師集』(二九七)に一例あるのみで、専ら新古今期以降に好んで詠まれた。『千五百番歌合』では隆信・雅経・通具の三人が詠んでいる。このうち通具の、

わが恋はあふをかぎりのたのみだにゆくへもしらぬ空のうき雲 (二四一一)

は、判者顕昭によって「空のうき雲の詞いかがときこえ侍れば」と非難されて負けているが、『新古今集』(恋二・一一三五)に採られ、『定家八代抄』にも入れられている。土御門院としては新しい流行の句を用いたものであろう。

句題「盧橘子低山雨重」は建保六年(一二一八)の慈円・定家の「文集百首」で詠まれている。

香をとめて昔をしのぶ袖なれや花橘にすがるあま水 (拾玉集・一九二四)

むらさめに花橘やおもるらんにほひぞおつる山のしづくに (拾遺愚草員外・四二四)

これらに比べて29の「雨重き」は句の直訳的な気がするが、為家はこれを好んで用いている。

雨重き花橘の枝たれて匂にちかき軒のしたぶし (為家千首・二四四)

雨重き花橘のふるさとはもとの身ながら袖ぬらしけり (為家集・三六六)

村尾氏は29に恋歌的な雰囲気を読み取っているが、漢詩句をふまえた夏の歌とみてよいのではなかろうか。

蛍

夏の夜は我がすむかたのいさり火のそれともわかずとぶ蛍哉 (定家○家隆○)

〔現代語訳〕 蛍

かつて「我が住む方の」と詠まれた漁火の光、なるほど夏の夜は、その漁火と見分けられない様子で蛍が飛ん

でいるよ。

〔本歌・本説〕やどりの方を見やれば、あまのいさり火多く見ゆるに、かのあるじの男よむ。

晴るる夜の星か河辺の蛍かもわが住むかたの海人のたく火か（一六〇）

とよみて、家にかへり来ぬ。（伊勢物語・八七段）

〔語釈〕〇**我がすむかたの**　本歌の第四句を引く表現。〇**いさり火**　漁で魚をおびき寄せるために焚く火。本歌の「海人のたく火」のこと。古くは「いざり火」と濁音。通例は序詞として「ほ」「ほのか」を導く。〇**それともわかず**「それ」は漁火。漁火とはっきり区別できないで。

〔補説〕『伊勢物語』八七段を本説とした歌は新古今期に多く詠まれている。

いさり火のむかしの光ほのみえて蘆屋の里にとぶ蛍かな（正治初度百首・四三一・良経）

津の国のあし屋の里にとぶ蛍たがすむかたのあまのいさり火（後鳥羽院御集・一五八四）

つれなくはただこと浦にたて煙わがすむかたは月ぞさやけき（千五百番歌合・二六一〇・後鳥羽院）

月のこるあし屋の里の有明に昔に似たるあまのいさり火（同・二九一二・後鳥羽院）

一首目は『新古今集』（夏・二五五）に入集する。末句「とぶ蛍かな」が30と同じである。二首目は建仁元年（一二〇一）六月の「水無瀬釣殿御歌合」の歌。三首目は道命阿闍梨の「しほたるるわがみのかたは」（後拾遺集・恋一・六二六）を本歌とする恋の歌ではあるが、下句にはやはり『伊勢物語』八七段がふまえられている。土御門院はこれらを経由して『伊勢物語』八七段を摂取しているのである。その方法については村尾氏が「物語の世界や雰囲気を構成するというのではなく、機智的な趣向を構える具として活用されている」と言う通りであろう。

31

蚊遣火

夏くればふせやにくゆる蚊遣火のけぶり、（見消）も白し明けぬ此の夜は　（定家〇家隆〇）

この句いづれも〳〵。

〔現代語訳〕　蚊遣火

夏が来ると、伏屋でくゆらせる蚊遣火の煙も白く、このような夜は（夏の短夜なので）白々と明けてしまうよ。

この歌の句はどれもどれも結構です。

〔本歌〕　夏なれば宿にふすぶる蚊遣火のいつまで我が身下燃えをせむ（古今集・恋一・五〇〇・読人不知）

〔語釈〕　〇ふせや　伏屋。軒の低い粗末な家。「蚊遣火の煙のみこそ山がつの伏屋たづぬるしるべなりけれ」（堀河百首・四八六・顕仲）。〇蚊遣火　蚊を追い払うために焚く火。但し貴族層の習俗ではなかったので歌に詠まれるものの平安末期にはその実態はわからなくなっていた。「くゆる」と「けぶり」は「火」の縁語。〇白し　煙の色と夜が明けて白んでくる様子とを言う。〇明けぬ此夜は　「此夜は明けぬ」の倒置。『古今集』夏部の「夏の夜のふすかとすれば郭公なくひとこゑにあくるしののめ」（一五六・貫之）や「夏の夜はまだ宵ながらあけぬるを雲のいづこに月やどるらん」（一六六・深養父）のように夏の短夜が詠まれた。〇評詞　末尾に「よろし」などが省略されている。初句から末句まで常套的で穏当な句であることを評したのであろう。

32

蓮

風吹けば浪に露ちるはちす葉にかず〳〵もろきいざよひの月　（定家〇家隆〇）

〔現代語訳〕　蓮

風が吹くと、池の浪の上に露を散らす蓮葉には、一つ一つ壊れやすい十六夜の月が宿っているよ。

〔語釈〕 **〇はちす葉**　蓮の葉。**〇もろき**　脆き。壊れやすいこと。蓮の葉に置いた露に月が宿っているのだが、風が吹いて露が浪の上に散るとその月も壊れてしまう景を詠んでいる。「脆し」は涙のこぼれやすいことや木の葉が散りやすいことにも言う。「ながむれば涙ももろし神無月時雨にきほふ木の葉のみかは」（御室五十首・五八三・家隆）。**〇いざよひの月**　上代には清音「いさよひ」、鎌倉時代以降濁音化する。陰暦十六日の夜の月で、通常は「ためらう」「ぐずぐずする」というニュアンスを込めて用いる。しかしこの歌では蓮葉に宿る月が十六夜の月である必然性は見出せない。

〔補説〕　類歌に、

風ふけば玉ちる萩の下露にはかなくやどる野べの月かな（詞花集・秋上・二〇一・忠通）

露もろきをのの篠原風ふれてやどりもあへぬ有明の月（民部卿家歌合・一三四・見仏）

などがある。特に見仏の歌は「もろき」があり32に近い。

31・32は初句が「夏くれば」「風吹けば」と同形が続く。

33

氷室

くるとあくととけんごもなき氷室山いつか流れし谷川の水（定家〇家隆〇）

〔現代語訳〕　氷室

明けても暮れても、溶ける時もない氷室山だが、いつのまにか流れていたよ、谷川の水となって。

〔他出〕　新続古今集・夏・三二五、万代集・七二六、雲葉集・三五三、歌枕名寄・一三五九

〔本歌〕　暮ると明くと目かれぬものを梅の花いつの人まにうつろひぬらむ（古今集・春上・四五・貫之）

ふしづけしよどの渡をけさ見ればとけんごもなく氷しにけり（拾遺集・冬・二三四・兼盛）

〔語釈〕 **○くるとあくと** 暮れるにつけ明けるにつけ。〔補説〕参照。**○とけんごもなき** 溶ける時がない。「期《ご》」という言葉については〔本歌〕掲出の兼盛歌をめぐって「歌の詞にはあらねども、かやうにつかふこともあめり」（僻案抄）「期などはうちまかせぬ歌の詞なれど、此歌にとりて、いとをかしかるべし」（古来風体抄）と注せられている。この歌でも転写時に不審感を持たれたのだろう、「こ（己）」と「と（止）」の草体が類似していることもあって伏B本は「とけんともなき」としている。**○氷室山** 山城国の歌枕。現在の京都市北区西賀茂氷室町。平安時代に氷室があり氷を貯蔵した。「六月の空のけしきもかはらねどあたり涼しき氷室山かな」（堀河百首・五一八・顕仲）。

〔補説〕 この歌の「くるとあくと」は『御集』でも二首に使われている。

くるとあくとなれしばかりの月日にておもひでもなきことしをしまん（八〇）

くるとあくとしのぶおもひやのちのよのえだのつるぎのいろにみゆらん（二六七）

前者は本百首と同じ堀河百首題の歳暮、後者は折句「孔子影」である。土御門院がこの句を好んで用いていることと直接的な関係はないかもしれないが、『古今著聞集』巻一九・草木の逸話にこの言葉が見える。承元四年（一二一〇）正月の頃、定家が内裏南庭の桜の枝を切って持ち帰った時、天皇の命を受けて女房が歌を詠んで定家に遣わしたのだが、その返歌が、

暮ると明くと君に仕ふる九重の八重さく花の陰をしぞ思ふ（三四一）

であった。土御門天皇は十六歳、この年十一月二十五日には譲位するのだが、歌句との出逢いというようなものがあるとすれば、興味深い逸話と実作の例である。定家自身はこの歌の他三首に「くるとあくと」を用いている。

同様に「谷川の水」も土御門院が好んで用いた句である。『御集』に末句を「谷川の水」とする歌が三首見える。現存する土御門院の歌は五百五十余首であるから四首は高率と言えよう。

34

泉

秋やとき月やおそき《を》とやすらへば岩もる水に夢もむすばず　（定家○家隆○）

〔現代語訳〕泉

秋が早くも来たのだろうか、涼しい。月の出が遅いので休息したが、岩間をこぼれる水の冷たさに、まどろむこともできなかった。

〔本歌〕春やとき花やおそきとききわかむ鶯だにもなかずもあるかな（古今集・春上・一〇・言直）

夏の夜の月まつほどのてすさみに岩もるしみづいくむすびしつ（二度本金葉集・夏・一五四・基俊）

〔他出〕題林愚抄・二七六四（三句「やすらはん」）

〔語釈〕○秋やとき　「疾《と》し」は時間的に早いこと。泉の涼しさに早くも秋が来たのかと疑っている。「山陰に岩もる水のいつはりを秋来にけりとたのみけるかな」（御室五十首・四四・寂蓮）。**○月やおそき**　月の出が遅いのだろうか。〔本歌〕に掲出の基俊歌の如く月の出を待っているのである。但し「秋やとき」と「月やおそき」を対偶にするのは不審。**○やすらへば**　「休《やすら》ふ」は躊躇する意だが、ここは「夏くれば伏屋が下にやすらひてし水の里にすみつきぬべし」（永久百首・一七五・大進）のように「休憩する」「休泊する」の意。月を待って休んでいるのである。**○岩もる水**　泉の岩の間から溢れ出る清水。**○夢もむすばず**　夢も見なかった。少しの間も寝られなかったことを言う。通例は「月はさえ岩もる水は秋のこゑ夏のよそなる夜はのうたたね」（壬二集・一三四）「よもすがら岩もるし水かたしきてほどなき夢もいくむすびしつ」（千五百番歌合・九二九・家長）のように涼しいので暑さを忘れて眠ると詠む。従ってここは少し異例。「むすぶ」は水の縁語。

〔補説〕この歌には本歌はもちろんだが、やはり後鳥羽院の影響があるだろう。『古今集』言直歌の本歌取りはまず後鳥羽院が次のように試みている。

鶯の初音をもらせ春やとき花やおそきとおもひさだめん（正治後度百首・一〇）
秋やとき時雨やおそき三室山そめぬ梢に嵐吹くなり（老若五十首歌合・二七〇）

「岩もる水」も後鳥羽院が、

夏のよの月もながめつ我がやどの岩もる水をむすびすさびて（正治初度百首・二九）

と詠んでいる。これに建保四年「院御百首」の雅経詠、

山かげやし水おちくる岩まくら手にのみくみて夢はむすばず（明日香井集・七五八）

を加えると土御門院の作歌源が見えてくる。〔語釈〕で「夢もむすばず」は異例であるとしたが、それは雅経の歌に倣ったからではないか。これらを参照しつつ新味を出そうと苦心していることは確かだろう。

六月祓

ゆく蛍秋風吹くとつげねども《共》みそぎすゞしき川やしろ哉（定家〇家隆〇）

〔現代語訳〕　六月祓
飛んで行く蛍が「秋風がもう吹いている」と告げなくても、六月祓の禊ぎをすると涼しい、川社の辺りは。

〔他出〕　夫木抄・三七七六（三句「つげずとも」）

〔本歌〕　ゆく蛍雲のうへまでいぬべくは秋風ふくと雁につげこせ（伊勢物語・四五段・八四）
みそぎする汀に風のすずしきは一夜をこめて秋やきぬらん（金葉集・夏・一五五・顕隆）

〔語釈〕　〇六月祓《みなづきばらへ》　夏越祓《なごしのはらへ》とも。六月晦日に川辺に出て穢れを祓う行事。「六月のなごしのはらへする人は千とせの命のぶといふなり」（拾遺集・賀・二九二・読人不知）。〇みそぎ　禊。水で身体を洗い清めて穢れを落とす。水を使った「祓え」のこと。〇川やしろ　川社・河社の字をあてるが、実態は不明の歌語で難語とされている。しか

しそれぞれの説に基づき多く詠まれた。ここも六月祓のために川のほとりに設けられた神を祀ったもの、という理解でよかろう。

〔補説〕 業平歌の言葉を取りつつ、心は顕隆歌に拠って「秋一夜を隔つ」（顕隆歌の歌題）六月晦日の涼しさを詠んでいる。同じく顕隆歌を本歌とした後鳥羽院詠に、

みそぎする河瀬に風のすずしきは今夜をこめて秋や立つらん（正治初度百首・三五）

がある。これは本歌取と言うよりは本歌そのものであるが、これも土御門院は見ていただろう。

秋二十首

立秋

をざさふくあらしやかはるあし引の深山もさやに秋は来にけり（定家◎家隆◎）

殊勝に候。

〔現代語訳〕 立秋

小笹を吹き渡る嵐の音が変わったのだろうか、山全体もさやさやと音をたてている。ああ、さやかに秋はやって来たのだなあ。

すぐれております。

〔本歌〕 ささの葉はみやまもさやにさやげどもわれは妹おもふわかれきぬれば（万葉集・巻二・一三三・人麻呂）

〔語釈〕 **○をざさふく** 風が小笹を吹き渡る。**○あらしやかはる** 「や」は疑問。嵐は山から吹き下ろす風。その風の音が昨日とは変わったのかと軽い疑問の気持を抱く。「秋きぬと目にはさやかに見えねども風の音にぞおどろ

かれぬる」（古今集・秋上・一六九・敏行）「いつもきくふもとの里とおもへども昨日にかはる山おろしの風」（新古今集・秋上・二八八・実定）。**○あし引の深山**　「あし引の」は「山」にかかる枕詞。「深山」は奥山のことだが、ここの「み」は接頭語で山の意。「足引のみやまもさやにおちたぎつ吉野の川の川の瀬のきよきをみれば」（万葉集・巻六・九二〇・笠金村）をも意識した句であろう。**○さやに**　副詞。笹の葉などが触れ合う音を表す擬声語で、その音の澄みきった感じから、あざやかな、くっきりとしたさまを表す。**○秋は来にけり**　「けり」は詠嘆。今はじめてそのことに気づいて、はっと驚く気持。末句を「秋は来にけり」とする歌が『新古今集』秋上には六首あり、五首は新古今歌人の歌である。**○殊勝**　↓1

〔補説〕　良経の歌に、

　ささの葉はみ山もさやにうちそよぎこほれる霜をふく嵐かな（正治初度百首・四六三、新古今集・冬・六一五）

がある。〔本歌〕掲出の人麻呂歌を同じく本歌とする。「嵐」が36と共通し、影響なしとしないだろう。

　この歌は「をざゝふくあらしやかはるあし引の深山もさやに秋は来にけり」の三箇所で頭韻を踏んでいること、既に村尾氏の指摘がある。定家、家隆共に両点だが、以後の撰集類には採られていない。

37

七夕

秋もなほ《を》あまの川原にたつ浪のよるぞみじかき星合の空　（定家◎家隆◎）

〔現代語訳〕　七夕　（夏の夜と同様に）秋もやはり、天の川原に立つ浪が寄るように、二星が寄り合う夜はすぐ明けて、短く感じられるよ。

〔他出〕　続後撰集・秋上・二五八、新三十六人撰・一五、題林愚抄・三〇〇〇

〔本歌〕 秋の夜をながきものとは星合のかげみぬ人のいふにぞありける（後拾遺集・秋上・二四三・能因）
〔語釈〕 **○秋もなほ** 秋もやはり。夏は夜が短く、秋はだんだん長くなっていく。その秋になったのだがやはり短く感じられる、という気持。**○たつ浪の** 「立つ」「寄る」は浪の縁語。**○よる** 「寄る」と「夜」の掛詞。**○星合の空** 七夕の夜の空。牽牛星と織女星が逢う。
〔補説〕 七夕の夜が明けやすいというのは常套的な発想で『和漢朗詠集』（七夕・二一三）にも美材の詩句が次のように見える。訓読は新潮古典集成本に依る。

二星適逢　未叙別緒依々之恨　二星たまたま逢うて　いまだ別緒依々の恨を叙べざるに
五更将明　頻驚涼風颯々之声　五更まさに明けなむとして　頻りに涼風颯々の声に驚く

これを和歌に詠んだものが次の歌である。
たまさかに秋の一夜をまちえてもあくるほどなき星合の空（朗詠百首・二一）

萩

萩が花うつろふ庭の秋風に下葉もまたで露はちりつゝ　（定家○家隆○）

〔現代語訳〕 萩
萩の花が移ろいつつある庭に、秋風が吹いて来て、下葉が色づくのも待たずに、露をしきりに散らしている。
〔他出〕 続拾遺集・秋上・二四八、撰集抄・三七、題林愚抄・三四八七
〔本歌〕 秋風の日にけにふけば露をおもみ萩のしたばは色づきにけり（万葉集・巻十・二二〇四）
〔語釈〕 **○うつろふ** 花の色が変わる、または散ること。末句に「ちりつゝ」とあるので、ここは色が変わる（褪せる）意がよかろう。**○下葉もまたで** 下葉が色づくのも待たずに。「で」は打消。「下葉」は下方の枝の葉。萩は

初秋からこの下葉が黄色に色づく。色づくのは本歌のように露や時雨によって。「白露は上よりおくをいかなれば萩の下葉のまづもみつらん」（拾遺集・雑下・五一三・伊衡）「白露も時雨もいたくもる山は下葉のこらず色づきにけり」（古今集・秋下・二六〇・貫之）。**〇露はちりつゝ** しきりに露が散っている。「つゝ」は継続・反復を表す。

〔補説〕 38〜43の六首は『撰集抄』巻六第八話「佐野渡聖事」に利用されている。解説参照。

順徳天皇の建保三年（一二一五）五月比当座歌会での「雨中萩」題に、

萩が花うつろふ庭の秋の雨にぬれてを折らんみぬ人のため（紫禁和歌草・五四二）

がある。38では「秋の雨」が「秋風」になっているが、上句の類似は土御門院がこれを参照したこと疑いを入れないだろう。内裏での私的な歌会詠をも土御門院は入手して見ていたことがわかる。また順徳天皇には建保六年（一二一八）七月十三日当座歌会での「秋朝風」題に、

萩が花下葉うつろふ朝露に袖もほしあへず秋風ぞ吹く（紫禁和歌草・一〇六九）

もある。今度は土御門院詠を順徳天皇が参照したかと思わせる興味深い例である。兄弟間で意識していたのではないか。

女郎花

39 をみなへし植ゑし籬の秋の色はなほ《を》しろたへの露ぞかはらぬ （定家—家隆〇）

〔現代語訳〕 女郎花

女郎花を植えた籬の秋の趣と言えば、やはりそこに置く白露の美しさで、それは変わらないなあ。

〔他出〕 撰集抄・三六

〔本歌〕 秋の色も露をもいさやをみなへし木がくれにのみおくとこそみれ（宇津保物語・巻二・八七）

〔語釈〕 **○をみなへし** 女郎花。秋の七草の一つで初秋に黄色の小花が密生して咲く。「をみな（女）へし」という名から女性に喩えて詠まれることが多いが、ここでは人事は含んでいない。**○籬の秋の色** 「籬」は竹などを編んで造った垣根。その側に色々な植物が植えられた。「秋の色」は秋らしい気色、趣。**○しろたへの露** 「しろたへの」は衣、袖などに掛かる枕詞。また月・雲・雪・波など白いものに接続したり、「白い」という意味を表したりする。ここはその例で白露ということ。

〔補説〕 歌題は女郎花であるが歌の中心は白露になっている。定家が合点を付けていないのはそのためかと思われる。〔本歌〕掲出歌は『宇津保物語』で東宮が、

はつ秋の色をこそみめ女郎花露のやどりときくがくるしさ（八六）

と詠んだのに対し、あて宮が返した歌である。

薄

すゝきちる秋の野風のいかならんよるなく（見消）、虫の声のさびしき　（定家○家隆○）

〔現代語訳〕 薄

薄の穂を散らす秋の野風はどのように吹くのだろうか、（きっと荒く冷たいのだろう）その野で夜鳴く虫の声が淋しく聞こえる。

〔他出〕 夫木抄・四三八三（五句「声ぞさむけき」）、題林愚抄・三五三三（五句「声ぞさむけき」）、撰集抄・三二一（初句「薄茂る」、五句「声の寒けさ」）

〔本歌〕 秋の野のくさむらごとにおく露はよるなく虫のなみだなるべし（詞花集・秋・一一八・好忠）

〔語釈〕 **○すゝきちる** 薄は秋の七草の一つ。『枕草子』に「秋の野のおしなべたるをかしさは薄こそあれ」（六五

段）とある。ここは尾花や花薄と言われる穂の出た状態で、その穂が風に散っているさまを言う。普通は「穂に出づ」「招く」「なびく」などと詠まれることが多く、散ると詠んだ例は少ない。『万葉集』に「帰りきてみむとおもひしわがやどの秋萩薄ちりにけむかも」（巻一五・三六八一）があり、これに続く用例が40である。正徹はこの言葉が好きだったらしく、『草根集』に三例見える。**○野風**　野の風。「吹きまよふ野風をさむみ秋萩のうつりも行くか人の心の」（古今集・恋五・七八一・常康親王）「いかにせん秋の野風にかるかやのおもひみだれてすぐる我が身を」（御室五十首・二四一・兼宗）。**○いかならん**　どのような状態なのだろうか。虫の声が淋しく聞こえる理由を秋の野風に求めて問う。右掲の常康親王歌のように野風は冷たく荒々しく吹くのである。**○よるなく虫の**　本歌に拠る句。虫が悲しんで泣いているものと見る。**○声のさびしき**　「さびしき」は連体終止になっている。余情を持たせる。

【補説】　38・39・40は歌題が初句に詠み込まれている。

41

苅萱

山かげや暮れぬとおもへばかるかやの下お《を》く露のまだき色なし　（定家○家隆◎）

【現代語訳】　苅萱

山陰なので、もう日が暮れたと思って、苅萱の下葉に置く露を見たら、まだ夜らしい気配はなかった。

【他出】　撰集抄・三三（四句「下おく露も」、五句「またき色かな」）

【本歌】　ひぐらしのなきつるなへに日はくれぬと思ふは山の陰にぞありける（古今集・秋上・二〇四・読人不知）

【語釈】　**○山かげや暮れぬと思へば**　本歌に拠る表現。山陰は山の陰になって陽があたらないところ。従って夏の歌では「涼しい」、春の歌では「残雪がある」などと詠まれるが、ここでは山陰なので早く暗くなり「もう日が暮れたと思った」というのである。『御集』でも「なほ山かげのくらければ」（九九）と使われている。「谷深み山かげちかきすまひには暮れぬにくるる心ちこそすれ」（正治初度百首・五九二・通親）など「山かげ」という言葉は中世に好んで詠まれた。草庵生活の舞台としてそこがふさわしいと考えられたからであろう。**〇かるかや**　もとは「刈る・萱」の意で「束《つか》」「穂」「乱る」に掛かる枕詞であったが、平安初期頃から秋の七草の一つであるイネ科の多年草・苅萱（オガルカヤ・メガルカヤ）の名となった。しかし歌の詠まれ方はもとのまま踏襲された。特に次項の俊成歌のように「乱る」は苅萱の形状とも合致して秋の野辺の景に多く併せ詠まれた。この歌ではそのような伝統的な技巧は用いられていない。**〇下おく露**　下露。下葉に置く露。「あはれなり野辺のかるかやみだれても下葉はしばし露とまりけり」（俊成五社百首・二四一）。**〇まだき色なし**　「まだき」は「早くも」。「色」は「様子」の意で、上句の内容から見て「夜の様子」。それがまだ認められないと言うのである。〔補説〕参照。

〔補説〕　第五句「まだき色なし」は「まだき」と「なし」という言葉に違和感がある。ここは「また（全）き色なし」と校訂することも考えられなくはないが歌意が通らないだろう。恐らく本百首の書写の段階でも不審を抱かれたためであろう、乙系統には「まだき色かな」とするものがある。そうすれば「下葉に置く露も早くも夜らしい様子だなあ」となってわかりやすい。しかし土御門院の意図は、本歌のようにもう日が暮れたと思ったが、それは山陰だったからだと述べ、三句以下でその誤解を解くべく、苅萱の下葉に置く露を見たら、やはり夜らしい様子はなかった、というのである。つまり初・二句と三句以下は逆説の関係でなければならない。従って「まだき色なし」がいささか違和感はあるものの、本来的な本文と思われる。乙系統の伝本は土御門院の意図を汲みかねて不審を抱き、わかりやすく改変されたものかと思われる。

蘭

露のぬきあだにお《を》るてふ藤ばかま秋風またで誰にかさまし　（定家〇家隆◎）

〔現代語訳〕 蘭

美しい露の横糸ではかなく織ったという藤色の袴を、秋風が吹く前に、誰に貸そうかしら。

〔他出〕 続古今集・秋上・三五一、雲葉集・四二八、撰集抄・三四、高良玉垂宮神秘書紙背和歌・二五一、題林愚抄・三五五九

〔本歌〕 霜のたて露のぬきこそよわからし山の錦のおればかつ散る（古今集・秋下・二九一・関雄）

〔語釈〕 **○露のぬき** 露の横糸。「ぬき」は緯《ぬき》で織物の横糸のこと。経《たて》の対。「春のきる霞の衣ぬきをうすみ山風にこそみだるべらなれ」（古今集・春上・二三・行平）。**○あだにおるてふ** 「あだ」はもろく、はかないさま。露を横糸として織った布で仕立てた袴なので「あだに」と言っている。本歌の「よわからし」に基づく表現。「てふ」は「と言ふ」。「露をなどあだなる物と思ひけむわが身も草におかぬばかりを」（古今集・哀傷・八六〇・惟幹）。**○藤ばかま** 藤袴。秋の七草の一つ。薄紫色の小花をつけ芳香がある。その名は花の色と形状からと言う。漢名は蘭。「ぬき」「おる」は袴の縁語。「主知らぬ香こそ匂へれ秋の野に誰がぬぎかけし藤袴ぞも」（古今集・秋上・二四一・素性）「秋風にほころびぬらし藤袴つづりさせてふきりぎりすなく」（古今集・雑体・一〇二〇・棟梁）。**○秋風またで** 秋風が吹くと露が散ってしまう（袴が綻びてしまう）ので、その前に。**○かさまし** 「まし」はためらいを含んだ意志。貸すのをためらうのは袴が美しいから。

〔補説〕 藤袴はその名への興味や香が縁語・掛詞仕立てで詠まれるのが『古今集』以来の伝統である。しかしこの歌はそれら常套手段によらず、関雄の歌を本歌とすることによって新しい藤袴の歌を詠出している。

43

荻

夕暮はまがきの荻に吹く風のめにみぬ秋をしる涙哉　（定家○家隆◎）

〔現代語訳〕　荻

夕暮れ時は、籬の荻に吹く風のように、目には見えない秋の到来をその音によって知って、涙ぐむことだ。

〔他出〕　続古今集・秋上・三〇三（初句「ゆふされば」、二句「まがきの荻を」）、秋風集・二五三（二句「まがきの荻を」）、撰集抄・三五（初句「ゆふされば」）

〔本歌〕　世中はかくこそ有りけれ吹く風の目に見ぬ人もこひしかりけり（古今集・恋一・四七五・貫之）

〔語釈〕　○荻　薄に似ているが、薄より葉が広く大きい。秋に黄褐色の花穂をつける。この葉に風が吹いて来ると葉ずれの音がし、その音によって秋を知るというのが常套的な発想。従って風に関連して詠まれる。「荻の葉に吹き来る風ぞ秋来ぬと人に知らるるしるしなりけれ」（古今六帖・三七一七・躬恒）「荻の葉のそよぐ音こそ秋風の人に知らるるはじめなりけれ」（拾遺集・秋・一三九・貫之）。○めにみぬ秋　目にはそれとはっきり見えない秋。本歌の「人」を「秋」に変えて恋の歌を四季の歌に巧みに詠みなしている。背景には「秋きぬと目にはさやかに見えねども風の音にぞおどろかれぬる」（古今集・秋上・一六九・敏行）がある。純粋な四季の歌と見て、「秋」に掛詞「飽き」を認める必要はなかろう。「おほかたの秋くるからにわが身こそかなしき物と思ひしりぬれ」（古今集・秋上・一八五・読人不知）など秋の到来自体が悲しいものとされていた。末句の「涙」はこのためである。

〔補説〕　この歌は『御集』冒頭の「述懐十首」中の第一首目、

吹く風の目に見ぬ方を都とてしのぶもくるし夕暮の空（一・寄風述懐）

を思い起こさせる。配流地土佐から遥か都を思う著名な述懐歌であるが、43からみると「吹く風の目に見ぬ」は若き日から好みの句だったようだ。同じ「述懐十首」の第二首目「雲井より」も本百首の96と類似しており、後年の詠の核となるものが本百首に胚胎していると言えよう。96参照。

初雁

嶺こえていまぞ鳴くなる初雁のはつせの山の秋ぎりの空　（定家○家隆○）

〔現代語訳〕　嶺を越えてやって来た初雁が、今、鳴いているよ、初瀬の山にかかる秋霧の空に。

〔他出〕　夫木抄・四八七六

〔本歌〕　春霞かすみていにし雁がねは今ぞなくなる秋ぎりのうへに（古今集・秋上・二一〇・読人不知）

〔語釈〕　**○嶺こえて**　この初句は『御集』中の「五十首和歌」の「雁返炉峯頂北霞」題でも「嶺こえて秋こしみちやまよふらん霞の北に雁も鳴くなり」（一二三三）と使われている。**○初雁**　その年の秋に初めて来た雁のこと。晩秋の景物として珍重された。**○いまぞ鳴くなる**　ほら今泣いているよ。「ぞ」は強意の係助詞。「なる」は音声から推定する助動詞「なり」の連体形。**○はつせの山**　初瀬山。大和国の歌枕。「初雁の」が初瀬山の「はつ」を同音で導く。この言葉続きは44が初例。**○秋ぎりの空**　秋の霧がかかっている空。霧は春の霞に対する秋の景物。

〔補説〕　「秋霧の空」という句を雁の歌で用いた初例は『正治初度百首』の、

初雁のすがたゆかしく思はせて声にてつぐる秋霧の空（一五五〇・範光）

である。続いて『最勝四天王院障子和歌』の浜名橋題で後鳥羽院と慈円が詠んでいる。

頼むとて音に鳴きかへりこし雁の浜名の橋の秋霧の空（三四一・後鳥羽院）

又やみん雲井の雁にことゝはん浜名の橋の秋霧の空（三四二・慈円）

44はこれら三首に続く作例となる。土御門院は『正治初度百首』も見ていたが、やはり『最勝四天王院障子和歌』の二例から、歌枕に「秋霧の空」と続ける形を学んだのではないか。

鹿

み山ぢやあか月かけてなく鹿のこゑすむ方に月ぞかたぶく　（定家◎家隆◎）

【現代語訳】鹿

深山路では、暁方にかけて鳴く鹿の声が澄み渡って聞こえる、その方角に、ちょうど月が傾いているよ。

【他出】玉葉集・秋上・五六八（四句「こゑする方に」）、雲葉集・六〇八（初句「みやまだに」、下句「こゑきくかたに月ぞのこれる」）、夫木抄・四八一七（初句「みやまだに」、四句「こゑする方に」）、題林愚抄・三六五六（四句「こゑする方に」）

【本歌】み山いでて夜はにやきつる郭公暁かけてこゑのきこゆる（拾遺集・夏・一〇一・兼盛）

【語釈】**〇み山ぢや**　深山路や。「深山」は奥山。端山《はやま》の対。「や」は間投助詞で感動を表す。**〇あか月かけて**　夜半から暁にかけて。暁は曙光が射す前のまだ暗い時刻。本歌に拠る句。**〇なく鹿の**　秋、牡鹿が牝鹿を求めて鳴く。その声は哀切で秋の情趣を感じさせる。「奥山に紅葉ふみわけなく鹿のこゑきく時ぞ秋は悲しき」（古今集・秋上・二一五・読人不知）。**〇こゑすむ方**　声の澄んで聞こえる方角。〔他出〕諸本の異文「こゑする方」がわかりやすいが、余りに直接的である。これらは撰集に際し乙系統の『御百首』を用いたための異文である。ここは鹿の声が澄み渡って聞こえる、その同じ方角に月が傾いている、と底本の本文で解するのがよかろう。**〇月ぞかたぶく**「ぞ」は強意の係助詞。暁方に傾く月は満月である。第四句の「すむ」は掛詞ではないが、当然澄んだ月を想像させる。

【補説】末句を「月ぞかたぶく」とする歌の初例は順徳天皇の歌、続くのが俊成卿女の歌で、

この比はまがきの梅に風さえて春や昔の月ぞかたぶく（紫禁和歌草・五）

よひながら明行く夜半の名残さへ大江の山に月ぞかたぶく（内裏名所百首・三一七）

である。45は時期的にはこれらに次ぐ作例となる。この歌は定家、家隆二人とも両点で高く評価している。

46

露

山がつのあさの衣手まどほ《を》にて嵐やうすき露ぞお《を》くなる　（定家○家隆○）

〔現代語訳〕　露

山賤が着ている麻の衣が間遠なように、嵐の訪れが間遠で薄情だからか、野辺には涙の露が置いているようだ。

〔本歌〕　すまのあまの塩やき衣をさをあらみまどほにあれや君がきまさぬ（古今集・恋五・七五八・読人不知）

〔語釈〕　**○山がつ**　山賤。炭焼き・樵・猟師など山家に住む賤しい者。**○あさの衣手**　「衣手」は袖。麻の繊維から作られた庶民の質素な衣服をいう。**○まどほ**　間遠。織物などの目の粗いこと。上句は「うすき」を導く序詞的用法。土御門院の歌に「あまのきるまどほの衣あはでしもぬるるはなにのならひなるらん」（御集・八三）がある。**○嵐やうすき**　「や」は疑問の係助詞。「薄し」は衣の縁語であり、同時に薄情な意との掛詞。本歌をふまえて、嵐を訪れが間遠で薄情な男に擬人化する。「蟬のこゑきけばかなしな夏衣うすくや人のならむと思へば」（古今集・恋四・七一五・友則）。**○露ぞおくなる**　「ぞ」は強意の係助詞。「なる」は推定の助動詞「なり」の連体形。「露」は涙の比喩で薄情な男の訪れを待つ女（ここでは野辺）が流すのである。秋の野辺の露を人事に絡めて詠んだ。

〔補説〕　嵐と野辺を擬人化しているととったが、一般的には解しにくい歌である。「山賤の麻の衣は間遠なのに、嵐が薄情にふきつけるからだろうか、山賤の流す涙の露が袖の上に置いているようだ」と解釈することも出来そうだが、嵐（風）は「玉ゆらの露も涙もとどまらず」（新古今集・哀傷・七八八・定家）のように、露を散らしてしまうのであって、やはり不自然さが残る。定家、家隆とも片点を付けているが積極的に評価しているとは思われない。尚『新編国歌大観』は第二句を「あまの衣手」と翻刻しているが「あさ」の誤り。

霧

47

ながむればみねの朝ぎりたつ雁の数さへみえぬ山の端の色　（定家○家隆◎）

〔現代語訳〕　霧

眺めると、峰の朝霧が立ちわたり、その中を飛び発って来る雁の数も見えない、そんな山の端の様子だ。

〔本歌〕　白雲にはねうちかはしとぶ雁の数さへ見ゆる秋の夜の月（古今集・秋上・一九一・読人不知）

〔語釈〕　**○みねの朝ぎり**　「朝ぎり」は朝方に立ち込める霧。「雁のくる峰の朝霧はれずのみ思ひつきせぬ世の中のうさ」（古今集・雑下・九三五・読人不知）。**○たつ**　朝霧が「立つ」と雁が「発つ」の掛詞。初雁は既に44で詠まれているが、ここは霧題でそこに主眼がある。**○数さへみえぬ**　本歌の「数さへ見ゆる」を逆転した。月が明るくて飛ぶ雁の数まで数えられるほどだという本歌に対して、47は朝霧が立っていて見えないと詠む。見えないのだが「霧立ちて雁ぞなくなる片岡の朝の原は紅葉しぬらむ」（古今集・秋下・二五二・読人不知）のように声は聞こえるのである。**○山の端の色**　「山の端」は山の稜線。「色」は様子・気色。

〔補説〕　順徳天皇の建保二年（一二一四）九月二十五日の「月卿雲客歌合」詠に、

夕霧やおなじをのへもたつ雁のみゆべき山もなくなくぞ行く（紫禁和歌草・四一二）

がある。「霧中雁」題である。「夕霧」「をのへ」「たつ雁」「みゆ」「山」など47との類似がみられる。晩年にも土御門院は次のような47に類似した歌を詠んでいる。

雁のくるそなたの空をながめてもおもひつきせぬ嶺のあさ霧（御集・二九〇）

48

槿

今朝のまの色もはかなし槿の花にお《を》くる、秋の白露　（定家○家隆○）

〔現代語訳〕　槿

槿の花に後れて残った秋の白露の、今朝の間の美しい色も、思えば儚いものだ。（残ったと言っても、すぐに消えてしまうのだから）

〔他出〕 題林愚抄・三五六八（二句「色もはづかし」）

〔本歌・本説〕 朝顔をひき寄せ給ふに、露いたくこぼる。

今朝のまの色にやめでむおく露の消えぬにかかる花と見る見る（七〇一）

はかな」とひとりごちて、折りて持給へり。（中略）

よそへてぞ見るべかりける白露のちぎりか置きしあさがほの花（七〇二）

ことさらびてしももてなさぬに、露を落さで持たまへりけるよ、とをかしく見ゆるに、置きながら枯るるけしきなれば、

消えぬ間にかれぬる花のはかなさにおくるる露はなほぞまされる（七〇三）（源氏物語・宿木）

〔語釈〕 **○槿** あさがほ。この字は本来はムクゲの意であるが、今日言うところの朝顔の意で用いられた。「ありとてもたのむべきかは世の中をしらする物はあさがほの花」（後拾遺集・秋上・三一七・和泉式部） **○色もはかなし** 「あさがほの花にやどれる露の身ははかなきうへになほぞはかなき」（唯心房集・一四七）「もろともにはかなき物とおもふらん露のやどれるあさがほの花」（御室五十首・三二七・季経）。 **○花におくるゝ** 朝顔の花が枯れる（萎れる）のに後れて残っている。 **○秋の白露** 「白露」は花や草葉の上に置いた露が白く光って見えることから。槿は秋の花なので「秋の」は贅言。

〔補説〕 『源氏物語』宿木巻の場面をふまえる。七〇一は薫が中君を訪ねる前に朝顔を手折る時に詠んだ歌。七〇二は六條院を訪れた薫が中君にこの花を贈る時に詠んだ歌。七〇三は中君の答歌。「今朝のまの色」「白露」「はかなし」「おくるゝ」はいずれも本説に拠ることがわかる。またこの歌は初・二句と三句以下が倒置されている。

駒迎

あふ坂やゆく旅人のあづさ弓けふやひくらん望月の駒

（定家○家隆○）

【現代語訳】 駒迎

旅人が行き来する逢坂の関では、（八月十五日の）今日は望月の駒を牽いていることだろうか。

【本歌】 逢坂の関の清水に影見えて今やひくらん望月の駒（拾遺集・秋・一七〇・貫之）

【語釈】 ○駒迎 毎年八月中旬に諸国から馬を朝廷に献上する行事を駒牽と言い、その駒を官人が逢坂の関に迎えに行くことを駒迎と言う。○あふ坂 逢坂。近江国の歌枕。都と東国の出入り口にあたり、関所があった。○ゆく旅人の 逢坂の関の縁で「旅人」が詠まれたのであろうが、この句が「あづさ弓」にどのように掛かるのか不明。試みに現代語訳している。○あづさ弓 梓の木で作った弓。「ひく」に掛かる枕詞として用いられている。逢坂と梓弓、旅人と梓弓を詠んだ例はない。○望月の駒 信濃国望月産の駒。地名の望月と八月十五夜の満月の意を重ねる。東国は馬の産地で甲斐・武蔵・上野などに牧があったが、特に信濃国の望月と桐原は著名であった。「相坂の関のいはかどふみならし山たちいづる桐原の駒」（拾遺集・秋・一六九・高遠）。○けふやひくらん 「や」は疑問の係助詞。「らん」は現在推量で目に見えないものを推量する。

月

秋の夜もや、深けにけり山鳥のをろのはつ尾にかゝる月影

（定家◎家隆◎）

【現代語訳】 月

長い秋の夜も、やや更けてきたようだ。山鳥の尾の一番長い尾に、月の光が射している。

【他出】続後撰集・秋中・三七七、万代集・九七一、新三十六人撰・二〇
【本歌】山鳥の尾ろのはつ尾に鏡かけとなふべみこそ汝に寄そりけめ（万葉集・巻十四・三四六八）
【語釈】**〇山鳥**　キジ科の鳥で、雄は長い尾を持つ。「あしひきの山鳥の尾のしだり尾のながながし夜をひとりかも寝む」（万葉集・巻一一・二八一三）。**〇をろのはつ尾**　「尾ろの初尾」か。「ろ」は接尾語。「初尾」は一説に尾の中で最も長い尾という。本歌に拠る句。**〇かゝる月影**　「月影」は月の光。夜が更けてきて秋の清かな月光が山鳥の長い尾に射しているのである。
【補説】本歌の「尾ろのはつ尾」については諸説あるが、土御門院は言葉続きのみをうまく利用して叙景歌に仕立てている。村尾氏も、本歌の鏡から月を連想して月題の歌に転じており「手慣れた手法」だと評価している。歌意が曲折せず素直に流れるところが良かったのか、定家、家隆とも両点である。

51

擣衣

さととほ《を》ききぬたの音もよさむにて我が衣とや雁もなくらむ　（定家〇家隆◎）

【現代語訳】擣衣
遠い里から聞こえてくる砧の音も、夜寒を感じさせるので（妻を思って涙していると、雁の声が聞こえる。さては）、雁も「自分の衣を妻が打っている」と思って鳴いているのだろうか。
【他出】題林愚抄・四四二九（四句「我が心とや」）
【本歌】衣うつきぬたのこゑをきくなへに霧たつそらに雁ぞなくなる（好忠集・二三八）
たがためにうつとかはきく大空に衣雁がねなきわたるなり（古今六帖・三三〇二・素性）
【語釈】**〇擣衣《たうい》**　衣を擣《う》つ。砧《きぬた》で衣を打つこと。**〇よさむ**　夜寒。秋の末頃、夜になって感じる寒さ。**〇我が衣と**

や　「我が衣を妻が打っているのだろうか」と。本歌である素性歌の「たがために」を逆転させた句。「や」は疑問の係助詞。**○雁もなくらむ**　「らむ」は現在推量で係助詞「や」の結び。「も」は作者同様に雁も。作者は遠く離れた妻を思って涙しているのだが、その時雁が鳴いたので、雁も自分と同様に妻のことを思って泣いているのだろうか、と推量している。

〔補説〕　本歌二首から詠出されたものであるが、当代詠である次の二首も何らかの影響を与えたと思われる。

小夜ふけてきぬたの音の寒ければ衣かりがね空に鳴くなり（千五百番歌合・一四四九・丹後）

武蔵野のあさぢ色づく今よりや夜寒の衣雁も鳴くらん（内裏名所百首・五二五・知家）

虫

きり〴〵すすぎにし秋やしのぶらんふるき枕の下になく也　（定家○家隆○）

〔現代語訳〕　虫

蟋蟀は過ぎ去った秋を偲んでいるのだろうか。（床のあたりの、あの人と共にした）枕の下で鳴いている声が聞こえる。

〔他出〕　新千載集・雑上・一七六八

〔本文〕　鴛鴦瓦冷霜華重　旧枕故衾誰与共　鴛鴦の瓦は冷ややかにして霜華重《しげ》く、旧枕故衾誰と共にかせん（長恨歌、白氏文集・巻一二）

七月在野　八月在宇　九月在戸　十月蟋蟀　入我牀下　七月は野に在り　八月は宇に在り　九月は戸に在り　十月蟋蟀我が牀下に入る（詩経・豳風・七月）

〔語釈〕　**○きり〴〵す**　蛬。蟋蟀《こおろぎ》の古名。**○すぎにし秋や**　過ぎ去った秋。「や」は疑問の係助詞。本百首秋の部の配列も既に晩秋になっているので、秋を振り返って言う。「秋」は「飽き」との掛詞。『詩経』によれば蟋蟀が野や宇（軒）や戸で鳴いていた頃。「霧たちてわかれし日より時雨つつすぎにし秋ぞこひしかりける」（元真集・五一）は「すぎにし秋を惜しむ」という題で詠まれたもの。このように秋は惜しみ、偲ぶべき良き季節ととらえられていた。**○しのぶ**　偲ぶ。しみじみと思い出す。ここは我慢する意の「忍ぶ」ではない。**○ふるき枕**　『長恨歌』の「旧枕」を和語化したもの。かつて男女が共にした枕をさす。「塵つもる古き枕を形見にて見るも悲しき床の上かな」（狭衣物語・巻三・八三）。**○下になく也**　「也《なり》」は伝聞推定。枕の下で蟋蟀が鳴くのは『詩経』豳風の句に拠る。「牀下」を「枕の下」と言ったもの。「床なるる枕の下をふりすてて秋をばしたふきりぎりすかな」（建礼門院右京大夫集・六二）。

〔補説〕　虫題で蟋蟀を詠んだものだが、「ふるき枕」という言葉は恋の情緒を漂わせる。かつて恋人同士だったが、秋（飽き）が深まって男の訪れが途絶えた。「過ぎにし秋」は女にとってもよき時間であったのである。今それを偲びつつ涙を流していると、枕の下で鳴く蟋蟀の声が聞こえる。蟋蟀もあの頃を思い出して鳴いているのだろうか、というのである。掛詞「飽き」は表立っては見えないが背後に男女のドラマを見れば認定されるべきであろう。

土御門院の蟋蟀を詠んだ歌には、

閨ちかきかべのそこなるきりぎりすおもひくらべの秋ぞへにける（御集・一四九）

ひとりぬる枕としるやきりぎりすながきおもひのゆくへとふらん（同・四三四）

がある。前者は「遠壁暗蛬無限思」の句題、後者は恋の蛬題で最晩年の詠である。

菊

53　誰ゆゑ《へ》にうつろはんとかはつ霜のたわゝ《はゝ》にお《を》けるしら菊の花　（定家○家隆○）

〔現代語訳〕菊

誰のために美しく色を変えようとするのだろうか、初霜がたわわに置いている白菊の花は。

〔他出〕新続古今集・秋下・五六四

〔本歌〕心あてにをらばやをらむはつ霜のおきまどはせる白菊の花（古今集・秋下・二七七・躬恒）

〔語釈〕**○誰ゆゑに**　誰のために。この句が二句以下にどう関わっていくのか、はっきりしない。「不是花中偏愛菊　此花開後更無花」（和漢朗詠集・二六七・元稹）に拠って「目もかれずみつつくらさむ白菊の花よりのちの花しなければ」（後拾遺集・秋下・三四九・伊勢大輔）と詠まれるのが菊であるから、第二句の「か」を反語として「誰も見る人はいないのに」ととるのは当たらないだろう。**○うつろはんとか**　「移ろおう」というのか。「ん」は意志の助動詞で菊を擬人化している。「か」は疑問の係助詞。「うつろふ」は花の色が変わること。菊については「秋をおきて時こそありけれ菊の花うつろふからに色のまされば」（古今集・秋下・二七九・貞文）などと移ろうことが賞美された。中でも白菊が霜に萎れて紫色に変わることは「紫にやしほそめたる菊の花うつろふ色とたれかいひけん」（後拾遺集・秋下・三五〇・義忠）「紫にうつろふ菊の色のみや過ぎにし秋のゆかりなるらん」（宝物集・五三・実守）と詠まれ、美の対象であった。**○たわゝ**　「とをを」とも。枝などが撓《たわ》みしなっている様子。通例は「折りて見ばおちぞしぬべき秋萩の枝もたわわにおける白露」（古今集・秋上・二二三・読人不知）のように露について用いる。

〔補説〕初句「誰ゆゑに」の解釈如何で、「うつろはん」に掛詞としての「心がわり」を認定するかどうかが問題となる。しかし菊の場合は美しい色に移ろうのであって、マイナスイメージの心変わりとはとりにくい。深読みはしないで白菊の移ろう色を嘆美する歌と解するのがよかろう。

第四句の「たわゝ」は〔語釈〕のように霜について言うのは珍しい。「たわわ」「とをを」を霜について用いた例を捜してみると、53の他には「秋萩の枝もとををに霜おきてさむき時にもなりにけるかな」（続後撰集・秋下・四〇九・読人不知）があるのみ。しかしこれは『万葉集』巻十・二一七〇を原歌とし、それでは第三句を「露霜置き」

とするので、土御門院歌のみの用法となる。なぜ土御門院がこのような表現をしたのか。何かを参考にしたのではないか。実は順徳天皇に、

うつしうゑてみかきの菊の初霜に枝もたわわの月ぞうつろふ（紫禁和歌草・六〇三）

がある。同集によれば建保三年（一二一五）十月十六日の詠である。この「うつろふ」は「映ろふ」で、初霜の置いた菊の枝も撓むほど月が映っていると言うのである。厳密に言えば「たわわ」なのは「月」によってである。が、両歌の類似は明らかで、土御門院は躬恒歌を本歌取りしつつも、順徳天皇歌から「たわわ」という言葉を得たのではなかろうか。蛇足だが順徳天皇のこの歌は後鳥羽院の次の歌に影響を受けて詠まれたかと思われる。

おける露もとあらの小萩ひまをなみ枝もとををにすめる月かな（千五百番歌合・七二七番判歌）

親子兄弟で互いの詠草は意識していたのではなかろうか。

土御門院は「たわわ」という言葉が好きだったようで他に三首に使っている。これらに比べて53はやはり習作の域内であろう。

さほ姫のいとよりかくる青柳の枝もたわわに春はきにけり（御集・一三二）

長月やおのが比とてさく菊の露もとををに雨はふりつつ（同・一五三）

夕立の名ごりの露も消えやらでまだたわわなる庭の床夏（同・三一二）

紅葉

おく山のちしほの紅葉色ぞこき都のしぐれいかにそむらん　（定家〇家隆〇）

〔現代語訳〕 紅葉

奥山の千入染めのような紅葉は色が濃いよ。（それに対して）都では時雨が木の葉をどのように染めているだろ

うか。

〔他出〕 続後撰集・秋下・四二五（五句「いかがそむらん」）、題林愚抄・四六四三（五句「いかがそむらん」）

〔語釈〕 **○おく山**　奥山。人里離れた深い山。深山。**○ちしほの紅葉**　千入《ちしお》染めをしたように色の濃い紅葉。千入は染色の際、布を何度も染料に浸して濃く染めること。八入《やしお》とも言い、これは歌枕「八入の岡」に掛けて多く詠まれる。「ちしほの紅葉」という句はこの歌が初例。紅葉と千入の組み合わせもこれ以前では「ちしほまでそむる紅葉の色なればをしむ心もふかきなりけり」（文治二年歌合・一一一・兼宗）があるのみ。**○しぐれ**　時雨。秋から冬にかけて降る雨。この時雨が野山の木々を紅葉させるとされていた。「秋山はから紅になりにけりいくしほ時雨降りて染めけむ」（寛平御時中宮歌合・一三・読人不知）。**○いかにそむらん**　どのように染めているだろうか。「ちしほ」と「染む」は縁語。「らん」は現在推量の助動詞の連体形。奥山の紅葉を見て都の時雨の様子を思いやるという趣向。通例は「初時雨降れば山辺ぞおもほゆるいづれの方かまづもみづらん」（後撰集・秋下・三七五・読人不知、冬・四四三にも）「いかならむ奥山かたの初しぐれ都はただに心ぼそきに」（安法法師集・七五）のように都から奥山を思いやる形で詠まれる。

〔補説〕 右記のように奥山と都の関係が釈然としない。都より奥山の方が紅葉が濃く美しいというのが常識的発想であり、時雨も「はれくもるかげを都にさきだてて時雨とつぐる山の端の月」（新古今集・冬・五九八・具親）のように奥山から先に染めるのである。

ここまでの三首52・53・54に『宝物集』が関わっている可能性について付言しておく。この三首には、52過ぎにし秋→53移ろふ・菊・花→54ちしほ・色という言葉が用いられているが、『宝物集』所収の、

紫に移ろふ菊の色のみや過ぎにし秋のゆかりなるらん（五三・実守）

紫に八汐染めたる菊の花移ろふ色と誰かいひけん（五二・義忠）

を背後に置くとこの二首を参看しつつ詠んだのではないかと思わせる。52・53・54の言葉は特殊なものではないの

で『宝物集』の二首に拠らないと詠めないものではないが、土御門院はこの二首をセットで見ていたのではないか。特に実守の歌は出典未詳で、現在では『宝物集』でしか知られない。『宝物集』の早い時期の受容の例になるかもしれない。

九月尽

けふも又たが夕暮の別れ路と秋の名ごりのをじかなくらむ　（定家○家隆○）

〔現代語訳〕　九月尽

今日もまた、夕暮れ時に誰かが別れに際会しているのか、物悲しいが、折しも九月尽日なので、秋の名残を惜しんで牡鹿も悲しげに鳴いているのだろう。

〔他出〕　新続古今集・雑上・一七六二（二句「けふは又」、三句「別ぞと」、五句「をじかなくなり」）

〔本歌〕　別れ路はいつもなげきのつきせぬにいとどわびしき秋の夕暮（実方集・二一二・隆家、新古今集・離別・八七四・三句「たえせぬに」四句「かなしき」）

〔語釈〕　**○九月尽**　陰暦九月の晦日。秋を惜しむ心を詠む。**○たが夕暮の別れ路**　「別れ路」は人に別れてゆく路の意だが、単に「別れ」をいう。「夕暮の別れ」は男女のそれではなく、本歌に言うところの旅などを契機とする別れであろう。一般に夕暮れ時は女が男の訪れを待つ、或いは男が女にあてにさせておいて訪れない、という設定で詠まれる。「しられじなおなじ袖にはかよふともたが夕暮とたのむ秋風」（新古今集・恋四・一三二五・家隆）「をみなへし花のたもとに露おきてたが夕暮のちぎりまつらん」（後鳥羽院御集・九五〇）。**○秋の名ごり**　秋の終わりの日なので名残を惜しんで。**○をじかなくらむ**　牡鹿↓45。「をじか」に「惜し」を掛ける。「らむ」は原因推量の助動詞。九月尽に鹿を併せ詠む例は多い。「夕月夜小倉の山に鳴く鹿の声のうちにや秋は暮るらむ」（古今集・秋下・三一二・貫之）「紅葉ばをぬさにたむけて行く秋の空のなごりを牡鹿なくなり」（後鳥羽院御集・二五五）。後鳥羽院詠は建仁元年（一二〇一）内宮百首のもの。

〔補説〕　本歌の状況に九月尽と鹿を加えて詠んだため、上句がわかりにくくなっている。恋の心を読めば「秋」は「飽き」との掛詞となるが、男女の別れではなかろう。そうでないと初句「けふも又」が腑に落ちない。本歌の隆家歌は『新古今集』に入集するので、〔語釈〕掲出の家隆歌などと共に『新古今集』から摂取したものと思われる。また範宗に「花も露もおのがすむ野の秋風をたがゆふぐれと鹿のなくらむ」（建暦三年内裏歌合・二八）があり、何らかの影響を受けたかとも思われる。

秋の終結部の歌末が51なくらん→52なくなり→54そむらん→55なくらん、となっている。他にもこのような箇所が指摘できるのは習作のためであろう。

冬十五首

初冬

紅葉ば（補入）のふりかくしてし我が宿に道もまどはず冬は来にけり　（定家◎家隆〇）

〔現代語訳〕　初冬

紅葉葉が降りかかり、すっかり隠してしまった私の家なのに、道に迷うこともなく、たしかに冬はやって来たことだ。

〔他出〕　続後撰集・冬・四六一、万代集・一二六五、題林愚抄・四八八四（二句「ふりかくしても」）

〔本歌〕　踏みわけてさらにやとはむ紅葉葉のふりかくしてし道とみながら（古今集・秋下・二八八・読人不知）

〔語釈〕　〇ふりかくしてし　降り隠してしまった。本歌に拠る句。「て」は動作が完了したことに対する確認の気持を表わす。「し」は過去の助動詞。本歌の「ふりかくしてし」について新日本古典文学大系『古今和歌集』は「わざわざ隠しているの意の「ふり隠し」と、もみじが散って隠しているの意の「降り隠し」とを掛ける」と注する。**○我が宿**　自分の家。「宿」は家、家屋。**○道もまどはず**　道に迷うこともなく。「峰の雪みぎはのこほり踏みわけて君にぞまどふ道はまどはず」（源氏物語・浮舟・七四三）「かへる山雪ふりつもるかひやなきくれ行く年の道もまどはず」（範宗集・四八六）「をぐら山みちもまどはず鳴く鹿はへだつる霧にしをりをやせし」（御集・二六四）。**○来にけり**　「けり」は過去の助動詞で今初めてそのことに気づいて驚く気持をあらわす。冬の到来を詠む。

〔補説〕　この歌の背後には右掲の本歌同様『古今集』秋下に並んで採られている、

秋は来ぬ紅葉は宿にふりしきぬ道踏みわけてとふ人はなし（二八七・読人不知）

もあるだろう。これらの秋を冬に詠み替えて、人は誰も訪れないのに冬だけは確かに来たというのである。

この歌は家隆が片点なのに定家が両点を付けている唯一の歌である。定家がどこを評価したのか。恐らく古歌の詞を用いていることと、曲折せず上句から滑らかに流れる言葉続きであろう。新味を出そうとして難解になりがちな土御門院の歌では歌意も通りやすい秀歌と言えよう。

時雨

くれ竹のみどりは色もかはらねば時雨ふりにしまがきともなし（定家○家隆◎）

〔現代語訳〕　時雨

呉竹の緑は色も変わらないので、（木々を紅葉させる）時雨が降った後の籬とも見えない。

〔他出〕　新後拾遺集・雑秋・七七九（二句「みどりは時も」）、雲葉集・七三七（二句「みどりは秋も」）、題林愚抄・四九六四（二句「みどりは時も」）

【本歌】緑にて色も変はらぬ呉竹はよの長きをや秋としるらん（後拾遺集・雑四・一〇四八・師経）

【語釈】**○時雨** →54。「神無月降りみ降らずみさだめなき時雨ぞ冬のはじめなりける」（後撰集・冬・四四五・読人不知）。**○くれ竹** 呉竹。今の淡竹《はちく》のこと。丈が低く節が多くて葉が細い。**○みどりは色もかはらねば** 「みどり」と「色」は縁語。竹は常緑で不変であるとして祝意に詠まれる場合と、このように不変でつれないイメージで詠まれる場合とがある。**○ふりにし** 「に」「し」は完了と過去の助動詞。時雨が降った後の、の意。**○まがき** 籬→39。呉竹は籬の植栽として用いられた。「呉竹を宿の籬にうゑしより吹きくる風も友とこそなれ」（老若五十首歌合・四一九・寂蓮）。

【補説】本歌としては師経歌を掲出したが、

時雨ふる音はすれども呉竹のなどよとともに色もかはらぬ（兼輔集・五二）

も『新古今集』（冬・五七六）に入っており、参看されたと思われる。冬の部の時雨題なので木の葉を染めるというオーソドックスな詠み方でもよかったのに、染まらない竹に降る時雨を詠んだ。しかも常套的な竹の縁語、掛詞などは使っていない。雑部83の竹題でも呉竹を詠んでいる。『御集』では九首に竹が詠まれており、「ささ竹」「竹のあみど」など様々である。

58

霜

たつた山木の葉もあだにちりはて、夕つけ鳥に霜はお《を》く也　（定家○家隆○）

【現代語訳】霜

竜田山の（紅葉した）木の葉ももろく散り果てて、木綿付鳥の羽に霜が降りているよ。

【本歌】誰がみそぎゆふつけ鳥か唐衣竜田の山におりはへてなく（古今集・雑下・九九五・読人不知、大和物語・一五

四段・二五八）

【語釈】 **○たつた山**　竜田山。大和国の歌枕で紅葉の名所。ここはその紅葉が冬になって散り果てたさまを詠む。「たつ」は「裁つ」との掛詞。**○あだに**　→42。**○夕つけ鳥**　木綿《ゆふ》付鳥《つけどり》。「夕」はあて字。鶏の異名。呼称の由来については諸説ある。『奥義抄』では、都で疫病が流行した時、四つの関所で鶏に木綿を付け祓えをしたこと（四境祭）に由るという。逢坂の木綿付鳥はよく詠まれたが、竜田山の木綿付鳥も右掲の本歌のように詠まれている。平城京への西の入口にあたり、古くはここでも祓えをしたのでその縁で詠むと言うが、真偽は不明。「裁つ」と「木綿」は縁語。**○霜はおく也**　「なり」は断定の助動詞。落葉により遮るものがなくなり、木々を塒《ねぐら》とする鶏の羽に霜が置くというのであるが、これは珍しい着想。霜は大鳥・鵲・雁についても詠まれるが、多くは鴨・鴛・鳰などの水鳥の羽に置くと詠まれる。「冬の池の鴨の上毛におく霜の消えて物思ふころにもあるかな」（後撰集・冬・四六〇・読人不知）「夜を寒み寝ざめて聞けば鴛鴦ぞ鳴くはらひもあへず霜やおくらん」（同・四七八・読人不知）。〔補説〕参照。

【補説】　竜田山の木綿付鳥を詠んだ歌は〔本歌〕に掲出の古今集歌が著名であるが、この他に中古和歌で詠まれたものはない。そのような中で土御門院がこの歌を詠んだ背景には何があるのか。まずこの歌以前に竜田山の木綿付鳥を詠んだものを拾ってみると次のようになる。

①立田山紅葉ふみわけたづぬれば木綿付鳥のこゑのみぞする（拾遺愚草・三五二、閑居百首）
②竜田山木綿付鳥の鳴く声にあらぬ時雨の色ぞきこゆる（同・二三七二、内裏秋十首）
③白妙の木綿付鳥も思ひわびなくや竜田の山の初霜（壬二集・二五六二、仙洞二十首）
④立田山時雨はすぎぬ暁の木綿付鳥やぬれて鳴くらん（範宗集・三一二、院四十五番歌合・六六）
⑤竜田山木綿付鳥のおりはへて我が衣手に時雨ふるころ（拾遺愚草・一一五五、内大臣家百首）
⑥立田山なほうす衣たがみそぎ夕つけ鳥も風うらむらん（壬二集・七三一、内裏名所百首・三七九）

⑦竜田山ねぐらの木の葉ちりはてて木綿付鳥の声ぞ残れる（同・八五六、院御百首）

古今集歌を本歌として最初に詠んだのは定家であるが、これは成功作とは言い難いだろう。しかし建暦二年（一二一二）になって定家が②を詠み、触発されたのか時期的に近接して家隆が③を詠む。続いて建保三年（一二一五）に範宗、定家、家隆、建保四年に家隆が詠んでいる。いずれも古今集歌を本歌としつつも、竜田山の紅葉、時雨、落葉の歌に巧みに転じられている。この後に土御門院の58が詠まれたことになる。

右の内、冬の歌として詠まれたのが家隆の③と⑦であるが、土御門院詠はこの二首に強い影響を受けていることがわかる。⑦とは歌句の一致もあり類似が明らかである。これに③の素材である霜を加えれば58となる。そもそも③で竜田山の木綿付鳥に初霜を併せ詠んだのが家隆の新味であり、「白妙の木綿」と霜の白が色彩的に響きあって秀歌となっている。これは後に『新勅撰集』（秋下・三三〇）に採られている。しかも右掲のごとく土御門院以前に霜を併せ詠んだのは家隆のこの一首のみなのである。

土御門院以後の歌では、順徳天皇詠（紫禁和歌草・九六八）、『道助法親王家五十首』での雅経（六四三）信実（九三六）詠、為家千首（一一六）、遠島百首（六三）がある。『壬二集』には時期不明の一首（二九九〇）もある。

定家と家隆によって開拓された感のある竜田山の木綿付鳥詠であるが、それに連なる58の評価は両人とも片点である。家隆詠を超える秀歌には成り得ていないということか。

59

霰

お《を》しなべて時雨れしまではつれなくてあられにおつるかしは木の杜　（定家〇家隆〇）

〔現代語訳〕霰

一様に時雨が降った時までは素知らぬふりで（散りもしないのに）、霰が降ると葉を落とす柏木の杜だ。

杜のかしは木」）

〔他出〕 続古今集・冬・六四〇、万代集・一三八七、雲葉集・八二八、新三十六人撰・一六（二句「時雨るるまでは」）、歌枕名寄・三三四六、三百六十首和歌・三三二（五句「秋のかしは木」）、六華集・一〇一七（下句「嵐に落つる

〔語釈〕 **○おしなべて** 概して。何もかも一様に。**○つれなくて** 素知らぬふりで。形容詞「つれなし」はこちらの気持にこたえてくれない冷淡、無情なさまを言う。ここは、通常の落葉樹は時雨によって色づいて散るのに、柏木が散らないでいることを「つれなし」と言っている。**○あられ** 霰。多くは降る時の音に着目して詠まれる。「閨の上にかたえさしおほひそともなるはびろがしはに霰ふるなり」（新古今集・冬・六五五・能因）「杉の板をまばらにふける閨の上におどろくばかり霰ふるらし」（後拾遺集・冬・三九九・公資）。ここも直接的には詠まれていないが、柏の枯葉を打つ霰の音を感じ取るべきだろう。**○かしは木の杜** 柏木の杜。大和国の歌枕とするが、実在の地かどうかは不明。柏はブナ科の落葉高木。枯葉を枝につけたまま越冬し、春の新葉が出る頃に葉を落とす。このことから「葉守りの神」と言われる。また兵衛府の官人を言うが、ここではそれらの意はなく単なる冬の景として詠む。

〔補説〕 柏木に時雨と霰を併せ詠んだ先例はない。時雨には散らなかったのに、霰が降ると脆くも落葉する、と微細な季節の進行を捉えたところに狙いがあるのだろうが、「あられにおつる」は不自然な気がする。通例は落ち葉の上に霰が落ちる（降る・散る）のであって、霰によって葉が散るとするのは無理があろう。〔語釈〕のように柏は冬も枯葉が枝についたままであるので不審も残る。しかし、

時しもあれ冬は葉守の神無月まばらになりぬ杜のかしは木（新古今集・冬・五六八・慶算）

かしは木の森はまばらになりにけり葉守の神のあからめやせし（歌仙落書・八七・登蓮）

などがあり、柏の葉も残るものもあり、落ちるものもありと解するべきであるし、実景に接して詠むわけではないので厳密な詮索は余り意味を持たないだろう。土御門院が柏木の詠み方について不消化気味であったとは言えよう。

霰の歌としては家隆の、

古里の庭の日影も冴えくれて桐の落ち葉に霰降るなり（壬二集・五九、新勅撰集・冬・三九三）が知られる。堀河百首題による「初心百首」の詠なので、これを土御門院が知っていたかどうかはわからない。また「つれなし」という言葉に着目すれば、順徳天皇に万葉歌を本歌とする、

吉野川いはどがしはの初時雨ときはの色はけさもつれなし（紫禁和歌草・四一八）

がある。「いはどがしは」は実体が不明であるが、「柏」が「時雨」に「つれな」いという点では59と類似がないとも言えないだろう。こちらは建保二年（一二一四）の作である。

雪

吉野山けふふる雪やうづむらん入りにし人の跡だにもなし　（定家○家隆◎）

〔現代語訳〕　雪

吉野山は今日降るこの雪が道を埋めているのだろうか。山に入って行った人からの音信さえも無い。

〔他出〕　新続古今集・冬・七〇〇（二三句「今朝ふる雪やつもるらん」）、題林愚抄・五八一四（二三句「今朝ふる雪やつもるらん」）

〔本歌〕　みよしのの山の白雪ふみわけて入りにし人のおとづれもせぬ（古今集・冬・三二七・忠岑）

〔語釈〕　**○吉野山**　大和国の歌枕。本歌のように雪深い所ととらえられていた。「み吉野の山の白雪つもるらしふるさとさむくなりまさるなり」（古今集・冬・三二五・是則）。**○うづむらん**　「埋む」はかぶさって見えなくすること。「らん」は視界外の見えないものを推量する助動詞。疑問の係助詞「や」の結びで連体形。ここは、降っている雪を見て吉野山の様子を思いやっている。**○入りにし人**　本歌に拠る言葉。**○跡だにもなし**　音信さえも無い。「跡」は足跡・形跡が原義。そこから往来・音信をも言う。「道もなくつもれる雪に跡たえて故郷いかにさびしかるらん」

（金葉集・冬・二九二・肥後）。

〔補説〕 この歌は静御前が頼朝の前で歌ったという、

吉野山嶺の白雪踏み分けて入りにし人の跡ぞ恋しき（義経記・巻六・一〇）

に類似している。同様に順徳天皇の、

吉野山入りにし人のおとづれもたえて久しき雪のかよひ路（紫禁和歌草・七六六）

もある。この歌の詠出時期ははっきりしないが、同集の建保四年（一二一六）三月と八月の間に収められる「二百首和歌」中の一首である。恐らくこれらの間に影響関係はなく、いずれも著名な『古今集』忠岑歌を本歌とすることによる類似であろう。

村尾氏は56と共にこの歌を「穏当に本歌の世界を展開させたような例」で「隠遁的な静寂な世界が指向されている」とし、「このような本歌取はこの百首での基調であろう」としている。

61

寒蘆

難波えやすみうき里のあしの葉にいとゞ霜お《を》く冬の曙　（定家〇家隆◎）

〔現代語訳〕 寒蘆

古来「住み憂き」と歌われる、その難波江の里の枯れ蘆の葉に霜が置いて、いっそう寒々とした冬の曙の景色だ。

〔本歌・本説〕 君なくてあしかりけりと思ふにもいとど難波の浦ぞすみうき（拾遺集・雑下・五四〇、大和物語・一四八段・二四九）

〔語釈〕 **〇寒蘆《かんろ》** 枯れて寒々とした蘆。蘆（葦・葭）はイネ科の多年草。湿地や水辺に生える。**〇難波え** 難波の入江。摂津国の歌枕で蘆の名所。**〇すみうき里**　住み憂き里。本歌に拠る言葉だが「里の名をわが身に知れば山城の宇治のわたりぞいとど住みうき」（源氏物語・浮舟・七四七）も参考にしている。**〇いとゞ霜おく**　「いとゞ」はいよいよ、ますます。上句を受けて、そうでなくても住み憂き里なのに、今朝は霜が降りて寒々としていっそう住み憂いとの気持を含む。難波の蘆と霜は冬の景として万葉時代から詠まれた。「おしてる難波堀江の葦辺には雁寝たるかも霜の降らくに」（万葉集・巻十・二一三五）。**〇冬の曙**　曙は暁の次の時間帯。夜がほのかに白んで明けてくる頃。「春は曙」（枕草子）に対して「雪の曙」「露の曙」など新しい表現が新古今期に詠み出されていった。

〔補説〕　この歌と本歌を同じくする後鳥羽院詠が二首ある。いずれも『源家長日記』に見えるもので、慈円との贈答歌である。「いとど住みうき」という句が用いられている。

　津の国のあしかりけりな頼みこし人もなぎさにいとど住みうき（源家長日記・一五〇）

　津の国の難波も夢の世の中にいとど住みうき風の音かな（同・一九二）

前者は建永元年（一二〇六）良経の死に際して慈円に贈った歌、後者はそれに続く慈円の遁世願望に対して贈った歌である。後者は西行の、

　津の国の難波の春は夢なれや蘆の枯葉に風わたるなり（新古今集・冬・六二五）

をもふまえる。これらは慈円との個人的な贈答であるから土御門院が目にしたとは思われないが、蘆刈説話の歌を本歌としつつ、言葉の類似する歌で61に先行するものは右の二首のみである。

　一方「冬の曙」は新古今期に新たに見出された美で、「文治六年女御入内和歌」の定家詠（拾遺愚草・一九一一）が初例。以後多く詠まれるが、関連があるかと思われるものに、

　春よりも心あるかな津の国の難波わたりの冬の曙（正治初度百首・一六一一・惟明親王）

がある。能因歌（後拾遺集・春上・四三）を本歌としつつ、難波の冬の曙に美を見出している。同じ『正治初度百首』詠には後鳥羽院の、

秋くるる鐘のひびきはすが原や伏見の里の冬の曙（後鳥羽院御集・五六）

もある（但し、この歌は編纂本『正治初度百首』にはない）。同時代の新しい表現として「冬の曙」を摂取したものと思われる。

千鳥

夕暮の浦もさだめずなく千鳥いかなるあまの袖ぬらすらむ　（定家○家隆◎）

〔現代語訳〕 千鳥

夕暮れ時に、どこの浦ということもなくしきりに鳴いている千鳥は、（海人の袖はもちろんだが、その上）いったいどのようなあまの袖を濡らすのだろうか。

〔他出〕 続古今集・冬・六〇六、雲葉集・八〇四、題林愚抄・五四五一

〔本歌〕 あまといへどいかなるあまの身なればか世に似ぬしほをたれわたるらん（拾遺集・哀傷・一二九八・恵子女王）

〔語釈〕 **○浦もさだめず**　どこの浦ということもなく。この句の用例はこの歌以前にない。「白波のよする渚によをすぐすあまの子なれば宿もさだめず」（和漢朗詠集・七二二、新古今集・雑下・一七〇三・読人不知・第三句「よをつくす」）や「浦千鳥かたもさだめず恋ひて鳴くつま吹く風のよるぞ久しき」（拾遺愚草・一一四四）などから思いついたものか。**○いかなるあまの**　「あま」は海人。漁や製塩を生業とする者を男女とも言う。本歌に拠る句。本歌は謙徳公（伊尹）室である恵子女王（代明親王女）が息子挙賢と義孝を同日の朝・夕に亡くして詠んだもので、自身を言う「尼」の意で用いている。**○袖ぬらすらむ**　袖を濡らすのだろうか。千鳥の声は「近江の海夕波千鳥汝が鳴けば心もしのにいにしへおもほゆ」（万葉集・巻三・二六六・人麻呂）以来、しみじみとした哀感をもってとらえられてい

た。ここも千鳥の声によって涙を催して袖を濡らすのである。「袖」と「濡る」は縁語。

〔補説〕 冬の歌なので、本歌の詠まれた事情や「尼」の意を強くとる必要はないだろう。しかし、本歌の持つ悲しみが夕暮れの浦の景に透徹した一首になっている。村尾氏は「『あま』を物語の世界の主人公のようにして本歌の世界を自由に展開させ、愁いに沈む『あま』をさらに嘆かせるような『千鳥』の声の含むあわれな抒情を加味している」と評している。

63

氷

山の井のむすびし水や結ぶらんこほれる月の影もにごらず　（定家〇家隆〇）

貫之に勝る。

〔現代語訳〕 氷

（夏に）山の井で手に掬うと雫で濁った、あの水が氷っているのだろうか。（今日は氷った水はもちろんのこと）それに射す氷ったような月の光も濁らず澄んでいる。

貫之に勝っている。

〔本歌〕 袖ひちてむすびし水のこほれるを春立つけふの風やとくらむ（古今集・春上・二・貫之）

むすぶ手の雫ににごる山の井のあかでも人にわかれぬるかな（古今集・離別・四〇四・貫之）

〔語釈〕 **〇山の井のむすびし水**　二首の本歌に拠る句。「山の井」は山中の泉、湧き水。「むすぶ」は原義から派生する色々な意で用いられるが、ここでは「掬《むす》ぶ」、つまり両手の掌で水を掬《すく》うこと。「し」は過去の助動詞。夏に山の井で水を掬って飲んだことを言う。**〇結ぶらん**　ここの「結《むす》ぶ」は水などが凝結すること。氷ること。「らん」は現在推量の助動詞。疑問の係助詞「や」の結び。**〇こほれる**　氷っている。「れる」は完了・存続の助動詞。きらきらと射す冬の月影を「氷れる」と言っている。**〇月の影もにごらず**　「月の影」は月の光。結氷に射す月の光が澄んでいる。「も」は氷った水も月の光も。本歌の「にごる」に対して「にごらず」という。月と氷の組み合わせは多く詠まれている。「おほぞらの月の光し清ければ影見し水ぞまづこほりける」（古今集・冬・三一六・読人不知）。**〇貫之に勝る**　底本の表記は「勝に貫之」。「に」の字母は「尓」。伏A本も同じ。伏B本はこの評詞を持たない。語順が不審だが「貫之に勝《まさ》る」と読んだ。貫之は紀貫之。

〔補説〕　貫之の二首を本歌としつつ、新たに月影という素材を加えて冬の夜の歌にしている。「貫之に勝っている」かどうかは判断が難しい。「むすぶ・結ぶ・氷る」という同義の言葉の重複はやはり問題だろうし、歌意もとり難い。定家、家隆とも片点は付けているが、撰集に一つも採られていないのはそのような理由からと思われる。

水鳥

をし鴨のはがひをこゆる白浪のよるは玉もの床もさだめず　（定家〇家隆〇）

これなどぞ普通にはよき歌にて候。

〔現代語訳〕　水鳥

鴛鴦は、翼を越えるような白浪が寄せる夜には、玉藻の床も定めず、浪の上で独り辛い浮き寝をしている。

これなどは普通の歌としては良い歌でございます。

〔他出〕　題林愚抄・五五三六（五句「とこもさえて《ママ》」）

〔語釈〕　**〇をし鴨**　鴛《をし》（鴛鴦《をしどり》）の異名。「うらやまししづむみくづもあるものをいかでをし鴨うかぶなるらん」（堀河百首・一〇二一・隆源）。鴛鴦はガンカモ科の水鳥。雌雄がいつも並んでいることから夫婦仲のよいことに喩えられる。そこから和歌では「共寝の鴛」や「鴛の独り寝」「つがはぬ鴛」などと詠まれる。ここではその意は強くは出ていない。**〇はがひ**　羽交。左右の翼の重なり合ったところ。鳥の背、翼。「芦辺ゆく鴨の羽交に霜ふりて寒き夕はやまとしおもほゆ」（万葉集・巻一・六四・志貴皇子）。**〇よる**　「寄る」と「夜」の掛詞。この「寄る」と第二句の「越ゆ」は「浪」の縁語。**〇玉もの床もさだめず**　玉藻の床も定めず。「玉」は美称の接頭語。「藻」は海藻のこと。美しい藻でできた床、すなわち水鳥の塒《ねぐら》が打ち寄せる浪によって定まらず、あちこちと浮遊していることを言う。「水鳥の玉もの床のうき枕深きおもひは誰かまされる」（堀河百首・一〇一〇・匡房、千載集・冬・四三二）「水鳥の鴨のうきねのうきながら玉もの床にいくよへぬらん」（金槐集・三五八）のように「浮き」には「憂き」を掛けるのが常套である。しかもここは鴛であるから「床が定まらず（つがわず）独り辛い浮き寝をしている」と解する。
〇普通には　「普通」は一般的で特に目立つ点がないさま、平常のさまを言う。ここは歌合や屏風歌など特別の晴の歌に対して「一般的な歌としては」「通常の歌としては」との意である。7の評詞にも「一事無難、但し普通の当世歌」とある。

〔補説〕　この歌に先行する類歌として次の三首がある。

　　氷りゐし池の鴛鳥うちはぶき玉もの床にさざ波ぞたつ（正治初度百首・四一〇・良経）
　　霜さゆる玉もの床に氷してはらひもあへぬ鴛のこゑかな（同・四七・後鳥羽院）
　　いつしかと鴨のはがひに霜おきてたまもの床に氷ゐにけり（千五百番歌合・一八二四・良平）

三首とも「玉もの床」を詠み、前二首は鴛を詠んでいる。また良経の「さざ波ぞたつ」、良平の「はがひ」の言葉が共通するが、どちらも常套的な詠み方なので影響関係までは言えないだろう。『御集』には、

　　なみこほるけさをし鴨の床さえて玉もの池に冬は来にけり（二七〇）

という「小牡鹿」を隠題にした歌もある。

65

網代

あじろ木によどむ木のはの色みれば都のたつみ秋ぞ残れる　（定家◎家隆◎）

〔現代語訳〕　網代

網代木に澱んでいる木の葉の色を見ると、（冬になった今でも）都の東南にあたる宇治には、まだ秋が残っているのだなあ。

〔本歌〕　わが庵は都のたつみしかぞすむ世をうぢ山と人はいふなり（古今集・雑下・九八三・喜撰）

〔語釈〕　**〇網代**　川に杭を並べて打ち、簀《す》をわたして魚を捕る仕掛け。**〇あじろ木**　網代木。網代に用いる杭のことだが、網代と同義で用いられている。初冬に宇治川ではこれによって氷魚を獲った。和歌ではその氷魚と共に流れ寄る紅葉や白波を色彩豊かに詠じている。「紅葉葉のながれておつる網代には白波もまたよらぬ日ぞなき」（貫之集・四五四）「網代木に紅葉こきまぜよる氷魚はにしきをあらふ心地こそすれ」（後拾遺集・冬・三八五・義通）。**〇よどむ**　滞留する。滞る。**〇たつみ**　巽。辰と巳の間、すなわち東南の方角。「都のたつみ」の句は〔本歌〕に掲出の喜撰歌以降定着した。宇治・深草がその方角にあたる。ここは宇治川。「河霧の都のたつみふかければそこともみえぬ宇治の山里」（堀河百首・七三八・匡房）。**〇秋ぞ残れる**　季節は冬なのだが、宇治の網代木にまだ美しい紅葉が澱んでいるのを秋が残っているのだと詠んでいる。

〔補説〕　定家、家隆共に両点で高く評価しているが、勅撰集、私撰集の類には全く採られていない。『御集』中の網代題に、

　橋姫のたもとや色に出でぬらん木葉ながるる宇治の網代木（七五）

がある。65と比べると習熟の度が知られる。

「都のたつみ」という句は後鳥羽院と順徳天皇も次のように用いている。それぞれ元久元年（一二〇四）七月十六

日の御会、建保元年（一二一三）の当座歌会に於けるものである。

宇治の山雲ふきはらふ秋風に都のたつみ月もすみけり（後鳥羽院御集・一六四八）

秋といへば都のたつみしかぞ鳴く名も宇治山の夕ぐれの空（紫禁和歌草・二四九）

66

神楽

さか木とるやそ氏人の袖のうへに神代をかけてのこる月影（定家◎家隆◎）

〔現代語訳〕 神楽

榊を手にとって舞う八十氏人の袖の上に、神代を思わせるように残っている月の光よ。

〔他出〕 続後撰集・神祇・五六五、題林愚抄・五六二二

〔語釈〕 **○神楽** 十二月中旬に行われる内侍所の御神楽のこと。**○さか木とる** 榊を手にとって神楽を舞うこと。榊は神事に用いられる常緑樹。「さか木とる庭火のまへにふる雪をおもしろしとや神もみるらん」（堀河百首・一〇五六・河内）。**○やそ氏人** 八十氏人。多くの氏人。「八十」は数が多いこと。「もののふの八十氏人も吉野川たゆることなくつかへつつみむ」（万葉集・巻一八・四一〇〇・家持）。**○神代をかけて** 神代のことを心にかけて。「ちはやぶる神代をかけてあふひ草君にふた葉のかげやそふらむ」（千五百番歌合・六六九・家隆）。**○月影** ↓63。

〔補説〕 前歌同様、定家、家隆共に両点を付けている。穏当な詠みぶりと言えよう。この歌の上句は「賀茂別雷社歌合」での、

さか木とるやそ氏人の袖のうへに香をとめてふく春の夜の風（二六・通光）

と全く同じである。同歌合は建永二年（一二〇七）三月七日後鳥羽院の主催。下句は良経の、

天の戸をおしあけ方の雲間より神代の月の影ぞのこれる（新古今集・雑上・一五四七）

と類似している。
またこの歌は為家が、
さかきとる大宮人の袖の上に八たび霜おく有明の月（宗尊親王三百首・一八七）
の注として引いている。土御門院は宗尊親王の祖父にあたるので注記したのであろうが、為家自身の歌にも土御門院との類似が認められるところを見れば、為家は土御門院の歌に精通していたものと思われる。本百首が書写されて定家のもとにあり、それを為家が披見したのであろう。

鷹狩

ならしばや枯葉のうへに雪ちりて鳥だちの原にかへる狩人　（定家〇家隆〇）

〔現代語訳〕　鷹狩
楢柴の枯葉の上に雪が散って、鳥立のある野原には、帰って行く狩人の姿が見える。

〔他出〕　新後撰集・冬・五二五（二句「枯葉の末に」）、題林愚抄・五五九六（二句「枯葉の末に」、四句「とだちの草に」）

〔語釈〕　**〇ならしば**　楢柴。楢の木の小枝。「み狩するかりはの小野の楢柴のなれはまさらず恋こそまされ」（万葉集・巻一二・三〇四八）のように同音の「馴れ」などを導く詠法が主流であったが、中世になると「秋風にあへず散りにし楢柴のむなしき枝に時雨すぐなり」（秋篠月清集・九三〇）のように楢柴自体を景物の一つとして描く手法が加わってくる。この歌はその詠み方である。**〇枯葉**　楢は「楢の広葉」と詠まれるように葉が広く、その枯葉には多く雪・霰・時雨・風などが併せ詠まれる。「あさとあけて見るぞさびしき片岡の楢の枯葉にふれる白雪」（経信集・一六〇）「冬の夜をね覚めてきけば片岡の楢の枯葉に霰ふるなり」（堀河百首・九四〇・永縁）。**〇鳥だちの原**　鳥立《とだち》の設けられている野原。鳥立は鷹狩の時、鳥が集まるようにあらかじめ設けておく草むらや池沢のこと。「み狩すと鳥立の原をあさりつつ交野の野べに今日もくらしつ」（新古今集・冬・六八六・忠通）。**〇狩人**　猟を業とする人、猟師の意だが、ここは鷹狩りをする人を言う。

〔補説〕　鷹狩は冬のもので、

ふる雪にうだの鳥立はうづもれてかへるさしらぬ冬の狩人（為家千首・五八二）

のように雪中でも行われたが、67は鳥立の原で鷹狩りをした狩人達が、夕暮れとなり雪が降ってきたので帰って行く景を詠んだものであろう。状況としては、

狩りくらす交野のみ野のかへるさに初雪白し道の栖柴（夫木和歌抄・九六五九・為家）

などを想定できよう。

炭竈

よそにてもさびしとはしれ大原やけぶりをたつる炭竈の里（定家〇家隆〇）

・此の句こそおもしろく、あまりなるまで覚え候へ。

〔現代語訳〕　炭竈

遠く離れていてもこの寂しさをわかって下さい。炭竈の煙を立ち昇らせている大原の里の。

「さびしとはしれ」という句がすばらしく、恐ろしいほどに感じられます。

〔他出〕　新続古今集・冬・七三四（四句「けぶりをたたぬ」）、歌枕名寄・四〇六（四句「けぶりをたえぬ」）、夫木抄・七五六五、題林愚抄・六〇〇五（四句「けぶりをたえぬ」）

〔語釈〕　**〇よそにても**　遠くからでも。「よそ」は「遠く離れて」の意。**〇大原**　大和国の歌枕。乙訓郡の大原野と愛宕郡の大原とがあるが、ここは後者。大原三寂が住むなど隠棲地として知られる。**〇けぶりをたつる**　炭を焼

く煙が立ち上っている。**〇炭竈**　炭を焼く竈。炭竈の煙は大原の里の典型的な冬の景として定着した。「大原や小野のすみがま雪ふりて心ぼそげに立つ煙かな」（堀河百首・一〇七六・師頼）「さびしさは冬こそまされ大原や焼く炭竈の煙のみして」（同・一〇八二・顕仲）。**〇此の句**　第二句「さびしとはしれ」を指している。この句は68以前には見られないもの。第三句以下は多く用いられる表現。**〇あまりなるまで**　「あまりなり」は「度が過ぎていてひどすぎるさま」を言う形容動詞であるが、ここは否定的な評価ではなく、常軌を逸するほどにすばらしさが感じられると言うのである。

〔補説〕評詞では高く評価しているのだが、二人とも片点である。〔語釈〕で指摘したように「さびしとはしれ」または「よそにてもさびしとはしれ」という言葉続きで用いられた歌は他にない。定家はこの新しい言葉続きと二句で切れる強い調子を評価して評詞を付けたものと思われる。後の類歌に、

さびしさはよそにてもしれ朝夕にたく冬柴の煙けぶらば（秋風抄・二八八・前摂政家民部卿）

がある。作者の民部卿は光俊女。

69

爐火

むば玉の夢もさむけき暁はのこるともなき埋火の影　（定家〇家隆〇）

〔現代語訳〕爐火

夢も覚めるような寒々とした暁には、残るともなく残っている埋火の光が弱々しく見える。

〔他出〕夫木抄・七五九七

〔語釈〕**〇むば玉の**　「黒」或いは黒いものにかかる枕詞。「うばたま」「ぬばたま」とも。ここは夜のものである「夢」の枕詞となっている。「うばたまの夢になにかはなぐさまむうつつにだにもあかぬ心は」（古今集・物名・四四

九・深養父）。**○さむけき**　寒けき。「さむ」は夢が覚める意の「覚む」との掛詞。「暁のね覚の床のさむけきに身にそふ物は恨なりけり」（林葉集・八六八）。**○のこるともなき**　残るともなく残っている。暁方になって埋火の火力が弱くなり消えかかっている様子。「明がたの枕の上に冬はきてのこるともなき秋のともし火」（正治初度百首・四五九・良経）「うたたねの夢ぢのすゑは夏のあした残るともなきかやり火の跡」（後鳥羽院御集・三一、正治初度百首）。**○埋火の影**　「埋火」は爐の灰に埋めた炭火。「影」は炭火の光。

〔補説〕　土御門院は「埋火の影」という句を好んだらしく、『御集』中の「炉火」題でも、

冬の夜のながきおもひのたぐひとて下にもけたぬ埋火の影（七九）

と詠んでいる。「埋火の影」を用いた前例としては、

つひにみな消えなむことを思ひしるあかつきがたの埋火の影（公衡集・六八）

があるのみである。逆に土御門院後の例かと思われるものに、

いたまより袖にしらるる山おろしにあらはれわたる埋火の影（新勅撰集・冬・四三五・嘉陽門院越前）

がある。これは山颪の風によって一瞬赤くおこった「埋火の影」である。

70

歳暮

今日とくれことしと暮れぬ明日よりや昨日と思ひし春の明ぼの　（定家○家隆○）

〔現代語訳〕　歳暮

「今日は」と思っているうちに今日が暮れ、「今年は」と思っているうちに今年も暮れてしまった。明日からは、ついい昨日のことのように思っていた春がまたやって来て、曙の空となるのだろうか。

〔本歌〕　昨日といひ今日とくらして飛鳥川流れてははやき月日なりけり（古今集・冬・三四一・列樹）

〔語釈〕 **○明日よりや** 「や」は疑問の係助詞。**○昨日と思ひし** つい昨日のように思っていた。「し」は過去の助動詞。月日の流れが早いことを言う歳暮の感慨。「夢のうちに花も紅葉も散果てて昨日と思ひし冬はきにけり」（紫禁和歌草・一二四一）。**○春の明ぼの** 春の曙。→61。

〔補説〕 本歌に拠りつつ下句で新味を出そうとしたと思われるが、観念的な感は否めないだろう。後鳥羽院の「詠五百首和歌」に、

けふも暮れあすも過ぎなばと思ふまに空しき年の身に積もりつつ（後鳥羽院御集・一〇一六）

があるが、こちらはストレートに感慨の伝わる歌になっている。本書同収の『土御門院女房日記』に、

けふもくれあすもあけぬとかぞへきてなげくみとせのはてぞかなしき（三二）

がある。言葉に類似がある点で注目される。

恋十首

初恋

71

思ひそむる杜の木の葉の初時雨しぐるとだにも人にしらせむ

此の時雨たれにて候ぞ。（定家〇家隆〇）

〔現代語訳〕 初恋

杜の木の葉が初時雨に色づき始めるように、あなたのことを思い初《そ》めて、涙を流しているとだけでも、お伝えしたいものです。

この「時雨」とは一体誰なのでございましょうか。

〔他出〕 新続古今集・恋一・一〇一四

〔語釈〕 **○思ひそむる** 思い初むる。心にかけ始める、思い始める。恋の初めの段階を言う。「そ（初）むる」は「染むる」との掛詞。**○初時雨** その年に初めて降る時雨。**○しぐるとだにも** 泣いて涙を流しているとだけでも。「時雨《しぐ》る」は「しぐれが降る」、「涙を催す」の意があるが、ここは後者。**○人にしらせむ** 「人」は思い初めた相手。「む」は意志の助動詞。「心がへする物にもが片恋はくるしき物と人にしらせむ」（古今集・恋一・五四〇・読人不知）「恋といへばおなじ名にこそ思ふらめいかでわが身を人にしらせん」（拾遺集・恋一・六七七・読人不知）「しのびつつやみなむよりはおもふことありけりとだに人にしらせん」（後拾遺集・恋一・六一〇・嘉言）のように恋の歌に多く用いられる。

〔補説〕 初時雨に紅葉し始めた木の葉を「初めの恋」に喩える。評詞は本百首の作者についての詮索ではなく、「人にしらせむ」という結句を受けて「そのように思い初《そ》めさせた時雨、すなわち恋のお相手は一体どなたなのでしょう」と歌の内容に合いの手を入れているのである。

忍恋

とへかしなまきたつ山の夕時雨色こそみえ《へ》ねふかき心を　（定家◎家隆◎）

〔現代語訳〕 忍恋

尋ねて見て下さい。常緑樹の山に降る夕時雨のように、色は表には見えないでしょうが、深く忍んでいるあなたへの恋心を。

〔他出〕 続古今集・恋一・九九五、題林愚抄・六二九一

〔語釈〕 **○とへかしな** 尋ねてみて下さいよ。相手に同情を求める言い方。「かし」は強意の終助詞。「な」は詠嘆

の終助詞。初句切れで倒置になっている。「とへかしな尾花がもとのおもひ草しをるるのべの露はいかにと」（新古今集・恋五・一三四〇・通具）。**○まきたつ山**　真木《まき》の生い立っている山。真木は杉や檜などの常緑針葉樹の類を言う。「さびしさはその色としもなかりけり真木立つ山の秋の夕ぐれ」（新古今集・秋上・三六一・寂蓮）。**○夕時雨**　夕方降る時雨。「下もみぢかつ散る山の夕時雨ぬれてやひとり鹿のなくらむ」（新古今集・秋下・四三七・家隆）。**○色こそみえねふかき心を**　色は見えないが、深い心を。「色」は時雨によって染まる紅葉の意と顔色・表情の意とを掛ける。「こそ…ね」の係り結びは逆説的に下に続く。「春の夜のやみはあやなし梅の花色こそ見えね香やはかくるる」（古今集・春上・四一・躬恒）。この句は86でも用いられている。

〔補説〕「とへかしな」は『堀河百首』頃から盛んに詠まれた句であり、「まきたつ山」「夕時雨」は〔語釈〕掲出の著名歌のように新古今期に流行した言葉である。これらを用いて、恋心を表面に表す（色に出す）ことなく胸の奥で深く忍ぶという「忍ぶる恋」の題意を巧みに詠んでおり、定家・家隆とも両点で高く評価している。本百首の中では秀逸の一つである。

73

不逢恋

あはでふる涙の末（見消）やまさるらんいもせの山の中の瀧つせ　（定家○家隆○）

〔現代語訳〕　不逢恋

逢えないで日を経るつらさに流す涙の嵩《かさ》が、末になって増したのだろうか。妹背の山の中を流れる瀧のように激しくたぎり落ちているよ。

〔他出〕　続後撰集・恋二・七六三、新三十六人撰・一七、歌枕名寄・八四八一

〔本歌〕　流れては妹背の山のなかにおつる吉野の河のよしや世の中（古今集・恋五・八二八・読人不知）

〔語釈〕**○あはでふる**　逢はで経る。恋人同士が逢えないまま日を過ごす。「で」は打消の接続助詞。「あはでふるほどにぬれたる唐衣けふはみさへもなかるべきかな」（元真集・四一）。**○涙の末やまさるらん**　涙が流れて行って水嵩が増したのだろうか。「や」は疑問の係助詞。「涙の末」は「あさましやおさふる袖の下くぐる涙の末を人やみつらん」（千載集・恋一・六九三・頼政）のように、忍んで隠しているのだがしまいには現れて人に見咎められたりするものとして詠まれる。ここは本歌に拠って、涙の水嵩が増して瀧のように激しく流れ落ちる、と更に誇張して詠んでいる。**○いもせの山**　妹背の山。紀伊国の歌枕。「おくれゐて恋ひつつあらずは紀伊国の妹背の山にあらましものを」（万葉集・巻四・五四四・金村）。紀の川を隔てて妹山と背山があり、「妹背の山」で男女の仲の比喩表現。本歌である『古今集』歌に「吉野の河の」とあることから大和国の歌枕とする説もあるが、吉野川が流れて紀の川に落ちて行くと解して紀伊国の歌枕説に従う。**○瀧つせ**　瀧つ瀬。早く激しく流れる瀬（たぎつせ）。または高いところから落ちる瀧（たきつせ）。ここは水嵩が増すと詠んでいるので後者がよい。激しく募る恋心の比喩。

〔補説〕曲折した詠みぶりの『古今集』歌を本歌としつつも平易でなだらかな歌に仕上げている。74〔補説〕参照。

74

初逢恋

新枕契をかはす草の葉にたがなからひの露のお《を》くらん

（定家○家隆◎）

〔現代語訳〕初逢恋

私達が新枕して契りを交わす、その結んだ枕の草の葉に露が置いている。いったいどのような男女の間柄が流した涙なのだろうか。私達の間にはそのようなものは置かないはずなのに。

〔他出〕題林愚抄・六七五七（二句「ちぎりをむすぶ」、四句「たれかならひの」）

〔語釈〕**○新枕**　にひまくら。異性と最初に共寝をすること。契りを交わすこと。「あらたまの年の三年を待ちわびてただ今宵こそ新枕すれ」（伊勢物語・二四段・五二）。**○契をかはす**　直接的で散文的なためか、この言葉を和歌に使った例は少ない。恋の歌ではないが「あさからず契をかはす花ゆゑにおなじはちすのみとならじやは」（肥後集・一三七）がある。**○草の葉に**　草枕の連想で「草の葉に」と続けたか。「新枕」と「草の葉」を併せ読むのはこの歌が初例。後に為家が「旅宿逢恋」題で「わするなよ草ひきむすぶ新枕かはすちぎりは一夜なりとも」（為家集・二〇六六）と詠んでいるが、74も旅に於ける「初逢恋」を詠んだものか。但し「旅恋」題は77に設けられている。**○たがなからひの**　どのような男女の間柄の。「なからひ」は人と人との間柄。交情。交際。この言葉を和歌に使った例は少ない。先行するのは「もろともにあひもおもはぬなからひのくるまはいかにひさしとかしる」（一類本定頼集・一六五）のみ。和歌序や評詞の中では「いもせの山をへだてぬ御なからひなり」（万寿元年高陽院行幸和歌序）「をとこをんなのなからひ」（俊忠朝臣家歌合・建久二年若宮社歌合）と使われている。〔補説〕参照。**○露のおくらん**　「草の葉」の縁で「露」を出している。露は涙の比喩。第四句「たが」を受けて反語の意になる。

〔補説〕〔語釈〕のように「なからひ」という言葉は和歌には珍しい。ここを伏A本は「たれかならひの」とする。「たれかならひの」も和歌用例はないのだが、こちらだと歌意は「新枕の契りを交わすこの時に、草の葉には習いとは言え、露を一体誰が置いたりするのか」となろうか。但し「露の」の「の」が釈然としなくなる。恐らく底本本文が土御門院の新味を志向した本来的なものであったのだが、不審を抱かれて異文が生じたのではないか。

右のように考えると『千五百番歌合』からの影響もありそうである。恋三の一三二三番は慈円と惟明親王の番だが次のようになっている。

千三百二十三番　　左　　　　　　　　　　　　　　　　前権僧正

わがなみだよしののかはのよしさらばいもせの山のなかにながれよ（二六四四）

右　　　　　　　　　　　　　　　　三宮

七夕をわが身のうへになしはててかさねぬそでにあまの川浪（二六四五）

左歌は、ながれてはいもせの山の中におつるよしのの河のよしや世の中、と侍る歌、おほかたのいもせのなからひのありやうをよめる歌にて、古今の恋歌のはてにはいりて侍ると見ゆるを、をかしくとりなされても侍るかな、本歌は、よしのの河のよしや世の中と侍るに、今の歌は、わがなみだをよみそへて、よしのの河のよしさらばといひ、本歌には、ながれてはいもせの山のなかにおつるとあるを、今の詠に、いもせの山のなかにながれよとなされて侍る、ゆゆしき心たくみなり、木にかたをきざまば野匠が斧もおよぶべからず、紙に絵をかかれんには長康が筆もならびがたかるべし、（以下略）

傍線部に着目すると、慈円の歌には前歌73の「いもせの山」が出てくる。顕昭の判詞は『古今集』歌「ながれては」を引用するのだが、これは73の本歌でもある。そして74の「なからひ」という言葉が使われている。土御門院は『千五百番歌合』のこの番から73・74の着想を得たのではなかろうか。憶測が過ぎるかもしれないが、初心者としてはありうることのように思われる。波線部のように顕昭が慈円の歌を激賞しているのも目を引くところである。

75

後朝恋

わすれめやおも影さそふ在明の袖にわかるゝよこ雲の空　（定家○家隆○）

〔現代語訳〕 後朝恋

忘れようか、いや忘れたりしないよ。（今別れたばかりの）女の面影を誘うような月の残っている有明の空に、辛い袖の別れを象徴するかのように横雲が分れてたなびいている景色を。

〔他出〕 題林愚抄・六八六九

〔語釈〕 **○わすれめや** 忘れようか、いや忘れない。「め」は推量の助動詞「む」の已然形。「や」は反語を表す係助詞。初句切れで倒置になっている。「わすれめやあふひを草にひきむすびかりねののべの露の曙」（新古今集・

夏・一八二・式子内親王）。**〇おも影さそふ**　面影《おもかげ》は目の前にないものがあるように見える、その姿、様子。ここは空に残っている有明月が、たった今後朝の別れをしてきたばかりの女の面影を彷彿とさせる、との意。定家の「かきやりしその黒髪のすぢごとにうちふすほどはおもかげぞたつ」（新古今集・恋五・一三九〇）が著名だが、「おも影さそふ」と続けた例では「まちなれし名残ばかりのうたたねに面影さそふ玉だれの月」（建仁二年五月仙洞影供歌合・七四・長明）「ながめじとおもひしものをふるさとの面影さそふ春の夜の月」（浄照房集・二四）がある。いずれも月が面影を誘うのである。**〇在明**　陰暦二十日以降の月。まだ空に残っているうちに夜が明けるので男女の別れの辛さを託して詠まれる。**〇袖にわかるゝ**　「わかるゝ」は「袖の別れ」と横雲が分れるを掛ける。「袖の別れ」は男女が共寝をした翌朝の別れ。歌題の「後朝」のこと。**〇よこ雲の空**　横雲のたなびいている空。〔補説〕参照。

〔補説〕「横雲」「横雲の空」という言葉は新古今期に好んで詠まれた。『新古今集』にも四例あるが、特に春上に並ぶ家隆と定家の歌は著名である。

霞たつすゑの松山ほのぼのと波にはなるる横雲の空（新古今集・春上・三七・家隆）

春の夜の夢のうき橋とだえして峰にわかるる横雲の空（同・三八・定家）

これらの影響下に詠まれたと思われるが、75は「後朝恋」題であり、『文選』高唐賦を踏まえる定家の歌からの影響が強いだろう。この歌を見た定家と家隆の感想はいかがであったろう。村尾氏は定家の歌からの顕著な影響を指摘した上で、特に下句について「自然の風景に還元されることのない、観念的な飛躍のある言葉遣いである」と評している。

反対に75からの影響と思われるものに、

草枕一夜の露をちぎりにて袖にわかるるのべの月かげ（道助法親王家五十首・一〇五七・道助）

忘れめやよその涙にかはるとも袖にしぐるる横雲の空（洞院摂政家百首・一二六七・隆祐）

がある。道助法親王の歌は前歌74に75を併せたような印象であり、隆祐の歌は初句と末句が同じで、より類似性が高い。道助法親王は弟宮であり、隆祐は家隆の息であるから、両人共本百首を披見していた可能性は大きい。

76

遇不逢恋　（定家○家隆○）

月草の花のこゝろやうつるらんきのふにも似ぬ袖の色かな

〔現代語訳〕　遇不逢恋
　露草の花の心は他の男に移ってしまったのだろうか。（逢えなくなって）昨日とは似ても似つかぬ、紅涙に濡れた私の袖の色だよ。

〔他出〕　新後撰集・恋五・一一四七、題林愚抄・六九三二

〔本歌〕　世の中の人の心は月草のうつろひやすき色にぞありける（古今六帖・三八四四）

〔語釈〕　**○月草の花**　恋人である女を喩えていう。「月草」は露草の古名。その花を藍色の摺り染めに用いたが、色がおちやすいので「うつる」「消ぬ」「仮」の枕詞になったり喩えられたりする。「月草のうつろひやすく思へかも我が思ふ人は言も告げ来ぬ」（万葉集・巻四・五八三・坂上大嬢）「いで人は事のみぞよき月草のうつし心は色ことにして」（古今集・恋四・七一一・読人不知）。**○うつるらん**　女の心は他の男に移ったのだろうか。「遇不逢恋」題なので、恋人であった女が心変わりしたため逢えなくなった男の立場で言っている。**○きのふにも似ぬ**　相愛であった昨日とは似ても似つかぬ。「このねぬる夜のまに秋は来にけらしあさけの風のきのふにも似ぬ」（新古今集・秋上・二八七・季通）。**○袖の色**　逢えなくなった悲しみで流す涙（紅涙）によって袖の色が赤く変わることをいう。「きのふまで色はなかりしわが袖をいかにそめける夜半の涙ぞ」（為忠家後度百首・六一五・為忠）「くれなゐに涙の色もなりにけりかはるは人の心のみかは」（詞花集・恋上・二二〇・雅光）

〔補説〕　家隆の「後度百首」に、

夜もすがらかさねし袖はしら露のよそにぞ移る月草の色（壬二集・一七六）

がある。同じ「遇不逢恋」題であり類似が認められる。他に土御門院が「月草」を詠んだものに、

月草の花にはすらじわが衣しげき涙は露にまされり（御集・三一八）

がある。「草名十首」での詠である。

旅恋

77

物おもへばたみのゝ嶋のあま衣ぬるゝならひの浪やこゆらむ（定家○家隆○）

〔現代語訳〕 旅恋

（難波潟で）恋の物思いに沈んでいると、田蓑の島の雨衣ではないが、濡れる習いの浪が越えるからだろうか、袖が濡れるよ。

〔本歌〕 難波潟潮満ち来らしあま衣田蓑の島に鶴鳴きわたる（古今集・雑上・九一三・読人不知）

〔語釈〕 **〇たみのゝ嶋**　田蓑の島。摂津国の歌枕。本歌のように「鶴」を併せ詠んだり、「雨により田蓑の島を今日ゆけば名にはかくれぬものにぞありける」（古今集・雑上・九一八・貫之）のように「蓑」の縁で「雨」を取り合わせたりする。**〇あま衣**　雨衣。本歌に拠る言葉。本歌では、漁師の着る「雨衣」すなわち「田蓑」、「田蓑」と言えば同名の「田蓑の島」という発想で、「雨衣」は「田蓑の島」の枕詞のように用いられている。ここはそれを踏まえて「田蓑の島の雨衣」と詠む。**〇ぬるゝならひの浪やこゆらむ**　「ならひ」はしきたり、習慣。「浪」は本来濡らす方のものなので「ぬるゝ、ならひの浪」と受身の表現になっているのは厳密にはおかしい。「や」は疑問の係助詞。「浪」と「ぬる」「こゆ」は縁語。「いかにせんあさかの沼のかつみてもぬるるは袖のならひなりけり」（内裏名所百首・八八八・康光）「あまのがは水まさりつつひこぼしはかへるあしたに浪やこゆらん」（重之集・二六二）。

〔補説〕 田蓑の島は『内裏名所百首』の冬の歌題になっており、順徳天皇が、

雨によりたみのの島のあま衣さらではぬれぬ冬の袖かは（六四九）

と詠んでいる。これは〔語釈〕掲出の『古今集』貫之歌を本歌とするが、77の本歌である読人不知の九一三をも踏まえている。そのためもあろうが77との類似が認められる。77以前に「田蓑の島」に「雨衣」と「濡る」という言葉を併せて詠んだ歌は右の順徳天皇詠しかないのである。

難波潟で旅寝をしているという状況に現代語訳したが、「旅恋」という題意が十分詠み込まれているとは言い難い。この歌の末句と類似した土御門院の「不遇恋」題の歌に次の一首がある。

あまのきるまどほの衣あはでしもぬるるはなにのならひなるらん（御集・八三）

78

思

ゆふ暮はむぐらの宿のしら露も思ひあればや袖にお《を》くらむ　（定家○家隆○）

〔現代語訳〕 思

葎の宿に置く白露も、恋人を待つせつない思いがあるからか、夕暮れ時は袖に置いていることだろう。

〔他出〕 続古今集・秋上・三五二、秋風集・一〇九一、和漢兼作集・五九三、題林愚抄・六八九八（四句「思ひあればぞ」）

〔語釈〕 **○ゆふ暮は** 夕暮れは恋人の訪れを待つ苦しい物思いの時間帯。第五句「袖におくらん」にかかる。**○むぐらの宿** 葎の宿。葎は蔓草の総称。荒れ果てて人の寄りつかない家や庭を言う。「八重葎しげれる宿のさびしきに人こそ見えね秋は来にけり」（拾遺集・秋・一四〇・恵慶）。**○しら露** 白露。露が光って白く見えることから言う。涙の比喩としても用いられる。**○思ひあればや袖におくらむ** 「や」は疑問の係助詞、「らん」は現在推量の助動詞

連体形で係り結び。通例、露は草葉（葎）の上に置くのであるが、夕暮れ時には恋人を待つせつない思いのため涙を流す。その涙を露に喩えて、葎ならぬ袖に置いていることだろう、と推量するのである。「露」と「置く」は縁語。

〔補説〕 雅経の『老若五十首歌合』詠に、

たへてやは思ひありともいかがせむむぐらの宿の秋の夕暮（二六〇、新古今集・秋上・三六四）

がある。この歌から影響を受けたとまでは言えないが、「思ひあり」「むぐらの宿」「夕暮」が共通する。『新古今集』に採られているので土御門院は知悉していただろう。

片思

伊勢しまやみるめにまじるうつせ貝あはでしほるゝ袖のかなしき　（定家○家隆○）

〔現代語訳〕 片思

伊勢島の海松布に混じっている虚貝《うつせがい》のように、むなしくあの人に逢えないで、袖が涙で濡れるのが悲しいよ。

〔他出〕 続後拾遺集・恋一・六九八（五句「袖ぞかなしき」）、題林愚抄・六九〇六（五句「袖ぞかなしき」）

〔語釈〕 **○伊勢しまや** 伊勢島。伊勢国のこと。島嶼のみでなく伊勢湾に面した海岸一帯を言う。「や」は感動の間投助詞。**○みるめ** 海松布。海藻のミルのこと。男女が相手と逢う機会「見る目」の意に掛けて用いられる。「伊勢の海人の朝な夕なにかづくてふみるめに人をあくよしもがな」（古今集・恋四・六八三・読人不知）。**○うつせ貝** 虚貝《うつせがい》。海浜などに打ち寄せられた中身が空の貝。実のない、むなしいことの喩え。ここまでの上句は「あはで」を導く序詞。「すみのえの浜によるといふうつせ貝みなき言もちあれ恋ひめやも」（万葉集・巻一一・二七九七）「思ふ事ありその海のうつせ貝あはでやみぬる名をや残さん」（堀河百首・一一五六・師頼）。**○しほるゝ** 霑《しほ》るる。「霑る」

は濡れる意。序詞で想起されるところの海人の衣が潮水に濡れるイメージに、恋人に逢えず流す涙に袖が濡れるイメージを重ねている。

〔補説〕『内裏名所百首』の恋で、

いたづらに磯間の浦のうつせ貝あはでや波の下に忍ばん（八五〇・範宗）

伊勢島や二見の浦のかたし貝あはで月日を待つぞつれなき（九四八・康光）

が詠まれているので土御門院は見ていただろう。「片思」という題意を強く出すなら、康光のように「かた（片）し貝」（二枚貝の離れた一片）と詠んでもよかったろう。康光歌とは初句が同じなので、余りに類似することを避けたものか。後の作になるが藻壁門院但馬に、

数ならぬみくづにまじるうつせ貝ひろふにつけて袖ぞしほるる（続拾遺集・雑上・一一一七）

がある。二・三句と末句が79に似ている。これは初句が「数ならぬ」なので「水屑」に混じるとしたのであろう。「まじる」と虚貝は、早く『源氏物語』蜻蛉巻で「いかなるさまにて、いづれの底のうつせにまじりけむ」と用いられている。

80

恨

涙ちる袖に玉まくくずのはに秋風ふくととはゞこたへよ　（定家◎家隆◎）

〔現代語訳〕恨

涙が散るのを受ける袖が、それはどういう涙かとたずねたならば、玉巻く葛の葉に秋風が吹くように、あの人の心にも飽きが来たのを恨んで流す涙だと、（涙よ）答えてくれ。

〔他出〕続後撰集・恋四・九二〇

〔語釈〕 **○玉まく** 玉巻く。「玉」は美称。葛などの若葉の葉先が美しく巻くこと。「浅茅原玉巻く葛のうら風のうら悲しかる秋は来にけり」（後拾遺集・秋上・二三六・恵慶）。**○くずのは** 葛の葉。葛は葉裏が白く、風に翻ると裏が見えることから、「裏見」に「恨み」を掛けて詠まれる。「秋風の吹き裏返す葛の葉のうらみてもなほ恨めしきかな」（古今集・恋五・八二三・定文）。**○秋風ふくと** 秋風が吹いて葛の葉が裏返るように相手の心にも飽きが来て、それを恨んでいると。「秋」は「飽き」との掛詞。**○とはゞこたへよ** たずねたならば答えてくれ。袖がたずねたならば、涙よ、その袖に対して答えてくれ。「とはゞ」の主語は「袖」。答えるのは「涙」。双方を擬人化して言う。「都人いかがととはば山高みはれぬくもゐにわぶとこたへよ」（古今集・雑下・九三七・貞樹）。

〔補説〕 第二句の美称の「玉」が涙の玉を連想させる言葉続きになっている。定家、家隆とも両点で高く評価しているのはそのような言葉の美しさや袖と涙の擬人化、歌題の「恨」を葛の葉で詠み込んでいる点であろう。

雑二十首

暁

81 かたしきの涙の数にくらべばや暁しげきしぎの羽がき （定家○家隆◎）

〔現代語訳〕 暁

衣を片敷く独り寝で流す涙の数に比べてみたいものだ。暁にしきりに鴫が羽搔きをする、その数と。

〔語釈〕 **○かたしきの** 片敷きの。自分の衣だけを敷く、つまり共寝ではなく独り寝をすること。「あが恋ふる妹はあはさず玉の浦に衣かたしきひとりかも寝む」（万葉集・巻九・一六九二）「きりぎりすなくや霜夜のさむしろに衣かたしきひとりかも寝む」（新古今集・秋下・五一八・良経）。**○くらべばや** 比べたい。「ばや」は自己の希望を表す。かたしきひとりかも寝む」（新古今集・秋下・五一八・良経）。数が多いとされる鴫の羽搔きよりも私の涙の数の方が多い、との気持を込める。**○暁** 暁は曙光が射す前のまだ暗い時刻。東雲や曙よりも早い時間帯。**〇しげき** 繁き。「繁し」は回数が多い、絶え間がない意。**〇しぎの羽がき** 鴫の羽掻き。鴫は水辺に住むシギ科の鳥。鴫の羽掻きについては①暁に嘴で何度も羽毛を掻く鴫の動作のこと、②暁に飛び立とうとして羽を打ち振る羽ばたきこと、の二説ある。従来①説で解されてきたが、『袖中抄』の記述により②説で解すべきとの見解が出されている。いずれにせよその数が多いという理解は共通している。著名な「暁の鴫の羽がきももはがき君がこぬ夜は我ぞかずかく」（古今集・恋五・七六一・読人不知）の歌から、男が来ない夜の女の恨みを象徴する表現ともなった。「まちわびてこぬ夜むなしく明行けば涙にかすむ鴫の羽がき」（月卿雲客妬歌合・二二一・雅経）。

〔補説〕『御集』の「詠述懐十首」の「寄暁述懐」に次の歌がある。言葉の用い方が81と類似している。

暁の鴫の羽がきかきもあへじわがおもふことの数をしらせば（四）

松

幾世ともいはねの小松あきをへてあらしも露も色はかはらず（定家〇家隆〇）

〔現代語訳〕 松

岩根の小松は、（まだ生えたばかりで）幾世を経たとは言えないが、それでも秋を経ても、嵐にも露にも少しも色が変わらない。

〔本歌〕 思ふてふことのはのみや秋をへて色もかはらぬ物にはあるらむ（古今集・恋四・六八八・読人不知）

〔語釈〕 **〇いはね** 「岩根」と「言はね」の掛詞。岩根は地にずっしりと根付いた岩。賀歌において松と共に恒久的なものとして詠まれる。「言はね」の「ね」は打消の助動詞「ず」の已然形。「言はねども」の「ども」が省略された形。言わないけれどもの意。「おもふらん岩根の小松いはねども雲の上までおひむものとは」（花山院歌合・一六・戒秀）。**○小松**　小さい松。若松。**○あきをへて**　木々が紅葉する秋を経ても。「万代の秋をも知らで過ぎ来たる葉かへぬ谷の岩根松かな」（後拾遺集・雑四・一〇五〇・白河天皇）。**○あらしも露も色はかはらず**　嵐に逢っても露に逢っても、常葉の緑の色は変わらない。常緑の松は千歳万歳を言祝ぐものと認識されていた。ここは「小松であるけれども」の気持。「露も」は「少しも」の意との掛詞。「浪かくる磯の岩根の松がえのかはらぬ色に浦風ぞ吹く」（後鳥羽院御集・三七四、外宮百首）。

竹

呉竹の夜わたる月の影ぞもる葉分のかぜや雲はらふらむ　（定家○家隆◎）

いつも御気色あしき事にて候へば、よも御さたは候はじ。

〔現代語訳〕　竹

夜空を渡る月の光が洩れてくる。呉竹の葉を分けて吹く風が雲を払ったのだろうか。

いつも御気色が悪いことでございますので、よもやご沙汰はございませんでしょう。

〔他出〕　題林愚抄・九一二七（二句「世わたる」）

〔語釈〕　**○呉竹の**　「呉竹」は中国から移植された淡竹《はちく》のこと。丈が低く葉が細く節が多い。「節《よ》」（節《よ》は節《ふし》と節《ふし》の間のこと）と同音の「夜」に掛かる枕詞。**○夜わたる月の影**　夜空を渡ってゆく月の光。「雲の浪あらふなるべし天の原夜わたる月の影のきよきは」（堀河百首・七九三・師時）「天の川雲のしがらみ風はれて夜わたる月の影のさやけさ」（正治初度百首・一五三・惟明親王）。**○葉分のかぜ**　葉と葉の間を分ける風。笹や竹に言うことが多い。ここは初句に見える「呉竹」の葉分けの風。「呉竹の」は枕詞だが、歌題の「竹」としても詠み込まれている。「呉竹の葉分の風ははらへどもつもりにけりな雪の下をれ」（新千載集・冬・六九三・雅朝）。**○雲はらふらむ**　この「雲」は煩悩、罪障の比喩と見ることもできるが、ここは単に竹の景を詠んだ歌として解する。**〇いつも御気色**　この評詞の言うところはよくわからない。「御気色」は誰の気色が悪いのか。「御さた」とはどのような沙汰なのか。後鳥羽院や今上（順徳天皇）を指しているとも思われない。歌の内容に関わることなのか不明。

【補説】〔語釈〕掲出の惟明親王歌は同掲の師時歌を参考にしたもので、その後にこの歌が詠まれたのであろう。惟明親王歌には「竹」こそ詠まれていないものの「雲」「風」という素材と発想が類似している。また後の類歌に次の一首がある。

　呉竹の葉分の風のうちそよぎ月影きよき九重の庭（俊光集・三〇〇）

　底本は評詞の後に「石床留洞嵐空拂、玉宴抛林鳥独啼」を付けるが、これは本来次の歌84に付されたものである。伏A本により訂して次に掲出した。

84

苔

むかしたれすみけん鈒跡の捨て衣いはほの中に苔そのこれる　（定家◎家隆◎）

　石床留洞嵐空拂、玉案抛林鳥独啼、
　烟霞無跡昔誰栖、あなめでた、文時再誕《ノ》景、最《モ》殊《ニ》勝候。

【現代語訳】　苔

その昔いったい誰が住んでいた仙室の跡の捨て衣だろうか、巌の中に（僧衣を思わせる）苔が残っている。

　石床留洞嵐空拂、玉案抛林鳥独啼、烟霞無跡昔誰栖、
　ああ、すばらしい。文時が再来したようで、大変すぐれております。

〔他出〕　続後撰集・雑中・一一二三（初句「むかしたが」）、万代集・三一〇四、六華集・一七三一、題林愚抄・九二〇二

〔本文〕　石床留洞嵐空拂　玉案抛林鳥独啼　桃李不言春幾暮　烟霞無跡昔誰栖（和漢朗詠集・仙家・五四七～五四八・菅三品）

〔語釈〕　**〇むかしたれすみけん跡**　本文「烟霞無跡昔誰栖」の「昔誰栖」に拠る表現。「昔の庵の跡」という言葉続きでは「いづくかも昔の庵の跡ならん世を宇治山の秋のゆふぐれ」（後鳥羽院御集・一〇五七）「嵐吹く昔の庵の跡たえて月のみぞ澄む宇治の山本」（寂蓮法師集・一六〇）などが詠まれている。〔補説〕参照。**〇捨て衣**　うち捨てられている衣。但しここは巌の中に生えている苔を衣に見立てている。「捨て衣」は「鈴鹿山伊勢をの海人の捨て衣しほなれたりと人やみるらん」（後撰集・恋三・七一八・伊尹）以来、「いせをの海人の捨て衣」が一般的。中世になってこれにとらわれない表現も出てくるが、84はその先駆け的な全く新しい用い方。**〇いはほの中**　巌の中。本文「石床留洞嵐空拂」の「洞」のこと。「いかならむ巌の中にすまばかは世のうき事のきこえこざらむ」（古今集・雑下・九五二・読人不知）。**〇苔ぞのこれる**　巌の中に苔が残っている。この「苔」は僧衣である苔の衣（＝捨て衣）に見立てられている。そのため「のこれる」という。つまりこの巌の中に昔住んでいた人は出家者（世捨人）だったのである。「あとたえて世をのがるべき道なれや岩さへ苔の衣きてけり」（千載集・雑中・一一〇七・守覚法親王）。「ぞ」は強意の係助詞。「る」はその結びで存続の助動詞「り」の連体形。**〇石床留洞～昔誰栖**　底本・伏B本とも「案」を「宴」に誤る。伏A本により訂す。『和漢朗詠集』に収められる菅原文時の詩句。『私注』によると「山中に石（板本では「仙」）室有り」の七言律詩。仙室の荒廃を詠んだもの。ここは頷連と頸連だが、頸連の「桃李不言春幾暮」がない。書写段階で脱落したのではなく、本文として直接的に関わらない句なので定家が省略したものと思われる。〔補説〕参照。**〇文時**　菅三品、菅原文時。昌泰二年（八九九）～天元四年（九八一）八十三歳。道真の孫。大江朝綱と菅江一双と称された。**〇再誕景**　再来したようです。「景」は景色の意。文時の詩の世界が和歌によっ

て再現されたようだという。

〔補説〕本文となった七言律詩は全連が『和漢朗詠集』（五四六～五四九）に収められている。新潮日本古典集成本によって訓読と共に掲出する。

丹竈道成仙室静　山中景色月華低　丹竈道成て仙室静かなり　山中の景色は月華低れり
石床留洞嵐空拂　玉案抛林鳥独啼　石床洞に留まて嵐空しく払ふ　玉案林に抛て鳥独り啼く
桃李不言春幾暮　烟霞無跡昔誰栖　桃李言はず春幾ばくか暮れたる　烟霞跡なし昔誰か栖んし
王喬一去雲長断　早晩笙声帰故渓　王喬一たび去て雲も長く断えぬ　早晩笙の声故渓に帰らむ

和歌用例で強い類似性を感じさせるものに慈円の「略秘贈答和歌百首」中の次の二首がある。

われのみとたづねいる山の谷陰にたれぞも庵の跡のありける（拾玉集・三四一一）
昔たれすみける山のおくならむおもふもかなし苔のかよひぢ（同・三四一二）

これらも文時の詩句を本文とするのだが、土御門院が詩句には無い「苔」を歌題としてうまく詠み込んでいるのは慈円の歌を経由しているからではないか。「略秘贈答和歌百首」は日吉社に奉納された「建暦日吉百首」のもとになった作品で、二首一対になっているのが特徴である（石川一『慈円和歌論考』笠間書院、平成一〇年）。これを土御門院が見たとは断言できないが、『長明文字鎖』や『為兼卿和歌抄』の伝承に、後鳥羽院に奏覧した、後鳥羽院が合点を付けた、というものがある（山本一『慈円の和歌と思想』和泉書院、平成一一年）。もしそうであれば土御門院が目にすることもあったのではないかと思われる。いずれにせよ土御門院の手柄は単なる景の苔を苔の衣としたところにあるだろう。

総じて土御門院は苔が好きなようである。本百首の9にも詠んでいたが、『御集』では八首も詠んでいる。このうち題が「苔」であるものと、句題で句中に「苔」字を含むものが一首ずつあるが、残り六首は院自身の好みで詠み込まれたものである。

歌の評価は定家、家隆共に両点である。定家は評詞でも「あなめでた」「最モ殊勝ニ候」と称賛している。漢詩句を典拠とした点、「捨て衣」の伝統にとらわれない使い方、そしてそれを苔の衣に結びつけた点を高く評価したのであろう。本百首中の秀逸歌に数えられる一首と言えよう。

鶴

あしたづのつばさに霜やさむか（補入）らしさ夜もふけひ《ゐ》のうらみてぞなく　（定家〇家隆〇）

〔現代語訳〕鶴

葦鶴は翼に置いた霜が寒いのだろう。夜も更けた吹飯の浦で、恨みがましく鳴いている。

〔本歌〕さ夜更けて声さへ寒きあしたづは幾重の霜かおきまさるらむ（道信集・八五、新古今集・冬・六一三）

〔語釈〕〇あしたづ　葦鶴、葦田鶴。「たづ」は鶴の歌語。葦の生えている水辺にいることから言う。〇霜やさむからし　霜が寒いのであろう。「や」は感動の間投助詞。「さむからし」は「寒かるらし」の約まった形。「らし」は推定の助動詞。「秋の夜は露こそことに寒からし草むらごとに虫のわぶれば」（古今集・秋上・一九九・読人不知）。〇さ夜　「さ」は美称。〇ふけひのうら　吹飯の浦。和泉国の歌枕。「天つ風吹飯の浦にゐる鶴のなどか雲井にかへらざるべき」（清正集・八九、新古今集・雑下・一七二三）によって中世には鶴を取り併せて詠まれるようになった。清正歌の「吹（ふけ）」は「吹く」との掛詞であるが、「まちかねてさ夜もふけひの浦風にたのめぬ浪の音のみぞする」（千載集・恋四・八七九・二条院内侍参河）のように「更ける」との掛詞も常套的であった。ここは「さ夜も更けた吹飯の浦で（寒さを）恨んで」と、「ふけ」「うら」が掛詞になっている。〇うらみてぞなく　「ぞ」は強意の係助詞。「なく」はその結びで連体形。

〔補説〕道信詠の本歌取は『新古今集』を介してであろう。同時代の類似詠としては順徳天皇の、

葦辺より潮満ち来らし天つ風吹飯の浦に鶴ぞ鳴くなる（内裏名所百首・一〇五七）
がある。

86

山

岩がねのこりしく山のしひ《ゐ》しばも色こそ見えね秋風ぞ吹く・（定家○家隆◎）

〔現代語訳〕山
どっしりとした岩が一面に集まり敷いている山も、その山の椎柴も、それらしい様子は見えないが、（やはり季節が到来したのだ）、秋の風が吹いているよ。

〔本歌〕秋きぬと目にはさやかに見えねども風の音にぞおどろかれぬる（古今集・秋上・一六九・敏行）

〔他出〕続後拾遺集・雑上・一〇三六、雲葉集・六三九（初句「いはがねに」）

〔語釈〕**○岩がね** 岩根と同じ。↓82。**○こりしく** 凝り敷く。一面に岩が寄り集まって敷いている。「岩がねのこりしく山の苔莚ぬるともなしになげくころかな」（光明峰寺摂政家歌合・一六四・資季）。**○しひしばも** 椎柴は椎の木のこと。椎はブナ科の常緑喬木で薪などにする雑木だが、葉が常緑であることから「時雨れつつ吹く山風に椎しばの枝はなびけど色はかはらず」（永久百首・三七六・兼昌）などと詠まれる。ここは逆に色は変わらないがやはり秋は来ているのだ、と詠む。「も」は「岩がね」はもとより「椎柴」も、の気持。共に秋になっても変わらない。**○色こそ見えね** 色は見えないが。「こそ…ね」の係り結びは逆説的に下に続く。「色」は秋らしい様子。この句は既に本百首の72「忍恋」題で「とへかしなまきたつ山の夕時雨色こそみえねふかき心を」と用いられている。「色こそ見えね」は「春の夜のやみはあやなし梅の花色こそ見えね香やはかくるる」（古今集・春上・四一・躬恒）が著名。**○秋風ぞ吹く** 秋を知らせる風が吹いているよ。「ぞ」は強意の係助詞。「吹く」はその結びで連体形。

〔補説〕 本歌としては敏行歌を挙げたが、

吹く風の色こそ見えね高砂の尾上の松に秋は来にけり（最勝四天王院障子和歌・二〇〇・秀能、新古今集・秋上・二九〇）

も参考にされているだろう。秋の到来を「岩がねのこりしく山」に察知した歌だが、〔語釈〕掲出の資季歌のように「苔」を併せ詠むのならまだしも、岩山に椎の木が生えていると詠むのは実景として矛盾があろう。

87

河

駒とめてひのくま川にやすらへば都恋しきあき風ぞ吹く　（定家〇家隆〇）

〔現代語訳〕 河

駒をとめて檜隈川で休息していると、都を恋しく思い出させる秋風が吹くよ。

〔本歌〕 ささのくまひのくま河に駒とめてしばし水かへ影をだに見む（古今集・神遊歌・一〇八〇）

〔語釈〕 **○ひのくま川** 檜隈川。大和国の歌枕。〔本歌〕掲出の『古今集』歌に拠って「駒」「影」を併せ詠むのが伝統。「今よりは檜隈川に駒とめじ頭の雪の影映りけり」（堀河百首・一三七八・匡房）。**○やすらへば** 休《やすら》へば。休息する。→34。ここは駒を駐めて水を飲ませる。**○都恋しき** 都を恋しく思い出させる。この言葉は旅中の実感詠または題詠で用いられているが、檜隈川に関連して詠まれたものはない。「いとどしく都恋しき夕暮に浪の関もる須磨の浦風」（堀河百首・一四一六・俊頼）「夢にだにまだ三島江のあしのはに都恋しき袖の雨かな」（御集・一三一八）。**○あき風ぞ吹く** →86。秋風を「都恋しき」と結びつけた先例はないが「さらぬだに都恋しき旅の庵を身にしみわたる松の風かな」（拾玉集・八九三）など、風は望郷の契機となるものであった。

〔補説〕 この歌は「河」題なので檜隈川を詠んだのだが、結果的に望郷の歌になっている。それは檜隈川という歌枕の本意から外れたものであるし、上、下句にわけて本意を詠むという点でも失敗作であろう。上句で題を性急に詠み込み、下句では新しさを出そうとしたという初心者らしい印象を受ける。檜隈川に新味を添えた例では、

なくこゑは檜隈川にあらねども駒とめてきく時鳥かな（為忠家後度百首・二六八・為業）

ささのくま檜隈川につらゐて駒もとどめず冬のあけぼの（千五百番歌合・一九四一・家長）

などがある。本歌をうまく「ひきなほ」（千五百番歌合・一九四一判詞）している例だろう。定家と家隆の檜隈川詠を見ると、

駒とめし檜隈川の水清み夜わたる月の影のみぞみる（千五百番歌合・二八〇五・定家）

駒とむる檜隈河の夕霧も恋しき人の影はへだてず（壬二集・六六七）

と下句に「影」を詠み伝統を踏襲している。このような両人がこの歌を片点としたのはもっともなことであろう。また84から当歌まで四首続いて末句が係助詞「ぞ」とその結びになっている。しかも前歌86と当歌は「秋風ぞ吹く」と同一句である。

88

野

むさし野や山の端もなき月をみてこよひ《今夜》は草の枕む《い》（見消）すばむ　（定家〇家隆〇）

〔現代語訳〕野
武蔵野の、入るべき山の端もない空の月を見て、今宵は草の枕をここに結ぶこととしよう。

〔語釈〕〇むさし野　武蔵国の歌枕。平安時代は「紫草」「若紫」「草のゆかり」がもっぱら詠まれたが、平安後期からは「露」「霜」「風」「月」などと共に荒涼たる景として詠まれた。その点で見れば中世的な趣向の歌である。「行く末は空もひとつの武蔵野に草の原よりいづる月影」（仙洞句題五十首・一五七・良経、新古今集・秋上・四二二）

「武蔵野は月の入るべき峰もなし尾花が末にかかる白雲」（続古今集・秋上・四二五・通方）。**〇山の端もなき**　「山の端」は山の稜線。多くは月との関連で詠まれる。武蔵野と「山の端」では「武蔵野は草の端山も霜がれて出づるも入るも月ぞさはらぬ」（壬二集・一一八一）の例がある。「山の端もなき（し）」は「いづるより入るまで浪の上にして山の端もなき月をみるかな」（拾玉集・三三二五）「月影を波路はるかにながむればあまの苫屋は山の端もなし」（正治初度百首・四七・後鳥羽院）のように海上の景について用いられることが多い。慈円の歌は下句が土御門院の二・三句と同じ。**〇草の枕むすばむ**　「草の枕を結ぶ」は旅寝をすること。「行するゑはいま幾夜とかいはしろのをかのかやねに枕むすばむ」（正治初度百首・二八七・式子内親王、新古今集・羇旅・九四七）。武蔵野の旅寝では「わか草の露の枕もふしわびぬ春雨そそく武蔵野の原」（範宗集・一四〇）「独ぬる床は草葉のかり枕いく夜になりぬ武蔵野の原」（壬二集・二九六九）などがある。

〔補説〕　羇旅の歌に仕立てている。〔語釈〕の通方詠は『続古今集』詞書によると「建保三年内裏歌合」でのもの。

89

関

浦風にすまの関戸や明きぬらんあか月またで千鳥なくなり　（定家〇家隆〇）

〔現代語訳〕　関

浦風で、須磨の関戸が開《あ》いたのだろうか。鳴き声で関守を目覚めさすという千鳥が、暁を待たないで早くも鳴いているのが聞こえる。

〔本歌〕　淡路島通ふ千鳥の鳴く声に幾夜寝ざめぬ須磨の関守（金葉集・冬・二七〇・兼昌）

〔語釈〕　**〇浦風に**　須磨の浦を吹く浦風によって。「浦風」は浜風のこと。**〇すまの関戸**　須磨は摂津国の歌枕。摂津・播磨両国境の関所がここにあった。「関戸」はその関の戸。関所自体は平安前期に廃されたが歌枕として定着していた。**〇明きぬらん**　開いたのだろう。底本の「明ぬらん」は初句「浦風に」を受けるので「明（開）きぬらん」と自動詞に読むべきであろう。「ぬ」は完了。「らん」は原因推量の助動詞で疑問の係助詞「や」の結び。「明き」と「戸」は縁語。**〇あか月またで**　暁を待たないで。「で」は打消。暁→81。**〇千鳥なくなり**　「千鳥」は冬の海辺や河口に群れる小形の鳥。「なり」は伝聞推定の助動詞。須磨と言えば「海人の塩焼き衣」「藻塩の煙」だが、冬の景では「千鳥」が詠まれた。千鳥は暁方に鳴き、その声に関守や旅人が目を覚ますのである。「友千鳥もろ声に鳴く暁は一人寝ざめの床もたのもし」（源氏物語・須磨・二一〇）。

〔補説〕　上句の浦風によって関の戸が開くという設定は先例もなく無理があろう。また本来千鳥は暁に鳴くのだが、その暁を待たずに鳴いているという下句が上句とどういう因果関係にあるのかわかりにくい。同じ兼昌歌を本歌とする後鳥羽院詠に、

さ夜千鳥ゆくへをとへば須磨のうら関もりさます暁のこゑ（後鳥羽院御集・一五一六）

あはぢ島ふきかふ須磨の浦風にいくよの千鳥声かよふらん（老若五十首歌合・四二〇）

があり、これらを土御門院は知っていたと思われる。特に後者は「浦風に」が共通する。これらを参考に何らかの新味を出そうとしたものの奏功しなかった例ではないか。以後の撰集類にも採られていない。

90

橋

をばたゞの宮のふる道いかならむたえにし後は夢のうきはし　（定家〇家隆〇）

〔現代語訳〕　橋

かつて小墾田の宮のあった、その宮の古道はいったいどうなったのだろう。道が途絶えてしまった後は、全てただ夢の浮橋のように儚いものだ。

〔他出〕　続古今集・雑下・一七五三、歌枕名寄・四四七五、夫木抄・一四二六九

〔語釈〕　**○をばたゞの宮のふる道**　かつて都であった小墾田の古い道。「をばたゞ」は小墾田。「小墾田の板田の橋のこほれなば桁よりゆかむな恋ひそわぎも」（万葉集・巻一一・二六四四）の「小墾田」を「をばただ」と訓んだことから生じた地名。正しくは「をはりだ」。大和国の歌枕。現在の奈良県高市郡明日香村。この歌に拠って通例は「小墾田の板田の橋」と続ける（「板田の橋」については未詳）。「宮」は皇居。推古天皇と皇極天皇の都がここにあった。小治田の宮とも。「ふる道」は古い道。但し「をばたゞの宮のふる道」は先例のない言葉続き。通例は他の古歌に拠って「千代の古道」「野中古道」などと詠まれる。**○たえにし後は**　道が途絶えてしまった後は。**○夢のうきはし**　夢の浮橋。ここは「夢」そのものの意で儚いことを言う。定家の「春の夜の夢の浮橋とだえして峰にわかるる横雲の空」（御室五十首・五〇八、新古今集・春上・三八）以降中世に流行した句である。

〔補説〕　万葉歌に見える「板田の橋」から思いついて、歌題の橋を詠もうとしたのではないか。それを「夢の浮橋」としたのはやはり流行の句を使ってみたかったのであろう。既に75で「よこ雲の空」を詠んでいるし、ここでは、

人心かよふただぢのたえしよりうらみぞわたる夢の浮橋　（千五百番歌合・二四六五・定家）

をも参考にしたと思われる。橋の題だが結局「道」の方が主眼の歌になっている。古道が絶えたということは、昔の帝王の道、或いは遺風が絶えたということか。しかし推古朝の遺風を慕うというのは例がないことで、土御門院の心理としては新しい言葉続きを試みたり、流行の句を取り込んだりということだったのだろう。この点については村尾氏に同様の言及がある。

土御門院の「古道」「夢の浮橋」を用いた歌に次の二首がある。

春雨の野べのふるみち露しげみぬれて色こき花ざくらかな　（御集・一三六）

鹿のねにとだえがちにも成りにけり夜わたる月の夢の浮橋　（同・二五六）

91

海路

かさゆひの嶋たちかくす夕霧にいやとほ《を》ざかるたなゝしを舟　（定家○家隆○）

〔現代語訳〕　海路

　笠結の島を、夕霧が立って隠す、その霧の中にどんどん遠ざかって行く棚無小舟よ。

〔他出〕　新後撰集・秋上・三三三（三句「朝霧に」）、歌枕名寄・九〇四一（初句「笠ぬひの」、三句「朝霧に」、四句「はやとほざかる」）

〔本歌〕　しはつ山うちいでて見れば笠結の島こぎかくる棚なし小舟（古今集・大歌所御歌・一〇七三）

〔語釈〕　**○かさゆひの嶋**　笠結の島。（本歌）掲出の『古今集』歌は「しはつ山うちこえみればかさぬひのしまこぎかくるたななしをぶね」（万葉集・巻三・二七二・黒人）の異伝歌。これに拠って笠縫の島とも。場所は未詳。**○たちかくす夕霧**　夕霧が立ち笠結の島を隠す。「たち」は「霧」の縁語。「明石潟島たちかくす朝霧に舟こそみえね千鳥なくなり」（道助法親王家五十首・七六五・経乗）。**○いやとほざかる**　どんどん遠ざかる。「いや」は「いよ」の母音交替形。いよいよ。ますます。「見わたすにうらうら浪はよすれどもいやとほざかるあまの釣舟」（能因法師集・六〇）。**○たなゝしを舟**　棚無小舟。舟棚の無い小さな舟。舟棚は船頭が舟の内を行き来するために舷側に付けた板のこと。

〔補説〕「かさゆひ（ぬひ）の島」は万葉歌とその異伝歌のみで、中古には詠まれた形跡がない、かなり特殊な歌枕である。新古今期の歌人達にも詠まれなかったこの歌枕を初めて詠んだのが土御門院ということになる。そしてそれに続く用例が、

　かさゆひの島こぎわかれこぐ舟の跡ゆく波のあはれ世の中（後鳥羽院御集・一〇七一、詠五百首和歌）

その後は宗尊親王の二首、政範集の一首程度である。右の後鳥羽院歌は『古今集』大歌所御歌と満誓歌（拾遺集・

哀傷・一三二七）を本歌として詠まれたものだろうが、初・二句は91と似ている。91の第四句「いやとほざかる」についても次のような用例が拾えるのは興味深いところだろう。

ほのかにもいまや聞くらむ時鳥いやとほざかるすゑの里人（後鳥羽院御集・一六三三、俊成九十賀屏風歌）

きよみがた関吹きこゆる秋風にいや遠ざかる在明の月（内裏名所百首・五〇五・順徳天皇）

92

旅

かげろふのお《を》のれしげれる草のはもかりにや結ぶ秋の旅人　（定家〇家隆〇）

〔現代語訳〕 旅

陽炎の立つ小野に自然に茂っている草の葉も、かりそめに枕に結ぶのだろうか、秋の旅人は。

〔本歌〕 みよしののかげろふの小野に刈萱のおもひみだれてぬるよしぞなき（和歌童蒙抄・五八六）

〔語釈〕 **○かげろふの**　陽炎の。本歌に拠り第二句「小野（をの）」にかかり、同時に同音の「おのれ」の「おの」にもかかる。仮名遣いは「おのれ」を表の意ととって、底本「を」を「お」に校訂した。〔本歌〕掲出の『和歌童蒙抄』歌の原歌は「みよしののあきづの小野に刈萱のおもひみだれてぬるよしぞおほき」（万葉集・巻一二・三〇六五）。**○おのれしげれる**　自然に茂っている。「おのれ」はここでは副詞。「難波女の葦火のとがもなかりけりおのれとくもる春の夜の月」（御集・三六八）。**○かりにや結ぶ**　かりそめに草を結んで旅の枕とするのか。「や」は疑問の係助詞。「かり（仮）」を出したのは「あはれとも憂しともいはじかげろふのあるかなきかに消ぬる世なれば」（後撰集・雑二・一一九一・読人不知）のように「あるかなきか」のはかないものととらえる発想から。そのような陽炎の立つ小野の草葉でも仮の枕として結ぶのか、との気持であろう。また「かり」は本歌の「刈萱（かるかや）」の音にも拠るか。草の枕を結ぶという表現は88にもある。四・五句は倒置。**○秋の旅人**　陽炎は春の歌に詠まれることが多いが、他の季に詠んだものもある。しかしここは第二句に「しげれる」とあるので「秋」では違和感がある。

〔補説〕「かげろふの」を「おのれ」にかかる枕詞的に用いたのはこの歌が初例である。以後の例に、

もえわたる身はかげろふのおのれのみかるてふ草のつかのまもなし（為家千首・七一一）

めぐりあはんかたこそしらねかげろふのおのが契りを猶たのめども（宝治百首・二八八八・信覚）

なほのこる契りはかけきかげろふのおのれ消えても残る夕日に（草根集・八二七〇）

さりとても人にはそはぬかげろふのおのれひとつの恋にもえつつ（雪玉集・四〇二五）

などがある。但し信覚と正徹の「かげろふ」は虫の蜉蝣（ウスバカゲロウ）である。蜉蝣を詠んだ歌では、

夕暮に命かけたるかげろふのありやあらずやとふもはかなし（新古今集・恋三・一一九五・読人不知）

があり、この歌の影響下に土御門院も後年、

かげろふのをの草葉のあれしよりあるかなきかと問ふ人もなし（御集・三三六）

を詠んでいる。「虫名十首」詠なので蜉蝣を詠んでいることは確かだが詠み方は陽炎になっている。

93

別

朝ぎりによどのわたりを行く船のしらぬ別れもかなしかりけり　（定家〇家隆〇）

〔現代語訳〕別

朝霧の中、淀の渡し場を出ていく船の、誰とも知れない人との別れでも悲しく思われることだ。

〔他出〕続千載集・羇旅・七七二（五句「袖ぬらしけり」）、新後拾遺集・離別・八六二（五句「袖はぬれけり」）、雲葉集・九四七（五句「袖ぬらしけり」）、歌枕名寄・一四九九（五句「袖ぬらしけり」）

〔語釈〕**〇よどのわたり**　淀の渡り。普通名詞としてもよかろうが、ここは山城国の「淀の渡り」とみておく。淀

は宇治・木津・桂の三川が合流するあたりで、舟運が盛んであった。「渡り」は渡し場、船着き場。**○しらぬ別れも** 誰とも知れない人との別れでも。「しらぬ」の内容を行先とみて「どこへ行くとも知れない」と解することもできるが、ここは「誰としもしらぬ別のかなしきは松浦の沖を出づる舟人」（御室五十首・四四九・隆信、新古今集・離別・八八三）によって解するのがよかろう。この歌と「かなし」「舟」が一致し、影響関係にあると思われる。「も」は知っている人との別れはもちろんのこと、知らない人との別れも、の意。**○かなしかりけり** 「けり」は詠嘆の終助詞。「あま人の玉藻かりつむ舟なれどこぎわかるるはかなしかりけり」（堀河百首・一四八一・師時）。

田家

いなむしろあれし名残の庵なれば月を伏見のかたしきの袖

（定家○家隆○）

〔現代語訳〕 田家

荒れた伏見の里の、名残の庵なので、稲莚に伏し、袖を片敷いて、月を見ることだ。

〔本歌〕 いざここにわが世はへなむ菅原や伏見の里の荒れまくもをし（古今集・雑下・九八一・読人不知）

〔語釈〕 **○田家** でんか。田舎または田舎の家の意で田園の趣を詠む歌題。**○いなむしろ** 稲莚（筵・蓆）。稲の藁で編んだ莚。この句は第四句の「伏見」にかかる。「秋の雲しくとは見れどいなむしろ伏見の里は月のみぞすむ」（秋篠月清集・一一一二）。**○あれし名残の庵** 「あれし」は本歌に拠る言葉。また「菅原や伏見の里の荒れしより通ひし人のあともたえにき」（後撰集・恋六・一〇二五・読人不知）も著名。『八代集抄』に「菅原伏見は荒れたる里なれば」とある。本歌である『古今集』歌の詠作事情については諸説あるが、「荒れまくもをし」いので作者がその里に住まいを定めて「世をへ」た後の状況を詠んだのが94なのであろう。本来「庵」は農夫の番小屋であるが、本歌の往時の住まいの「名残の庵」と解した。**○月を伏見の** 月を臥して見る伏見の。「伏見」は歌枕で大和国と山城国にあるが、ここは大和の方。但し大和国の場合は右掲のように「菅原や伏見」と詠むが混同されることもあった。ここはその混同の例。「伏見」は「臥し見（る）」との掛詞。**○かたしきの袖**　自分だけの袖を敷く。かたしき→81。「しき」は「むしろ」「袖」の縁語。

〔補説〕『堀河百首』では山家・田家の順であるが、本百首の底本他多くが田家・山家の順にする。

田家題なので「いなむしろ」や「庵」を詠んだのであろうが、盛り込みすぎた感があるし、歌枕の混同は致命的である。大和、山城いずれにせよ「庵」を「伏見」に取り合わせた歌は少なく、わずかに、

雁のくる伏見の小田に夢さめて寝ぬ夜の庵に月をみるかな（建仁元年八月十五夜撰歌合・八八・慈円、新古今集・秋上・四二七）

が先行例である。94の受容例としては、かなり後の例だが次の一首がある。

夜もすがら月を伏見の稲筵かた敷く袖ぞ露にしをるる（菊葉和歌集・六七四・実富）

95

山家

夕暮は我がすむ山の秋風もたれとはなくて松にふく声　（定家○家隆○）

〔現代語訳〕　山家

私の住んでいる山の秋風も、夕暮れ時になると、誰にということもないのだが、（やはり「待つ」という名の）松に吹いてくる声が聞こえる。

〔他出〕　題林愚抄・八九〇八（下句「たれをともなく松に吹くらん」）

〔語釈〕　**○山家**　さんか。山中の家、山里の住まい。田家と並ぶ雑部の歌題。**○夕暮は**　男が女のもとを訪れる時刻なのでとりたてて「夕暮は」と言う。**○我がすむ山の秋風も**　「我」を恋に無縁な山家暮らしの隠者にみなして

いる。「も」は「恋人を待つ女の所に吹く風はもとより、私のような者の住んでいる山の秋風も」の気持。恋の歌では「秋風」は「飽き」を掛けるがここにはその意はない。**〇たれとはなくて**　誰ということもなく。「山里にちりはてぬべき花ゆゑにたれとはなくて人ぞまたるる」（後拾遺集・春下・一三五・道済）。**〇松にふく声**　松に吹いてくる風の音。「松」は「待つ」との掛詞。「声」は擬人化。「面影はをしへし宿に先立ちてこたへぬ風の松に吹く声」（六百番歌合・六五九・定家）「草枕むすばぬ夢は夜ごろへてただ山風の松にふく声」（石清水社歌合・一・後鳥羽院）。

【補説】『新古今集』恋四に並ぶ次の三首あたりが発想の契機になったのではないかと思われる。しかしここは山家題なので「我がすむ山」と題意を直接的な表現で入れたのではないか。

いつもきくものとや人のおもふらんこぬ夕暮の秋風の声（一三一〇・良経）

心あらば吹かずもあらなんよひよひに人まつ宿の庭の松風（一三一一・慈円）

里はあれぬむなしき床のあたりまで身はならはしの秋風ぞ吹く（一三一二・寂蓮）

懐旧

秋の色をおくりむかへて雲のうへになれにし月も物わすれすな　（定家〇家隆◎）

【現代語訳】懐旧

美しい秋の景色を毎年送り迎えて、宮中で馴れ親しんだ月よ、おまえのことを忘れないから、おまえも私のことを忘れないでくれ。

【他出】続後撰集・雑下・一二〇三、古今著聞集・二〇四、増鏡・一九（四句「なれ来し月も」）

【語釈】 **〇懐旧**　昔を懐かしむこと。**〇秋の色**　漢語「秋色」の訓。秋の気色・気配。**〇雲のうへ**　宮中。「雲の上」は天空のことだが、天空同様手の届かぬところである宮中をも言う。土御門院が在位中過ごした所。「月」の縁語。「常よりもさやけき秋の月を見てあはれ恋しき雲の上かな」（後拾遺集・雑一・八五四・師光）。**〇なれにし** 馴れた。「に」は完了、「し」は過去の助動詞。**〇物わすれすな** 忘れないでくれ。「な」は禁止をあらわす終助詞。

〔補説〕 作者不明のまま読み進んできた定家がこの歌によって作者が土御門院であることを覚ったという著名な歌である。定家はその事情とこの歌に対する返歌を裏書として記した。裏書は底本他、「裏書云」として百首の末尾に付けている。

定家の返歌も相俟って、『古今著聞集』や『増鏡』はこの歌に不本意な譲位への鬱屈した心情や悲哀を読み取ろうとするが、土御門院にしてみれば懐旧題で懐旧すべきことと言えばやはり在位中のことだったのであろう。そしてこの歌の発想契機としては『新古今集』雑上の次の一連が関わっているのではないかと思われる。

永治元年、譲位ちかくなりて、よもすがら月をみてよみ侍りける　皇太后宮大夫俊成

わすれじよ忘るなとだにいひてまし雲井の月の心有りせば（一五〇九）

崇徳院に百首歌たてまつりけるに

いかにして袖にひかりのやどるらん雲井の月はへだてこし身を（一五一〇）

文治のころほひ、百首歌よみ侍りけるに、懐旧歌とてよめる　左近中将公衡

心には忘るる時もなかりけり御代の昔の雲の上の月（一五一一）

百首歌たてまつりし、秋歌　二条院讃岐

昔みし雲ゐをめぐる秋の月今いくとせか袖にやどさむ（一五一二）

逆に96からの影響という点では、孫にあたる宗尊親王に享受されていることがわかる。『中書王御詠』の「うれへにしづみてのち、月を見て」という詞書を持つ六首の内の、

しのばるる昔の秋はかへりこでおなじ雲井にめぐる月かげ（一一一）

目の前にかはりはてぬる身のうさはなれにし月もあはれとや見る（一一四）

などがそれである。「うれへ」は将軍を廃されたことを指している。
また96に類似した土御門院自身の歌に、「述懐十首」中の、
雲ゐよりやどりなれにし袖の月いかにかはれる涙とかみる（御集・二、寄月述懐）
がある。こちらは承久の変による配流という厳しい現実を反映して「涙」が詠み込まれているが、更に宗尊親王にはこの歌をふまえた、
月もなほおなじかげにてすむものをいかにかはれるわが世なるらん（中書王御詠・二一六）
もある。これには為家の「土御門院御歌有るべし」という評詞が付いている。土御門院の歌が享受されていたことがよくわかる例である。
96は単なる懐旧の歌としてみても本百首の中では佳詠に属する一首と思われるが、定家は片点である。尚、村尾氏はこの歌が『続後撰集』雑下の巻頭という特別な位置に置かれていることに注目している。

97

夢

むば玉のさめても夢のあだなればいやはかなゝる袖の露哉　（定家〇家隆〇）

〔現代語訳〕夢
夢から覚めても、現実もまた夢のようにかりそめのものなので、（その無常を思うと）いっそうとりとめもなく涙の露が袖にこぼれることだ。

〔本歌〕寝ぬる夜の夢をはかなみまどろめばいやはかなにもなりまさるかな（古今集・恋三・六四四・業平、伊勢物語・一〇三段・一七九）

〔語釈〕〇むば玉の　「夢」の枕詞。↓69。ここは第二句の「夢」にかかる枕詞であると同時に「夢」の意で「さ

めても」の主語になっている。〔補説〕参照。**○あだ**　はかなくもろいこと。かりそめ。**○いやはかな**　「いや」は「いよ」の母音交替形。ますます。「はかな」は「はかなし」の語幹。とりとめがない。**○袖の露哉**　「露」は「世の中を何にたとへんあかねさす朝日さす間の萩の上の露」（順集・一一九）のようにはかなく消えやすいもの。これが「袖の露」となると涙の比喩。ここは無常を思って流す涙。「哉《かな》」は詠嘆の終助詞。

〔補説〕「むば玉の」を枕詞だけと解すると「さめても夢の」が解しにくい。上句は『古今集』の次の歌を念頭にした発想だろう。

　寝るがうちに見るをのみやは夢といはむはかなき世をもうつつとは見ず（哀傷・八三五・忠岑）

無常

花の春秋のもみぢのなさけだにうき世にとまる色ぞ稀なる　（定家○家隆◎）

〔現代語訳〕　無常

　花の春、秋の紅葉に代表される美しい風情でさえ、憂きこの世にとどまるのは稀なのだから、一切は無常であるよ。

〔他出〕　続後撰集・雑下・一二三七（初句「春の花」）、新後拾遺集・雑下・一四七〇（初句「春の花」）、新三十六人撰・一八（初句「春の花」、末句「色ぞすくなき」）、題林愚抄・九六九六（初句「春の花」）

〔語釈〕　**○花の春秋のもみぢ**　これでは初句と二句が対応しないので「春の花秋のもみぢ」または「花の春もみぢの秋」とあるべきか。万葉以来対句的に多く用いられる表現。「春は花秋は紅葉とちりぬればたちかくるべきこのもともなし」（伊勢集・四五八）「花の春もみぢの秋もしるかりし松の木ずゑもみえぬ白雪」（清輔朝臣家歌合・四六・空仁）。ここは春秋の美の代表である花と紅葉ということで四季の情趣を言う。**○なさけだに**　「なさけ」は情趣、風情。「だに」は「〜すら」「〜でも」。**○うき世にとまる**　憂き世にとどまる。「憂き世」は定めない現世のこと。「せめて猶うき世にとまる身とならば心の中に宿はさだめん」（慈鎮和尚自歌合・一五〇）「これまでもうき世にとまる心かなあだなる花の散るをながめて」（後鳥羽院御集・六八七、詠五百首和歌）。**○色**　仏教語で言う「色《しき》」のこと。色彩のことのみならず認識の対象となる物質的存在の総称。一切のもの。

〔補説〕　類歌として定家の「閑居百首」に、

花の春もみぢの秋とあくがれて心のはてや世にはとまらん（拾遺愚草・三八九）

がある。これは初・二句の他に「世にとまる」も98と重なる。土御門院がこれをどのような経緯で見たかはわからないが影響を受けているように思われる。定家は一見して自詠との類似に気付いたはずで、家隆の両点に対して片点であるのはそのあたりに理由があるのかもしれない。逆に98からの影響と思われる歌が伏見院に多くみられる。

よしやその月雪花の色もみなあだしうき世のなさけと思へば（伏見院御集・九九）

なほもこのうき世の色ぞすてがたき花のなさけの春になれても（同・五六四、七七九）

をしむとてとまることなき目の前のうき世の色は花ものがれず（同・一八四八）

99

述懐

しづかなる心の中も久かたの空にくまなき月や知るらん　（定家○家隆○）

〔現代語訳〕　述懐

私の静かなこの心の中《うち》も、空にくまなくかかっている月は知っていていてくれるであろうか。

〔他出〕　続後拾遺集・雑上・一〇五六

〔語釈〕　**○しづかなる心の中も**　静かで平穏な心の内も。「も」は強意の係助詞。安心立命を言うか。**○久かたの**

「空」の枕詞。**〇くまなき月や知るらん** 明月は我が心を照覧してくれているだろうか。「くまなき月」は曇りがない月。明月。真如の月。「や」は疑問の係助詞。

〔補説〕 この歌は自分の心の静かさを詠むが、述懐題の歌であるから憶測して読めば譲位にかかわる不満などのないことを言ったものととれないこともない。しかしそれは後の『増鏡』などの記述に影響された見方であって正しくないであろう。『御集』に末句が同じで内容も類似した次の歌がある。

あくがるる我が玉しひの行へをも千里の外の月や知るらん（四四四）

100

祝言

あま雲の雲井をさしてゆくたづの行末とほ《を》き声ぞきこゆる　（定家―家隆―）

〔現代語訳〕 祝言

雲のかかっている大空を目指して飛んで行く鶴の、御代の行末が遥か遠くまで続くことを思わせる声が聞こえるよ。

〔本歌〕 はるばると雲井をさして行く舟の行く末遠くおもほゆるかな（拾遺集・雑賀・一一六〇・伊勢）

〔語釈〕 **〇あま雲の雲井** 「天雲」は空の雲。「雲井」は雲居、すなわち雲のかかっている所、大空の意。「あま雲の雲井」は重言。従って同心の病を犯している。**〇たづ** ↓85。鶴は千年の齢を保つとされ祝意が込められている。「君が代のためとむれゐる鶴なれば千年をかねてあそぶなりけり」（堀河百首・一三五三・師時）。**〇行末とほき** 将来が遥か遠くまで続く。つまり天皇の御代が長久であることを言う。「天の原行末遠き雲の上に月ものどけき君が御代かな」（正治初度百首・一九九九・讃岐）。**〇声ぞきこゆる** 「ぞ」は強意の係助詞。

〔補説〕 定家、家隆とも無点なのは歌病のためであろう。撰集類への入集もない。巻軸歌になぜこのような初歩的なミスを犯した歌を置いたのか不審である。

裏書

定家卿
裏書に云く、
さればこそ。たゞことゝもおぼえず候ひつる物を、いだしぬかれまゐ《い》らせて候ひけり。道理にて候。すでに露顕。感涙千行。あさましきたはことを仕り候ひける。あさましく候。はやう破られ候べし。
あかざりし月もさこそはしのぶらめふるき涙もわすられぬ世は
いまはかきくら《暮》して物もおぼえず候。

〔現代語訳〕　定家卿の裏書に云く、
やっぱり思った通りです。普通のこととも思われずおりましたものを、全く出し抜かれ申してしまいました。もっともなことでございます。既に露顕いたしました。ありがたさに涙がとめどなく流れます。あきれるような妄言を記してしまいました。見苦しいことでございます。早くお破り捨て下さい。
　いつまでもお別れしたくなかった月の方も、さぞかし上皇様とその御世を偲んでいることでしょう。私共がご退位の時流した涙のこともまだ忘れられないほどの御世だったのですから。
　今は涙にかきくらしてどうしたらよいのかわかりません。

〔語釈〕　**○定家卿裏書に云く**　「さればこそ」以下は本来96の歌の裏面に書かれていた。それが書写の際百首の末尾に移され、「定家卿裏書に云く」が付された。**○さればこそ**　やっぱりそうだ。思った通りだ。「さればこそ思ひ候つれ」の略。定家は当初から土御門院の歌ではないかと疑いつつ読んでいたのである。**○たゞこと** 直事。普通のこと。**○いだしぬかれ** 出し抜かれ。「始めはゆゆしくはやりたちたりけれども、終にいだしぬかれにけり」（十訓抄・七）。**○感涙千行** ありがたさに千行《せんこう》の涙が流れる。「感涙」は深く感じて流す涙だが、ここは土御門院という至尊の詠に接したことの「ありがた涙」。**○たはこと** 戯言。妄言。「誣言とかきてたわこととよむ。実正もなく首尾あはぬことばをいふなるべし」（塵袋）。**○あかざりし** 十分に満足しなかった。飽き足りぬ思いであった。「あかざりし花をや春もこひつらむありし昔を思ひいでつつ」（新古今集・哀傷・七六一・道信）は円融院の諒闇に詠まれた歌であるが発想は類似している。**○さこそはしのぶらめ** さぞかし偲んでいることでしょう。96の歌を受けて言うので、偲んでいる内容は土御門院のことであり、その御代のことととる。「さこそ」は推量の助動詞「らむ」を伴って、さぞ、さだめての意。「らめ」は係助詞「こそ」の結びで已然形。**○ふるき涙** 譲位を惜しんで人々が流した涙。譲位は定家が本百首を披見している現時点から言うと七年前になる。**○わすられぬ世は** 上句と下句が倒置されており、月が偲んでいるのは「ふるき涙もわすられぬ世」。従って『増鏡』のように末句が「わすられぬ世を」とある方がわかりやすい。定家は96に応和すると同時に、良い治世であったとの祝意をも込めている。**○かきくらして** あたりが暗くなって。「感涙千行」によって目が見えない程であることを言う。

〔補説〕 この裏書以下三通の書状によって知られる本百首の経緯は『古今著聞集』『増鏡』にも収載され、感動を呼ぶ話として著名であった。これら二書の該当部分を左に掲出する。定家の歌にそれぞれ若干の異同がある。

『古今著聞集』巻五・和歌・二一七

土御門院、はじめて百首をよませおはしまして、宮内卿家隆朝臣のもとへ見せにつかはされたりけるが、あまりに目出たく不思議におぼえければ、御製のよしをばいはで、なにとなき人の詠のやうにもてなして、定家朝臣のもとへ点を請ひにやりたりければ、合点して褒美の詞など書き付け侍るとて、懐旧の御歌を見侍りけるに、

秋の色をおくりむかへて雲のうへになれにし月も物わすれすな（二〇四）

この御歌に、はじめて御製のよしを知りて、おどろきおそれて、裏書にさまざまの述懐の詞ども書き付けて、よみ侍りける、

あかざりし月もさこそは思ふらめふるき涙も忘られぬ世に（二〇五）

誠にかの御製は、およばぬ者の目にもたぐひ少なくめでたくこそ覚え侍れ。管弦のよくしみぬる時は、心なき草木のなびきける色までもかれに従ひて見え侍るなるやうに、何事も世にすぐれたる事には、見知り聞き知らぬ道のことも耳にたち心にそむは、ならひなり。

『増鏡』巻一・おどろのした

新院も、のどかにおはしますままに、御歌をのみ詠ませ給へど、よろづのこと、もて出でぬ御本性にて、人々など集めて、わざとあるさまには好ませ給はず。建保のころ、うちうち百首の御歌よみ給へりしを、家隆の三位、また定家の治部卿のもとなどへ、「いふかひなき児の詠める」とて、つかはして見せられしに、いづれもめでたくさまざまなる中に、懐旧の御歌に、

秋の色を送り迎へて雲の上になれにし月も物わすれすな（一九）

とある所に、定家の君、驚きかしこまりて、裏書に、「あさましくはかられ奉りけること」などしるして、

あかざりし月もさこそは思ふらめふるき涙も忘られぬ世を（二〇）

と奏せられたり。院も縁ありて御覧ずべし。げにいかが御心動かずしもおはしまさん、とその世の事かたじけなくなん。今も少し、世の中隔たれるさまにてのみおはしますこそ、いといとほしき御有様なめれとぞ。

家隆卿定家卿のもとへつかはす状

〔1〕何事か候らん《覧》。此の庚申の歌にやみふして無《ク》ㇾ術候。真実にいまは無下の事に罷り成り候。多日所労之間、難《ク》ㇾ出《デ》覚え候。抑々、此の歌を一巻、反古の中よりもとめいだしたる事の候也。此の題はいまはもろくの人、手にとりてだにもみぬ物にて候ぞかし。それにかくみにくからず、うつくしくたかき心詞候事は、みざるやうに覚え候。もし老ほれてひがめにて候かとよ。能々御覧じわけて御点申し請くべく候。片点、両点、いますこしの事も大切に候也。おもふにたがひて候ひけん。みずしてうちおきて候ける事、不恵に候。

〔現代語訳〕家隆卿から定家卿のもとへ遣わす書状

何としたことでございましょうか。この度の庚申の歌のために病み臥してなすすべもありません。本当に今はもうひどいことになってしまっております。長い間疲労困憊の態ですので外出できそうにもありません。さて、此の歌一巻を反古の中から見つけ出すということがございました。この題は今は皆が手に取ってさえも見ないものですよね。（その点でも珍しい上に）このように見苦しくなく、美しく高い心と詞でありますことは、他に見ないように思われます。もしや私が老いぼれて見誤っているのでしょうか。よくよくあなたの目でご覧になった上で加点をしていただきたいのです。片点、両点はもとより、今少しのことも大切です。私が思っていることとあなたの見解は相違していたことでしょう。（それにしても）このような作品を見もしないで、そのままにしておきましたことは不恵でございました。

〔語釈〕**○定家卿** 底本は「卿」を脱す。伏A本により補う。この書状のタイトルは後人が付したもの。**○何事か** なんとしたことか。自分自身をとがめるニュアンスを含んだ発語的表現。書状Ⅲの冒頭にも用いられている。**○庚申の歌** 「仙洞庚申五首御会」の歌をさす。このことから本百首が定家に送られた時期が確定される。〔補説〕参照。

○やみふして無《ク》レ術候　（庚申の歌に頭を悩ませ、そのため）病み臥してなすすべもありません。「術《ずち》無し」はなすすべを知らない意。**○無下の事**　「無下《むげ》」は何とも言いようのないこと。ひどいこと。**○所労**　病気または疲労の意。ここは庚申の歌に尽瘁していることを大げさに言ったもの。**○難《ク》レ出覚《デ》え候**　「出し難く覚え候」と読めば、庚申の歌を詠出し難いとの意であるが、ここは外出もできないほどだととった。**○反古の中より**　「反古」は書き損じの不用の紙。その中から探し出したというのは虚構。**○此の題**　堀河百首題。〔補説〕参照。**○老ほれて**　老い耄れて。年老いて頭や体の働きが鈍くなること。この年家隆は六十歳。十分な老人であるが、もちろん謙辞として言ったもの。**○ひがめにて候かとよ**　「僻目《ひがめ》」は見あやまり。「かとよ」は係助詞「か」＋格助詞「と」＋間投助詞「よ」。疑問に思って念を押す気持を表す。本当に〜だろうか。**○点**　優れた歌や句などにつける印。歌頭や句頭に爪点＼や丸点○などをつける。本百首底本では爪点が、家隆は墨、定家は朱で、片点（良い歌）は右肩に、両点（優れて良い歌）は両肩に付けられている。**○大切に候也**　底本「に」を脱す。伏A本により補う。**○おもふにたがひて候ひけん**　底本「た《本》ひて」を伏A本「たかひて」により校訂した。過去推量の「けん」が用いられており、意を汲みにくいが、ざっとごらんになっただけで私の思いとあなたの見解は相違していたことでしょう、ととった。既に家隆の点が付けられて送られて来たのである。**○不恵に候**　「不恵」は意味不明。伏A・伏B本はじめ諸本異同なし。

〔補説〕　「仙洞庚申五首御会」については『井蛙抄』に記述があり内容がかなり詳細に判明する。建保五年（一二一七）四月十四日、後鳥羽院の仙洞内弘御所で行われた五首の歌会で家隆と定家も歌を召されていた。後鳥羽院から「秀逸でなければ提出するな」との御教書が出され、それに対し定家は請文を進上したという。結果的には定家の歌は抜群で院の叡感があったのだが、書状Ⅰ・Ⅱで二人が度々「庚申の歌」と言っているのはこのような切迫した状況を反映している。百首と書状Ⅰ・Ⅱは定家と家隆がこの「御会」の兼日題五首に頭を悩ませ、苦吟している最中に二人の間を往返したものである。この点と書状三通の内容から、『井蛙抄』本文を引用しつつ本百首の詠出時期を再検討しているので解説を参照されたい。

堀河百首題は文治年間頃までは習作百首の歌題として盛んに用いられていた。家隆は「初心百首」「後度百首」の二つを詠んでいるし、定家は「初学百首」や慈円の「早率露胆百首」に応和した二種の百首など合わせて四種を詠んでいる。「初学百首」に続いて詠んだ寿永元年（一一八二）の百首には「養和百首披露之後、猶可詠堀河院題之由、有厳訓」（拾遺愚草員外）との注記がある。「厳訓」は堀河百首題で「述懐百首」を若き日に詠んでいた父俊成の訓えであり、百首の練習として認識されていたのである。しかし正治・建仁期以降建保のこの頃には堀河題百首が歌人達に詠まれた形跡はない。家隆の言はこのような状況を踏まえたものである。

〔2〕庚申の御案の中に、かゝるそゞろ事申し候へば、さだめて御ふぜい候はん歟。いつにても是はてゝ給べく候也。但し此の歌、一切に御口よりほかへ候べからず。其の故はぬしおぼえず候間、かた〳〵はゞかり存じ候（補入）也。御辺はさりともとて。たゞひとり見候が、おつる涙もすこしひまや、とてまゐ《ぃ》らせ候。

〔現代語訳〕庚申の歌をご案じなさっている最中にこのようなつまらぬ事を申しますと、きっと風情があるのではないでしょうか。いつでもけっこうですから加点を終えて下さいますように。但しこの歌のことは一切あなたの口から他へ仰らないで下さい。その理由はこの歌の作者が誰だかわかりませんので、なにかと憚りがあろうと存じますので。あなたはよもや（そのようなことはないでしょう）と思って。私ただ一人で見ておりますが、（あなたが庚申の歌の苦吟で）流す涙も少しは隙がおありではないか（見ていただけるのではないか）と思ってお送り致します。

〔語釈〕**○そゞろ事**　漫事。すずろ事。つまらぬ事。「かやうのそぞろごとまで申し侍ること、いと片腹痛うぞおぼえ侍る」（毎月抄）。**○ふぜい**　風情。味わい。「そゞろ事」と対応しないように見えるが、真剣に苦吟している最中に「そゞろ事」で少し気分を転換すると良い効果があるのではないか、という気持であろう。**○かた〳〵**　旁。

あれこれ。なにやかやと。**〇御辺** ごへん。あなた。**〇おつる涙もすこしひまや** 「涙」は定家が庚申の歌に苦しんで流す涙。「ひま」はこの百首を読んで加点する隙。「や」は疑問の係助詞。結びの「あらむ」が省略されている。

〔3〕 和歌は末代にもうせず候ひけり。上様の事をぞ不思議に見たてまつり候に、此の題よみならひ候ひける人のめづらしくも候へば、申し合はせ候也。思ひながら人に申し候はず。御目とおろかなる目とは、事の外の相違候はねば、おなじ御心にやがて申し候。如何〳〵。

〔現代語訳〕 和歌は末法の世にも失せることなく続いております。皇室、大臣家などで和歌が盛んなことを思いもかけず見申し上げますが、この堀河百首題を詠み習う人が珍しゅうございますので、あなたに申し合わせるのでございます。そうは思いながら、他の人にはこのようなことは申しません。あなたの目と私の愚かな目とは、そう殊の外の相違はございませんでしょうから、あなたも同じお気持かとそのまま申し上げるのです。さあ如何でしょうか。

〔語釈〕 **〇末代** 末世。ここは仏教語としての末法の世を指している。**〇上様の事をぞ不思議に見たてまつり候** 「上様《かみざま》」は上流社会、またその人々。皇室、大臣家などを言う。そこで和歌が盛況であることを「不思議」と言っている。「不思議」は予想外の意。〔補説〕参照。**〇おろかなる目** 自分の鑑識眼を謙遜して言う。『近代秀歌』や『毎月抄』にも「愚かなる心」という謙辞が用いられている。**〇事の外の相違候はねば** ここから、まず家隆が合点を付した上で、それを定家に送ったことがわかる。

〔補説〕 家隆はこの頃、順徳天皇の内裏歌壇、後鳥羽院の院歌壇、内大臣道家家のそれぞれに和歌の催しが盛んであることを念頭に言っている。『今物語』にも「近頃、和歌の道、ことにもてなされしかば、内裏、仙洞、摂政家、いづれもとりどりに、そこをきはめさせ給へり」（四〇話）とある。内裏では建保三年（一二一五）に「内裏名所百首」が催された他、頻繁に歌会、歌合が行われていた。道家家では建保三年の「内大臣道家家百首」、院歌壇では前年の建保四年春に「院御百首」が催された上、今回の「庚申五首御会」であった。土御門院も「上様」の一人であるから、更に土御門院も、との気持もあったのだろう。

書状II

定家卿の返事

〔1〕 庚申に案じほれて、たましひ《ゐ》もしりぞき、くび骨もいたくほけゐて候中にふる反古たまはる。歌よませじとて御きやうまむ候歟、せめてよみおほせて御ふけらかし候歟、などはらたちいで、物ども思ひ候はねども、あまり歌のよまれ候はぬに、けしかる物みてをかしとも思はゞ、もし秀句事などもせられ候かとゆかしくてひらき見候に、両三首目お《を》どろかし候。

〔現代語訳〕 定家卿の返事

庚申の歌に夢中になって精神も落ち込み、たいそうぼんやりしておりますところへ古反古を頂戴いたしました。「庚申の歌を詠ますまい」と邪魔をなさるのか、（ご自分は）なんとか詠み果《おお》せてみせびらかしなさるのか、などと腹が立ち出しまして、あれこれ（あなたのことを悪く）思いはしませんが、あまりにも歌が詠めませんので、悪くはないものを見て「おもしろい」とも思ったならば、或いは秀句なども詠めるのではと見たくなって開いてみましたところ、最初の二、三首に目を驚かしました。

〔語釈〕 **○案じほれて、たましひもしりぞき** 「ほる」は恍る、惚る。ぼんやりする。放心する。「案じほる」はそのことに夢中になること。「魂」は心の状態、精神の意。気分が退潮気味であること。「間断なく案じ候へば、性も惚れ、却りて退く心の出でき候に候」（毎月抄）。**○くび骨もいたくほけゐて**　「首の骨が惚ける」という表現は用例が見つからないが、ぼうっとなることか。**○きやうまむ**　軽慢。驕慢。軽慢はあなどり軽んずること。驕慢は驕り高ぶって人を見下すこと。ここはこれら本来的な侮る、見下す意よりは、庚申の歌を詠もうとしている定家の邪魔をすることを言っている。『今昔物語集』巻一・六に、魔王が釈迦の成道を邪魔しようとするが叶わず、「驕慢・嫉妬の心を永く止めて」とあるのが近いか。**○せめてよみおほせて**　「せめて」は「しいて」「むりに」の意だが、以下の「ふけらかし」からすると、家隆がなんとか庚申の歌を詠み終えて、の意。**○ふけらかし**　「ふけらかす」は自慢する、見せびらかす意。**○物ども思ひ候はねども**　「物ども」の内容がはっきりしないが、家隆のことと解する。「物とも」では文意がうまく続かないだろう。**○あまり歌のよまれ候はぬに**　「すべてこの躰のよまれぬ時の侍るなり」（毎月抄）。**○けしかる物**　「怪しかる」は悪くはない、いっぷう変わっていておもしろいの意。「これもけしかるわざかなとて、御衣ぬぎてかづけさせ給ふ」（増鏡・おどろの下）。**○秀句事**　秀句は「しうく」または「すく」。歌論用語としては縁語、掛詞を含む表現、また、言いまわしの巧みな優れた句を意味する。ここは「優れた句」の意で秀句事と言っている。**○両三首**　冒頭の三首は「朝あけの霞の衣ほしそめて春たちなるゝあまの香具山」「しら雪のきえあへぬ野べの小松原ひくてに春の色はみえけり」「白浪のあとこそ見えねあまの原かすみの浦にかへるつり舟」。

〔2〕　こはいかに。たれかかゝる事はしいで候ぞ。猶物おそろしく候御辺かな。左衛門督、兵衛督の歌よみのいできて候かと心も得候はねば、又たちかへり候はんもうるさくて、やがてしれごとどもを散々に書き付け候ほどに、お《を》くざまにほふ《う》ぢやうなくめおどろかし候うへに、やうあるぬしおぼつかなき事どもの候ひて、心のお《を》ろかさは思ひもわき候はで、こはたそ〳〵とたどり候程にこの「雲のうへ」にとびあがり候。

〔現代語訳〕　これはどうしたことでしょう。一体誰がこのようなことをしでかしたのでしょうか。物おそろしく思われるお方であることよ。左衛門督や兵衛督のような歌人が頭角を表してきたのだろうかと納得もいきませんので、（そうかと言って）また百首の初めに立ち戻って見直しますのも煩わしいので、そのまたわ言どもを散々に書き付けますうちに、百首の奥の方に本当に目を驚かしました上に、子細のある作者が誰なのかわからないという事もございまして、我が身の愚かさは弁えもしませんで、これは誰だ誰だと辿って行きますうちに、
この「雲の上」の歌に飛び上がってしまいました。

〔語釈〕　**○左衛門督、兵衛督の歌よみ**　固有名詞として左衛門督、兵衛督である人物を指しているのか、よくわからない。建保五年（一二一七）時点で左衛門督は藤原忠信。兵衛督は左右いずれとも書かれていないが、左兵衛督は藤原親定、右兵衛督は雅経。〔補説〕参照。**○しれごと**　痴言。ばかげたことば。「おのづからもしれごとつかうまつり候はば」（古今著聞集・巻一七・六〇六）。**○ほふぢやうなく**　法定なく。「法定」は嘘、偽りごと。「法定　ホフヂヤウ　虚言」（易林本節用集）。**○やうあるぬし**　子細のある主（＝作者）。「様《やう》」は事情、子細。

〔補説〕　左衛門督藤原忠信は文治三年（一一八七）～没年未詳。信清男で正二位権大納言に至り、坊門大納言と呼ばれた。姉妹が後鳥羽院や順徳天皇、実朝の室になっており、後鳥羽院の近臣。和歌は建保三年六月二日の「院四十五番歌合」から見え、翌四年閏六月九日「内裏百番歌合」、同年の「院御百首」にも出詠している。現時点で言うと二年前から歌人として活躍し出したことになる。一方の右兵衛督の雅経は既に周知の歌人なので該当しないだろう。左兵衛督藤原親定は寿永二年（一一八三）～嘉禎四年（一二三八）。定輔男で従二位参議に至った。忠信の坊門家に連なる家系で、やはり後鳥羽院の近臣であった。親定は後鳥羽院が出詠の際その名を借名したことで知られる人物である（田村柳壹「二人の左馬頭親定―後鳥羽院が身を「やつす」ということ―」『和歌文学の伝統』平成九年、角川書店）。田村氏の論によって親定の和歌は建仁元年（一二〇一）九月十三日の「和歌所影供歌合」が初出であることが判明するが以後の出詠は確認できない。作品が広く知られていた人物ではない。ここは「左衛門督忠信や兵衛督親定の

ような歌人が頭角を表してきたのだろうか」と、定家がよく知らない新出歌人という意味で言っているものかと思われる。

〔3〕 又あなおそろしさはかゝる世にて候ひけるな。戒力のやうにうとましき事こそ候はね。もれ承り候へば、しろしめさるゝ事のみ、かけはなれて承り及び候へば、さのみ候はじと存じて候へば、こは夢にや候。たゞお《を》のづから先生の事にて、うちあてらるゝ様に、別の事にはいかにかく秘蔵して、無尽のわたくし事どもをば、すかさせおはしまして候けるにか候。たれか申し候ぞ。物おそろしくあさましく候。

〔現代語訳〕 また、「ああ恐ろしい」とはこのような世の中を言うのですね。戒力のように疎ましいことはございませんが。漏れ承りますと、和歌をお詠みになるということのみ遠くから承っておりましたので、さほどではございませんでしょうと存じておりましたので、これは夢でございましょうか。ただ前世の約束によって物事には自然に遭遇するものですが、今回は特別にどういうわけでこのように秘蔵して、無尽の内緒事を結構して、（上皇様は）私を騙させなさいましたのでございましょうか。誰か（そのようにするようにと）申し上げたのでしょうか。何やら恐ろしくあきれたことでございます。

〔語釈〕 **○戒力のやうにうとましき事こそ候はね**　「戒力」は仏教語で、戒を保って得る効力。五戒を保てば人間に、十善を保てば天上に生まれる。天皇はこの十善の戒力でその位に即くと言われているので、土御門院が天子の位にあったことに関わるか。次段で「十善の御力」、〔5〕では「御戒力」という言葉が使われている。「怪力」の意かとも思われるが用例が見つからない。一方「うとまし」は疎ましい、気味が悪い、の意で、土御門院の歌について用いるのは不審。伏A本も底本に同じ。伏B本は「ことまし」とするが、意味がとれない。**○しろしめさるゝ**

事　「しろしめす」は「承知しておられる」「おわかりでいらっしゃる」意。ここは和歌をお詠みになるという事。書状Ⅲ〔2〕の〔補説〕参照。**○さのみ候はじ**　土御門院の詠歌について言うので「さのみあそばされ候はじ」などと尊敬語が用いられているべきところ。**○先生**　仏教語で前生、前の世。**○うちあてらる丶様に**　「打ち当つ」は①物と物をぶつける、②目指したとおりにする、思い通りにする、の意がある。「おのづから打ち当てられて」（宇治拾遺物語・上・四八話）は①の例。ここは①の意から、出会う、遭遇するととった。**○別の事**　特別なこと。或いは「別の事」が何か指すものがあるのか、よくわからない。諸本の中には「わかれの事」とするものもあるが、転写のうちに意味が不明になって行ったものと思われる。**○無尽のわたくし事ども**　「わたくし事」は密事、内緒ごと。ここは「深い秘密」の意か。**○すかさせおはしまして**　「賺《すか》す」はだます意。「せ」は使役。「おはします」は尊敬の補助動詞で敬意が強く、土御門院が私を騙させなさった、となる。

〔補説〕　文意がとり難いが、「すかさせおはしまして」からすると、自分をだまして加点させるというのは土御門院の指示であったと定家は理解しているようである。

〔4〕　十善の御力たより候へば白河、鳥羽院あそばされ候へかし。こは何事の世の中にか候。いまは中々《く》げす歌にて候ひなん。心こそさりとてはとて、今一度み候へば、しり候はざりつる時雨、初冬なども、はやその事となく涙こぼれてはなかみ入りて候也。是さすがに見せんとおぼしめし候ひける御心ざしこそはかり候はね。いかばかり御ひさう候らんとおもひしりたてまつり候。さればかたみごとにてよも御秘蔵候はじとて、くるひ事しるし付けながら返しまゐ《い》らせ候。とく〳〵これをやりうしなひてこと本にて御清書候べし。

〔現代語訳〕　天皇と和歌ということで申しますと、白河院や鳥羽院は和歌をよく遊ばされました。（ところが）これはなんとした世の中でございましょうか。今はなまじっか下種歌になってしまっております。しかし心はそうであってもと思いまして、もう一度見ますと、作者を知らないまま読みました「時雨」や「初冬」題の歌なども、早そのこととなく涙がこぼれて洟をかんだことでした。これを私などに見せようとお思いになられた御心ざしをはかりかねます。どんなにか大切に秘蔵なさっているのだろうと身にしみて存じ上げます。それゆえ他にすぐ漏れるような事ではよもやご秘蔵とは仰るまい（他に披露したりはなさるまい）と思い、狂気じみた事を記しつけたまま御返し申し上げます。早くこれを破り捨てて他本でご清書なさるべきです。

〔語釈〕 **〇十善の御力たより** 十善の君の力。「先世の十善戒行の御力によって、いま万乗の主と生れさせ給へども、悪縁にひかれて御運すでにつきさせ給ひぬ」（平家物語・巻一一・先帝身投）。「たより」は「たどり」かと思われるが伏A・伏B本とも同じ。天皇の和歌ということで言えば、の意か。 **〇白河** 白河院（第七十二代天皇）は延喜、天暦の治を理想とし、著名な「大井河行幸和歌」の他、内裏や仙洞で歌合などを頻繁に催した。政教の具現の一つとして和歌の興隆を図った。『後拾遺集』『金葉集』の二勅撰集を下命した。 **〇鳥羽院** 鳥羽院（第七十四代天皇）は『金葉集』以下に八首入集するものの、和歌を愛好した天皇として特筆され、白河院と並んで名があげられるのは不審。むしろ第七十三代の堀河院をあげるべきか。 **〇こは何事の世の中にか候** この文は次の文と倒置になっているとみて、「世の中」は「げす歌に」なっている今の世の中ととった。 **〇げす歌** 下種歌。下品な歌。秀逸歌の反対。「末の世の賤しき姿」（近代秀歌）。 **〇心こそさりとては** 「心」は「詞」に対するそれではなく、広く人の心の意か。「世下り人の心劣りて」（近代秀歌）。前引『井蛙抄』に「いまはたゞ、下すうたよみ候はじ」とあるのはここによるか。 **〇時雨、初冬** 時雨の歌は「くれ竹のみどりは色もかはらねば時雨ふりにしまがきともなし」（五七）で片点、初冬の歌は「紅葉葉のふりかくしてし我が宿に道もまどはず冬は来にけり」（五六）で両点を定家は付けている。 **〇はなかみ入りて** 洟かみ入る。すすり泣く形容。 **〇かたみごと** この語の意味はよくわからないが、「かたみ」は竹籠の意の筐ではないか。「うれしげに君が頼めし言の葉はかたみに汲める水にぞありける」（後撰集・

恋一・五五九・読人不知）に言う「かたみの水」から、ここは他に漏れやすいことを「かたみごと」と言っているのではないか。但し「かたみごと」の用例は探しえていない。**○くるひ事**　「あさましきたはこと」（裏書）「しれごと」（〔2〕）に同じ。定家が書き入れた評詞を言う。**○とく〳〵これをやりうしなひて**　一刻も早くこれを破り捨てて。「はやう破られ候べし」（裏書）「とく〳〵うちおかずやかれ候べし」（〔6〕）と同様。「とく〳〵煙にまぜさせおはしませ」（越部禅尼消息）など手紙の末尾に付ける一種の謙辞。妄言を連ねたことを謝する気持。

【補説】　この段も文意がとりにくい。今の世が下種歌になっているという認識は『毎月抄』にも「我が心の中にて歌の昔今を思ひ合はせてみるに、古よりも当時は殊の外によむ歌毎にわろくのみおぼえて」などと見える。しかし下種歌というのはかなり強い表現で、白河、鳥羽院のことを言った後であるから、今の世つまり後鳥羽、順徳へ連想が及ぶが、ここは広く和歌界や歌人達のことを言ったものであろう。

〔5〕　申しても〳〵あさましく候事かな。尚々《く》如何なる事にて歟候。申すかぎりなくおぼえ候。これをみて庚申も御覧じういには常の事に候。いかにかくしろしめし、御らんじもきはめたるやうに候べきやうをば、御心え候ひけるぞ。故摂政殿の御歌よみをば、みそかごとには上手風いれたてまつりたるやうにおぼえ候ひき。当時のお《を》それ候世間をば、又故とのゝいかにやらん、まじなひまゐ《い》らせ給ひたると推量し候ひしに、是はけんごうたがはしき事も候はず。さればたゞ御戒力につき候ひけるな。さらば藤の花とや人のみるらん。定めてこのやうに候。目のえみしり候はぬかと。末代にはかくみしられたる不思議どもは候ぞ。凡そ心も詞も及ばず候。いまはかく上の上にて、中、下には歌も候まじきにざりけん。

【現代語訳】　いくら申してもあきれかえったことでございます。やはりどういうことだったのでございましょうか。

申してもきりがなく思われます。この百首を見て庚申の歌も［不明］常の事でございます。このように和歌を巧みにお詠みになり、ご覧じ極めたような様をどういうふうにして会得なさったのでしょうか。（上皇様の御歌は）亡き摂政殿のご詠歌を、内緒で申しますと、上手にしたように思われました。当時恐れておりました世の中を、また故殿がどのようにでしたか、まじない申し上げなさったと私は推量しましたが、これは全く疑わしい事ではございません。ですから（上皇様の御歌は）ただもう御戒力ということに尽きたのですね。それならば（このような御歌を故殿ゆかりの）藤の花と人は見ることでしょう。きっとこのようなことでございましょう。（しかし、そのようなことは）目でははっきりとわからないかと存じます。末代にはこのようにはっきりと了解される不思議どももがあるのです。およそ心も詞も及びません。今はこのように上の上で詠むべきで、中、下には歌も詠んではならないということだったのでしょう。

〔語釈〕 **○御覧じういには**　「うい」の意が不明。底本は「御覧《本》」とし、以下に不審を抱いている。伏A本は「うは」と読める。諸本とも不審のまま書写している。**○故摂政殿**　後京極摂政と呼ばれた藤原良経。元久三年（一二〇六）三月七日三十八歳で急逝。歌壇を主宰し、『新古今和歌集』の編纂に力あった。多くの佳詠を残す。定家の主家でもあった。**○御歌よみ**　詠歌。〔補説〕参照。**○みそかごと**　秘密のこと。ここは「内緒で申しますと」の意か。良経の歌より上手だと言うことを憚って「みそかごとには」と挿入句で言っているのだろう。**○上手風**　「じやうずかぜ」か。辞書に登録されていないが、「上手風を入れる」とはもとのものより少し上手だということか。**○当時のおそれ候世間**　ここも文意不明。「当時」は良経が生存していた時をさすと思われるが、「おそれ」は何を恐れるのか。和歌が廃れる、或いは低調となることか。「古よりも当時は殊の外によむ歌毎にわろくのみおぼえて」（近代秀歌）。**○まじなひ**　呪ひ。ここは良経が和歌隆盛の世になるように呪いをかける、か。**○けんご**　副詞。堅固。まったく。**○御戒力**　「戒力」は「戒力のやうにうとましき事こそ候はね」が〔3〕にあった。また前段に「十善の御力」とあるので土御門院の和歌を天子としての力によるものだと言うのか。**○藤の花**　良経のまじないのおかげで秀歌の生まれる世の中となっているので、土御門院の素晴らしい歌を藤氏である良経ゆかりの藤の花と人々は見るだろう、と言うのか。**〇末代**　書状Ⅰに「和歌は末代にもうせず候ひけり」とあるのに対応しているか。すると「末代」は末法の世か。**〇ざりけん**　「ざり」は「ぞあり」の約。「けん」は「ぞ」の結びで連体形だが、過去推量の助動詞なので、これは土御門院の歌について言っているのではないのだろう。

〔補説〕　あえて〔現代語訳〕を試みたが、難解な一段で文意がとれない。私案のように土御門院の歌は良経の歌を上手にしたようだと言うのも不審だし、良経が「まじなひまゐらせ」たというのはどういうことなのか、わからない。同様に「藤の花」と人が見るというのも妙な気がする。しかし全体に亘って土御門院の歌を褒めているのは確かだろう。

〔6〕　わたくしの太郎次郎のやうたいこそ、これにつけても思ひしられて、さすがによくよみ候ひし入道が子はお《を》ろ〱わろなからじ候に、この物どものほど見候にか、身もいとゞおもひしられ候。猶々《く》このしれ事どもとく〱うちおかずやかれ候べし。あさましくすかされまゐ《い》らせて候ひけり。但し去る三月より御秘蔵ぞ、うたてく候へども、御そら事に候か。せめてうちすてたる御かまへに候か。

〔現代語訳〕　私の長男次男の様態こそ、これにつけても思い知られて、さすがに歌をよく詠みました俊成入道の子である私は不十分ながら悪くはあるまいと存じますのに、この者どもの程度を見ますせいでしょうか、我が身の程もたいそう思い知られます。やはりこの痴れ言どもをうち置かず、早くお焼きになるべきです。あきれるほどすっかり騙されてしまったことでございます。但し去る三月からご秘蔵なさっていたとは情けなく存じますが、それは嘘でございましょうか。無理に放っておいたというつくりごとでございましょうか。

〔**語釈**〕**○太郎次郎**　定家の息子達。光家〔母は藤原季能女〕と為家〔母は藤原実宗女〕。〔補説〕参照。**○入道**　定家の父俊成。入道釈阿。元久元年（一二〇四）に九十一歳で亡くなっている。**○わろなからじ候**　「候」の前に「と思ひ」が省略されている。**○しれ事ども**　裏書では「あさましきたはこと」、本状でも既に「しれごとども」「くるひ事」と記しており、定家が非常に気にしていることがわかる。**○去る三月より御秘蔵**　書状Ⅰには三月から秘蔵していたとは書かれていない。定家の推測か。**○うたてく**　情けなく。三月から持っていたのに今日まで自分に見せなかったことを「うたてく」と言っている。

〔**補説**〕定家の子息は、光家が推定でこの年三十四歳、為家が土御門院と三歳違いの二十歳である。父親定家の嘆きはしばしば『明月記』に記されている。特に嫡男為家が家職である和歌に勤しまず、連日蹴鞠に熱中していることが悩みの種であった。そのような胸中が図らずもここに漏れ出たものと思われる。

書状Ⅲ

家隆卿中院へまゐ《い》らする御ふみ

〔**1**〕何事か候ら《覧》ん。さしたる事候はぬには申し候はでのみ罷り過ぎ候。所労無《ク》ㇾ術候ひて、いとゞ年より候まゝに身もよわ《は》くなり候ひて、今年いまゝで院へもまゐ《い》り候はでまかりこもりてのみ候なり。さては一日、御百首をまかりあづかり候ひて、少々しるし申すべきよし、仰せをかうぶり候ひしより、をどりあがり候ひて、あさましく〔見消〕心詞もおよ《を》ばず、たゞ老の涙のみこぼれ候なり。心ながき物の此の四五日はよるひる此の巻物ひきひろげ候より外の事候はず。

〔**現代語訳**〕家隆卿より中院へ差し上げる御文

何としたことでございましょうか。これというほどのこともございませんからには何も申し上げぬままに過ぎております。所労なすすべもございませんで、たいそう年が寄りますままに体も弱くなりまして、今年も今まで院御所へも参上いたしませんで家に籠ってばかりおりました。さて先日、御百首をお預かりいたしまして、少々（所存を）記し申しあげよとの仰せをいただきましてより、踊り上がるほど驚きまして、あきれるほど心も詞も及ばず、ただ老いの涙だけがこぼれるのでございます。気が長いことながら、この四、五日は夜昼この巻物を引き広げて拝読するよりほかの事はございませんでした。

〔**語釈**〕 **○何事か候らん**　何としたことでございましょうか。書状I〔1〕の〔語釈〕参照。**○罷り過ぎ**　「まかる」は動詞の上について謙譲の意を添える。ご無沙汰をしておりますとの意。**○所労無レ術《ク》**　「所労」は病気または疲労の意。ここは高齢による疲労を言うか。「術《ずち》無し」はなすすべを知らない意。書状I〔1〕の〔語釈〕参照。**○いとゞ年より**　家隆はこの年六十歳。当時では高齢の老人。**○今年いまゝで**　建保五年（一二一七）四月まで。**○まかりこもりて**　引き籠っておりまして。「まかる」は謙譲の意を添える。本書状中では他に「罷り過ぎ」「まかりあづかり」「まかり成り」と使われている。**○一日**　ひとひ。先日。**○をどりあがり**　びっくりして驚く様子。定家も書状IIの中で「とびあがり候」と表現している。**○心詞もおよばず**　書状II〔5〕にも「凡そ心も詞も及ばず候」とある。**○心ながき物の**　「心ながし」は気が長い。辛抱強い。「ものの」は連体形に接続して確定条件の逆接をあらわす。

〔**補説**〕 手紙の冒頭で院に対して日頃の無沙汰を詫びている。この文面から家隆は時々土御門院の所に参上していたことがわかる。女小宰相の縁であろう。続いて『御百首』のことを述べる。百首を預かったのを「一日」と言い、披見を「此の四五日」と言っている。これからすると本百首を土御門院が詠出したのも建保五年四月を余り遡らない頃ではなかろうか。従来説の建保四年三月では一年前のことになってしまう。

〔2〕 こは如何なる御事にか候らん《覧》。此の道ことに御沙汰候とも承り候はず。是こそはじめにて見まゐ《い》らせ候へ。いかにめでたく候歌もやう〳〵こそめでたくもならせ給ひ候事にて候に、さすがに此の道よくはしり候はねども、年来にまかり成り候ひて、身にもつかまつり、人をも見候に、是はすこしいかゞ候べき、などみ候事も候に、すこしも思ひもより候はぬ事共、心も及び候はず。かくこそ候べかりけれど、今、老の心も候事、ありがたく不思議の御事に候。

〔現代語訳〕 これはどうしたことでございましょう。和歌の道を殊にお好みになるとも伺っておりませんでした。これこそ上皇様の最初の御作と見申し上げます。どんなに立派な歌もだんだんにこそ上手にもおなりになるものでございますのに、さすがに私もこの道をよくは知りませんが、携って以来長年になりまして、私自身も歌を詠みますし、人の歌をも見ますが、（そういう時に）これは少々どうだろうかなどと思うこともございますが、（この御製には）私などの少しも思い寄りもしないことどもが詠まれており、想像もつきません。このようにこそ歌は詠むべきものと存じますが、今、老いの心も御製の中にございますことは、めったにない不思議の事と存じます。

〔語釈〕 **○是こそはじめにて** この百首が土御門院の初めて成したまとまった作品であることを言う。**○さすがに此の道よくはしり候はねども** 家隆の謙退の言葉。この文章から「などみ候事も候に」までは挿入文。**○年来にまかり成り候ひて** 歌道に携ってきた自負が込められている。息隆祐が家隆のことを「故入道も此道ばかりは心やすきことに思成りて候ひしかば」（隆祐集）と言っている。**○心も及び候はず** 「心及ぶ」は考えが行き届く、気が付く意。ここは打消を伴って「想像もつかない」の意。「おろかなる心及びがたし」（千五百番歌合・九七四番判詞）。「是はすこしいかゞ候べき、などみ候」歌に対する優れた歌を指し、「すこしも思ひもより候はぬ事共」が詠まれていて院の歌が素晴らしいことを言う。**○老の心**　老人の心。ここは家隆自身のことを言っているのではなく、若い院の歌の中に老人の心性が見える（詠み込まれている）ということであろう。老成した心性と言ってもよかろう。それが「ありがたく不思議の御事」なのである。**○不思議の御事**　底本「不思議に御事」を伏A本によって校訂した。

〔補説〕「此の道ことに御沙汰候とも承り候はず。是こそはじめにて見まゐらせ候へ」とあり、家隆は土御門院が和歌に熱心であるとは思っていなかったことがわかる。従って本百首は家隆が初めて目にする土御門院の詠作であった。この点について定家は書状IIで「もれ承り候へば、しろしめさるゝ事のみ、かけはなれて承り及び候へば、さのみ候はじと存じて候へば、こは夢にや候」と述べている。定家は承元年間に土御門院より『古今集』の書写を命じられて献上していたし、建保四年春にも同様の命を受け、この年（建保五年）二月に献上したばかりであった。定家書状に言う「しろしめさるゝ事のみ、かけはなれて承り及び」はこの間のことをさしている。しかし家隆も定家もこの時まで土御門院の詠作を見たことはなかったのであろう。土御門院には帝王学として和歌の嗜みはもちろんあったのであり、確認されるところで最も早い詠は建暦二年（一二一二）の通方への贈歌（続拾遺集・春上・七〇）である。この他『新勅撰集』（雑一・一〇三八・小宰相）と『万代集』（秋下・一〇九一・小宰相、冬・一三九六・通光）の詞書から知られる「土御門院歌合」の催しがある。この催行を建保四年前後と推定したが、娘である小宰相が参加した歌合のことを右のように家隆が知らないのは不審なので、この歌合は建保五年四月以降のことと考えるべきか。

〔3〕　但し、昔も今も歌本体めで度候事は、只此の御歌にて候。ふるき詞のよきにて、風情めづらしく、けだかく、文字すくなにきこえて候事、いかにも〳〵候はぬ也。御歌などのめでたくおはしまし候よしは承り候へども、しり候はぬ事にて候へば、とかく申すに及はず候。かならずそれにひかるゝ事にて候へば、いよ〳〵道理にて候。君の（補入）御事にて候へばなど、かやうに申しあぐるにては候はず。身にとりてたゞ歌の

候べきやう、心詞たゞ此の御製こそは、めでたく見まゐ《い》らせ候へ。申すも猶ことあさく覚え候。いさゝかも君の御事にて候へばとて、おもひ候はぬ事を申し候はゞ、八幡、住吉明神御ことわ《は》り候べく候。返す〳〵も申し候もことあさくおぼえ候。あなかしこ〳〵。

〔現代語訳〕 但し、昔も今も歌の真の姿が立派でございますことは、ただこの大御歌でございます。古歌の詞の良いもので、風情が新鮮で、気高く、文字少なに聞こえますことはめったにないことでございます。代々の大御歌などがすばらしいということは承ってはおりますが、（私などの）よく知らないことでございますから、とかく申すには及びません。（しかし、上皇様はそのような皇統に連なるお方ですから）かならずそのような力に引かれるわけですから、（すばらしい御歌を詠まれることは）確かに道理でございます。上皇様の御事だからと言うので、このように申し上げるのではございません。我が身にとりまして、ただ歌のあるべき様、心、詞がこの御製こそはご立派だと見申し上げます。言葉で申すのも猶事浅く思われます。いささかも君の御事だからと言って、心にもないことをもし申し上げたならば、石清水八幡と住吉明神が判断をお下しになることでございましょう。返す返すも（このようなことを私が）申し上げますのも事浅く思われます。恐惶謹言。

〔語釈〕 **○昔も今も歌本体めで度候事** 古今を通じて歌のあるべき姿が立派であること。「本体」は真にあるべき姿、典型。「たゞ詞姿の艶にやさしきを本体とするあひだ」（後鳥羽院御口伝）。「めでたし」は申し分なくすばらしい、立派だの意。家隆はこの言葉を書状IIIの中で七回、『土御門院御集』中の評詞でも七回使っている。**○此の御歌** 「御歌」は「おほんうた」、つまり大御歌《おおみうた》。代々の天皇の作られた歌。土御門院の歌のことは「御製」と言っているし、この段冒頭に「昔も今も」とあるので代々の大御歌のことと解される。**○ふるき詞のよきにて** 古歌に用いられている良い詞で。「いかにも古歌にあらむ程の詞を用ふべし」（詠歌一体（甲本））。**○風情めづらしく** 歌の風情に新しさがあって。「めづらし」はありきたりの古めかしさに対する語。「おほかた歌の良しといふは、心をさきとして、めづらしき節をもとめ、詞をかざり詠むべきなり」（俊頼髄脳）。次段にも「心のめづらしく」とある。**○けだかく**　底本「たたかく」を伏A本によって校訂した。**○文字すくなにきこえて**　歌の内容と姿がすっきりしていることを言う。『千五百番歌合』一四四七番の慈円の判詞に「むさしの露もこまかに見ゆれどももじすくななるはしばしらかな」とあり、「武蔵野の原の露」を詠んだ右歌に対して、「宇治川の橋柱」をすっきりと詠んだ左歌を良しとして勝にしている。**○いかにも〳〵候はぬ也**　めったにないことです。「いかにも〳〵」は「どうであっても」の意。**○たゞ歌の候べきやう**　直後にも「たゞこの御製」と副詞「たゞ」が続く。現代語訳では後の「たゞ」を訳出しなかった。**○めでたく見まゐらせ**　底本「めて候へまいらせ」を伏A本で校訂した。**○八幡、住吉明神**　山城国の石清水八幡宮と摂津国の住吉社。住吉明神は海上守護の神であったが、平安後期には和歌の神として尊崇された。家隆には住吉明神に奉納したと思われる「住吉三十首」がある。ここは両社の神に掛けて追従ではないと言っている。「一首もなほし入れず候。且は住吉の大明神御照覧候べし」（隆祐集）などとよく用いられた。

〔補説〕　家隆が「ふるき詞のよき」ものを用いて詠むことを重視していたことは、『後鳥羽院自歌合』の評詞で「ことばはふるきさま、たけありて」（一番）と言っていることや、『隆祐集』に「歌をよまんには、心をあたらしく、詞をふるかるべし。よき事を案じ出して古き詞のやさしきをとるべし」という家隆の言葉を伝えていることからもわかる。次段にも「ふるき詞のよく候を」とある。

土御門院の歌だから褒めるのではない、御世辞ではないと繰り返し言っている点はおもしろい。

〔4〕　歌はふしぎの物にて候也。きとうち見候に、おもしろくあしからず候へども、次の日又々《く》見候へば、ゆゝしく見ざめのし候。是をよしと思ひ候ひけるこそふしぎに候へ、などおぼゆる物にて候へば。猶詞をかざりあやつりたる物の中に候ひけり。此の御製は見まゐ《い》らせ候にしたがひて、次第に猶々《ゝ》まさり候やうにお

ぼえ候は、申し候様に只ふるき詞のよく候をめでたくつゞけられ候ひて、心のめづらしく候によりてかく見えさせおはしまし候也。天智天皇、小松の御門の御歌などこそたけも候ひ、めでたくみえ候へども、それもおぼえ候はねばしり候はず。むかしもありがたき事にこそ候めれ。近き世となり候ひて、崇徳院の御歌をこそめで度申し候へども、院の御歌、内の御製などを見まゐ《い》らせ候へば、いまひとかさの事どもとこそ見まゐ《い》らせ候に、此の御百首返々も申すはかり候はぬ御事に候也。

〔現代語訳〕 歌は不思議なものでございます。さっと見まして、趣向が巧みで悪くなくございましても、次の日にまたまた見ますと、ひどく見劣りのするものでございます。これを良いと思ったのは不思議なことだ、などと思われるものでございますから。（そのようなことは）表現をはなやかに飾り、巧みに詠んだものの中にあるようです。この御製は拝見するにしたがいまして、次第に勝ってくるように思われますのは、（先に）申しましたように、ただ古歌の詞の良いものを上手に続けられまして、歌の気分が新鮮でございますので、このように見えるのでございます。天智天皇や光孝天皇の御歌などは格調もございまして、立派に見えますけれども、それも私などはよくわかりませんので知らないのでございます。これらは昔もめったにないことのようでございます。最近の世になりまして、崇徳院の御歌をめでたく申しますけれども、（後鳥羽）院の御歌や内の御製などを見申し上げなさいましたら、今一層のご上達があろうと見申し上げますが、この御百首（のご立派さ）は返す返すも申し尽くすこともできないことでございます。

〔語釈〕 **○きとうち見候に** さっと見ましたところ。「きと」は「すばやく」の意。「此百首をきと見候はん料に」（衣笠内府歌難詞）「寂蓮は…折につけてきと歌詠み連歌し」（後鳥羽院御口伝）。**○おもしろくあしからず** 気の利いた趣向で悪くない。「おもしろく」は定家十体の一つ面白様に言うところの趣向が気が利いている、また知性的で巧みと思われる詠みぶり。**○見ざめ** 見醒め。見褪め。だんだん見劣りすること。見ているうちに興のさめること。「いかがせむととかくたしなみよめる秀句は極めて見苦しく見ざめする事にて侍るべし」（毎月抄）。**○詞をかざりあやつりたる** 表現をはなやかに飾り、巧みに扱った。「かざる」は修辞を美しく取り繕うこと。「あやつる」は巧みにあつかうこと。「おほかた歌の良しといふは、心をさきとして、めづらしき節をもとめ、詞をかざり詠むべきなり」（俊頼髄脳）「させる秀句もなく、かざれることばもなけれども」（無名抄）。**○申し候様に** 底本・伏A本とも「申様に」。伏B本により丁寧の補助動詞「候」を補った。**○天智天皇** 第三十八代天皇。近江大津の宮を開き、律令制的中央集権国家を確立した。万葉第一期の歌人で『万葉集』に四首入る。**○小松の御門** 光孝天皇。第五十八代天皇。天長七年（八三〇）～仁和三年（八八七）。『古今集』以下の勅撰集に十四首入集。僅か十五首の内容であるが『仁和御集』がある。**○たけも候ひ** 格調がございまして。「たけ」は歌論用語で崇高壮大な美を言う。「ことに歌のたけを好み、古き姿をのみ好める人」（古来風体抄）。**○おぼえ候はねばしり候はず** 家隆の謙辞。**○崇徳院** 第七十五代崇徳天皇。元永二年（一一一九）～長寛二年（一一六四）。和歌を好み、百首歌を近臣に詠進させたり歌会を開いたりした。譲位後に『久安百首』を召し、『詞花集』を下命した。勅撰集への入集は多く、『新古今集』には七首入る。**○院の御歌、内の御製** 後鳥羽院の御歌と当今（順徳天皇）の御製。**○見まゐらせ候へば** 「まゐる」は「院の御歌、内の御製」に対する土御門院の謙譲。

〔補説〕 良いと思った歌が翌日見ると見褪めして見えるという家隆の言は『詠歌一体』などの歌学書に通じるものである。歌論を残していない家隆の和歌観や詠歌姿勢が窺われる。

天智天皇の名は平安朝の皇統の祖としての意味合いもあって出されたかとも思われるが、『新古今集』には「あさくらや木のまろ殿にわがをれば名のりをしつつ行くは誰が子ぞ」（雑中・一六八七）の一首が入る。為氏本の撰者名注記によると家隆もこの歌を撰んでいるので、「たけ」ある歌として認識していたのだろう。光孝天皇の歌は『新古今集』に三首入集し、内二首に家隆の撰者名注記がある。崇徳院の新古今入集歌は七首で三首に家隆の撰者名注記がある。

〔5〕 いたく年もつもり候はぬさきにまゐ《い》り候ひて、をがみまゐ《い》らせ度候事もおそれおほく候に候。この御製に、いかに人丸が歌もかたはらたへがたくきこえぬべく候らん《覧》、かへりて後いかなる前の世の御事にて候ひけるにかと、おそろしながら見まゐ《い》らせ候に候。御所にみまゐ《い》らせさせおはしまして、いかにおぼしめし候はむと思ひ候ひて、かねて涙とゞまらず候。このよしをもらしひろうせしめ給ひ候べく候。

〔現代語訳〕 ひどく年をとってしまいませんうちに院御所に参りまして、上皇様を拝し参らせたく存じますが、それも恐れ多いことでございます。この御製に対しては、人丸の歌といえども傍らに置かれると耐え難く聞こえるにちがいありません。反対に、後々どのようになる前世のお約束でいらしたのかと、恐ろしく思いつつ拝見いたしましたのでございます。後鳥羽上皇様がこれを見申し上げなさって、どのようにお思いになられるだろうかと思いまして、かねてより涙が止まりません。このことを他に知らせ披露なさるべきでございます。

〔語釈〕 **○年もつもり** 「年」は家隆の年齢。伏A本は「年よりつもり」とする。**○人丸** 柿本人麻呂。万葉第二期の宮廷歌人。山柿之門と称され、歌神、歌聖とされた。『新古今集』にその作として二十三首が入る。**○かたはらたへがたく** そば近くにあることがたえられない。**○きこえぬべく** 「人丸が歌」が主語なので「きこゆ」は「聞く」の自発形ととった。「ぬ」は強意。**○御所にみまゐらさせおはしまして** 「御所」は後鳥羽院のこと。「まゐる」は土御門院に対する後鳥羽院の謙譲。**○このよし** 御製だけでなく、定家と家隆のこの一連のやりとりも含めて「このよし」と言っている。

〔補説〕 〔3〕で追従で褒めるのではないと八幡、住吉に掛けて言っていたが、ここに至って人丸を引き合いに出すのはやはり過褒であろう。しかし、家隆の心情はよく伝わる。

前段で「院の御歌や内の御製などを見まゐらせ候へば、いまひとかさの事ども」と言い、ここで「御所にみまゐらさせおはしまして」と言う。本百首を見る限り、既に土御門院は後鳥羽、順徳両人の歌からかなり影響を受けているのであるが、家隆としては和歌の交流がないことを意識して言っているのだろう。或いは早々に位を下された土御門院への同情的なものがあったのか。「御所にみまゐらさせおはしまして」は裏書〔補説〕で引用した『増鏡』の「院も縁ありて御覧ずべし。げにいかが御心動かずしもおはしまさん」などの心情に通じるものだろう。しかし、後鳥羽院と土御門院の和歌をめぐる親子の話はここから発展しなかった。

その代り、和歌と親子の物語は家隆を軸として次のように紡がれていく。裏書〔補説〕で引用した『古今著聞集』の後半部である。当院は後嵯峨院、大納言は通方である。院の忘れ形見である邦仁親王が初めて詠んだ百首を乳父の大納言通方が密々に家隆のところへ見せに送った。すると家隆は初めの方を見ただけではらはらと涙を流し、「故院の御歌にすこしもたがはせ給はぬ」と言って泣いたという。家隆を軸に親子の百首の暗合になっている。このような家隆の人物像は書状Ⅲからも窺われるところである。

『古今著聞集』巻五・和歌・二一七

> 当院の御製も昔に恥じぬ御事にや。そのゆゑは、そのかみ、御めのとの大納言のもとにわたらせおはしましける比、はじめて百首をよませおはしましたりけるを、大納言感悦のあまりに、密々に壬生の二品のもとへ見せにつかはしたりけり。二品、御百首のはし、春の程ばかりを見て、見もはてられず前にうちおきて、はらはらと泣かれけり。ややひさしくありて、涙をのごひていはれけるは、「あはれに不思議なる御事かな。故院の御歌にすこしもたがはせ給はぬ」とて、ふしぎの御ことに申されけり。その時は、いまだむげにをさなくわたらせ給ひける御事なり。まして当時の御製、さこそめでたき御ことにて侍らめ。かの卿、いまだ存せられたらましかば、いかに色をもそへて目出たがり申されましと、哀れに覚え侍り。

土御門院女房日記

〔1〕

□□□四にて位につか□［お］はしまして十二□□□□。その、ち十年□□□もいて□る時なく□□［かた］じけなくたのみ□きまいらせしに、一□□る［か］に御わたり□。さきのよの御重□□をやわかち給はらせお□［し］ましけむも、□□□へときこえさせ□□□□これもと□□とて、御いでたちあり。□らす御ともすべきみ□おもひさだめなが［ら］、□まのおそろしさ人□□めかみにて、のこりと□□心地せむかたなし。

みにかへておもは［ぬ］□しもなきもの□とまるはをしきいの□なりけり

〔推定大意〕 四歳で位にお即きになって十二年間世を保たれた。その後十年余り上皇として都にあられた。恐れ多くも頼りにお思い申し上げていたのに……お遷りになることになった。……御出立になった。きっとお供する身と思い定めていたが、……都に残りとどまる心地は辛いがどうしようもない。

我が身に代えても都にお留めしたいと思わぬわけではないが、（それも叶わず）この世に留まるとは残念な我が命であるよ。

〔語釈〕 **〇四にて位に** 第八十三代土御門天皇は建久六年（一一九五）降誕。同九年正月十一日四歳で受禅。同年三月三日即位した。**○十二□□□□**　在位の年数を言う。承元四年（一二一〇）十一月二十五日十六歳で皇太弟守成親王（十四歳、順徳天皇）に譲位したので在位は十二年。**○その〻ち十年□□□**　譲位の後、上皇として都にいた年数を言う。上皇として都にいたのは十一年間。欠損部には「余り一年」などの文字があったか。**○御わたり**　承久の乱による遷幸を言う。**○御いでたち**　承久三年（一二二一）閏十月十日土佐遷幸のため出立。**○おそろしさ**　遷幸に供奉する者も関東からの許可が必要であったので、その間の事情を言ったものか。『建礼門院右京大夫集』は平家追討の源氏軍を「恐ろしき武士ども」（二〇八）と表現している。**○1**　欠損部を推定すると「みにかへておもはぬとしもなきものを」は少しもってまわった表現である。「をしからぬ命にかへて目の前の別れをしばしとどめてしかな」（源氏物語・須磨・一八六）を本歌としつつも、同じくこの源氏歌を本歌とする「惜しからぬ命をかへてたぐひなき君が御代をも千世になさばや」（高倉院昇霞記・一一〇）の影響下に詠まれている。**○みにかへて**　我が身にかえて。「身にかへてあやなく花を惜しむかな生けらばのちの春もこそあれ」（拾遺集・春・五四・長能）以来、「花を惜しむ」主題に多く用いられる表現となった。「身にかへて惜しむにとまる花ならば今日やわが身のかぎりならまし」（三奏本金葉集・春・六七・俊頼）など。

〔補説〕　冒頭で承久三年閏十月までの土御門院の経歴を述べる。欠損があるものの、その内容は『本朝皇胤紹運録』等の記述と合致している。読者を意識した土御門院の紹介であり、本作品全体の序の形になっている。つまり単なる備忘の歌反古ではなく、作品として構想した意図が認められるということである。承久の乱自体については女房の文章の常として具体的には触れられない。「さきのよの」以下で遷幸の微妙な事情を匂わせているのかもしれないが、欠損があり不明という他ない。末尾の長歌43では承久の乱への作者の認識を窺わせるかなり大胆な表現がなされている。

『高倉院昇霞記』からの影響は本作品全体に見られるものである。「惜しからぬ命をかへて」の歌は『昇霞記』前文に続く本文の第一首目に位置しており、本作品中の位置とも共通している。作者は『昇霞記』を座右にして本作品を書いている。

〔2〕

2

□□月御くだりにて□□ほりかはの堂□あからさまにわたらせ□□します御ともにまゐ《い》り□れば、たゞいまばかりぞ□しとおもふに、しな□やとのみ覚えて、

いでていなんすがた□みてもいかにせむ□□さきだついのちと［も］□□

〔推定大意〕 閏十月、土佐への下向だというので……堀河の堂にちょっとお渡りになる、そのお供をして参って、「お姿を拝するのは今だけだ」と思うのだが、……とばかり思われて、

ここを出て土佐へ下って行ってしまわれる御姿を拝見しても何になろう。（そのような御姿を拝見するくらいなら）上皇様に先立って絶えてしまう我が命であればよいのに。

〔語釈〕 **○□□月** 「閏十月」か。 **○御くだり** 配流地である土佐への下向。 **○堀河の堂** 未詳。覚一本『平家物語』（巻十・内裏女房）に、生捕りになった重衡が一時拘禁された場所として八条堀河堂が見える。これは八条の南、堀河の東に中御門中納言藤原家成が建てたもので、『拾芥抄』（京程図）にも見える。土佐下向の道筋から考えてここではないかと思われるが、詳細は不明である。或いは仮名で「た」と読むべきかもしれない。「注解と研究」は源通具の二条堀河邸の可能性を指摘している。通具猶子である雅具が土御門院に供奉して下向しているので可能性はあるだろう。わざわざ「堂」と書いている点は尚疑問を残す。 **○あからさまに** ちょっとの間。 **○御ともに** この前後は『昇霞記』の高倉院の亡骸を移す場面「清閑寺に渡し奉る。御伴に参るとて」（二〇前文）と類似する。
○覚えて 「注解と研究」は「おぼえて」と仮名に翻字しているが、「覚」という漢字である。本日記には七箇所にこの漢字が出るが、「注解と研究」は全て仮名として読んでいる。仮名で「おぼゆ」と書いているのは〔5〕の一

箇所のみである。○2　欠損部を推定すると「いでていなんすがたをみてもいかにせむ君にさきだついのちともがな」か。本歌「いかにせむ行くべき方もおもほえず親に先立つ道をしらねば」（古今著聞集・一一九・小式部内侍）。後述の如く作者は和泉式部の歌から影響を受けており、式部の娘の著名な歌をここでは本歌としている。後の類歌に「あはれその憂きはて聞かで時の間も君に先立つ命ともがな」（風雅集・雑下・一九五二・永福門院内侍）がある。**○いでていなん**　「往《い》ぬ」はその場にいたものが姿を消して見えなくなる意で、まさに土御門院が都を出て姿を消し、拝することが出来なくなってしまう、そのことを詠む。

〔補説〕　ここから出立の時の様子を記す。乱後、三上皇はそれぞれ自分の御所にいたが、まず後鳥羽院が七月六日鳥羽殿へ遷り、ここで出家の後、十三日隠岐へ下向した。次いで順徳院は七月二十日（二十一日とも）佐渡へ下向するが、その前に岡崎殿へ一時入っている（「夜中ニ岡崎殿へ入セ給フ」慈光寺本『承久記』）。これらから見て土御門院も仙洞御所であった土御門殿から一時堀河の堂に遷り、そこから土佐へ下ったものと思われる。作者は土御門殿からここまでお供をしたのである。これは他書には見えない記述で注目される。

〔3〕

あか月ちかくなりて、心［も］あられねば、

いづちとも思ひもわか□あけぼのにいかでな［み］□のさきにたつらむ

〔推定大意〕　いよいよお別れせねばならない暁近くなって、（身はもとより）心も正常ではいられなくなったので、悲しみのため、お下りになるのはどちらの方角とも分別も出来ないでいるこの曙に、どうして涙が賢くも行く先を知っているかのように先に立って流れるのだろうか。

〔語釈〕　**○あか月**　暁。子の刻以後の夜が明けようとするがまだ暗い時間。**○3**　欠損部を推定すると「いづちと

も思ひもわかぬあけぼのにいかでなみだのさきにたつらむ」か。これは「いづちともしらぬわかれの旅なれどいかで涙の先に立つらん」（後拾遺集・別・四九二・頼成）と初句と下句が同じ。後の類歌に「今更に行くべき方も覚えぬに何と涙の先にたつらん」（八坂本『平家物語』巻一・義王・一〇八）がある。**〇あけぼの**　暁の次の段階。暁を過ぎて夜がほのかに白んで明けてくる頃。**〇いかでな［み］□の**　この表現は和泉式部に「うらむべきかただに今はなきものをいかで涙の身に残りけん」（正集・五七二）「何事も心にしめてしのぶるにいかで涙のまづしりにけん」（同・七〇〇）「かなしきはおくれてなげく身なりけり涙のさきにたちなましかば」（続集・七三）とあり影響を受けている。

〔補説〕　3と頼成歌との関係は、作者が頼成歌を知っていて詠んだのであれば剽窃である。「先に立つ涙」の発想は珍しいものではないので偶然の一致と見ることもできよう。しかし勅撰集歌であるから知っていても不思議ではないし、頼成歌の詞書は「物言ひける女の、いづこともなくて遠き所へなん行くと言ひ侍りければ」とあるから、作者が作歌に際し『後拾遺集』別部を繙読し、似た状況で詠まれた歌を用いたとも考えられる。後出の14歌もここと同様に『金葉集』歌を剽窃したかの如く詠まれているので、やはり偶然の一致ではなかろう。

この段の内容は意味深長である。土御門院の行動や発言について何も書かれていないが、作者はここで最後の夜を院と過ごしているのであろう。暁は夜を共にした男女が起きて別れる時間で、院との「暁の別れ」すなわち後朝を暗示していると思われる。この時のことは後々「そのあか月」とこだわりをもって言及され、くり返し思い出されている。院との贈答があればここに入れられたのであろうが。

ここまでの展開は、1いのち→2さきだついのち→3さきにたつ、と歌中のことばがつながっている。

〔4〕

御こしのよるほどには□さぶらひあはれたる人□なくけしきのき□□れば、ことわ《は》りにかなし□て、

4

ありしにもあらぬ□ゆきと思ふにもつら□□そではさこそぬるらめ

〔推定大意〕 朝になり輿が寄せられる時分には、お互いに伺候していらっしゃる方々の泣く声の様子が聞こえてくるので、当然のことながら悲しくて、

以前とは似ても似つかぬ御幸だと思うにつけても、居並ぶ人々の袖はさぞかし涙で濡れていることだろう。

〔語釈〕 **○御こし** 輿には輦輿と腰輿がある。ここは後者で手輿《たごし》とも言う。『増鏡』（巻二・新島守）に「いとあやしき御手輿にて下らせ給ふ」とある。後鳥羽院の下向は「もののふ御輿に立ちそひて」（六代勝事記）と描かれており、土御門院も同様であったと思われる。**○さぶらひあはれたる人□** 欠損部は「人々」か。「さぶらひあふ」は動詞「さぶらふ」に「一緒に～する」という意の動詞「あふ」がついたもの。見送りに伺候しあっていらっしゃる人々。**○き□れば** 「きこゆれば」か。但し「けしき」はほのかに見えるものについて言うので「けしきのきこゆれば」では不審か。**○かなし□て** 「かなしくて」か。**○4** 欠損部分は「あらぬみゆき」「つらぬるそでは」かと推定される。**○ありしにもあらぬ** 以前とはまるでちがう、似ても似つかない。華やかで威儀を正したかつての行・御幸とは打って変った配流の御幸であることを言う。「きえのこる我が身ぞつらきありしにもかはるみゆきをみるにつけても」（昇霞記・二〇）の影響を受けている。また『右京大夫集』二三四の詞書に「ありしけしきにもあらぬに」、歌に「露きえしあとは野原となりはててありしにも似ず荒れはてにけり」とある。右京大夫が資盛亡き後、北山を訪ねる段である。また「ありし世にあらず鳴子の音きけば過ぎにしことぞいとどかなしき」（二五〇）もある。作者はこれらも参考にしている。後の例だが順徳院の『御製歌少々』にも「山ふかき苔の下にもうづもれずあらぬみゆきのをりぞかなしき」とあり、後鳥羽院の隠岐配流を「あらぬみゆき」と表現している。**○つら□□そで** 欠損部は「ぬる」か。「つらぬ」は縦に一列に並ぶのが原義。「紫の袖をつらねてきたるかな春立つことはこれぞうれしき」（後拾遺集・春上・一四・赤染衛門）「九重や玉しく庭に紫の袖をつらぬる千代の初春」（長秋詠草・六一

三）のように禁中に文武百官が並み居る様を言うが、ここは見送りの人々について言う。関東に憚りもあるので見送りはごく僅かであったろう。〇さこそぬるらめ　さぞ濡れているだろう。「さこそ」は推量の表現を伴って「さぞ」「さだめて」の意。「こそ」は強意の係助詞。「らめ」は現在推量の助動詞「らむ」の已然形。

〔補説〕　土御門院土佐遷幸の様子は『六代勝事記』『吾妻鏡』『増鏡』『承久記』などに描かれているが、『六代勝事記』によれば次のようであった。

閏十月十日、中院を土佐国へうつしたてまつりて、後にはあはの国へわたしたてまつれり。けふ〳〵とはきこえしかども、冬のはじめまで御幸なければ、さりともと思ひあへりしほどに、かく御わたりあれば、いま更になるしきにや。女房四人、少将雅具・侍従俊平、おの〳〵旅ごろもなどいとなむより、承明門院の御こゝろあるにもあらず。仙洞は唯はつしぐれのふるさとのみかきくもりたれば、あくるをつぐるとりのねに、土御門の大納言御車よせて、君も臣もなくよりほかの事なし。するより御こしにめしかへて御覧じ行道すがら、

閏十月十日鶏鳴、大納言定通（後出）が土御門の仙洞御所に車を寄せて、院と別れを惜しみ、院はそこから下ったことになる。しかし、本作品では〔2〕の記述の如く、院は仙洞から堀河の堂に一旦遷り、翌早朝そこから別れを惜しんで下ったことになっている。『六代勝事記』の「するより御こしにめしかへて」が本作品の「堀河の堂」からの出立を指すのかとも思われるが、第一次資料とも言うべき本作品の記述は貴重である。この後、『六代勝事記』によれば、院は陸路で須磨・明石の関・尾上を通って室津に着き、そこから船で屋島・松山を望みながら四国に渡り、再び陸路で土佐へ至ったことになっている。着輿の地が土佐のどこであったかははっきりしないが、『増鏡』と慈光寺本『承久記』は「幡多・畑」と記している。覚一本『平家物語』に太政大臣藤原師長のことを「土佐の畑にて九かへりの春秋を送りむかへ」（巻三・大臣流罪）と記し、高倉宮（以仁王）を「土佐の畑に流し参らすべし」（同・信連）と記しているので遠流の地であったことは確かである。ちなみに畑は現高知県幡多郡黒潮町（合併前は佐賀町）であるという。

「御こしのよるほどに」とあるように、遷幸時の乗り物は三上皇とも輿であった。慈光寺本『承久記』は後鳥羽院を「四方ノ逆輿ニノセマヰラセ」たと記している。「四方《しほう》」は四方輿（四方に簾をかけたもの）のこと。「逆輿《さかごし》」は罪人を護送するときの作法で、進行方向とは逆向きに乗り物に乗せることと言うが典拠は不明。用例としては、『とはずがたり』（巻四）に惟康親王が将軍を廃されて上洛する時の記述として、

いとあやしげなる張輿を対の屋のつまへ寄す。……その後、先例なりとて、「御輿さかさまに寄すべし」と言ふ。

とある。輿ではなく車の用例であるが、『源平盛衰記』（巻七・成親卿流罪）に、

追立ノ官人来テ車サシヨセテ、トク〳〵ト申セドモ、ス、マヌ旅ノ道ナレバ、座ヲ立テ急ギ乗給ハザリケルヲ、御手ヲ取、アラ、カニ引立奉リ、ウシロザマニ投ノセテ、車ノ簾ヲ逆ニ懸テ、門前ニ遣リ出ス、

とある。また『清獬眼抄』（群書類従巻百八）公卿殿上人配流事に、

流人出。爾時令放免乗直馬、逆乗之。〈馬尻方に向て乗也。逆鞍置之。不脱巾。〉放免等囲繞馬左右云々。……又車同前。但後簾上て前簾下す。後に向て乗る。犯人不脱巾。

と見える。実際のところどうだったのか、土御門院もそうだったのか、わからない。逆輿であれば一層悲劇的で、歌の「ありしにもあらぬみゆき」はその様を指すととれるが、ここは武士に警護され、あやしき手輿に乗った配流の御幸ととっておく。かつて万乗の君であった身には十分「ありしにもあらぬみゆき」であったろう。

〔5〕

土御門殿にかへりまゐ《い》りて、ひるの御やすみ所の御ざとりのけ、うちはらひなどする心ち、なみだにむせびておぼゆれば、

5

かはりゐるかりのよどこのちりばかりおもはざりきなかゝるべしとは

〔現代語訳〕 土御門殿に帰ってきて、昼の御座所の御座を取り除き、茵の塵を打ち払ったりする心地は言いようもなく、涙で胸がつかえる気がするので、

上皇様の代わりに積もっている、はかない仮の世の夜の床のこの塵ほども思わなかったことだよ、このようなことになろうとは。

〔語釈〕 **○土御門殿** 承明門院在子の御所で土御門南万里小路西にあった。建保二年（一二一四）土御門院の仙洞御所であった大炊御門京極殿が火事で焼けたため、以後土御門院は母女院の御所である土御門殿に同居していた。作者はここに院の配流前も後も居住しているようである。 **○ひるの御やすみ所** 昼間の居所。御座所《おましどころ》。本来の寝所として設けられた母屋の御座に対して廂などに設けられた御座をさす（水田ひろみ「王朝物語における男性の住まい」『国語と国文学』第八七巻第七号、平成二二年七月）。 **○御ざ** 御座《ござ》。天皇には御座《ぎょざ》という。貴人の席、坐臥するところ。畳を敷いた。ここはその畳を片づけたのである。 **○うちはらひ** 御座に敷いた茵《しとね》などの敷物の塵を払う。

○5 「おもひきや塵もゐざりし床のうへを荒れたる宿となしてみんとは」（和泉式部続集・五八）「かはりゐる塵ばかりだにしのばなんあれたる床の枕なりとも」（同・二〇七、正集・二〇〇）「とまるらむ古き枕に塵はゐて払はぬ床を思ひこそやれ」（右京大夫集・一〇四）「磨きこし玉の夜床に塵つみて古き枕をみるぞかなしき」（同・一〇六）。これらを参考にして詠まれているが、特に和泉式部の「かはりゐる」と右京大夫の「磨きこし」が影響大であろう。

○かはりゐる 土御門院の代わりに床に積もっている。 **○かりのよどこの** 仮のものであるこの世の夜の床の。「よ」は「仮の世」と「夜床」の掛詞。しかし、昼の御座を片づけ、それに触発されての詠歌であるのに「夜床」を詠むのは不審。昼の御座のことを仮の夜床と言っているのかと思われるが、他に用例がない。或いは「仮の世とこ（此）の」かとも思われるが据わりが悪いだろう。恐らく和泉式部と右京大夫の歌から「かはりゐる塵ばかり」

「夜床」の言葉を取り、掛詞に仕立てようとしたことから生じたのだろう。**〇ちりばかり**　塵ほども。第四句の打消と呼応して「少しも〜でない」となる。床や枕に塵が置くのは閨の主がいないことをさす。**〇おもはざりきな　かゝるべしとは**　「かゝるべしとはおもはざりきな」の倒置。「な」は感動の終助詞。「朝夕に見慣れすぐししその昔かかるべしとは思ひてもみず」（右京大夫集・二一三）。

〔補説〕　院がいなくなったので御座所を片づけているのだが、次の6番歌の内容から見ても、堀河の堂から土御門殿に帰ってきたその日にすぐさま片づけているように読める。その行動は「涙にむせびておぼゆれば」という心情といささか齟齬するように思われるが、そのような決まりがあったのだろうか。『讃岐典侍日記』に堀河天皇崩御後すぐに「晝の御座のかたにこぼこぼと物とりはなす音して」とあることなどを意識して、そういう非情さを描こうとしたのかとも思われる。

しかし、歌の内容である、床や枕に塵が積もることは空閨となって時間的に久しいことの暗示であるから、やはり不自然さは免れない。この場面は『右京大夫集』の、

何となく、閨のさむしろ打ち払ひつつ、思ふことのみあれば、
夕さればあらましごとの面影に枕の塵を打ち払ひつつ（一七三）

と類似している。

〔6〕

土さへ御わたりあるに、
人かずにけふはゆくともわびつゝはかへるもとさとおもはましかば

〔現代語訳〕　土佐へ御遷幸になるので、

私も人並みに、今日はお供をして堀河の堂へ行って、土御門殿に帰って来たのだが、気落ちしつつ思うことには、どうせなら院の遷幸地土佐に帰るのだったらよかったのに、と。

〔語釈〕 **○6**　三句と結句の表現を同じくする歌に「君こふる心のやみをわびつつは此世ばかりとおもはましかば」（千載集・恋五・九二五・二条院讃岐）がある。**○人かずにけふは**　「人数に今日は貸さまし唐衣涙に朽ちぬたもとなりせば」（右京大夫集・二八一）。右京大夫の歌は七夕の故事を踏まえたもので内容は異なるが、初句から二句にかけての措辞はこれに拠ったものであろう。また「けふ」とあるので閏十月十日院の出立を見送って土御門殿に帰って来ての詠と思われる。**○わびつゝは**　「侘ぶ」は苦悩や嘆きに落胆した状態をいう。「わびつつは重ねし袖の移り香に思ひよそへて折りし橘」（右京大夫集・一五二）。**○おもはましかば**　「ましかば」は反実仮想の表現。実際は土御門殿に帰ってきたのだが、その事実に反して「土佐へ帰るのだと思うのならよかったのに」と想像する。

〔補説〕『律』に定める流刑には都からの距離によって遠流・中流・近流の三流があった。『清獬眼抄』には遠流国として常陸・安房・佐渡・土佐・伊豆・隠岐の六ヶ国、中流国として伊予・周防の二ヶ国、近流国として越前・安芸の二ヶ国が記されている。承久の変に於ける三上皇はいずれも遠流である。

〔7〕

ちかくわたらせ給ふべしとて、阿波へ御わたりあるべしときくにも、

なにと又なるとの浦のうらわたりあはれやなにのむくい《ひ》なるらん

〔現代語訳〕都の近くにお遷りになるのがよかろうというので、後には阿波に御遷幸になるはずだと聞くにつけても、

どうしてまた鳴門の浦におわたりになったりなさるのだろう。お気の毒なことに、これは一体前世の何の

報いなのだろうか。

〔語釈〕 **○わたらせ給ふべし** 「べし」は適当の助動詞で「～するのがよい」の意。**○あるべし** 「べし」は当然の助動詞で「～するはずだ」の意。**○なるとの浦** 阿波国の歌枕。鳴門海峡。**○うらわたり** 「つな手引くなだの小舟や入りぬらん難波のたづの浦わたりする」（堀河百首・一三四七・国信）のように、普通は鶴や千鳥などが海辺に沿って飛ぶことを言う。ここは院が「阿波へ御わたり」になることに掛けている。**○7** 下句は「ちぎりあらば思ふがごとぞ思はましあやしや何のむくいなるらん」（和泉式部集・五四三）に拠る。都に近い阿波へ遷ることは喜ぶべき事なのだが、作者にとって還御以外は憂うべき悲しいことなのであろう。「浦」と「なに」がそれぞれ一首中に重出するのは歌として難と言えよう。

〔補説〕 〔6〕の〔補説〕に示した三流の国名は例示であって、他の国への配流もあった。土御門院が土佐から遷された阿波は『中右記』嘉保元年（一〇九四）八月十七日条によれば近流国に数えられている（利光三津夫『律令制の研究』慶應義塾大学法学研究会、昭和五六年）。『吾妻鏡』は「土御門院自土佐国可有遷御于阿波国之間」とあるのみで遷幸の理由について記さないが、『増鏡』には「せめて近き程にと東より奏したりければ、後には阿波の国に移らせ給ひにき」（巻二・新島守）と記している。幕府の配慮であったらしい。しかし後鳥羽院と順徳院に対してはこのようなことは厳に行われなかったのである。

阿波遷幸の時期がいつであったかは諸書で異同があるが、『吾妻鏡』の貞応二年（一二二三）五月の記述、

廿七日、己巳、土御門院自土佐国可有遷御于阿波国之間、祗候人数事尋承之、可注進之旨、被仰遣阿波守護小笠原彌太郎長経之許、四月廿日為御迎已進人於土州訖之由、長経所言上也

によって貞応二年五月頃と考えられる。本作品は全体が時系列に沿って書かれているのだが、土佐下向を見送ったすぐ後に阿波遷幸のことが書かれているのはここのみ時系列を乱すように見える。執筆時の知識でここを書いたのでなければ、恐らく「後には都に近い阿波へお遷しするのだ」というような噂、しかし後々現実になっているので

幕府から出た確かな情報と思われるが、その噂が配流の当初からあったのではないか。それを「阿波へ御わたりあるべしときくにも」と伝聞として作者はここに記したものと思われる。つまり実際に阿波へ遷ったのは貞応二年五月頃だったのだが、その風聞は早くも配流時から流れており、作者はそれを聞いてここに記していると理解すべきであろう。

　ここまでの流れを整理すると、〔2〕は堀河の堂に渡った日、〔3〕〔4〕は院を見送った場面、〔5〕はその日土御門殿に帰って来てから。〔6〕には「人かずにけふはゆくとも」とあるので、時間的に〔5〕に続く同日のこととみられる。〔7〕も〔6〕の地名「土佐」に続いて「鳴門の浦」を詠んだもので一連と見られる。

〔8〕

ひむがしむ《い》（補入）きの御つぼにくれたけをうゑ《へ》られたる、みいだしてふしたれば、風のふくにあはれもせむかたなし。

　よろづよのともとぞうゑ《へ》したけのはに□とりかなしき風わたるなり

〔現代語訳〕　土御門殿の東向きの庭に呉竹が植えられているのを眺めやって臥していると、風が吹く度に悲しさもこらえようがない。

　万代まで変わらぬ友として植えられた竹の葉、（その緑の色は変わらないのに、既に上皇様の御治世も在京もなく）、たった一人悲しい風だけが吹き渡っていく音が聞こえる。

〔語釈〕　**○御つぼ**　中庭。坪庭。**○くれたけ**　呉竹。淡竹の一種で丈が低く節が多くて葉が細い。「呉竹は葉細く、河竹は葉ひろし」（徒然草・二〇〇段）。**○ふしたれば**　臥し（ふし）は竹（節《ふし》）の縁語。「風生竹夜窓間臥」（白氏文集・巻一九、和漢朗詠集・夏夜・一五一）が意識されているか。**○よろづよ**　よ（代・世）は竹（節《よ》）の縁語。土御門院の治世（在京）が長く続くだろうと思って、の意を含める。**○とも**　王子猷は竹を栽えて「此君」と称し、白楽天は竹を愛して「吾友」としたという故事（和漢朗詠集・竹・四三二・篤茂）の「吾友」による表現。但し『白氏文集』では「我師」とする。「鶯の初春祝ふ呉竹の千とせの色をわが友にせん」（土御門院御集・二五八）。**○たけのは**　竹の葉の緑は長く変わらないもののたとえ。「白雪はふりかくせども千代までに竹の緑はかはらざりけり」（貫之集・三二二、拾遺集・雑賀・一一七七）「しぐれふる音はすれども呉竹のなどよとともに色もかはらぬ」（兼輔集・五二、新古今集・冬・五七六）。**○□とり**　竹の葉の連想で「みどり」かとも思われるが、意味的には「ひとり」であろう。風を擬人化し、「よろづ（万）」と「一（ひと）」、「とも（友）」と「ひとり」と対比した表現と思われる。

〔補説〕　本段は『昇霞記』七六・一四〇の歌が詠まれる状況に類似している。また、呉竹を見出して臥しているのだが、「ねられぬまゝに」と次段〔9〕へ続く状況は『更級日記』の次の場面や歌と類似している。

旅なる所に来て、月のころ、竹のもと近くて、風の音に目のみ覚めて、うちとけてねられぬころ、

竹の葉のそよぐ夜ごとに寝ざめしてなにともなきにものぞ悲しき（四一）

〔9〕

ねられぬまゝにありあけの月のくまなきをながめて、つぼねのうへくちもたてぬほどに、土御門の大納言殿、女院の御方にまゐ《い》らせ給ひて、あか月ちかくなるまでさぶらはせ給ひて、いでさせ給ふにや、御つまどあくおとして、中門のかたへあゆみおはしますに、御ともの人もめさず、よりゐさせ給ひて、ありあけの月をながめさせ給ふ。

「梁元昔遊　春王之月漸落

周穆新会　西母之雲欲帰」

とながめさせ給ふをきくに、

みなれこしそのおもかげの恋しさもいかにまことにありあけの月

〔現代語訳〕　寝られないままに有明の月が曇りもなく照っているのを眺めて、局の上口も閉めていない頃に、土御門の大納言様が女院の御在所に参上なさって、暁近くなるまでそこでお過ごしになって、退出なさるのであろうか、妻戸の開く音がして、中門の方へ歩いていらっしゃると、御供の人も召さず、中門廊の勾欄に寄りかかってお座りになり、有明の月をお眺めになる。

「梁元の昔の遊び　春王の月漸くに落ち

周穆の新たなる会　西母が雲帰んなむとす」

と大納言様が朗詠なさるのを聞くと、

見慣れて来た上皇様の面影の恋しさも、どんなにか本当に深いことだろう、有明の月を見ていると。

（と思われた。）

〔語釈〕　**○ありあけの月**　この段が閏十月二十日過ぎのことと判明する。前段の呉竹に風が吹く場面からこの「ありあけの月のくまなき」へと展開する点は「竹風鳴葉月明前」（和漢朗詠集・秋興・二二六・忠臣）の世界である。**○つぼねのうへくち**　局の上口。作者の局の出入り口。「たてぬほどに」と言っているので妻戸のようなものかと思われるが詳細は不明。これに対する語と思われる下口（しもぐち・したぐち）は覚一本『平家物語』に「局の下口辺にたたずんできけば」（巻十・内裏女房）の用例がある。諸書とも「裏口、家のうしろにある入口」と注する。他に「中門の下口」「殿上の下口」の用例があるが、「局の上口」は見いだせない。上口の実際は不明ながら、作者はこの戸を開けて自分の局から月を眺めていたのである。**○土御門の大納言殿**　源定通（一一八八～一二四七）。通親男、母は範子。早逝した兄通宗の猶子となって通宗女通子（土御門院妃）の後見をしていた。**○女院の御方**　「女院」は承明門院在子（一一七一～一二五七）。土御門院生母。能円女で通親養女、母は範子。「御方」という言葉は主人の居所を指す表現（〔5〕水田論文）。**○御つまど**　承明門院のいる寝殿の妻戸。妻戸は両開きの戸で殿舎の東西両側面の南と北に一箇所ずつ、合計四箇所にあった。ここから出入りする。**○中門**　寝殿造で東西の対の屋から釣殿に通じる廊の中程にある門。そこに靴脱ぎや車寄がある。大納言は牛車を降りて中門から入り、廊を通って妻戸から承明門院のいる寝殿へ入り、今度は逆に戻って退出するところであろう。**○御ともの人もめさず、よりゐさせ給ひて**　この部分「めさす《（ママ）》よりゐざり給ひて」と読んでいたが、不審であった。「注解と研究」の読みが妥当と思われるのでこれに従う。「よりゐる」は物にもたれて座ったり、寄りかかっていること。定通が供も召さず一人で中門廊の勾欄に寄りかかって座っているのである。**○ながめさせ給ふ**　ここの「ながめ」は月を見る意の「眺め」。次の「ながめ」は詩歌などを口ずさむ意の「詠め」。**○梁元昔遊**　菅三品（菅原文時）の詩序「仲春内宴侍仁寿殿、同賦鳥声韻管弦、応製」（『本朝文粋』巻十一所収）中の句。『和漢朗詠集』（帝王・六五九）に入る。梁の元帝と周の穆王の故事を踏まえて、内宴の夜が更けて公卿達が帰ろうとする様を賦したもの。定通は風流ぶりを発揮してこの句を朗詠するのだが、承明門院の御所内は土御門院の土佐下向で悲しみに沈んでいるのであり、朗詠句の内容がこの場にふさわしいかどうかは問題である。「月漸落」と「欲帰」状況からの連想で朗詠されたのだろう。訓読は新潮日本古典集成『和漢朗詠集』による。**○9**　「わかれにしその面かげの恋しきに夢にもみえよ山の端の月」（新古今集・釈教・一九六〇・寂念）の影響下に詠まれている。為相に「わかれにしそのおもかげのままならばこれやかぎりの有明の月」（嘉元百首・一三七〇）があり、寂念歌からの影響はもとより、本作品の伝来と披見を思わせる。結句「ありあけの月」は「在り」との掛詞かと思われるが歌意はとりにくい。

〔補説〕　本作品の登場人物で土御門院以外に特定できるのは源定通と承明門院在子の二人だけである。二人は同母の姉弟である。定通は土御門院妃通子の後見をしていた。通子の産んだ皇子が後の後嵯峨天皇であるが、この時点では何らの望みもなく、通子はこれら皇子女を残し承久三年（一二二一）八月に没し、同年閏十月には土御門院の配流と続いた。ここは院の配流という悲しみに沈む承明門院御所を有明月の一夜、同母弟定通が見舞ったという状況である。この後、定通は菅三品の詩句を吟じて帰るという風流ぶりである。

定通は承久の乱後、兄弟達と共に恐懼に処せられていたが、閏十月九日許され、〔4〕の〔補説〕に記すように、翌十日車を寄せて涙ながらに院の出立を見送った。この後、定通は正二位内大臣まで昇り、六十才で没する。『明月記』に「廉直の気あり、末世の才卿なり」、『葉黄記』に「高才博覧の人なり」と記す。後嵯峨天皇の即位を画策した人物でもある。

〔10〕

心もあられねば、みなみおもての中門のうちをみれば、御こゆみのありしところのかはらぬをみて、

も、さやもむなやなかりしあづさゆみなどひく人のなきよなるらん

わすられぬおもかげばかりみにそへ《ゑ》てみるもかなしき月のかげ哉

〔現代語訳〕（身はもとより）心も平静ではいられないので、（寝むこともできず）南面の中門の内を見ると、そこはかつて上皇様が小弓合をなさった所であったが、その時と少しも変わらない様子であるのを見て、

（初・二句不明）どうして梓弓を引くべき方がここにいらっしゃらないという現実なのだろう。

（忘れようと思っても）忘れることのできない上皇様の面影ばかりを我が身に添えて、一人見るのも悲しい月の光だなあ。

〔語釈〕　**○みなみおもて**　南面。寝殿前の南庭のこと。**○御こゆみ**　遊戯用の小さい弓。ここは弓自体ではなく、小弓合をいう。小弓合は小弓の手番とも言い、射手が左右に分かれて勝負を競う。平安時代広く流行し春季に行わ

れた。〔25〕に「中門の桜美しく咲きたる」と出てくるところを見ると、この桜の下で院主催の小弓合が行われたのであろう。**○もゝさや** 不明。「注解と研究」は「百小矢」かとする。**○むなや** 不明。「や」は矢であれば、弓の縁語。「注解と研究」は「空矢」で徒矢（あだや）かとする。**○あづさゆみ** 梓の木で作った弓。**○ひく** 引く。弓の縁語。**○11** 「ためしなきかかるわかれになほとまる面影ばかり身にそふぞうき」（右京大夫集・二二五）「なきあとの面影をのみ身に添へてさこそは人の恋しかるらめ」（新古今集・哀傷・八三七・西行）の影響下に詠まれている。後の類歌に「わすられぬその面影を身にそへていつを待つまの命なるらん」（続拾遺集・恋五・一〇七〇・基忠）がある。

〔補説〕 前段〔9〕に続く場面である。通宗が帰ったあと有明の月明りのもと南面の中門のあたりに目を転ずると、そこはかつて院が小弓合を楽しんだところで、今もそのままであるのに当の院だけがいない現実を認識している。

作者は承明門院御所である土御門殿に住んでいるのだが、本作品の記述から判明する土御門殿内の居住の様子は以下の通りである。寝殿（母屋）には女院がおり、配流前の土御門院は東西いずれかの対屋に寄寓し、そこが仙洞御所となっていたのであろう。〔5〕で院の御座を片付けたりしているので、作者は院の配流前も後もその対屋にいる。〔8〕によると東向きの壺に呉竹が植えられており、それを「みいだしてふしたれば」とあるところから考えると、東の対にいるのではないかと思われる。〔9〕で訪れた定通は東の中門から入り、作者のいる東対屋の南庇を通って透渡殿を渡り、母屋の妻戸から女院のところへ入って行ったのである。従って「つぼねのうへくちもてぬほどに」と気にしているのである。定通が帰る時は暁近くなっており、有明の月はまだ南の空に高く、これから傾こうというところ。月の見える位置から考えて、定通が朗詠し月を眺めたのは、或いは作者のいる東対屋の南庇でではなかったか。これが閏十月二十日過ぎの何日であったかは確定できないが、『家光卿記』（大日本史料）によると二十三日は雪が降り、内裏で雪山を作ったことが記されているが、前後の日は晴れだったようである。

〔11〕

12
女院の御所の御なげき、ことわ《は》りにもすぎてみまゐ《い》らするかなしさ、
　なみだがはそでよりお《を》つるたきつせにうきぬばかりとみるぞかなしき

〔現代語訳〕 女院御所の御嘆きは、なみなみではなく見申し上げる、その悲しさ（と言ったらない）。
　女院の涙が川となって袖から落ちる、その急流に浮き漂うばかりのご様子を見るにつけても悲しいことだ。

〔語釈〕 **○女院** 承明門院在子。→〔9〕。**○御なげき** 女院御所全体というより、生母である女院自身の嘆き。**○ことわりにもすぎて** 道理を越えて。なみなみではなく。**○なみだがは** 涙川。ここは歌枕ではなく、激しく流れる涙を川に見立てたもの。**○たきつせ** 滝つ瀬。「たぎつせ」とも。水の激しく流れる瀬。急流。**○うきぬ** 「浮く」は水中や水面を不安定に漂うこと。ここは悲嘆の余りの心理状態と院を失った拠り所無さをいう。**○12** 「涙川ながるる瀬々の音きけばせきとめがたきたきつしらなみ」（昇霞記・三一）の影響を受けている。他に「涙川そのうき瀬をばしりながらなに淀むらん底の深さに」（同・一三七）もある。「涙川」はよく用いられる言葉だが、『和泉式部集』（九三・九四）『和泉式部続集』（三九・四〇）にも12との類似が認められる。「滝」「瀬」「浮き」は「川」の縁語。「袖」「落つ」「浮き」は「涙」の縁語。

〔補説〕 この段は『右京大夫集』の高倉院の崩御を聞いたという場面にも類似している。ここで右京大夫は末句が「聞くぞ悲しき」（二〇三）の歌を詠み、次に「中宮の御心の内、おしはかりまゐらせて、いかばかりかと悲し」の詞書で二〇四の歌が続く。

〔12〕

たちよるかたもなき心ちのみして、「いかにすべきぞや」とぞなげかる丶。

かずならでほどなきみとぞおもひしにいまは心のお《を》きどころなき

〔現代語訳〕（上皇様を失った今）私も身を寄せて頼ろうにも頼るべきところもない不安な心地ばかりがして、「さてどうしたものだろうか」と嘆かれる。

上皇様の御寵愛もとるに足りず、長くもない我が身と思っていたのに（生き永らえてしまい）、今となっては（身の置き所はもとより）心の置き所もないほどの悲しさだ。

〔語釈〕　**○たちよるかたもなき心ち**　身を寄せて頼ろうにも頼るべきところもない心地。前段を受けて「たちよるかた」は女院御所で、頼りに思っていた女院の嘆きが余りに大きく、今後に不安を覚えたのだろう。**○いかにすべきぞや**　悲しみをどうしたらいいのかということと共に自身の進退をどうすべきかということも含まれている。「ぞや」は係助詞「ぞ」に間投助詞「や」の付いたもので自問する気持。**○かずならで**　（院の寵愛という点では）とるに足りない。ここは「院の寵愛をそれほど多く受ける身とは思っていなかったのに」との謙辞であるが、裏には堀河の堂で後朝の別れをしたのだという矜持があるのである。**○ほどなきみ**　程無き身。「ほどなし」は余り時を過ごさない、すぐである、の意。長く生きるとも思われない我が身。**○13**　「我が恋はみくらの山にうつしてむほどなき身には置き所なし」（古今六帖・八七〇・読人不知）「たのめこしことの葉いまは返してむほどなき身にはおきどころなし」（俊頼髄脳・一四四、古今集・恋四・七三六・因香・第四句「我が身ふるれば」）。

〔補説〕　この段にはさほど特徴的な言葉は見られないが、『和泉式部続集』の次の詞書と初句に類似があるか。

いかにせむとのみおぼゆるままに

かずならぬ身をも嘆きのしげければたかきやまとや人のみるらむ（六二）

〔13〕

しりたる人のもとより、「なげきもいかばかりか」と、ひにつかはしたるも、もよほ《を》さるゝ心地して、

かなしさのそのあか月のまゝならばけふまで人にとはれましやは

〔現代語訳〕知人のもとから、「お嘆きもどんなにか（深いことでしょう）」ととぶらって来たのも、改めて悲しみの催される心地がして、

悲しさが、お別れしたあの暁の時のままだったならば、今日まで生き永らえて人の見舞いを受けるようなことがあっただろうか（生きてなどいられなかったはずだ）。

〔語釈〕　**○しりたる人**　知人。どういう人物か不明だが、作者を見舞っているので親しい知人であろう。**○なげきもいかばかりか**　「なげく事ありときて、人のいかなる事ぞととひたるに」（和泉式部集・一六二詞書）。**○もよほさるゝ心地して**　『昇霞記』で「いとど催されて」「いよいよ催されて」と歌（一七・三一）の前の地の文に用いられている。**○そのあか月**　〔2〕〔3〕〔4〕に描かれていた院との最後の別れの場面を指す。このことは次の〔14〕にも述べられている。**○14**　「悲しさのその夕暮のままならばありへて人にとはれましやは」（二度本金葉集・雑下・六二四・元任）に全面的に拠るが、「かくやはとおもふおもふぞきえなましけふまでたえぬ命なりせば」（和泉式部集・二六三）も参考にしている。**○ましやは**　「まし」は第五句「まゝならば」の条件句を受ける反実仮想。「やは」は係助詞の文末用法で反語を表す。

〔補説〕　14は院と別れた時の悲しみがどんなに深かったかを逆説的な表現で答えたもの。歌のパターンとしては珍しいものではないが、やはり橘元任（能因男）の歌をそのまま使ったもので、前出3番歌の場合と同様に作者の作

歌の特徴の一つとすべきであろう。『金葉集』の詞書によれば元任歌は弔問歌への返しを代作したもの。

〔14〕

京をた、せお《を》はしますあか月をおもひいづれば、いまぞかぎりと覚えしに、なにとなくあけくれてながらへたるも、我ながらつれなく覚えて、

いまはとておもひお《を》くりしあけぼのゝ心のいかでなほ《を》のこりけん

〔現代語訳〕 都をお発ちになったあの暁のことを思い出すと、その時は「今が命の限界だ（もう生きてはいられない）」と思われたのに、（こうして）なんということもなく明け暮れて命永らえているのも、我ながら無情に思われて、

今となってはもうこれっきりだと思ってお送りした、あの曙の折の（絶命するばかりの）心がどういうわけでなお生き永らえて残ったのだろう。

〔語釈〕 **○いまぞかぎり** 今が命の限りだ。「かぎり」は臨終、最期の意。悲しみの余り絶命するばかりであることを言う。「今は限りと」「今は限りの」の和歌用例は多い。**○つれなく覚えて** 無情に思われて。心と身体が連動していないことを言う。「かばかりの思ひにたへてつれもなくなほながらふる玉の緒も憂し」（右京大夫集・二三〇）。**○いまはとて** 今は限りとて。もはやこれ限りだ、と院との別れを言う。**○あけぼの** 地の文の「あか月（暁）」と歌の「あけぼの（曙）」とはさす時刻が異なる。作者が厳密に区別して使っているかどうかは不明だが、〔3〕によれば、作者には後朝の別れをした暁、出立を見送った曙、という具体的な時間認識があると思われる。**○いかでなほのこりけん** 「いかで」は疑問の副詞。過去推量の助動詞「けん」は連体形でそれを受ける。

〔補説〕 本段の絶えぬ命をめぐる心情は『和泉式部続集』の、

つきせぬ事をなげくに
かひなくてさすがにたえぬ命かな心を玉の緒にしよらねば（四九）
などに通じるものだろう。

〔15〕
をかしき事もあれば、おのづからうちわらひなどするも、「こはなにごとぞや」とおどろかれて、
ありふればなぐさむとしもなけれども《ん》なみだのひまのあるぞかなしき
〔現代語訳〕 おもしろいことでもあると、自然と笑ったりなどするのも、「これはどうした事だろうか」と自分でも驚かれて、
　月日を過ごせば悲しさが慰むというわけでもないのに、（気づいてみれば）涙のこぼれない時もあるのは（どうしたことかと、また）悲しいことだ。

〔語釈〕 **○こはなにごとぞや**　「こ」は指示代名詞で上述の内容をさす。「ぞや」→〔12〕。「あひみぬになぐさむとしもなけれどもことはなよりもなつかしきかな」（行尊大僧正集・一五四）。**○おどろかれて**　「れ」は自発の助動詞。**○ありふれば**　在り経れば。生き永らえて月日を送れば。**○なみだのひま**　涙の絶え間。泣かない時。通例は〔16〕のように「涙の隙がない」ことを詠む。

〔補説〕 笑う日などあろうとも思われなかったのに気がつくと笑っている自分に驚き、時間の残酷さとでも言うべきものの認識を示している。これは『右京大夫集』二二九・二三〇の詞書で、
　「みるもかひなし」とかや、源氏の物語にあること思ひ出でらるるも、「何の心ありて」とつれなく覚ゆ。
と我が身を振り返る部分と似ている。しかも二三〇の歌は〔14〕と類似があり、このあたりは『右京大夫集』を意

識して書かれていることが明瞭である。

17

〔16〕

日ぐらしよもすがら、なみだのみひまなきに、

わがそでをなに、たとへむあま人もかづかぬひまはぬれずとぞきく

〔現代語訳〕 終日終夜、涙だけが隙《ひま》なくこぼれるので、

私の袖をいったい何にたとえたらよいだろう。いつも濡れているという海人の袖でさえ、海に潜らない時は濡れないと聞いているのに（私の袖はずっと濡れているので、たとえるものがない）。

〔語釈〕 ○あま人 海人。蜑。○かづかぬひま 「かづく」は水中に潜る。「しほたるる伊勢をのあまの袖だにもほすなるひまはありとこそきけ」（千載集・恋四・八一五・親隆）。○17 本歌「伊勢島やいちしの浦のあまだにもかづかぬ袖はぬるるものかは」（千載集・恋四・八九三・道因）。海人の衣は常に濡れていると言うが、それでも潜かぬ時は濡れていない、という論理で我が袖の涙の隙なさを歌う。同じ道因歌を本歌とする「しほたるるそのあま人をきくからにかづかぬ袖も濡れまさりけり」（昇霞記・二一）からも影響を受けている。

〔補説〕 「注解と研究」は〔15〕で涙の隙があることを悲しいと詠み、ここでは涙の隙がないと詠むのは不自然だとして時系列に疑問を提起している。確かにそのような感を抱くが、日記全体を通して「日ぐらしよもすがら、なみだのみひまなき」が作者の常の状況であり、〔15〕はそのような悲しみの中でふと我が身を客観視する瞬間を描いたものである。それが「こはなにごとぞや」であり、それを打ち消すように慌てて「日ぐらしよもすがら、なみだのみひまなきに」と続けているのである。本日記は折々の歌を短い文章でつなぐ形で書かれたと思われ、16・17を同時に詠まれた作と見る必要はない。ただ、並びや同語の繰り返しが稚拙さを窺わせるのは否めないだろう。

〔17〕

くまなき月をみれば、おなじみそらぞかしとお《を》もふにも、かきくらす心ちして、

おもひやる心やゆきてもろともにたびのそらなる月をみるらん

〔現代語訳〕 美しい月を見ると、上皇様が見ていらっしゃるのも同じこの空なのだと思うにつけても、悲しみにくれ惑う心地がして、

上皇様のことを思い遣る私の心は配所へ飛んで行って、御一緒に旅の空にかかっている月を見ているのだろうか。

〔語釈〕 **○くまなき月**　曇りがない月。〔9〕に「ありあけの月のくまなきを」とある。**○みそら**　空。「み」は美称の接頭語。「みそらゆく月の光にただひとめあひみし人の夢にしみゆる」（万葉集・巻四・七一〇）。**○ぞかし**　係助詞「ぞ」に終助詞「かし」のついたもの。念を押し、意味を強める。**○かきくらす心ち**　涙で目の前が見えなくなるような心地。「まづ涙にかき暗されて」（右京大夫集・二七〇詞書）。**○18**　「夜な夜なは目のみさめつつおもひやる心やゆきておどろかすらん」（後拾遺集・恋四・七八五・道命）「都にてながめし月のもろともに旅の空にもいでにけるかな」（詞花集・雑下・三八七・道命）の二首を本歌とする。この二首は現存の『道命阿闍梨集』には入っていないので、作者は両勅撰集に拠ったものと思われる。「おもひやる心やゆきて」の表現は珍しいものではないし、「もろともに・旅・空・月」を取り合わせた歌も基俊や西行にあるが、ここは明らかに道命歌二首から詠出されたものである。

〔18〕

ふしたるところのもるを、「それはみるか」と人とへば、

このごろのとこはなみだにならはれてあめのもるにもかへさゞりけり

〔現代語訳〕 臥している所に雨漏りがするのを、「まぁ、(そんなに濡れているのに)お気づきになっているのですか。それは海松ですか」と人が問うので、

(ええ、承知していますよ。しかし)最近の私の床は涙に慣れっこになっているので、今更雨が漏って濡れるからといって裏返したりしないのですよ。

(と答えた。)

〔語釈〕 **○みる** 海松《みる》。海藻のこと。海松布《みるめ》とも。恋の歌では「見る目」、すなわち逢瀬の意を掛けるが、ここは単に「見る」との掛詞。**○ならはれ** 動詞「慣らふ」に受身の助動詞「る」の付いたもの。「音せぬにおぼつかなさはならはれぬあはれをこそは思ふべかりけれ」(散木奇歌集・八三八)。**○人** 不詳だが、気の置けない同僚女房であろう。本日記の中では珍しい女房同士のやりとり。機知も感じられる。**○19** 本歌「おもふ人雨と降り来るものならばわがもる床はかへさざらまし」(大和物語・八三段・一一七)。類歌「ひとりねのとこは涙にあらはれてうちはらはねど塵もつもらず」(覚綱集・九〇)。

〔補説〕 床の辺りに雨漏りがしているのに一向に対処していない作者を同僚女房が見兼ねて、「濡れていますよ」と言うところを「海松が生えているのですか」と戯れて尋ねたという状況である。それには『古今集』の、

しきたへの枕の下に海はあれど人をみるめは生ひずぞありける(恋一・五九五・友則)

という恋の歌が踏まえられている。しかし、本段には逢瀬の意は含まれていない。

貴族の邸宅等で雨漏りがすることはよくあった。『大斎院前御集』一五八には、

六日、雨いみじう降る、漏りて、例はありともしらぬ御ゆぶねをおまへちかうひきよせて、漏るところにするゑたるをごらんじて、

との詞書があり、齋院以下女房達が歌を詠んでいる。この段も虚構ではないのだろうが、〔16〕の「あま人」からの連想もあるのだろう。

海松はよく詠まれる素材ではあるが、『和泉式部集』九〇に「みるめ・あま」があり、〔16〕〔18〕の言葉と重なっている。九〇は『和泉式部集』（榊原家本）の恋部冒頭で、著名な「つれづれと空ぞ見らるる」（八一）「黒髪のみだれもしらず」（八六）などが並んでいるところである。本日記作者は執筆に際しこのあたりを特に参考にしたものと見える。同様に『右京大夫集』一〇七・一〇八からも〔16〕〔18〕への影響がある。

〔19〕

御方々の人の御心ども、「おとるもあらじ」とおもふもいとかなし。

たづねばやたれもなげきをこりつめてむねにたく火のほのほ《を》くらべを

〔現代語訳〕 上皇様のご寵愛を受けた方々の御心も、「身は劣るとも嘆きの深さでは劣るまい」と互いに思うのも、思えばたいそう悲しい。

たずねて見てみたいものだ。誰も彼も嘆きの木を樵り集めて胸に焚いているという火の炎の大きさ比べを。

〔語釈〕 **○御方々の人**　〔9〕に「女院の御方」とある。「御方」は主人の居所を指すと同時に「主人の妻やその娘、または妻・娘同然に扱われている女房など、その家で主人同様の待遇を受ける女性の居所を指し示す語としても用いられ」（〔5〕水田論文）るという。ここは御所内の土御門院と関わりのあった人々。具体的には寵愛を受けるな

どの関係にあった女性達をさすと思われる。「人」は不審。**○御心ども**　「ども」は複数を示す接尾語。ここは待遇表現としていささか不審。或いは本文・翻字に問題があるか。**○おとるもあらじ**　身分は劣るとも、嘆きの深さでは他の女性達に劣るまい。「じ」は打消の意志を表す助動詞。**○なげき**　嘆き。「なげき」の「き」は「木」との掛詞。**○こりつめて**　樵り集めて。**○ほのほくらべ**　「炎」という言葉自体は和歌に多く見えるが「炎くらべ」は珍しい表現。通例は「煙くらべ」。**○20**　類歌「わぎもこにあはぬなげきをこりつめていく炭窯にやかばつきなむ」(覚綱集・五九)。後の類歌に「人しれぬあはれなげきをこりつめてつひにおもひのもえやはてなん」(苔の衣・二七)「なげきのみこりやつむらん山人のをのの炭やく煙くらべに」(基家家百首歌合・一一九四・鷹司院帥)がある。木・樵る、焚く・火・炎はそれぞれ縁語。

〔補説〕　この段は本文に不審を残すが、20の真意は「私の嘆きの炎が最も大きい」と言いたいところにあるのだろう。19・20の類歌として覚綱歌を掲げたが、覚綱は藤原範永の子孫、『三井寺山家歌合』や『建久二年若宮社歌合』に出詠している。『覚綱集』は寿永百首家集の一つ。『月詣和歌集』に十首入集し、その内六首が『覚綱集』からである。しかし、それ以外は以後の勅撰集や私撰集に『覚綱集』から一首も採られていない。『覚綱集』の伝本は孤本で、井上宗雄氏は「埋もれた歌集というべきだったのだろうか」(『平安後期歌人伝の研究』笠間書院、昭和五八年)と述べられている。そのような家集の歌を二首も見ているとすれば何か関係があるのではないか、作者は覚綱の縁につながる者かと想像を呼ぶ。しかも前段で引いた「ひとりねの」歌は『覚綱集』のみ、本段で引いた「わぎもこに」歌は『覚綱集』と『月詣和歌集』にあるが、『月詣和歌集』(静嘉堂文庫本三〇三・三)では第三句を「こりつみて」とする。19・20が覚綱歌の影響下に詠まれていると断言はできないが、連続するところではあり注目される。

〔20〕

人のうせたるなげきをきくにも、いかにしてながらへてすぐすぞと思ふに、

あさましくおもふにたがふいのちかないとふもながしを《お》しめどもなし

〔現代語訳〕人が亡くなった嘆きを聞くにつけても、（残された人は）どのようにしてこれから生き永らえて過ごすのだろうと思うと、

ずいぶん人の思いとは相違する命だよ。厭っても生き永らえ、一方では惜しんでも亡くなるとは。

〔語釈〕○おもふにたがふ　思いと相違する。「我が身だに思ふにたがふものなればことわりなりや人のつらさは」（清輔朝臣家歌合・五〇・師光）「思はじと思ふにたがふ涙かな恋は心のほかにやあるらむ」（今撰集・一三〇・顕昭）。○いとふもながしをしめどもなし　「いとふ」「をしむ」を併せ詠んだ歌では、後の例だが「うきにいとふ又おなじ世をしむとて命ひとつをさだめかねぬる」（風雅集・恋四・一二七七・徽安門院）がある。

〔補説〕「人のうせたるなげきをきくにも」と言うのだが、具体性を欠き、作者周辺にそのような事が実際に起こったのかどうかは疑わしい。生死をめぐる感慨を述べたとみればよかろう。〔16〕と〔18〕の連想のように、ここも〔19〕の歌に「なげき」が出てくることから「人のうせたるなげき」と発想された可能性も考えられる。

〔21〕

御所にてはあたりになぐさむかたもなく、いまもみまゐ《い》らするやうなれば、とのゐどころにいでたれば、いとゞなぐさむかたもなくて、

やどかへておもふもかなしいかにせんみをもはなれぬきみがおもかげ

〔現代語訳〕御所では付近に気がまぎれるような場所もなく、今も上皇様を見申し上げるような気がするので、宿直所に出たところ、ますます慰む方途も無くて、

宿を変えて思うのもやはり上皇様のことで、悲しいことだ。どうしたらいいのだろう、我が身を片時も離れぬ上皇様の面影を。

〔語釈〕**○御所**　土御門殿内の元仙洞御所。**○なぐさむかた**　地の文に同一表現が二回使われている。前の「かた」は場所の意で、後の「かた」は方法・手段の意。「なぐさむ」は双方とも「気が晴れる」の意。**○とのゐどころ**　通例は宮中の宿直所（直廬）を言う。また、各御所内にも設けられていた。しかし、ここの宿直所がどこをさすのかは不明。〔補説〕参照。**○22**　「面影は身をもはなれず山桜心のかぎりとめて来しかど」（源氏物語・若紫・五六）があるが、ここは「ためしなきかかる別れになほとまる面影ばかり身に添ふぞ憂き」（右京大夫集・二二五）の影響を受けている。これは資盛の悲報に接して詠まれた歌。後の例に「忘ればやうきにいくたび思へどもなほ面影の身をもはなれぬ」（言はで忍ぶ・二一五）「年ふれど有りしながらの面影や身をもはなれぬかたみなるらん」（人家集・四九六・親清女）がある。

〔補説〕『昇霞記』の「閑院の宿直所にまかりて」に続く二首に「面影に立つ」（二二〇）「なぐさむ方のなきままに」（二二一）とあり、ここに拠って本段は書かれたものと思われる。また表現の上では、〔語釈〕に指摘した『右京大夫集』二二五の前後に「あやにくに面影は身に添ひ」（二二三詞書）「なぐさむこともなきままに」（二二二詞書）とあり、このあたりを参考にしている。

作者は、同じ土御門殿の中でも承明門院御所を指す時は「女院の御方」（⑨）「女院の御所」（⑪）と区別している。土御門殿内の元仙洞御所だった殿舎に作者はいるのだが、そこは院の思い出がたくさん残っており心の慰むところもないので、そこから一時宿直所に出たと言う。しかし、宿直所とは文字通り宿直のための場所なので御所から遠く離れていてはその役目は果たせないし、土御門院の思い出から遮断されるための場所としては余り近くでは意味がないだろう。作者が土御門殿の近くに家か宿所を持っていればそこであろうが、実情としては里に下がったということではないか。宿直所という言葉を使っていることには不審を残すが、歌自体はかなり積極的に院との関係を告白している。

〔22〕

かずならぬみにてかたじけなく、御いのりにかなふべし、とはなけれども、みか月をゝがみまゐ《ぃ》らするには、いまひとたびもみまゐ《ぃ》らせばや、と申さ［るゝ］こそ。

三日のよはかげだにみ［むと］いのれどもむなしくてのみありあけの月

〔現代語訳〕 とるにたらない身で恐れ多く、御祈り（の趣旨）に叶うだろうとは思わないものの、私も三日月を拝み申し上げるからには、もう一度上皇様のお顔を拝見したいものだ、と口からこぼれたのはひどく悲しいことだ。

三日月の夜は、恋しい人を思い出させると歌われたその三日月にせめて上皇様の面影だけでも見たいと祈るけれども、むなしいまま夜が明けて有明の月が残っているだけだ。

〔語釈〕 **○かずならぬみ** 〔12〕にも「かずならでほどなきみ」とあった。作者の謙辞。「数ならぬ心のうちひとつに」（右京大夫集・二三二詞書）。**○御いのり** 院の帰京を願う祈り。具体的にどのような催しかは不明だが、三日月に祈ったもので、敬語がついているところからすると女院の主催で行われたのであろう。**○みか月をゝがみ** 「拝む」は月の顔を見る意と祈念する意がかけられている。「初雪のふりすさみたる雲間よりをがむかひある三日月のかげ」（拾玉集・二三六〇）。**○いまひとたびもみまゐらせばや** 「ふりさけて三日月見れば一目見し人の眉引き思ほゆるかも」（万葉集・巻六・九九四・家持）に拠る表現。三日月はその形状から人の眉にたとえられたので、恋しい人の顔を思い出すよすがとなった。更に「月立ちてただ三日月のまよねかき日長く恋ひし君に逢へるかも」（同・九九三・坂上郎女）のように、古代、眉がかゆくなるのは恋人に逢える前兆とされた。ここでは「眉根掻く」の語はないが、背後に踏まえられて「いまひとたびもみまゐらせばや」と言っている。「ばや」は自己の希望を表す終助詞。**○申さ［るゝ］こそ**　「いみじけれ」などが省略されている。「るゝ」は自発の助動詞。**○三日のよは**　三日月の夜は。第五句に「ありあけの月」とあるので、ここは陰暦三日の夜ではなく、下旬のこと。細くなった二十三夜頃の月を三日月と言っている。**○ありあけの月**　「ありあけの月」と「むなしくてのみあり」の掛詞。〔24〕で年が改まって貞応元年（一二二二）正月になるので、ここは承久三年十一月か十二月の二十日過ぎと思われる。

〔補説〕「注解と研究」は「都をば三日月を見て出でしかど今日はありあけ小夜の中山」（忠盛集・九六）を引いて、23番歌に三日から二十日過ぎまでの時間経過を読み取り、「三日の夜の御祈で、土御門院の面影を眼にしたいと三日月に祈ったが、それがかなうこともなく日は経ち、有明の月が見られる頃になってしまった」と解する。地の文と歌の時制が過去であるとより有力な解釈となるだろう。

〔23〕

こしかたゆくするゑをなにとなくあんじつゞけて、ぬともなくてあかすひかずのみつもれば、

まどろめばゆめにも君をみるものをねられぬばかりうきものはなし

〔現代語訳〕　来し方行く末を何となく案じ続けて、ぐっすり寝るということもなくて明かす日数だけが積もるので、
まどろめば夢にでも上皇様を見ることができるのに。寝られぬことほどつらいことはない。

〔語釈〕　**○こしかたゆくすゑを**　次段〔24〕で年が変わるので、ここは承久三年の年末に際しての感慨。**○24**　本歌「寝られねば夢にも見えず春の夜をあかしかねつる身こそつらけれ」（村上天皇御集・九）。寝られないので夢でも逢えないという発想は伝統的なもの。他に「あふことをわびて夢路をたのめどもうたたねにだにいこそねられね」（経衡集・二〇八）もある。但し、直接的な影響は「夢にだに目も合はばこそ君を見め憂きものはただ涙なりけり」

（昇霞記・三九）からだろう。

〔24〕

25
なげく〳〵正月にもなりぬ。
さりともとまつ事もなきとしだにもかならずかへる春にやはあらぬ

〔現代語訳〕　こうして嘆く嘆くも年が改まって正月になった。
そうは言っても、何ら待つこともない年でさえも、必ずまた返ってくる春でないということがあろうか、やはり春はやってくるのだなあ。

〔語釈〕　○正月　貞応元年（一二二二）正月（改元は四月十三日）。○25　本歌「さりともとなげきなげきてすぐしつる年もこよひに暮れはてにけり」（千載集・冬・四七〇・公光）。「さりともと」を初句に置く歌は多いが、公光歌の第二句は地の文「なげく〳〵」の引き歌のようにもなっている。「さりともとまつこともなく悲しきはあひみてのちのつらさなりけり」（隆信集・五一六）「さりともとたのむ仏もめぐまねば後の世までをおもふかなしさ」（右京大夫集・二三二）。○まつ事もなき　「ひこぼしのゆきあひの空をながめてもまつこともなき我ぞかなしき」（右京大夫集・二八二）。○かならずかへる　「きてはまたかならずかへるならひぞとしりても暮るる秋ぞかなしき」（中院集・五四）。○春にやはあらぬ　「やは」は反語の係助詞、「ぬ」は打消の助動詞「ず」の連体形で係り結び。

〔補説〕　25は嘆く嘆く暮らして来て、春を待つ気持にもなれなかったのに、季節は巡り、確かに春が訪れた感慨を詠んだものだが、曲折していて滑らかではない。ここから貞応元年の内容になる。

〔25〕

春にもなりぬれば、中門のさくらぅつくしくさきたるをみれば、

26 きみまさぬやどにはなにとさくらばなかへらぬはるはえだにこもらで

27 おのがさくはるをもしらば心してことしは花のにほはざりせば

花こそ物は、とうらやましくも覚ゆ。

〔現代語訳〕 春になって、中門のところの桜が美しく咲いているのを見ると、

上皇様のいらっしゃらない宿に何だからと言って桜花が美しく咲いているのだろう。上皇様が帰っておいでにならない悲しい春には枝に籠って姿を見せないでもいいのに、そういうこともなく。

自分の咲く春という季節を心得ているのならば、心して、今年は花がこんなに美しく咲き誇らなかったならばよかったのに。

古歌にあるように「花というものは悲しみなどというものを思わないのだなあ」と、桜が羨ましくも思われる。

〔語釈〕 **○中門** 〔9〕〔10〕既出。南面の中門で、院が小弓を引いていた所。そこには桜が植えてあった。**○26** 本歌「君まさで荒れたる宿のいたまより月のもるにも袖はぬれけり」（古今六帖・二四八四・業平）。桜花と取り合わせたものでは「きみまさぬ春の宮には桜花涙の雨にぬれつつぞふる」（貫之集・七八二）がある。**○えだにこもらで** 「吹く風や春たちきぬとつげつらん枝にこもれる花咲きにけり」（後撰集・春上・一二・読人不知）「花はなほ枝にこもりて鶯のこづたふ声ぞ色はありける」（三百六十番歌合・四二・守覚）のように咲く前の花は「枝に籠っている」ととらえる発想。今年は枝に籠ったままでもいいのに、という気持。**○27** 本歌「心して今年は匂へ女郎花咲かぬ花ぞ

と人は見るとも」（栄華物語・五）。この発想は「深草の野べの桜し心あらばことしばかりはすみぞめにさけ」（古今集・哀傷・八三二・岑雄）以来のもの。初句を同じくする歌に「おのがさく雲井に君をまちつけておもひひらくる花桜かな」（二条院讃岐集・三）。**○にほはざりせば**　過去の助動詞「き」の未然形「せ」に接続助詞「ば」がついて条件句となる反実仮想。「よからまし」が省略されている。**○花こそ物は**　「去年見しに色もかはらず咲きにけり花こそ物はおもはざりけれ」（二度本金葉集・雑上・五二四・兼方）を引き歌とする表現。兼方歌の詞書は「後三条院かくれおはしまして、又の年の春さかりなりける花を見てよめる」。土御門院はまだ存命であるが、本段全体が兼方歌の詠まれた状況に類似している。

〔補説〕　本段は〔24〕に続く貞応元年春のことのように見えるが、「正月にもなりぬ」と記して、再びここで「春にもなりぬれば」と記すのは、この間に一年の時間経過があり、翌貞応二年の春かと思われる。〔29〕が貞応二年六月から七月にかけての記事と思われるので、ここで年が変わっていると見るべきだろう。すると貞応元年の記事は〔24〕のみになる。

〔26〕

みやづかは《ママ》へもひさしくなりぬれば、「内裏へまゐ《い》れかし」といざなふ人のあるにも、まづなみだのみところせくて、

さらに又おほうちやまの月もみじなみだのひまのあらばこそあらめ

〔現代語訳〕　女院御所への宮仕えも長くなったので、「内裏へ出仕なさいませ」と誘う人があるのにも、真先に涙ばかりが溢れて、

更にまたこの上内裏に出仕して、そこの月を見たりはすまいと思う。上皇様を慕って流す涙のひまがある

のならともかく、ないのだから（月も見えないし）。

〔語釈〕　**○みやづかは《ママ》へ**　「は」は衍字と思われるが、何か重ね書きされているように見える。「注解と研究」は「みやつかえへ」の「え」が抹消記号で消されているとする。宮仕へ。承明門院御所への現在の出仕と、それ以前の土御門院への出仕をも含めて言っている。**○内裏**　この時の天皇は後堀河天皇。後高倉院の皇子。**○まゐれかし**「かし」は念を押し意味を強める終助詞。**○いざなふ人**　不詳。内裏に出仕している人物であろう。**○さらに又**「さらにまたうきふるさとをかへりみて心とどむることもはかなし」（右京大夫集・二三八）。**○おほうちやまの月もみじ**　大内山は内裏のこと。「人しれぬ大内山の山守は木がくれてのみ月を見るかな」（千載集・雑上・九七八・頼政）。「じ」は打消の意志で「見まい」「見ないつもりだ」という強い表現。**○あらばこそあらめ**　あるものか。ありようがない。「あらば」は「未然形＋ば」で条件句となり反実仮想を表す。それに強意の係助詞「こそ」が付き、已然形で結んだ形。「いづこにかたちもかくれんへだてたる心のくまのあらばこそあらめ」（和泉式部続集・二三〇）「さきざきになにかならはん今のごと物思ふことのあらばこそあらめ」（同・四二〇）「かなしとも又あはれとも世のつねにいふべきことにあらばこそあらめ」（右京大夫集・二二四）「なぐさまぬことこそあらめなかなかにありしよりけに音こそなかるれ」（昇霞記・一二二）。この表現は他にも多く用いられている。

〔補説〕　この段は本作品の作者の推定に関わる点で注目される。すなわち作者に内裏への再出仕を促したとみれば、作者は内裏への出仕経験がある人物となるし、内裏への新たな出仕を促したとみれば、内裏への出仕は未経験の人物となる。再出仕であれば、「再び内裏へまゐれかし」などと言っていてもよさそうであるし、歌に「さらに又おほうちやまの月も」とあることからすると後者と解すべきであろう。また『右京大夫集』後半に右京大夫が再出仕したことを記す「思ひの外に、年経てのち、また九重の中を見し身の契り」の段も意識されていよう。

〔27〕

ふるき御所のゝきに、しのぶといふ草のしげりたるをみて、
　のきばにはわするゝ草もある物をしのぶばかりはなにしげるらん

〔現代語訳〕　旧御所の軒に、「しのぶ」という草が茂っているのを見て、
　軒端には（辛いことを忘れさせるという）忘れ草も生えるというのに、どうして（恋しく偲ぶという名の）しのぶ草ばかりがこんなに茂っているのだろう。

〔語釈〕　○ふるき御所　旧仙洞御所。元の仙洞御所ということだが、「忍ぶ草」との縁で「古き」と言ったもの。日記内の配列から見ると、院がここを出て一年半位経過していることになる。○のき　軒。屋根の端。29の「軒端」も同じ。○しのぶといふ草　シダ植物のノキシノブ（ウラボシ科）。樹皮・岩石の他、軒端などに生える。葉は細長い剣の形状で、科名のごとく葉裏に星形の胞子嚢が並ぶ。昔を偲ぶ、人を恋しく思う意で用いられる。「君しのぶ草にやつるるふるさとは松虫の音ぞかなしかりける」（古今集・秋上・二〇〇・読人不知）「ひとりのみながめふるやのつまなれば人をしのぶの草ぞ生ひける」（同・恋五・七六九・登）のように、しのぶ草が生えるのは寂しく荒れた住まいの象徴でもある。○わするゝ草　忘れ草。ユリ科のカンゾウ（萱草）の和名。夏、黄赤色の花をつける。中国で「忘憂」の別名があり、辛いことを忘れる、または忘れさせてくれる草と考えられていた。我が国では「道知らば摘みにもゆかむすみのえの岸に生ふてふ恋忘れ草」（古今集・墨滅歌・一一一一・貫之）のように、恋の苦しさを忘れさせてくれる草として詠まれる。○29　本歌「わがやどの軒のしのぶにことよせてやがてもしげる忘れ草かな」（後拾遺集・恋二・七三七・読人不知）。本来、軒端に生えるのは忍ぶ草であるのに、「忘れ草も生える」と詠んでいるのは、忍ぶ草と忘れ草の混同が起こったためである。「なにとかやしのぶにはあらでふるさとの軒ばにしげる草の名ぞうき」（千載集・恋三・八三四・忠良）など。「しげる」は「草」の縁語。

〔補説〕　この段には、

百敷や古き軒端のしのぶにもなほ余りある昔なりけり（順徳院御集・八〇〇）

が意識されているかと思われる。順徳院歌は建保四年（一二一六）の「二百首和歌」中の一首で、作者が知っていた可能性はあろう。『百人一首』や『続後撰集』に採られるのは本作品の成立後である。内容的には29は土御門院への私的な思慕の情であり、順徳院歌とは趣が異なる。

忍草と忘草は和歌によく詠まれる素材で、『和泉式部集』（二〇九他）『和泉式部続集』（八三・九一他）、『右京大夫集』（五二・一一〇）にも見える。

〔28〕

つぼねのまへに、やまぶきのうつくしくさきたるが、露にしほれてみゆるあしたに、

　くちなしに物こそいはぬいろなれど露にもしるしやまぶきの花

〔現代語訳〕 局の前に、山吹の花が美しく咲いているのが、露にしっとり濡れて見える朝に、

「口無し」で物こそ言わない色だけれど、山吹の花に置く露にもその悲しみの色ははっきりあらわれているよ。

〔語釈〕 **○つぼねのまへ** 作者の居住する局の前の庭。**○やまぶき** 山吹。バラ科の落葉灌木。晩春から初夏にかけて黄色の花を長い枝につける。**○露にしほれて** 露に濡れて。露によってうるおう。濡れる。**○くちなし** 梔子。アカネ科の常緑灌木。果実が熟しても口を開かないことからの命名。果実を染料にして紅味を帯びた濃い黄色に染める。**○いはぬいろ** 「口無し」から「言はぬ」を導いて梔子色のこと。梔子色は黄色で山吹の花色をさす。**○しるし** 著し。きわだっている。はっきりしている。**○30** 本歌「山吹の花色衣ぬしやたれとへどこたへずくちなしにして」（古今集・雑躰・一〇一二・素性）。くちなし・山吹・露の三つを一首に詠み込む歌は少なく、後の例だが

「山吹のいはでものおもふ涙こそくちなし色の露とおくらめ」（実材母集・三一〇）がある。「露」は作者が院を偲んで流す涙の比喩。「くちなし」（口）と「いはぬ」（言う）は縁語。

〔補説〕作者の嘆きの心情吐露が主題である本作品の中で、美しく咲いた山吹が朝露に濡れているというこの段の描写は短いながら生彩を放っている。阿仏尼に、

いかばかりなげくとかしるくちなしに物こそいはね山吹の花（安嘉門院四条五百首・一二五）

がある。この歌は30と次段〔29〕の「物ヽなげかしさ」とを併せた内容の歌になっており、本作品が阿仏尼周辺で享受された可能性も考えられるが、歌の発想自体は常套的なものである。

山吹は『昇霞記』に「六波羅の池の汀に山吹の咲けるを見て」（九九前文）がある。『和泉式部集』では「内侍なくなりたるころ、人に」の詞書を持つ一連の中に、

とへとおもふ人はくちなし色にしてなににこふらんやへの山吹（五六八）

がある。

〔29〕

みな月に、「物のなげかしさけふばかりにてあらばや」とおもふに、それにも心もかはらず、

うき事はみな月はつとおもひしに秋たつ日こそ又かなしけれ

〔現代語訳〕水無月に、「心の嘆きも皆尽き果てて今日かぎりでありたいものだ」と思うものの、それにも心は変わらず、

つらいことは水無月晦日《みそか》には皆尽き果てると思っていたのに、（そんなこともなく）立秋の今日はまたいっそう悲しいことだ。

〔語釈〕 **○みな月** 貞応二年（一二二三）六月。この年六月は大の月。**○物のなげかしさ** 心の嘆き。悲嘆。**○けふばかり** 今日かぎり。水無月晦日は夏の終わりであるが、それを「皆尽き果つ」と掛けて言う。この掛詞は平安後期頃から用いられるようになった。**○31** 類歌「うきこともみなつきはつとおもひせばけふのみそぎやうれしからまし」（有房集・一一九）。この他「あしきことみなつきはつる」（風情集・四七二）「おもふことみな月はつる」（二条太皇太后宮大弐集・五一）のように詠まれる。『和泉式部集』にも「思ふことみなつきねとてあさのはをきりにきりてもはらひつるかな」（三九）がある。このように通例は「みそぎ」「夏越しの祓へ」を併せ詠むが、31は「立秋」を詠んでいるのが特徴。

〔補説〕 この段が貞応二年六月であることはこの前後の年の立秋を調べてみるとわかる。貞応元年は六月二十一日、貞応二年は七月三日、元仁元年（一二二四）は七月十四日である（内田正男『日本暦日原典』雄山閣出版、昭和五一年）。水無月が果てた後に立秋となる、つまり立秋が七月にあって歌の内容にふさわしいのは貞応二年である。

〔30〕

なげかしさもみとせになりぬ。としのくれに、

　けふもくれあすもあけぬとかぞへきてなげくみとせのはてぞかなしき

〔現代語訳〕 心の嘆きも三年になった。その年の暮れに、

　今日も暮れ明日も明けた、というふうに数えて来て、早三年たったと嘆く、その年の果ては更に悲しいことだ。

〔語釈〕 **○みとせ** 院の配流から三年目で貞応二年（一二二三）十二月のことになる。前段から半年経過していることになる。**○32** 類歌「けふもくれあすも過ぎなばいかがせん時のままをだにたへぬ心に」（物語二百番歌合・二七

二・みかはにさける）「けふもくれあすも過ぎなばと思ふまにむなしき年の身に積もりつつ」（後鳥羽院御集・一〇一六）。第二句「あすもあけぬ」の表現は他に用例が無く、時制の上で違和感があるが、「今日が暮れ、明日を迎えて」という気持であろう。

〔補説〕『土御門院御百首』の歳暮題に、

今日と暮れことしと暮れぬ明日よりや昨日と思ひし春の明ぼの（七〇）

があり注目される。作者は誰であれ『御百首』は熟知していたはずである。

〔31〕

つきもせず、なみだのひるよもなければ、

かくばかりなげかざらましあか月の露よりさきにきえなましかば

〔現代語訳〕悲しみは尽きもせず、涙の乾く夜もないので、

これほど嘆くことはなかっただろうに。院とお別れしたあの暁に置いていた露より先に（この身が）はかなく消えていたならば。

〔語釈〕○つきもせず　「尽きもせず憂きことをのみ思ふ身は晴れたる空もかき暗しつつ」（右京大夫集・二七二）。○33　本歌「白玉かなにぞと人の問ひし時露と答へて消えなましものを」（伊勢物語・六段・七）。類歌「露の命きえなましかばかくばかりふる白雪をながめましやは」（新古今集・雑上・一五八一・後白河院）。○あか月　暁は院との別れの場面〔3〕を指す。作者はこの語を象徴的に繰り返し用いている（〔13〕〔14〕）。

〔32〕

又、あきにもなりぬ。むしのこゑ〳〵をきくなかに、まつむしのきこゆれば、

かへりこむきみまつむしのこゑきけば秋よりほかにうれしきはなし

〔現代語訳〕 また（年がかわって）秋になった。虫の声々を聞く中に、松虫の声が聞こえるので、

お帰りになるであろう君を「待つ」という名の松虫の声を聞くと、（その虫の鳴く）秋より他にうれしいものはない。

〔語釈〕 **○むしのこゑ〳〵** 「虫の声々乱れあひて聞こゆるも悲しく」（右京大夫集・二三八詞書）。**○まつむし** 松虫。鈴虫と共に秋を代表する虫。両者の呼び名は現在とは逆であったと言われているが、はっきりしない。和歌では「（恋しい人を）待つ」意に掛けて詠まれる。**○かへりこむきみ** 阿波にいる院が都に帰ってくることを言う。**○34** 本歌「秋の野にしのびかねつつなく虫は君まつむしのねにやあるらむ」（斎宮女御集・二九）。斎宮女御の歌は『古今集』秋上の「君しのぶ草にやつるるふるさとは松虫の音ぞかなしかりける」（二〇〇・読人不知）「秋の野に人松虫のこゑすなり我かと行きていざとぶらはむ」（二〇二・同）をふまえる。**○秋よりほかにうれしきはなし** 一般的に秋は悲しいものとしてとらえられている。本日記でも〔29〕の31で「秋たつ日こそ又かなしけれ」と詠んでいる。しかし、そのような常識に反論する如く「秋よりほかにうれしきはなし」とここで言い切っているのには興奮した心持が感じられる。〔補説〕参照。

〔補説〕 ここは嘉禄元年（一二二五）のことである。この段の「かへりこむきみまつ」は本歌に拠る単なる期待の表現ではなく、土御門院還御の裏付けがあったことがわかる。『明月記』によると、この年四月から六月にかけて配流中の上皇達の還京の巷説が流れており、土御門院についても、

又巻説南海之上皇可有御帰洛云々（四月十六日）

狂説云、南方旧主可帰給云々（六月二日）

と見える。定家は「狂説」と記すが、承明門院御所内はその風聞に色めき立ったに違いない。悲しみと嘆きに終始する本作品の中で、ここのみ「うれし」とあり、一点光明が射す段であ[illegible]期待を抱かせつつも〔33〕で院の崩御を記し暗転させる。効果的な描かれ方になっていると言えよう。

〔33〕

かくれはておはしましぬれば、ゆめにゆめみる心ちして、つや〳〵とうつゝの事とも覚えず。

おのづからこぎもやよすと思ひしをやがてむなしきふねぞかなしき

〔現代語訳〕 院が阿波で崩御なさったので、夢の中で夢を見ているような儚い心地がして、少しも現実のこととも思われない。

もしかすると上皇様の舟は都に漕ぎ寄せるのではないかと思っていたのに、そのまま「むなしきふね」というその名の通り空しくなられたことが悲しい。

〔語釈〕 **○かくれはて** 土御門院の崩御をいう。還御の期待もむなしく寛喜三年（一二三一）十月十一日阿波の地で崩御。宝算三十七。**○ゆめにゆめみる心ちして** 引歌「かなしさのなぐさむべくもあらざりつゆめのうちにも夢とみゆれば」（後撰集・哀傷・一四二二・大輔）。人の死などのはかない出来事を体験した時の心情を言う表現。但し直接的には平家一門の都落ちを記した『右京大夫集』の「夢のうちの夢を聞きし心地、何にかはたとへむ」（二〇五詞書）や『昇霞記』の四十九日詠「あさましやゆめにゆめみるうたたねに又うき夢をみるぞかなしき」（七二）、百日詠「はかなしやゆめにゆめみる世の中にまだ夢見ずと嘆く心よ」（八五）の影響下に書かれたもの。**○むなし**

きふね　上皇の唐名「虚舟」の歌語。「住吉の神はあはれとおもふらんむなしき舟をさしてきたれば」（後拾遺集・雑四・一〇六二・後三条院）。但しここではその上皇が空しくなる（亡くなる）意で用いられている。〔補説〕参照。

○35　類歌「松山の浪にながれてこし舟のやがてむなしく成りにけるかな」（山家集・一三五三）。『昇霞記』に「池水は水草覆ひて沈みにしむなしき舟の跡のみぞ見る」（九三）があり、これは「沈みにし」に崩御の意を掛ける。「漕ぐ」「寄す」は「舟」の縁語。

〔補説〕　上皇の唐名「虚舟」について。『古今集』雑上・九二〇で伊勢が宇多法皇のことを「舟の君」と詠んでいるが、これは「君者舟也、庶人者水也、水則載舟、水則覆舟」（芸文類聚・鑒戒）という荀子の言によるもの。このように君主を舟に喩えることが行われていたが、同様に『荘子』列禦寇の「汎若不繋舟、虚而遊遨者也」や山木の「方舟而済於河、有虚船来觸舟、雖有惼心之人不怒」から虚舟を「わだかまりのない心地」をあらわす言葉として用いる内に、日本で独自に上皇を指す語として意味形成がなされた。〔語釈〕掲出の後三条院詠はこれである。『俊頼髄脳』は、

むなしき船とはおりゐの帝を申すなり。その心は位にておはします程は船に物を多くつめれば海をわたるにおそりのあるなり。その荷を取りおろしつれば、風吹き浪高けれども、おそりのなきにたとふるなり（四三一）

と注する。正治二年（一二〇〇）の『石清水若宮歌合』祝題の三番右で法眼実快が、

よろづ代に四方のうら吹く風もゐでむなしき舟ぞしづかなるべき（二七〇）

と詠んだのに対して、判者通親が「右虚舟の事、後三条院の住吉の後いとよまずや侍りてん、仍難定勝負」としている。後三条院がその後すぐに崩御したことを連想するので不吉として言っているのである。〔語釈〕のように通親は『昇霞記』で高倉院の崩御の意にこの言葉を使っている。本日記作者は『昇霞記』に倣って「むなしきふね」としたのであろう。

〔32〕と〔33〕は一続きのように見えるが、この間に六年が経過している。時間が経過したことを言わず、いき

なり崩御を記すのは〔32〕の〔補説〕で述べたように衝撃的な出来事をより効果的に描こうとしたものであろう。しかし〔33〕の冒頭「かくれはておはしましぬれば」と〔34〕の冒頭「かくれさせおはしましてのち」とは表現が重複しており、執筆の方法を窺わせる。「そののち」としていないのは本作品が折々の歌稿を時間の順に並べる歌日記的手法を主とし、それらを関連づけて行く散文的意識は余り強くなかったということかもしれない。

〔34〕

かくれさせおはしましてのち、あはより人〴〵のぼりあはせ給ひつるすがたどもをみまゐ《い》らすれば、

いろ〳〵の花のすがたとみしものを一ついろなるすみぞめのそで

〔現代語訳〕　崩御の後、阿波からお仕えしていた人々が上洛していらっしゃる姿などを拝見すると、（都でお仕えなさっていた時は）、色とりどりの花のようにお姿を拝見したものを、この度はみな一色の墨染の袖であることよ。

〔語釈〕　**○あはより人〴〵のぼりあはせ給つる**　院の供をして阿波に下っていた人々が都に上ってきたのである。順徳院の『御製歌少々』にも後鳥羽院崩御の後「おきより人々みなのぼるよしきくに」とある。**○いろ〳〵の花のすがた**　花色衣を着た姿。かつて都で土御門院に仕えていた時の廷臣たちの華やかな姿を言う。第五句「墨染の袖」と対比した表現。「このもとに星をつらねてみゆるかな花のすがたの雲のうへ人」（肥後集・四一）。**○すみぞめのそで**　喪服のこと。「花の色もうき世にかふる墨染の袖や涙に猶しづくらん」（拾遺愚草・二八八九・家隆）。**○36**「くちなしの花色衣ぬぎかへて藤のたもとになるぞかなしき」（右京大夫集・三四六）を参考にするか。右京大夫が平親宗の死を悼んで贈った歌への親長の返歌である。

〔補説〕　土御門院の崩御については『増鏡』（巻三・藤衣）に見え、

かしこにて召し使ひける御調度、何くれ、はかなき御手箱やうのものを、都へ人の参らせたりける中に、たまさかに通ひける隠岐よりの御文、女院の御消息などを一つにとりしたためられたる、いみじうあはれにて、御目もきりふたがる心地し給ふ。

と遺品の数々が承明門院御所にもたらされ、女院が悲しみに沈む姿を描く。作者もそれらを目にしたことであろう。尚、『増鏡』の右の段には本作品の作者かとされる承明門院小宰相が喪服を着し、

　憂しと見しありし別れは藤衣やがて着るべき門出なりけり（四一）

と詠んだことを記す。同じ状況と素材で歌を詠んでおり、比較すると小宰相歌の優位は否定できないだろう。小宰相歌は『増鏡』の巻名ともなった歌である。

〔35〕

浄土に御まゐ《い》り、とき〻まゐ《い》らせてのちは、つねの御くちすさみわすれがたくて、

　夏の日のはちすをおもふころ《ママ》こそいまはすゞしきうてな〻るらめ

〔現代語訳〕　院が極楽浄土に往生なさった、とお聞きした後は、院のいつもの御口遊みの詩句が忘れられなくて、

　（いつも口遊んでいらした）「夏の日の蓮を思う」というあの詩句の心を、今頃は涼しく清らかな極楽の蓮の台に座って味わっておいでにちがいない。

〔語釈〕　**○浄土に御まゐり**　浄土は穢土の対。院が極楽浄土に往生したということで、ここは七七日（満中陰）と思われる。**○つねの御くちすさみ**　「口遊《すさ》み」は「口遊《すさ》び」と同じで口に出るままを言ったり、吟じたりすること。ここは生前の院が常に口遊んでいた詩句のこと。『昇霞記』に「『経難く見ゆる』と御口ずさみのありしも耳にたちて」と高倉院生前を回想するところや、本段と同じく四十九日に「…といふ言を朝夕口ずさみて」と顕基中納言の

故事を述べる段がある。**〇夏の日のはちすをおもふ** 「夏日思蓮」。菅原道真の詩序の一句。浄土の連想で蓮の句が導かれたのであろう。〔36〕〔補説〕参照。『和泉式部続集』の「今もなほつきせぬものは涙かなはちすの露になしはすれども」（八七）は「御はてに、経など供養して」の詞書を持つ。「はちす」はこのような折に詠まれる典型的な素材である。**〇ころ**《ママ》 一字脱で「こゝろ」とあるべきところ。踊字を脱したものと思われる。**〇すゞしきうてな** 涼しき台。「すゞし」は仏教語「清涼」に由来し、煩いのない境地を言う。「若知我深心、見為授記者、如以甘露灑、除熱得清涼」（法華経・授記品）。ここから涼しく清らかな所、即ち極楽浄土のことを言う。「うてな」は極楽の蓮の台。極楽浄土に往生したものが座る蓮華の座。「池の蓮を見やるのみぞ、いと涼しきここちする」（枕草子・三三段）「夏の池のはちすの露を見るからに心ぞことに涼しかりける」（堀河百首・五〇三・仲実）。

〔補説〕 七七日は十一月二十九日にあたるが、法要のことなど記録類には見えない。『明月記』には承明門院が母範子の追善供養（元久二年八月十二日条）や養父通親の一周忌（建仁三年九月二十九日条）を土御門殿で行ったことが記されている。御堂を土御門邸内に建てていたことがわかるので、恐らく今回もそこで承明門院がとり行ったものであろう。

〔36〕

秋の夜月をまつといふしをながめさせおはします御こゑを《お》（重書）、いまもきゝ、まゐ《い》らする心ちして、

あまつそら思ひいでてやながむらむあきのよまちし山のはの月

〔現代語訳〉 「秋の夜月を待つ」という詩を吟じていらっしゃる御声を、今もお聞きするような心地がして、今頃はご生前の頃を思い出して、この大空を眺めながら、「秋の夜待ちし山の端の月」という詩を吟じていらっしゃるのだろうか。

〔語釈〕○秋の夜月をまつといふし　「秋夜待月」。菅原道真の詩序の一句。〔補説〕参照。**○ながめ**　詩歌を吟ずる意の「詠む」と遠くを見渡す意の「眺む」とがある。地の文の「ながめ」は「詠む」意。38の「ながむ」は「眺む」と「詠む」の両意で掛詞として用いられている。**○御こゑを**　底本「御こゑも」を「御こゑお」と重書する。

〔補説〕〔35〕〔36〕は土御門院が日頃愛唱していた詩句を巡る思い出を記している。いずれも『菅家文草』（巻五）所収の「早春、観賜宴宮人、同賦催粧、応製」と題する七言律詩の序（催粧序）に見える対句である。『和漢朗詠集』（妓女・七一二）にも収載する。新潮日本古典集成本によって訓読と共に掲出する。

　秋夜待月　纔望出山之清光　　秋の夜月を待つ　纔かに山を出づる清光を望む

　夏日思蓮　初見穿水之紅艶　　夏の日蓮を思ふ　初めて水を穿つ紅艶を見る

美しい舞妓が粧いをこらしてやっと宴席に現れたことを秋の夜の月光と夏の日の紅蓮とに喩えたもので妖艶な内容である。37・38番歌ではこのような詩序の原意とは関わりなく、満中陰に際して院の愛唱句をうまく歌に詠み込むことに重点があるのだろう。

『和漢兼作集』（書陵部本）には土御門院の詩句を四句載せており、漢詩を能くしたことがわかる。また『土御門院御集』には句題五十首和歌が二種あり、院の愛好を窺うことができるが、本作品の〔35〕〔36〕の記述はそれらを証する貴重な記述である。尚、土御門院の句題和歌については、岩井宏子『土御門院句題和歌全釈』（風間書房、平成二四年）がある。

〔37〕

みやこをたゝせおはしましゝ日はけふぞかしとおもふ。かなしくて、

　かぞふればうかりしけふにめぐりきてさらにかなしきくれのそら哉

〔現代語訳〕 院が都をお発ちになった日は今日だったなあと思う。（それを思い出すと）悲しくて、

数えてみると、せつなかった十月十日の今日という日に月日が巡って来て、その日もやがて暮れると思うと更に悲しい夕暮れの空だなあ。

〔語釈〕 **○みやこをたゝせおはしまし日** 院が都を立ったのは閏十月十日。従ってここは崩御の翌年貞永元年（一二三二）十月十日に承久三年の配流の時のことを思い出しているのである。**○ぞかし** ↓〔17〕。**○39** 第三句「めぐりきて」の主語は作者か月日か解釈に迷うが、「わかれにしその日ばかりはめぐりきていきもかへらぬ人ぞかなしき」（後拾遺集・哀傷・五八五・伊勢大輔）「月ごとに憂き日ばかりは廻り来て沈みし影の出でぬつらさよ」（昇霞記・一〇四）によって後者にとった。**○さらにかなしき** 配流になったこの日も悲しいのだが、この日が暮れると翌十一日は院の祥月命日になるので更に悲しいのである。**○くれのそら** 夕暮れの空。

〔38〕

十月十一日にかくれさせおはします。つごもりにくれゆくそらをみればうらめしくて、

十かあまりひとひすぐるもかなしきにたつさへをしき神な月かな

〔現代語訳〕 十月十一日に院はお隠れになったのだ。その十月も晦日になり、やがて暮れてゆく空を見ると恨めしくて、

命日の十一日という日が過ぎていくのも悲しいのに、祥月のこの月までも過ぎ去ってしまうと思うと名残が尽きない神無月だよ。

〔語釈〕 **○十月十一日** 院の命日。〔37〕に続いてここは一周忌頃のこと。**○つごもり** 晦日。十月晦日。この年の十月は大の月。**○たつさへをしき** 「たつ」は「経つ」の意であろう。用例は少ないが、「この御事の、十二月も

過ぎにしが心もとなきに（中略）つれなくてたちぬ」（源氏物語・紅葉賀）がある。藤壺の出産を待つ場面で、この月（二月）も何事もなくて過ぎてしまった、と用いられている。「をしき」は「名残惜しい」の意。

【補説】 40は「すぐるも」「たつさへ」、「かなし」「をし」と表現が重複していて解しやすい歌とは言えないが、「注解と研究」が指摘する待賢門院崩後の贈答歌（新拾遺集・哀傷・八五三・公通、八五四・堀河）と高倉院一周忌の贈答歌（月詣集・九五九・公衡、九六〇・隆房）によって、悲しく憂き命日ではあるが、それが過ぎてしまうこともまた名残惜しいという心理とみることができよう。但し、この段は直接的には『昇霞記』の、

三月晦の日、（中略）

見し夢の名残の春を思ふにも暮れゆく今日はげにぞ悲しき（一〇九）

（中略）三月尽、去年の今日など思ひ出でられて、

によるものである。

〔39〕

御はての日、ちやうもんしていづれば、

かへるさはいとゞ物こそかなしけれなげきのはてはなほ《を》なかりけり

【現代語訳】 一周忌の忌明けの日、法要の聴聞をして寺から退出すると、

帰り道はひとしお物悲しく思われる。御はての日とは言うものの、嘆きの果てはやはり無いのだった。

【語釈】 **○御はての日** 「かぎりの日」とも。忌や喪の終わり。ここは作品内の流れから見て一周忌の忌明けの日であろう。**○ちやうもん** 聴聞。**○いづれば** 一周忌法要が営まれた寺から退出すると。**○かへるさ** 帰る折。帰り道。**○41** 『昇霞記』四十九日の条「昨日こそ限りの日とは聞きしかど飽かぬ別れは果てなかりけり」（七〇）か

らの影響。

〔補説〕　記録類には残っていないが、恐らく承明門院によって一周忌法要が営まれたのであろう。平岡定海氏「承明門院在子と宗性上人の関係について」（『南都佛教』第四二号、昭和五四年一二月）によると、

平安中期では四十九日の忌辰法会は御居住の御所を中心に四十九日間つとめられ、七七日が終わると御所での法会が停止され壇をとりのぞいて、そののちは御願寺でとり行なわれるのが慣例となっている。

という。土御門院の御願寺は知られていないが、恐らくここも周忌の法会を聴聞した作者が寺から退出する折の感慨である。この「御はての日」が具体的に何時かは不明であるが、〔38〕の内容が十月末のことと思われるので、本段はそれに続く頃であろう。

尚、土御門院の三回忌後、承明門院が金ヵ原の御堂にその遺骨を納めたことは「注解と研究」が指摘する通りである。そのことを伝える『明月記』天福元年（一二三三）十二月の記事は次の通り。

十一日、辛巳、霜如雪、朝天晴、鶏鳴以後引替牛三頭、引獻七條朱雀承明院、月来御経営金ヵ原御堂纔被終功、依明日供養聖覚今暁渡御、女房多参、車五両、引替多尋由、依女房示、引獻三頭、今夕御宿圓明寺、〈大納言領、依欠日歟〉明日渡御御堂、件所被奉安故院御骨、被立此堂御遺誡云々、

十二日、壬午、朝陽晴、後更冴陰、後聞、女院御堂供養、前内府兄弟三人皆率子息列座、資雅卿一人相加云々、

仁治三年（一二四二）には後嵯峨天皇の即位によって十月十一日は国忌と定められ、金原で法華八講が行われている（平戸記、同日条）。翌寛元元年は十三回忌に当り、『増鏡』（巻五・内野の雪）には、やはりここで盛大に八講が行われたことが次のように記されている。

かくて、同じき十月十一日は、土御門の院の御十三年とて、おほやけより御法事行はるるもいとめでたし。金原にて御八講あるべければ、承明門院もかねてより渡らせ給ふ。上達部・殿上人参りつどふさまこよなし。

〔40〕

なほ《を》うつゝの事とも覚えて、なほ《を》はるかに御わたりあると覚えて、

わすれてはおなじよにある心ちしてさはさぞかしと思ふかなしさ

〔現代語訳〕　それでもまだ崩御が現実の事とも思われないで、元通り遠い所に御幸なさっているのだと思われて、崩御のことを忘れて、同じこの世においでになるような気持がして、しかし、「ああそうだ、おかくれになったのだった」と思う時の悲しさといったら。

〔語釈〕　**○はるかに御わたりある**　はるか遠いところに御幸なさっている。崩御前と同様に阿波にいらっしゃるのだ、という気持。**○42**　本歌「わすれては夢かとぞ思ふおもひきや雪ふみわけて君を見むとは」（伊勢物語・八三段・一五二、古今集・雑下・九七〇・業平）。**○おなじよにある**　「おなじ世となほ思ふこそかなしけれあるがあるにもあらぬこの世に」（右京大夫集・二一八）の影響を受ける。**○さはさぞかし**　然は然ぞかし。和歌用例はなく、「さぞかし」の用例も「さぞかしとおやのいさめを思へども」（林葉集・八九八）など数首のみ。「さは」の「さ」は崩御を指し、「崩御はそのとおりだった」の意。「ぞかし」→〔17〕。**○42**　後の例だが「わすれては別れし人ぞまたれける猶もこのよにある心地して」（続門葉集・雑下・八七一・寂仙）が一首全体には近い。

〔補説〕　41番歌でも用いられていた「なほ」がここでも二度用いられている。「亡くなられたのだが、それでも」という作者の諦めきれない心情は伝わるが、洗練された文章とは言い難いだろう。

〔41〕

はるのはじめよりとしのくれまで、こしかたゆくさきやすむ時なく覚えて、

はつはるの　十日あまりに　くらゐ山　うつしうゑ《へ》てし　まつがねの　いつしかこだかく　なりしより
あまつそらふく　風なれど　えだもならさず　おと《を》なくて　たのみあふがぬ　人もなし　四海のなみも
しづかにて　ゆきかふ丶ねも　おそれなく　たみのかまども　ゆたかなり　春は宮人　うちむれて　の
どけき丶みの　みよなれば　おほうちやまの　花をみる　夏は衣を　たちかへて　山郭公　まちえつ丶
おなじ心に　かたらへば　みじかきよをぞ　うらみこし　秋はよすがら　なくむしも　のどかなるべき
君がよを　こゑふりたて丶　きこゆなり　冬はあしまの　にほどりも　たまものとこに　はねかはし
おどろくけしきも　さらになき　花ももみぢも　月ゆきも　をりをすぐさず　ながめつ丶　十返り三つ
の　春秋は　こ丶のへにてぞ　すぎこしを　みもすそがはの　ながれには　かぎりありける　ふちせに
て　つひ《い》にはお《を》りゐ　給ひにき　しづかなりける　うれしさと　きみをあふぎて　すぐすまに　よのお《を》
［丶］あみに　ひかれつ丶　とさへあはへと　めぐりきて　あとにとまれる　あま人は　なみだをなが
して　すぐすかな　はるかなりとも　わびつ丶は　よにだにおはし　ませかしと　思ひしことも　かひ
なくて　つひ《い》にむなしき　ふねなれば　いかにせましと　なげくとも　月日のみこそ　かさなりて　た
とへむかたも　なかりけれ　返す〱も　なにせんに　春をうれしと　おもひけん　はてはかなしき
神な月哉

〔現代語訳〕　春の初めから年の暮れまで、これまでもこれから先も悲しみは休む時なく続くと思われて、
（建久九年の）初春の十余日に位の山に移し植えた（皇位にお即きになった）松の根（幼帝）がいつしか木高く

なって（成長なさって）からは、天空を吹く風が枝も鳴らさず音もせず（太平で）、そういう主上を頼み仰がない者は一人もいない。四海の波も静かで、行き交う舟も何の恐れもなく、民の竈も豊かである（国内が安全で善政が行われている）。春は大宮人がうち群れて、のどかな君の御代なので、大内山の花見をする。夏は衣更えをして、山郭公の声を待ち受けて、郭公と同じ心で語らえば、（早くも明ける）夏の短か夜を恨んだものだが、（夜長の）秋は終夜鳴く虫も、のどかなるべき君の御代を声を張り上げて言祝ぎ申し上げているようだ。冬は葦間にいる鳰鳥も玉藻の床に羽を交わして（寝み）、目を覚ます様子も一向にない。花も紅葉も月、雪も、四季それぞれの機会を逃すということなく鑑賞しつつ（風雅を愛好して）、十三年の年月は宮中でお過ごしになって来られたものを、御裳濯川の流れにも限りのある転変の無常で、遂には御譲位なさったのだ。「（上皇としての）静かなご生活がうれしいことよ」と君を仰いで過ごしているうちに、世の大綱にひかれて（乱の連座で）、土佐へ阿波へと巡る身となられ、後に留まった海人は涙を流して過ごすことだ。遙か遠くであっても、嘆きながらでも、せめて同じこの世にさえいらして下さればと思ったことも甲斐がなく、遂に文字通り「虚しい舟」となられた（崩御になった）ので、どうしたものかと嘆いても、ただ月日だけが重なって、その悲しさは例えようもない。返す返すも一体どうして（御践祚の）春を嬉しいなどと思ったのだろう、その春の果ては悲しい（永遠の別れとなる）神無月であったのに。

〔語釈〕 **○はつはるの十日あまり**　建久九年（一一九八）正月十一日の受禅（四歳）を言う。**○くらゐ山**　位の山。人々が仰ぎ見ることから皇位を言う。「わが君のくらゐの山したかければあふがぬ人はあらじとぞおもふ」（万代集・三七九〇・忠通）。「注解と研究」はこの語に不審を抱き、右掲の忠通歌一例以外は臣下の者について言うもので、天子について言っているのは特異だとしているがそのようなことはない。「君がよはくらゐの山に年を経てさかゆく末のはるかなるかな」（内裏後番歌合・二七・美作君）「君がへむちよのためしときこゆなりくらゐの山の峰の松風」（民部卿経房歌合・三二一・顕昭）など祝の歌の他、大嘗会和歌でも詠まれている。帝王の位を山にたとえる場合と、位の昇進を山を登るのにたとえる場合と両方があり、ここは前者の例。**○まつがね**　松が根。長く続くもの、しっかりしたものを喩える。「ちとせふるくらゐの山の姫小松くものうへまでおひのぼらなん」（江帥集・四〇六）。**○あまつそら**　「宮中」の意もあるが、ここは単に「空」の意。**○えだもならさず**　「太平之世、則風不鳴条」（西京雑記・五）。天下太平を言う常套表現。「ふく風も木木の枝をばならさねど山はやちよのこゑぞきこゆる」（千載集・賀・六二二・崇徳院）「九重に枝を鳴らさず匂ひ来し花も昔や恋しかるらん」（昇霞記・九七）「吹く風も枝にのどけき御代なれば散らぬもみぢの色をこそ見れ」（右京大夫集・一一二）。**○四海のなみもしづかにて**　「四海」は「四方《よも》の海」のこと。四海の波風がおさまって天下が平和なこと。前項同様に常套表現。「四の海にもなみたたず」（久安百首・九〇一・俊成）のように和歌では「よつのうみ」とする。ここは字音で「しかい」と詠んでおり異例である。〔補説〕参照。**○たみのかまどもゆたかなり**　「たかき屋にのぼりてみれば煙たつ民のかまどはにぎはひにけり」（新古今集・賀・七〇七・仁徳天皇）の歌と故事をふまえ、天皇の善政を言う。**○春は宮人**　「宮人」は宮中に仕える人。大宮人。「うらやまし春の宮人うちむれておのがものとや花をみるらん」（後拾遺集・春上・一一一・良暹）「これぞこの春の野べよとみゆるかなおほ宮人のうちむれて行く」（拾玉集・一六一六）。以下春の大内花見、夏の更衣・山郭公・短夜、秋の虫、冬の鳰鳥と四季の風雅を楽しむさまを述べる。**○夏は衣をたちかへて**　「衣」と「裁つ」は縁語。「過ぎゆく春もをしからず夏のころもをたちかへて」（久安百首・一二九九・待賢門院安芸）。**○山郭公〜うらみこし**　「暮るるかとみれば明けぬる夏の夜をあかずとやなく山郭公」（古今六帖・四四三七・忠岑）「やどちかくしばしかたらへ時鳥まつ夜のかずのつもるしるしに」（二度本金葉集・夏・一一九・前斎宮六条）。**○こゑふりたてゝ**　秋の虫であるきりぎりす・鈴虫の鳴く様子を言う。「露さむみよるやまがきのきりぎりすこゑふりたててなきまさるらん」（四類本忠岑集・七二）「鈴虫のこゑふりたつる秋の夜はあはれに物のなりまさるかな」（和泉式部集・四八）「ながき夜すがら鈴虫の声ふりたてゝなきあかし」（久安百首・一二九九・待賢門院安芸）。**○にほどりもたまものとこに**　鳰鳥はカイツブリの古名。雌雄が連れ添う習性から「羽交わす」と詠む。「玉藻の床」の「玉」は美称。「藻」は水草で巣のことを言う。「にほどりの玉藻の床にふしわびてつららの枕いかにさゆらん」（実材母集・五九九）。**○ながめつゝ**　この「眺む」は楽しむ、鑑賞する意。**○十返り三つの春秋**　十三年の年月。譲位は承元四年（一二一〇）十一月二十五日で在位は十二年。ここは足掛で言えば十三年であることと、七音にするためであろう。→〔1〕。**○こゝのへ**　九重。宮中のこと。**○みもすそがはのながれ**　天照大神の系統、すなわち皇統のこと。御裳濯川は五十鈴川とも。伊勢国の歌枕で伊勢神宮の中を流れる川。「君がよはつきじとぞおもふ神風や御裳濯川のすまむかぎりは」（後拾遺集・賀・四五〇・経信）の歌から、多く賀や神祇で詠まれる。「神風や今一度は吹きかへせ御裳濯川の流たえずは」（慈光寺本承久記・三）は隠岐の後鳥羽院の歌に対して母七条院殖子が詠んだものという。皇室の祖神を祀る神宮の川なので通例はこのように流れが絶えないことを詠むが、ここでは「かぎりありける」と続けており、皇統の断絶を思わせて不審。〔補説〕参照。**○ふちせ**　淵瀬。深い所と浅い所。「世の中はなにかつねなる飛鳥川昨日のふちぞ今日は瀬になる」（古今集・雑下・九三三・読人不知）から物事の変わりやすさ、転変を言う語。但し飛鳥川について言うのであって御裳濯川の淵瀬を詠んだ例は無く、やはり不審。**○おりゐ**　下り居。天皇が位を退くこと。譲位を言う。**○しづかなりけるうれしさ**　帝位の拘束から離れ、静かな上皇の暮らしとなったことを側に仕える女房の視点から言ったもの。**○よのお［ゝ］あみにひかれつゝ**　世の大綱に引かれつつ。承久の乱によって配流となったことを言う。前出「淵瀬」の縁で「網」と表現したもの。「網」と「引く」は縁語。但し事件に連座することをこのように表現した例はない。〔補説〕参照。**○とさへあはへと**　土佐へ阿波へと。土御門院の遷幸を言う。**○あとにとまれるあま人**　「網」の縁語で「海人」としたものだが、「尼」との掛詞は常套であるから、或いはここから作者は出家していたのかとも想像される。しかし、〔26〕で内裏への出仕を促されており、この時はまだ在俗であったと思われる。土御門院の崩御後、出家したかもしれないが作品中には書かれていない。**○むなしきふね**　→〔33〕。**○返すゝゝも**　本文「返々も」。校訂に従って踊字を改めた。**○春をうれしと〜神な月哉**　「春をうれし」と思ったのは践祚が正月であったから。院の一生を践祚の春（正月）から崩御の神無月までと捉えて言う。「春の果て」が神無月であるというのは厳密にはおかしいが、院の崩御した神無月の「冬」をさすのであろう。

〔補説〕 この長歌はいつの作品か。歌中に「つひにむなしきふねなれば～月日のみこそかさなりて」とある。一周忌の〔39〕から一年の月日が流れていると見れば、天福元年（一二三三）三周忌にあたって詠まれたもの。しかし、〔37〕から〔41〕までを一周忌の前後一連のものと見ることもできる。七七日の次は百ヶ日、一周忌、三周忌と仏事は行われたので、どちらも可能性はあるが、強い影響を受けている『昇霞記』が高倉院の一周忌で終わっていることから、本作品も一周忌に際しての長歌を以て閉じられたのではなかろうか。

長歌は常套的な構成と内容の哀傷歌になっているが、やはり『昇霞記』からの影響が顕著である。『昇霞記』には『堀河百首』の題を入れて詠んだ長歌が収められており、長歌を詠むという発想はここから得たかもしれないが、内容的には『昇霞記』冒頭の文章のほうに類似が見られる。

前の天皇の国しろしめす事十返二の春秋を送り迎ふる間、四海浪静かに、九重の花枝も鳴らさずして、国々の貢物おさを重ねて絶えず。朝な〳〵の政事も素直にして怠りなければ、諫めの鼓は打ち鳴らす人なうして鳥も驚かず。張れる網はかゝる類なければ思ひ馴れつゝ、九の年の蓄を持ち、（中略）藻塩草みる蜑人潜かぬ袖を濡らし、かゝる御世にあふみの湖、また遭ひ奉らん堅田浜の難くやあらんとのみ、倭文の苧環繰り返し思ひ乱るゝ。

さすがに漢籍の故事を引く中略部分にはないが、傍線部分に本段の長歌との類似が認められる。特に〔語釈〕でふれた「四海のなみも」の「四海」が字音で詠まれているのは『昇霞記』に拠ったためではないか。もちろん『昇霞記』本文は「よつのうみ」と読んでもよいのだが、長歌では「四海《しかい》のなみも／しづかにて」と七／五で、「よつのうみのなみ」では九音で字余りになってしまう。『昇霞記』の諸本を見ると、最善本とされる鎌倉中期書写の梅沢記念館本を始めとして全て「四海」と表記している。「四の海」と表記するのは季吟書写の因幡堂蔵本のみである（『源通親日記全釈』）。恐らく作者は『昇霞記』の表記につられて字音で長歌に詠み込んでしまったのであろう。

更に「世の大網に引かれつつ」の不審も『昇霞記』の「張れる網」から発想した表現かと思われる。『昇霞記』は「天網」の意で用いているのだが、「世の大網」の「世網」は世の中の係累を言う語である。承久の乱も土佐への下向も、まさに父と兄という世網に引かれたのであった。しかし、和歌はもとより散文にも用例が見出せないので、作者がこの漢語を知っていて意図的に使ったかどうかはわからない。

同様に「御裳濯川の流れには限りありける淵瀬にて」のような不審な表現も含まれている。後鳥羽院の意向により土御門天皇が十六歳の若さで弟順徳天皇に譲位したことによって、ここで一旦土御門天皇の皇統は途絶えることになる。このことを言ったものと解されるが、まだ後鳥羽院も順徳院も配流の身とは言え在世中であり、かなり大胆な表現である。「世網」と共に作者の時代認識や批判的な姿勢が窺われる。

この他、〈語釈〉に指摘したように作者は先行の長歌作品として『久安百首』の待賢門院安芸歌を参照している。安芸は同歌で「秋しも君にわかれにし心づくしぞつきもせぬ」と待賢門院が亡くなったことを詠んでおり、心情的に通じるところがあったのだろう。また、同百首の俊成長歌にも「山かぜの枝もならさず」「四の海にも浪たたず」(九〇一)とある。『讃岐典侍日記』には地の文に「御裳裾川の流れいよいよひさしく、位の山の年経させたまはん、まことに白玉椿八千代に千代を添ふる春秋まで、四方の海の波の音静かに見えたり」とある。常套的な表現ではあるが類似が認められる。

解説

土御門院

一、生涯の概略

諱は為仁。建久六年（一一九五）十二月二日降誕。この日時については十一月一日（歴代編年集成・皇代記）、十一月二日（一代要記）の説もあるが、今は『伏見宮御記録』『本朝皇胤紹運録』他によって十二月二日としておく。後鳥羽天皇の第一皇子で、母は承明門院在子。後鳥羽天皇の例に倣って親王宣下のないまま、建久九年正月十一日四歳で立太子の儀と同時に父帝の譲りを受け践祚。第八十三代天皇となった。准母は前斎院範子内親王。元久二年（一二〇五）正月三日元服。中宮は陰明門院麗子（太政大臣藤原頼実女）。承元四年（一二一〇）十一月二十五日、皇太弟守成親王（順徳）に十六歳で譲位。在位は十二年。譲位後の御所は大炊御門京極殿であったが、建保二年（一二一四）十一月三十日炎上、これにより承明門院御所である土御門殿に移御し、以後ここを御所とした（百練抄）。

承久三年（一二二一）五月承久の乱、後鳥羽院方は鎌倉方に敗北する。このことにより後鳥羽院は隠岐へ、順徳院は佐渡へ配流となった。土御門院は討幕計画に関与しなかったので罪を問われなかったが、一人都にとどまることを潔しとせず、自ら幕府に申し出て、閏十月十日土佐に配流となった。後、貞応二年（一二二三）五月阿波へ遷った。寛喜三年（一二三一）十月六日不予により出家、法名行源。同月十一日同地で崩御、荼毘に付された。宝算三十七。天福元年（一二三三）十二月十二日、遺戒により承明門院が山城国金原（金ヵ原）に法華堂を建立し、ここに遺骨が移葬された（明月記）。新院、中院、遷幸後は土佐院、阿波院とも呼ばれた。在京中よりその住まいである土御門殿から土御門院という院号でも呼ばれていたが、崩後これを以って追号とされた。(1) 皇子女は陰明門院麗子との間にはなかったが、贈皇太后源通子（通宗女）との間に邦仁親王（後嵯峨天皇）を始めとする五人、この他『本朝皇胤紹運録』によると十三人の子女の名があげられている。

二、即位と承明門院在子

即位の事情は『愚管抄』『平家物語』『増鏡』などで知られるが、今『増鏡』を引くと次のように伝えている。

今の御門の御いみ名は為仁と申しき。御母は能円法印といふ人のむすめ、宰相の君とて仕うまつられける程に、この御門生まれさせ給ひて後、内大臣通親の御子になり給ひて、末には承明門院と聞えき。かの大臣の北の方の腹にておはしければ、もとより後の親なるに、御幸さへひき出で給ひしかば、まことの御女に変らず。この御門もやがてかの殿にぞ養ひ奉らせ給ひける。かくて建久九年三月三日御即位、十月廿七日御禊、十一月は例の大嘗会、元久二年正月三日御冠し給ふ。（巻一・おどろの下）

母の承明門院在子（一一七一〜一二五七）は法勝寺執行である能円法印と藤原範兼女範子（生年未詳〜一二〇〇）との女である。範子は能円と共に高倉天皇の四宮である尊成を養君としていたが、平家の都落により、はからずもこの宮が践祚した（後鳥羽天皇）ため、天皇の乳母となった。従三位に叙され、卿三位と称された。ところが、夫の能円は都落に従い、平家滅亡後は流罪となっていた。そこに源通親（一一四九〜一二〇二）が近づき、範子は通親に再嫁、在子も通親の養女となった。在子は初め宰相の君という名で後鳥羽天皇に出仕していたが、寵を受けて為仁を生んだのである。為仁は通親が鞠養していた。

通親が在子を養女とした時期について『増鏡』は為仁が生まれてからとしているが、先後ははっきりしない。通親と範子の第一子通光の出生が文治三年（一一八七）であるから、平家の滅亡後からこの間に範子が再嫁したことは確かである。恐らく通親のことだから、連れ子である在子が年齢的にも後鳥羽天皇の配偶として良き持ち駒となることは見通していて、当初から養女とし、その上で出仕させたものと思われる(2)。

これにより通親は天皇の外祖父となった。兼実は『玉葉』に「桑門の外孫曾て例無し、しかるに通親卿外祖之威を振はんがためなり」（正月七日条）と危惧の念を顕にしているが、結局、僧の子が国母となり、孫が帝となったことになる。幼帝のため関白基通（建仁二年より良経）が摂政となったが、治天の君は後鳥羽院である。通親は「外祖之威」を振って内大臣となり、土御門（久我）家が勢力を得て行く。尚、範子の家は南家末流の儒家高倉家であるが、兄に範季、範光、妹に兼子（卿二位）がいる。範季の女重子（修明門院）は順徳天皇の母である。

在子については『五代帝王物語』が践祚の時のこととして次のような話を残している。後鳥羽帝は第一皇子為仁と第二皇子長仁親王（光台院御室道助法親王、母信清女）のいずれに譲位するか迷って籤を引いたところ、為仁と出た。さて夕の御膳の時、在子はその加用をしていたが、天皇から「今宮（為仁）の御膳などびんなからぬ様にせよと大納言（通親）に云べし」と仰せがあったので為仁践祚をいち早く察知し、「あまりの嬉しさに局へ走りおるゝまゝに、うす衣ばかり打かづきて人もぐせず、物をだにもはかで」通親のところへ行って知らせたという。「承明門院は極めて御心はやくて、聖覚法印説法をばそらに聞おぼえ給ほどの上根の人にておはしませば」とも記されている。「御心はや」き人でよく通親の意を体して動いたのである。

三、承明門院御所

在子は正治元年（一二〇〇）従三位准后となり、建仁二年（一二〇二）承明門院の院号を贈られる。土御門天皇譲位後の建暦元年（一二一一）出家、法名真如妙（観）。前述のように建保二年から土御門殿（土御門万里小路）が女院御所と仙洞御所を兼ねることとなり、それは配流の日まで続く。ここにはかなり密接な母子関係が想像される。『土御門院女房日記』（以下『女房日記』とも）はこの女院御所が舞台である。〔9〕に次のように登場する。

ねられぬまゝにありあけの月のくまなきをながめて、つぼねのうへくちもたてぬほどに、土御門の大納言殿、女院の御方にまゐらせ給て、あか月ちかくなるまでさぶらはせ給ひて、

「土御門の大納言」は通親男定通（一一八八～一二五七）。略系図に示すように、通親の一男通宗の女通子が土御門院妃であるが、通宗は早くに亡くなったため、範子所生の定通が通宗の猶子となって通子の後見をしていた。在子と定通とは同母姉弟で最も近い間柄であった。ここは土御門院配流の悲しみに沈む女院御所を弟の大納言が見舞ったという状況である。〔11〕にも、

女院の御所の御なげき、ことわりにもすぎてみまゐらするかなしさ、

12なみだがはそでよりおつるたきつせにうきぬばかりとみるぞかなしき

と書かれている。土御門殿には承明門院の女房だけでなく、土御門院出仕の女房もいたのである。そのため承明門院の女房でありながら土御門院と親密な関係になるということもあり得る状況であった。日記作者がどちらの女房であったかはわからないが、土御門院が配流になった後も女院御所に留まっているところからすると、もともと承

土御門院関係略系図

□は『土御門院女房日記』に登場する人物
数字は皇位の代数

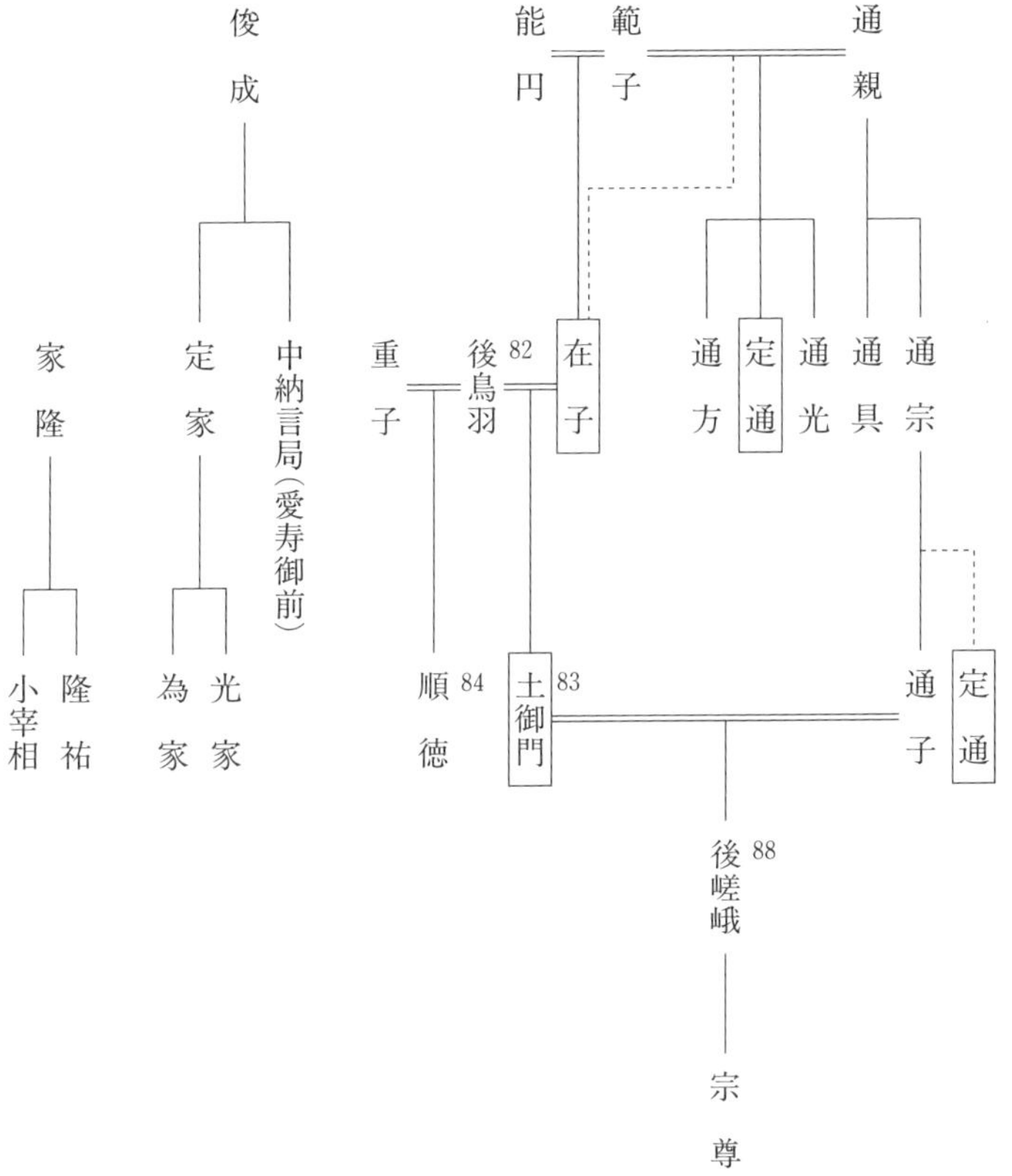

明門院出仕の女房だったと思われる。ここでは母としての女院の嘆きに同情する歌を詠んでいる。

ところで在子の和歌は一首も残されていない。しかし正嘉元年（一二五七）八十七才で没するまで長命を保ったため、その御所土御門殿は譲位後の土御門院、潜竜時の後嵯峨天皇、東下前の宗尊親王と三世代に亘る皇統の拠点であった。同時にそれら至尊を中心に、実家である土御門家の通光・通方や小宰相のような歌人達が集う文化的拠点でもあった。『女房日記』の作者もまさにそのような中にあって日記を物したのである。

四、譲位と土御門院の人柄

譲位については、この年九月また十一月に彗星が現れたためと『愚管抄』は記すが、その実は修明門院重子所生の守成親王を愛した後鳥羽院の意向によるものであった。『増鏡』は、

もとの御門、今年こそ十六にならせ給へば、いまだ遥かなるべき御さかりに、かかるを、いとあかずあはれに思されたり。（中略）この御門はいとあてにおほどかなる御本性にて、思しむすぼほれぬにはあらねども、気色にも漏らし給はず。世にもいとあへなき事に思ひ申しけり。承明門院などは、まいて胸痛く思されけり。その年の十二月に太上天皇の尊号あり。新院と聞ゆれば、父の御門をば本院と申す。なほ御政事は変らず。

（巻一・おどろの下）

と伝えるが、『承久記』は「御恨みも深けれども力及ばせ給はず」と直截的である。そこまでは言えないまでも「いとあへなき事」ではあったろうが、「気色にも漏ら」さなかったところが人柄である。

土御門院の性質については右の『増鏡』に「いとあてにおほどか」とあるが、「御本性も、父御門よりは少しぬるくおはしましけれど、情け深う、物のあはれなど聞こし召しすぐさずぞありける」とも書かれている。一方、守成は「御心ばへ、新院よりもすこしかどめいて、あざやかにぞおはしましける。御才も、やまともろこし兼ねて、いとやんごとなくものし給ふ」という対照的な性格であった。後鳥羽院は自分に似ている守成の方を「かぎりなくかなしきものに」思ったのである。これは『土御門院御百首』（以下『御百首』とも）に現れている和歌の力量についても言えそうである。

また、土御門院が元服した時「いとなまめかしくうつくしげにぞおはします」と『増鏡』が書いているのが注目される。これは『明月記』元久二年（一二〇五）正月十九日の上皇御所への朝覲行幸の記事に伝聞ながら「冠冕の礼訖んぬ、龍顔甚だ華美、之を望むに日の如し」とあるのに符合している。まさに「あげまさり」であり、「日の如し」とは光源氏を思わせる。従来言及されることがなかったが大変な美男子だったのではないか。

五、土佐への配流

土佐への配流の日時については閏十月十日とするものが大半であるが、一日（皇年代略記）、十一月一日（皇代記）とするものもある。しかし『女房日記』の中で「みやこをたゝせおはしましゝ日はけふぞかし」と記し、続いて「十月十一日にかくれさせおはします」と崩御を記していることから見ても、閏十月十日が事実であることが証される。配流の状況については『女房日記』〔2〕〜〔4〕を参照されたい。ここには配流に至った事情を窺うものとして『増鏡』を引いておく。

中院は初めよりしろしめさぬ事なれば、東にもとがめ申さねど、父の院はるかに移らせ給ひぬるに、のどかにて都にあらむこと、いと恐れありと思されて、御心もて、その年閏十月十日土佐国の幡多といふ所に渡らせ給ひぬ。去年の二月ばかりにや若宮いでき給へり。承明門院の御兄に通宗の宰相中将とて、若くて失せにし人の女の御腹なり。やがてかの宰相の弟に、通方といふ人の家にとどめたてまつり給ひて、近くさぶらひける北面の下﨟一人、召次などばかりぞ、御供仕うまつりける。いとあやしき御手輿にて下らせ給ふ。道すがら雪かきくらし、風吹きあれ、吹雪して来し方行く先も見えず、いとたへがたきに、御袖もいたく氷りて、わりなきこ

と多かるに、

うき世にはかかれとてこそ生まれけめことわり知らぬわが涙かな

せめて近き程にと東より奏したりければ、後には阿波の国に移らせ給ひにき。（巻二・新島守）

一人都に残っていることはやはり居心地の悪いことであり、土御門院のよくなしうるところではなかったのである。(3)「うき世には」の歌は題詠であり、この辺りには脚色があるが、土御門院の心情に近いのではなかろうか。阿波へ遷幸した年時については『女房日記』の解説を参照されたい。

六、皇子女

『本朝皇胤紹運録』には男十八人、女八人の子を載せる（年齢から見て配流後に土佐や阿波で生まれた子もいる）。これらの内、仁助法親王（三井長吏）、静仁法親王（熊野検校）、邦仁親王（後嵯峨天皇）、春子、正親町院覚子内親王の五人は通子との間に生まれており、通子が最も寵愛された妃であったことがわかる。前述のように、通子の父通宗（通親男）は建久九年に亡くなったため、範子所生の定通（通親男）が通宗の猶子となって通子の後見をしていた。邦仁親王は承久二年二月二十六日に生まれたが、翌年八月通子が没し、閏十月には父土御門院も配流という運命に見舞われた。初め通方に養育され、通方没後は祖母である承明門院御所にいた。そして、後年はからずも皇位に即いたため、通子は皇太后を、外祖父である通宗は左大臣正一位を追贈された。邦仁親王の他にも承明門院御所には「承明門院の姫宮」と呼ばれる土御門院の皇女（春子女王か）や正親町院覚子が養育されていた。このように土御門院の配流後、承明門院御所が土御門院皇子女の生活の拠点となり、それらを土御門家の一族（通親と範子の息子達）

が支えていたのである。そもそも土御門家を王権に近づけたのは通親が範子と結婚したことに因るが、範子の実家である高倉家は修明門院重子を介して順徳院の方についたことになる。

七、文業と和歌環境

土御門院の和歌作品としては、『御百首』と承久の変後に配流地で詠まれた四四九首を収めた『土御門院御集』とが主たるもので、他に逸文数首と『和漢兼作集』に四詩句を残すのみである。(4)『続後撰集』以下の勅撰集に一五四首の入集をみるものの、生前の表立った和歌活動はなく、父後鳥羽院と弟順徳院とがそれぞれ歌壇を主宰する立場にあったのと対照的である。この辺りの事情を『増鏡』は、

新院も、のどかにおはしますままに、御歌をのみ詠ませ給へど、よろづのこと、もて出でぬ御本性にて、人々など集めて、わざとあるさまには好ませ給はず。(巻一・おどろの下)

と伝える。しかし、土御門院が「人々など集めて、わざとあるさま」に歌会を主催したりはしなかったとしても、父院や弟順徳の主催する催しに一度くらい出詠していてもよさそうなものである。例えば、後鳥羽院の兄宮である惟明親王なども「わざとあるさま」には好まなかったのだろうと思われる人物だが、『正治初度百首』と『千五百番歌合』の出詠者となっている。いささかでも和歌を嗜めば、力量はともかく、儀礼的な意味でも詠を乞われてしかるべき立場の人物ではある。

内裏では建保三年(一二一五)に『内裏名所百首』が催され、同四年二月には「院御百首」が行われている。後鳥羽院主催のものは幾分少なくなってきたとは言え、順徳天皇の内裏歌壇では各種雅事が頻繁に催され、和歌の熱

気に満ちていた。にもかかわらず土御門院は不自然なくらい歌壇から孤立しているように見える。それが『増鏡』の言う「御本性」だったとしても、それのみに起因したものとは信じがたい。

土御門院が十代前半の頃から和歌に関心を抱いていたことは確かである。在位中の承元年間、定家に『古今集』を給い、書写献上させたことが『拾遺愚草』(二五八四・二五八五)からわかる。これが確認できる最初の和歌事蹟で、十三〜十六歳にあたる。和歌への関心が芽生えたとして妥当な年頃で、『古今集』を自らの和歌習得に用いたのではないか。

譲位して間もない建暦二年(一二一二)三月には土御門院の初詠が確認できる。

大納言通方蔵人頭に侍りける時、内より女房ともなひて月あかき夜、大炊殿の花見にまかりけるをきこしめしてつかはされける

土御門院御製

たづぬらんこずゑにうつる心かなかはらぬ花を月にみれども

(続拾遺集・春上・七〇)

通方へ贈ったもので、題詠歌以外では唯一の詠である。

在位中も譲位後も治天の君は後鳥羽院であり、実質的な力を持つことはなかった土御門院の心遣はやはり和歌であったのだろう。譲位後の徒然に仙洞御所内の者を中心に内々で歌合が開かれたこともあったようである。『新勅撰集』の小宰相歌(雑一・一〇三八)の詞書「土御門院歌合に」や『万代集』小宰相歌(一〇九一)と通光歌(一三九六)の詞書に「土御門院御時歌合に」と見えるのは、歌題から見て同一の催しと思われる。小宰相の年齢から判断すると建保四、五年に係るものかと推定したが、『御百首』以降の催行とみたほうがいいだろう(『御百首』解説参照)。このような譲位後の土御門院の和歌活動は前述のように女院御所を舞台としていた。在子自身は歌を残していないが、在子につながる土御門家の人々と女院御所の女房達が土御門院を取り巻く和歌環境を形成していた。小

宰相は家隆女、中納言局は愛寿御前とも呼ばれた定家の同母妹であるが、その催しに家隆や定家が呼ばれたりすることはなかった。従って当時の歌壇状況からすれば極々ささやかな雅事であり、影響力を持つものではあり得なかったのだが。

建保五年（一二一七）二月には再び定家が『古今集』を書写して参らせている。『明月記』によると、前年春に土御門院から草紙を賜っていたのだが、この年二月十日にようやく中納言局を通じて進上したところ、「後代之重宝に備ふべし」という仰せを賜った。承久二年（一二二〇）八月には定家より「しのびて」三首の歌を召したことが『拾遺愚草』（二四六三・二六〇〇）『新拾遺集』（恋一・一〇〇〇）の詞書から判明する。このように定家とは『古今集』書写や和歌を召す等の交流があったが、これは承明門院中納言局を介して生じた関係と思われる。前述した内輪の「土御門院歌合」詠が一首とは言え『新勅撰集』に入っているのもこの中納言局が定家へ詠草をもたらしたのかもしれない。

一方では『御百首』を送った家隆とも親密な間柄で、こちらは小宰相を介してであったろう。小宰相は歌人として活躍し、土御門院の寵愛も受けた。周知のように『土御門院御集』前半部は、院が一旦都の家隆に送り批評を乞うたもので、家隆の評詞が付されている。このように配流後も家隆との交流は途絶えることなく続いたが、定家とは全く交流の跡が見えない。しかし、定家は佐渡の順徳院の百首には依頼を受け加点している。このあたりは隠岐の後鳥羽院と定家、家隆の関係なども思い合せてみると興味深いところである。(5)

注

（1） 友田吉之助「後鳥羽院・土御門院は追号か」（『島根大学論集・人文科学』5、昭和三〇年二月）

（2）橋本義彦『源通親』（人物叢書、吉川弘文館、平成四年）七九頁
（3）樋口芳麻呂「『土御門院御集』の歌―「詠述懐十首和歌」を中心に―」（『愛知淑徳大学論集』第一二号、昭和六二年一月）、寺島恒世「天皇と和歌―土御門院の営みを通して―」（『東京医科歯科大学教養部研究紀要』第三七号、平成一九年三月）
（4）拙稿「土御門院の和歌事蹟拾遺」（『国語と国文学』第七二巻第二号、平成七年二月）
（5）田渕句美子「承久の乱後の定家と後鳥羽院　追考」（『明月記研究』一三号、平成二四年一月）

土御門院関係略年譜

元号	西暦	年齢	事項	備考
建久六	一一九五	1	12・2降誕	11・10通親任権大納言
七	一一九六	2		11・25建久の政変
八	一一九七	3		9・10守成誕生
九	一一九八	4	1・11受禅 3・3即位、准母範子内親王（21）	摂政は関白基通 5・6通宗（31）没
正治元	一一九九	5		1・20通親右大将兼任 6・22通親任内大臣
二	一二〇〇	6		4・12通親東宮傅兼任 4・15守成親王立太弟 8・4範子没
建仁元	一二〇一	7		7・27和歌所設置
二	一二〇二	8		1・15承明門院（32）院号 10・21通親（54）没 12・25良経任摂政
三	一二〇三	9		
元久元	一二〇四	10		

二	一二〇五	11	1・3元服、麗子（21）入内	3・26新古今集竟宴
建永元	一二〇六	12		3・7良経（38）没、3・10家実任摂政 12・8家実任関白
承元元	一二〇七	13	承元頃定家に古今集を書写させる	
二	一二〇八	14		
三	一二〇九	15	道仁親王（母高階仲賢女）誕生	
四	一二一〇	16	1・定家内裏南庭の桜を折る 11・25譲位 尊守親王（母尾張局）・春子女王（母典侍通子）誕生	順徳（14）受禅
建暦元	一二一一	17		承明門院（41）出家
二	一二一二	18	春・通方に歌を贈る	8・4承明門院、範子の十三回忌を行う、新院御幸
建保元	一二一三	19	覚子内親王（母通子）誕生	
二	一二一四	20	11・30上皇御所火災、承明門院御所に遷る 仁助（母通子）誕生	
三	一二一五	21		10・内裏名所百首
四	一二一六	22	春・定家に古今集書写を命ずる 静仁親王（母通子）誕生	2・院御百首
五	一二一七	23	2・10定家古今集を書写して奉る 3・この頃までに『御百首』詠出、家隆に送るか 4・初め頃家隆、定家に『御百首』を送り、定家加点し返送する この頃「土御門院歌合」を催すか 尊助親王誕生（母法印尊恵女）	4・14仙洞庚申五首御会

六	一二一八	24		
承久元	一二一九	25		
二	一二二〇	26	2・26邦仁親王（母通子）誕生 8・定家に三首の歌を召す	
三	一二二一	27	閏10・10土佐遷幸	仲恭受禅、5・15承久の変、後堀河受禅
貞応元	一二二二	28		
二	一二二三	29	5・阿波遷幸	
元仁元	一二二四	30	12・28以後『御集』A歌群を家隆に送り加点を乞う	
嘉禄元	一二二五	31	4・26還幸の風聞あり	
二	一二二六	32		
安貞元	一二二七	33	2・13幕府、上皇御所を造営せしむ 閏3・15熊野の衆徒、土御門院を迎え奉らんとするの風聞あり	
二	一二二八	34		
寛喜元	一二二九	35		
二	一二三〇	36	この頃までに日吉社に七首を奉納	
三	一二三一	37	10・6出家、法名行源、10・11崩御、この後『御集』成るか	
貞永元	一二三二		10・以降『女房日記』成るか	新勅撰集下命、四条受禅
天福元	一二三三		12・11遺骸を金原へ移葬する	
文暦元	一二三四			
嘉禎元	一二三五			新勅撰集、道家へ進上
二	一二三六			

三	一二三七			家隆（80）没
暦仁元	一二三八			通方（50）没
延応元	一二三九			後鳥羽院（60）崩
仁治元	一二四〇			
二	一二四一			定家（80）没
三	一二四二			後嵯峨（23）受禅、順徳院（46）崩
寛元元	一二四三		10・13承明門院、十三回忌を大原で修す	
寛元四	一二四六			後嵯峨（27）譲位
正嘉元	一二五七			承明門院（87）没
文永三	一二六六			小宰相（67カ）最終事跡
九	一二七二			後嵯峨院（53）崩

土御門院御百首

はじめに

『土御門院御百首』は『中院御百首』とも、稀に『新院御百首』とも言う。土御門院二十二歳の建保四年（一二一六）三月に詠まれたとされている（この詠出年次については検討が必要、後述）。堀河百首題で詠まれた百首歌で、恐らく院の初めての百首であったろう。習作として成したこの百首を院は藤原家隆に送り批評を乞うた。家隆はそれを藤原定家に送った。その時の「家隆卿定家卿のもとへつかはす状」（書状Ⅰ）によれば、

抑々、此の歌を一巻、反古の中よりもとめいだしたる事の候也。此の題はいまはもろ〳〵の人、手にとりてだにもみぬ物にて候ぞかし。それにかくみにくからず、うつくしくたかき心詞候事は、みざるやうに覚え候。もし老ほれてひがめにて候かとよ。能々御覧じわけて御点申し請くべく候。（中略）但し此の歌、一切に御口よりほかへ候べからず。其の故はぬしおぼえず候間、かた〴〵はゞかり存じ候也。

ということであった。定家は訝りつつも合点を付し、所々に評詞を加えて行ったが、懐旧題の、

秋の色をおくりむかへて雲のうへになれにし月も物わすれすな

に至って御製であることを覚り驚く。そして「さればこそたゞこと、もおぼえず候ひつる物を……」という裏書と返歌、

あかざりし月もさこそはしのぶらめふるき涙もわすられぬ世は

を記し、家隆への返事（「定家卿の返事」書状Ⅱ）を付けて送り返した。家隆は自身の感想を認めた「家隆卿中院へまゐらする御ふみ」（書状Ⅲ）をも添えてその百首を院に参らせたのである。(1) この時の三つの書状が伝本によっては付載されており、それによって右のような経緯が判明するのだが、この一件は当代の二歌人定家と家隆が関わった感動的な話として人々に受けとられたらしく、『増鏡』や『古今著聞集』に収載され、むしろこちらによって知られることの方が多い。

この一件が人々の興味を引いたのには二つの側面があるだろう。一つは家隆が作者を隠して定家に送ったが、定家は見事に御製であることを見破ったという和歌説話的興味である。『古今著聞集』は和歌篇にこの話を収めるが、更に後日談をもつけている。院の忘れ形見である邦仁親王（後嵯峨天皇）が初めて詠んだ百首を乳父の大納言通方が密々に家隆のところへ見せに送った。すると家隆は初めの方を見ただけではらはらと涙を流し、「故院の御歌にすこしもたがはせ給はぬ」と言って泣いたという。家隆を軸に親子の百首の暗合になっている。焼き直しのような気もするが、説話的興味は大いに満たす話である。

もう一つは「秋の色を」という懐旧の歌に不本意な譲位への土御門院の鬱屈した心情や悲哀を読み取ろうとする政道批判的興味である。特に歴史物語である『増鏡』に於いては土御門院は敗者であった。敗者の忘れ形見邦仁親王が後日即位するに至る劇的展開の伏線として効果的に描かれている。つまり邦仁親王の即位とその後々までの歴史を知悉した上での敗者復活の文脈の中にあるのである。

このようにその後の歴史展開をふまえて読むとおもしろさは一段と増してくるのだが、それらの原拠である『御百首』自体の詳細な研究は未だなされていない。承久の変も、配流も、ましてや後嵯峨天皇の即位などわからなかった建保四、五年の空気の中でまずは解されねばならないだろう。

一、底本と伝本系統

『土御門院御百首』の伝本はすこぶる多い。現在把握しているところで八十本近くに及ぶが、伝本の多さはよく読まれたということであり、それには前述のような付随するエピソードが与っているだろう。伝本の伝存形態としては、①単独で、②『土御門院御集』に付載、③『順徳院百首』と合写、④その他の作品(『遠島御百首』など)と合写、があるが、①が最も多い。②は土御門院の全作品を収集しようとしたものであり、③は縁ある作品としてセットで後人に享受されたことを示すものである。今日までに直接、間接に調査し得た伝本は写本五十九、刊本一の計六十本である。これらは大きく甲乙二系統に分けられる。以下、底本の書誌と甲乙の伝本系統について述べる。

甲系統

本書の底本は甲系統に属する書陵部蔵梶井宮本(一五一・一八二)である。縦二十二・三cm、横十五・八cmの綴葉装一冊本。「順徳院御百首」との合写で、外題は「土御門院御百首/順徳院御百首」。「土御門院御百首」の内題は「中院御百首土御門」。この本は虫損等の傷みがあったため現在は補修されており、もとの表紙の上に更に表紙がつけられている。本文料紙は楮紙。墨付三十二丁で、「土御門院御百首」が十九丁、「順徳院御百首」が十三丁。一面十行、一首一行書。家隆の合点を墨で、定家の合点を朱で入れる。元の表紙に「加持井御文庫」印、首に「円融蔵」の印があり、梶井宮旧蔵本である。「順徳院御百首」の奥に、

御本云右一冊以　後小松院宸筆令
為〔ママ〕畢尤可為證本者也
常徳院殿征夷大将軍　御判

との本奥書を持つ。これによると、両院百首を一冊とした後小松院宸筆本があり、足利義尚が所持していたことがわかる。その転写本であるが、室町後期の写しであり、甲の中で最も古い由緒と書写の本である。『新編国歌大観』もこの本を底本とする。

底本と同奥書を持つものに、書陵部蔵伏見宮本（伏・九一）、同（伏・一七二）、神宮文庫蔵林崎文庫本（一三二一）、岡山大学蔵池田文庫本（一六一）がある。対校には書陵部蔵伏見宮本（伏・九一）〈＝伏A本〉と同（伏・一七二）〈＝伏B本〉を用いた。伏A本は『御集』に付載された『御百首』で、後小松院宸筆本から『土御門院御百首』部分のみを『御集』の後に合写し、本奥書も添えたものである。伏B本は後小松院宸筆本を両院百首そのままの形態で書写したものである。本奥書が「右一冊者両院御百首也／依源尚俊所望仰或人／令書写彼本後小松院／宸筆也尤可為證本乎／源判」となっており、後小松院宸筆本を源尚俊が所望したので、或人に命じて書写させ、義尚自身が奥書を記し尚俊に与えた本を親本とするものである。これら対校に用いた二本はいずれも後小松院宸筆本系の伝本であり、和歌部分には甲本内では問題となる異同はない。対校本は主として底本の虫損による難読箇所の確認と書状の意味不明部分の解読に用いた。以下に述べるように乙系統は書状を持たないことから対校本には用いなかった。

右の他、甲で注目されるものに道晃法親王自筆本の存在を伝える歴史民俗博物館蔵高松宮A本などがある。甲系統には調査した六十本の内、二十二本が該当する。

乙系統

乙系統には冷泉家時雨亭文庫蔵『土御門院御集』に付載される『御百首』を始めとし、三十六本が属する。冷泉家本は田渕句美子氏の解題を付して影印が出版されている。(2) 冒頭のみ定家様で書写された、いわゆる擬定家本で、鎌倉時代末期の書写にかかる。書写が古く、貴重な本である。この本は『御集』伝本の中でも特異な形態で、『御集』A部分のみに『御百首』を付載するものである。前述の伝本の伝存形態②の特殊な形である。これと同形態のものとして早く書陵部蔵御所本『土御門院御集』(五〇六・六三)が知られていた。(3) 同本は霊元天皇宸筆の外題を持つが、冷泉家本はこれをはるかに遡る書写である。両本を検討してみると、田渕氏も述べられているように冷泉家本は書陵部本の親本であり、書陵部本はこれを忠実に書写していることがわかる。両本とも奥書は持たない。

この他、近世の書写ながら足利義視自筆本を写したとの本奥書を持つ三手文庫蔵本(午・二〇〇)、山口県立山口図書館蔵本(八九)、佐賀大学附属図書館蔵鍋島文庫本(〇九五五・三)がある。前二本は「遠所御抄」「七玉集」との合写本であるが、三本とも『御百首』の後に「大智院殿義視公乃真跡の書もて/これをうつし畢　賀茂氏判」の本奥書を持っている。三手文庫蔵本は更に一冊の末尾に「老筆はゞかりありといへどもいなびがたく令書写畢/元禄七戌暦正月中旬　六十八歳」との奥書を持つ。

また、近世前の本奥書を持つ伝本には次のようなものがある。文明十二年(一四八〇)に江州甲賀郡柏木郷で葉守神主甲可宿祢永賀が書写したと言う国立公文書館蔵浅草文庫本(二〇一・五三一)と家郷隆文氏蔵本、永正十四年(一五一七)に権大納言藤原某が赤松下総守秋忠の為に書写した本の承応四年(一六五五)の写しである神宮文庫蔵林崎文庫本(一三二二)、細川幽斎が也足軒通勝本を借りて書写した熊本大学附属図書館蔵北岡文庫本(一〇七・三六・六)などである。

甲乙の形態的な異同

・書状の有無　冒頭で述べたように本百首には家隆と定家の関わったことを伝える三つの書状があるのだが、甲はこの書状を持ち、乙は持たない。これが最も大きな甲乙の形態的相違である。甲にも書状を持たない本があるが、これには「家隆定家之書状等雖有之今略之物也」などと記されていて省略したことを窺わせる。

一方、乙は当初から書状を持たなかったものと思われる。しかし著名な逸話については言及すべく、経緯を要約文または短い注記にして末尾に付しているが、これらは書状に基づいて要約されたのではなく、知識や伝聞等によってなされたものと思われる。例えば冷泉家本の要約文は、

これは新院の御所よりして家隆のもとへつかはして女房のよめる百首かてんしてと被仰けるにあまりにうつくしく侍けれは定家のもとへこれ御覧せよかかることもよには侍けりよに覚すたれならむと申つかはしたりけれは定家ふしころひ思ふさまにことはをくはへてんをあはせられけるとかやほの〳〵うけ給はりし

とあり、「ほの〳〵うけ給はりし」がそれを物語っている。また「女房のよめる」は他本では「少人の哥」「おさなき人のよみたる」などとされているし、「此百首従土御門院御名をかくして定家の許へ被遣云々」「両卿之方エ小人之哥トテ点作ヲ需メ玉エシト云々」と若干誤りがあることによっても判明する。土御門院が家隆に自作であることを隠して送ったとか、定家に名を伏せて送るように土御門院自身が指示したなどは、書状を読む限り窺えないことであり、二十三歳の土御門院がそのようなことをしたとは想像しにくいことである。

・歌順　甲は全て雑部の歌順を94田家・95山家とするが、乙は95山家・94田家とする（一部例外もある）。堀河百首題では山家・田家とあるべきところだが、甲乙が二つに分かれる大きな特徴である。

・内題　甲は大部分が「中院御百首」とするのに対して、乙は「土御門院○○」とする。○○には百首御製・百

首・御百首などが入るが基本的に土御門院を冠する。乙の例外として、冷泉家本のように『御集』付載の百首で内題を持たないもの、また中院・阿波院・新院とするものもある。中院は順徳天皇の譲位後、三院になった時の呼称である。本百首が詠まれたのは新院と呼ばれていた時期であるが、このような内題は書写者によって付けられたものである。

・**合点**　甲乙共に定家（朱）と家隆（墨）の合点（片点と両点）を基本的に持つ。持たないのは省略によるものである。合点を持つ本も実際の状況は様々で両点のないもの、朱のないものもある。

・**評詞**　甲乙共に定家の評詞を基本的に持つ。全く持たないのは省略によるものと考えられる。評詞は甲乙で異同が大きく、複雑な様相を呈している。評詞の有無について示せば、少数の例外はあるものの大勢は次のようになる。歌番号で示す。甲乙双方にある評詞は表現が多少違うもののほぼ同内容である。

甲乙双方にある　↓　1～7・10・11・14・17・26・63・64・84
甲のみにある　↓　12・21・25・31・36・68・71・83
乙のみにある　↓　15・19・24・33・59・75

甲乙の本文異同

・**和歌**　和歌本文の異同で甲乙の指標となるものを掲げる。本文は校訂前の底本で掲出し、傍線部の〈　〉内が乙の冷泉家本本文である（以下、本節内は同じ）。

19波かくる井手の山吹さきしよりおられぬ水になくかはつ哉〈かはつなくなり〉（款冬）
31夏くれは〈なれは〉ふせやにくゆる蚊遣火のけふりも白し明ぬ此夜は（蚊遣火）

34秋やとき月やおそきとやすらへは〈やすらはん〉岩もる水に夢もむすはす（泉）
49あふ坂やゆく旅人のあつさ弓けふやひく覧望月〈桐原〉の駒（駒迎）
60吉野山けふ〈けさ〉ふる雪やうつむ〈つもる〉らん入にし人の跡たにもなし（雪）
67ならしはや枯葉のうへ〈する〉に雪ちりて鳥たちの原にかへる狩人（鷹狩）
74新枕契をかはす〈むすふ〉草の葉にたかなからひの露のおくらん（初逢恋）
81かたしきの涙の数にくらへはや〈ても〉暁しけきしきの羽かき（暁）
85あしたつのつはさに霜やさむからしさ夜もふけゐ〈なかゐ〉のうらみてそなく（鶴）

右の内、19・31・34・74・81・85は一本の例外もなく甲乙がきれいに分かれる異同である。また49・60・67も多少例外があるものの、甲乙の指標となる異同である。これらは誤写によって生じたと思われるものもあるが、単なる誤写とは考えにくいものもある。49「望月の駒」は「桐原の駒」でも、85「ふけゐのうら（吹飯の浦）」は「なかゐのうら（長居の浦）」でもよさそうだが、やはり掛詞とするためには甲本文でなくてはならないだろう。しかし、後述のように習作である本百首の場合、必ずしも歌意の通りやすい本文が本来的なものとも言えない事情がある。ここでは本文の優位性ということよりも、両系統には早い時期から本文の異同があり、別々に書写されてきたらしいことを確認しておきたい。

・**評詞**　評詞本文の異同で甲乙の指標となるものを一例掲げる。

1朝あけの霞の衣ほしそめて春たちなるゝあまの香具山（立春）

本歌の心をみるへし姿詞およひかたし真実〳〵殊勝目もくれ候

〈本歌の心をれうけんするに姿詞難及しんしちにしゆせうめをおとろかし候〉

巻頭の歌について甲の評詞は「本歌の心をみるへし」とし、乙は「本歌の心をれうけん（料簡）するに」とする。伝本を調べる際、冒頭のこの判詞で甲乙が判断できる格好の指標の一つである。

・裏書　裏書にある定家の返歌、

あかさりし月もさこそはしのふ〈おもふ〉らめふるき涙もわすられぬ世は

は「らめ・らん」「世は・世に・世を」と異同が多いのだが、傍線部「しのふ」と「おもふ」は甲乙がはっきりと分かれる。この歌は『増鏡』『古今著聞集』にも見えるが、両書では「おもふ」と乙系である。

祖本の想定

以上から次のことが言えよう。甲系統は基本的に合点、評詞、裏書、書状を持つ。この中では底本とした後小松院宸筆本系の書陵部蔵梶井宮本が甲の中では書写も古く最善本と目される。乙系統は甲と基本的には同系であるが、書状三通を持たず、短い注記や要約文であることが大きな特徴である。書状は長文であり、要約文の方が書写や読解にははるかに便利である。乙が甲より伝本数が多いのにはこのような理由もあるだろう。

百首は、土御門院→家隆→定家→家隆の手を経て合点、評詞、裏書が書き込まれ、最終的に書状Ⅰ・Ⅱ・Ⅲを添えた『御百首』として土御門院のところに参らせられた。これが一書に書写されたものが甲の形態である。恐らくこれが坊間に出て甲の諸本が生まれたと考えられる。

しかし、家隆も手控えとして書状Ⅰ・Ⅱ・Ⅲを付けた『御百首』を残すことが可能である。が、この可能性は少ないように思われる。本論では言及しなかったが、日本大学所蔵の異本『土御門院御集』があり、これは冒頭に『御百首』を持っている。この『御百首』は合点も評詞も書状も無いもので甲乙とは本質的に異なる異本である。

これは家隆が最初に土御門院から送られてきた『御百首』の歌のみの控えをとった本ではないかと思われるのである。[4]従って家隆が更に甲系統の祖となるような控えをもとったとは考えにくいところである。日本大学本の『御百首』については別個の研究が必要であろう。

それでは乙の出自はどう考えたらよいのか。乙は甲の百首部分のみが書写されたものと考えれば簡単なのだが、前述の書状要約文の内容や和歌、判詞等の本文異同を見る限りそうとは思われない。家隆と同様に定家も手控え本を残すことが可能である。冷泉家本の出現を考えると、乙の祖本は定家のところから生まれたのではないかと思われてくる。定家は『御百首』の控えはとったものの、書状については控えを残さなかったのではないか。後述のように折しも定家は「仙洞庚申五首御会」詠に苦吟する最中であった。想像の域を出ないことだが、乙が書状を持たないことは説明がつきそうである。これに後の書写者が要約文を付けたのではないか。

右のように祖本を想定したとしても、甲乙の本文異同をどう考えるか問題は残る。祖本に近い時期の書写である冷泉家本が既に甲と対立する本文異同を持つからには、乙の出自には更なる検討の余地を残す。手控え本は元本のままに写されるのが原則で、この時点で定家が院の歌を訂正したりということは考えられないし、ましてや自分の記した評詞を手控え本で変えたりすることもあり得ないだろう。これらの点については冷泉家本を中心に尚考えてみたい。

二、成立の時期と経緯

従来『御百首』は土御門院二十二歳の建保四年（一二一六）三月に詠まれたとされている。[5]私自身もそのことに疑念を持たず建保四年三月説を用いてきたのだが、検証する必要がありそうである。以下、家隆と定家が百首に加点した時期を基に土御門院が百首を詠出した時期を考えてみたい。

まず、家隆が定家に『御百首』を送ったのは何時のことだったのか。家隆の書状Ⅰに次のような記述がある。

何事か候らん。此の庚申の歌にやみふして無〻術候。真実にいまは無下の事に罷り成り候。多日所労之間、難〻出覚え候。抑々、此の歌を一巻、反古の中よりもとめいだしたる事の候也。（中略）みずしてうちおきて候ける事、不恵に候。庚申の御案の中に、かゝるそゞろ事申し候へば、さだめて御ふぜい候はん歟。

これに対して定家も書状Ⅱで次のように応じている。

庚申に案じほれて、たましひもしりぞき、くび骨もいたくほけゐて候中にふる反古たまはる。歌よませじとて御きやうまむ候歟、せめてよみおほせて御ふけらかし候歟、などはらたちいで、物ども思ひ候はねども、あまり歌のよまれ候はぬに、

傍線部に言う「庚申」とは建保五年（一二一七）四月十四日の「仙洞庚申五首御会」（以下「庚申御会」と略称）のことである。後鳥羽院の仙洞内弘御所で行われた。『明月記』同日条に記載があり、それによると、和歌の他に詩、連歌、連句もあった。和歌の出詠、出席者は後鳥羽院・公経・通光・忠信・定家・家隆・範宗・信実・家長・秀能の十人、出詠のみは頼実・公継・両僧正（慈円、もう一人は不明）・俊成女・実氏・雅経・光経の八人であった。奉行は清範。題は兼題で春夜・夏暁・秋朝・冬夕・久恋の五題であった。証本は残っていないが、後鳥羽院・定家・範宗・雅経・秀能は家集にそれぞれ五首が収められている。公経・通光・頼実の各一首も勅撰集から拾うことができる。連歌は『菟玖波集』に院・定家・家隆の作が入る。参加者も多く、院主催の晴儀の会であったことがわかる。

この会については『井蛙抄』第六・雑談に記述がある。

戸部被語云、建保五年四月十四日院庚申五首時、御教書「非秀逸者不可令献給」云々。京極黄門ひとり「非秀逸者不可献之由事、謹所請如件」と請文を被進、希代事也。仍其時歌、殊沈思秀逸、まことに出来せり。「花にそむくる窓の燈」「をのれにもにぬ夜半のみじかさ」「あらばあふよの心づよさに」、これらみな此時歌なり。

後鳥羽院から「秀逸でなければ提出するな」との御教書が出され、それに対し定家は請文を進上したという。結果的には『明月記』四月十六日条に「午時参院、大納言於弘御所被閑談、今度歌抜群由、殊有叡感云々」と記すように定家の歌は抜群で院の叡感があった。

『井蛙抄』は右のように御会のことを記した後に続けて、「其比」として本百首のことをも伝えている。

其比、家隆のもとより、新院御歌を京極へ遣はすとて、「庚申をもてあつかひて、あまりに風情つきて、古反古など見候中ニ此一巻をみいだし候。『思〳〵に点などあへ』とて、人のたびたる物にてぞ候つらん。昔より、かしこき御目と、おろかなる目と、さのみかはりたる事も候はぬほどに、あしからずみ候につきてまゐらせ候」よしの状をつかはす。返事ニ「庚申いかゞし候べき。いまはたゞくびほねいたく、水ほしくあむじなりて候に、此歌給て候。庚申さまたげん御用かなと思ひて候へば」とて、此御歌の殊勝なる事さま〳〵かきて、「此道事、禁裏御事は中ニ不及。この御所は、詩の御沙汰ばかりとのみ思ひまゐらせて候へば、かゝる不思儀なる御事にて候ける。いまはたゞ、下すうたよみ候はじ。わたくしの太郎次郎など申ものゝ、いふかひなく候」などさま〳〵にかゝれたるをみ侍き。

この内容はほぼ書状通りで、「御目とおろかなる目」「くびほねいたく」「わたくしの太郎次郎」などの文言は書状とも合致しているので、末尾に「さま〳〵にかゝれたるをみ侍き」（歌学大系本「かかれたる侍き」）とあるように戸部為藤は実際に書状を見たものと思われる。

以上から、百首と書状Ⅰ・Ⅱは定家と家隆が「庚申御会」の兼日題五首に頭を悩ませ、苦吟している最中に二人の間を往返したものであることがわかる。そもそもこの御会の命がいつ頃出されたのかは不明だが、書状Ⅰ・Ⅱで両人がかなり憔悴している様子から判断すると、往返は御会が差し迫った四月初め頃ではないかと推察される。次に引用する定家の書状Ⅱに「去る三月」という文言が見えることもその傍証となろう。

では、院が家隆に百首を送ったのは何時だったのか。定家は書状Ⅱの末尾で、

猶々このしれ事どもとく〳〵うちおかずやかれ候べし。あさましくすかされまゐらせて候ひけり。但し去る三月より御秘蔵ぞ、うたてく候へども、御そら事に候か。せめてうちすてたる御かまへに候か。

と言っている。傍線部は「去る三月から秘蔵していた（のに私にすぐ見せなかった）とは情けなく思うが、それは嘘なのか。無理に放っておいたというつくりごとなのか」ということであろう。しかし、書状Ⅰには三月から秘蔵していたとは書かれていないので、「三月」は定家の推測から出た言葉であろうが、現在が四月であることはこれによって確かとなる。

一方、家隆が院へ宛てた書状Ⅲの冒頭には、

何事か候らん、さしたる事候はぬには申し候はでのみ罷り過ぎ候。所労術無く候ひて、いとゞ年より候まゝに、身もよはくなり候ひて、今年いまゝで院へもまゐり候はでまかりこもりてのみ候なり。さては一日、御百首をまかりあづかり候ひて、少々しるし申すべきよし、仰せをかうぶり候ひしより、をどりあがり候ひて、あさましく心詞もおよばず、たゞ老の涙のみこぼれ候なり。心ながき物の此の四五日はよるひる此の巻物ひきひろげ候より外の事候はず。

とある。これによると、「今年いまゝで」、つまり建保五年正月から現在（四月）まで家隆は院のところへ顔を出し

ていない。傍線部「さては一日」は「さて先日」とのニュアンスであろう。院から百首が家隆のところへ送られて来て、「少々しるし申す」ようにとの仰せがあったのである。これは何時のことなのか。「仰せをかうぶり候ひしより、をどりあがり候ひて、あさましく心詞もおよばず、たゞ老の涙のみこぼれ候なり」は家隆が院の百首を預かってすぐさま披見したことを示す文脈である。また「心ながき物の此の四五日はよるひる此の巻物ひきひろげ候より外の事候はず」は、家隆が院の百首に接してからの状況である。つまり家隆が院の百首を預かったのは最近のこと、恐らく建保五年三月頃で、定家に送ったのが四月初め「庚申御会」詠に呻吟している頃、少なくとも四月十四日以前であったと思われる。

それでは本百首を院が詠出したのは何時なのか。従来説のように建保四年三月だとすると、それを一年近く手元に置いてから家隆に送ったというのが不審である。一方、詠出後早い時期に送ったとすると、今度は家隆がそれを一年間も披見しないままにしていたというのが不審であるし、書状中の記述と齟齬をきたす。

そもそも建保四年三月説というのは一部の伝本の端作や末尾の注記に見られる「建保四年三月日」(6)によるものと思われる。これを持つのは九本のみで、持たないものが大半である。甲の梶井宮本も乙の冷泉家本も持たない。本来的にこれが記されていたのならば諸伝本の多くが伝えているはずであるから、これは祖本にあったものではなく、いずれかの本の書写時に付けられたものと考えられる。恐らくある本の書写者が書状IIの「去る三月より御秘蔵ぞ」とあるのを見、「去る三月」を去年の三月と誤り、「庚申御会」が建保五年なのでその前年の四年としたのではないか。(7)

『御百首』の活字本としては早く『続群書類従』と『列聖全集』があり、我々はその恩恵に浴して来たのだが、これらは端作に「建保四年三月」と記されている。両本は活字化に際して書陵部蔵「続群書類従三八六」(四五三・

二）を用いているが、この本の末尾に「建保四つのとし三月日」（注6のC）とあるのである。両本はこの注記を端作の位置に移したものと思われ、私を含め従来説もこれに拠っていたのである。これのみで詠出年次を決することの危うさと同時に伝本研究の必要性をも痛感するところである。

以上の検討から、『御百首』は建保五年三月頃土御門院から家隆に送られ、四月初めに家隆、定家間を往返したもので、土御門院の最終的な詠出は、詠み始めてからどの程度時間がかかったかはわからないが、建保五年三月を余り遠ざからぬ頃であったと考えられる。これは本百首の歌に建保四年二月に成立した「院御百首」からの影響が見られることによっても裏付けられる。「院御百首」直後の建保四年三月詠出では初心の土御門院にとって時間的にも無理があるだろう。

三、書　状

相手をだまして合点を乞うこと自体がそうだが、書状Ⅰ・Ⅱには定家と家隆の親密な、まさに気の置けない交友関係が彷彿とする。このような書状が今日まで定家、家隆の研究に於いて顧みられることがなかったのは不思議な位である。管見の内ながら久保田淳氏(8)が「この二人の間柄は名勝負などという俗なものでなく、歌のわかる者達だけの実に楽しい交わりであった」「打てば響くような共鳴関係」と言及されているのは貴重である。『明月記』に見える「入夜宮内卿過談、少沐浴之間、周章出逢、清談之間、不覚而及鶏鳴、寒月皓然、千載一遇也」（建保元年十月十四日）や「名所百首歌之時與家隆卿内談事」、或いは後年為家が千首を詠んだ時、定家がそれを家隆に見せるように言っていること（井蛙抄）など思い合わされるし、『今物語』四十話や『古今著聞集』巻五・二一九の同心説話など枚挙に暇のないところであるが、本書状もこれらに加えてしかるべきであろう。以下には前述の成立にかかわる事以外で書状からわかることについて述べておきたい。

まず、土御門院と定家、家隆との関わりについてである。定家は書状IIで「もれ承り候へば、しろしめさるゝ事のみ、かけはなれて承り及び候へば、さのみ候はじと存じて候へば、こは夢にや候」と言っている。(9)土御門院が和歌を詠むということは聞いてはいたが、さほどとは思っていなかったので驚いたと言うのである。定家は承元年間に土御門院より『古今集』の書写を命じられて献上していたし、建保四年春にも同様の命を受け、この年（建保五年）二月に献上したばかりであった。定家書状に言う「しろしめさるゝ事のみ、かけはなれて承り及び」はこの間のことをさしているのだろう。この他にも同母妹である承明門院中納言局（愛寿御前）からの情報もあったではあろう。

家隆も書状IIIで「こは如何なる御事にか候らん。此の道ことに御沙汰候とも承り候はず。是こそはじめにて見まゐらせ候へ」と言っている。土御門院には帝王学として和歌の嗜みはもちろんあったのであり、確認されるところで最も早い詠は建暦二年（一二一二）の通方への贈歌である。この他に「土御門院歌合」の催しがある。この催行を建保四年前後と推定したが、(10)娘である小宰相が参加した歌合のことを右のように家隆が知らないのは不審なので、この歌合は建保五年四月以降に係るものと考えるべきであろう。書状IIIが間接的な根拠となる。

次に、定家と家隆の書状に於ける『御百首』の評価である。「こはいかに。たれかかゝる事はしいで候ぞ。猶物おそろしく候御辺かな」（書状II）とは定家の言葉だが、定家も家隆も書状で土御門院の歌をとても上手だと褒めている。特に家隆は書状IIIで次のように述べる。

君の御事にて候へばなど、かやうに申しあぐるにては候はず。身にとりてたゞ歌の候べきやう、心詞たゞ此の御製こそは、めでたく見まゐらせ候へ。申すも猶ことあさく覚え候。いさゝかも君の御事にて候へばとて、おもひ候はぬ事を申し候はゞ、八幡、住吉明神御ことわり候べく候。

傍線部のように「君の御事にて候へば」が繰り返され、土御門院の歌だから褒めるのではない、御世辞ではないとして八幡、住吉をも引き合いに出している。更に末尾で、

この御製に、いかに人丸が歌もかたはらたへがたくきこえぬべく候らん、かへりて後いかなる前の世の御事にて候ひけるにかと、おそろしながら見まゐらせ候に候。

とまで言うのはいささか過褒の感なきにしもあらずだろう。自ずと至高の人に対する配慮もあるのだが、初めて百首というまとまった形で御製を見たことの驚きが多分に影響しているものと思われる。

書状IIからは定家の身辺状況にまつわる感慨も垣間見られる。

わたくしの太郎次郎のやうたいこそ、これにつけても思ひしられて、さすがによくよみ候ひし入道が子はおろ〳〵わろなからじ候に、この物どものほど見候にか、身もいとゞおもひしられ候。

自分の息子達のことに触れている。院の歌を見て我が子へと思いを馳せるのである。定家の子息は、光家が推定でこの年三十四歳、為家が土御門院と三歳違いの二十歳である。父親定家の嘆きは既に四年前の『明月記』建保元年（一二一三）五月の条々に、

十六日、（中略）、少将為家近日日夜蹴鞠云々、遇両主好鞠之日、憖為近臣、（中略）、予元来胤子少、僅二人之男、已不書仮名之字、家之滅亡兼以存眼、

廿二日、（中略）、往年光家・為家誕生之時、至愚不覚之心、悦為其男子、心中願求古来賢才、（中略）、兄先逆父命、齢及三十、未書仮名之字、弟又同前、

と吐露されている。「仮名之字」とは和歌のことで、結果的には嫡男為家が家職を継ぎ、定家の上を行く出世をすることになるのだが、目下の悩みの種が書状にも思わず漏らされた体である。為家と余り年の違わない、しかもこれまで和歌行事への出詠もなかった土御門院がこのような百首歌を成していることは驚きであり、「思ひしられ」ることとであったろう。この言葉を繰り返している。

書状Ⅲからは歌論を残していない家隆の和歌観も僅かながら窺われる。家隆は「ふるき詞のよきにて、風情めづらしく、けだかく、文字すくなにきこえ」る歌が良いと述べている。また、

歌はふしぎの物にて候也。きとうち見候に、おもしろくあしからず候へども、次の日又々見候へば、ゆゆしく見ざめのし候。是をよしと思ひ候ひけるこそ、ふしぎに候へなどおぼゆる物にて候へば、

などは興味深い。うまく詠んだと思っても、翌日になって見たらひどいものだったということは和歌に限らず、論文原稿しかり、よくあることである。何でこんなものを自分は良いと思ったのだろう、と暗澹となる。生涯に六万首詠んだと言われる家隆の言であってみれば、味わいも深い。この家隆の言は『詠歌一体（甲本）』の「披講の時ゆゆしげに聞えて、後に見ればさせる事なき歌あり。初めはなにとしもなけれど、よくよく見ればよき歌あり。見褪めせぬ様に詠むべし」にも通じるだろう。『隆祐集』には家隆が隆祐に語った訓えが次のように書き留められている。

歌はよき歌をよみたりとも、書付けて後よくよくなぶりて、文字一もいかにしてかいま少しよきやうになるとみるべきよし候ひしを、隆祐などは大かたかなひがたく候。よみいだし候ひぬる後、善悪なぶりひきなほす事はいかに候やらん、叶ひがたく候ひて、いかなる晴の歌をもただ一両日になりてよみ候ひしかば、あさましくあぶなき事に申し候ひき。

書状Ⅲの内容とも一致するところで、特に傍線部「よくよくなぶりて、文字一もいかにしてかいますこしよきやうに」は家隆の詠歌姿勢をよく伝えている。しかし、隆祐は晴の歌でも「ただ一両日になりてよみ候ひしかば」というタイプだったようで、不肖の息子は古今東西どこにでもいたのである。

書状Ⅲには家隆が後鳥羽院、順徳天皇との関係に言及したところがある。末尾近くで「院の御歌、内の御製などを見まゐらせ候へば、いまひとかさの事どもとこそ見まゐらせ候に」と書いている。後鳥羽院や順徳天皇の歌を見ればもっと上達するのではないか、と言うのである。そして、

御所にみまゐらさせおはしまして、いかにおぼしめし候はむと思ひ候ひて、かねて涙とどまらず候。このよしをもらし披露せしめ給ひ候べく候。

と結んでいる。後鳥羽院にお見せになったらどうお思いになるだろうと思うと涙が止まりません、このことをご披露なさっては、と。当時の歌壇状況から見てかなりデリケートな発言である。本百首を見る限り、既に土御門院は後鳥羽、順徳両人の歌から強い影響を受けているのであるが、家隆としては父子、兄弟間の和歌での交流がないことを意識して言っているのだろうし、早々に位を下された土御門院への同情的なものもあったのだろう。「御所にみまゐらさせおはしまして」は『増鏡』の「院も縁ありて御覧ずべし。げにいかが御心動かずしもおはしまさん」(巻一・おどろの下)などの心情に通じるものだろう。

右の他に意味不明箇所についてふれておきたい。書状には書状本来の持つ独特の分り難さがあるのだが、特に定家の書状Ⅱには意味不明のところが多い。

故摂政殿の御歌よみをば、上手風いれたてまつりたるやうにおぼえ候ひき。当時のおそれ候世間をば、又故との、いかにやらん、まじなひまゐらせ給ひたると推量し候ひしに、是はけんごうたがはしき事も候はず。され

ばたゞ御戒力につき候ひけるな。さらば藤の花とや人のみるらん。定めてこのやうに候。目のえみしり候はぬかと。末代にはかくみしられたる不思儀どもは候ぞ。凡そ心も詞も及ばず候。いまはかく上の上にて、中、下には歌も候まじきにざりけん。

これは故摂政殿（藤原良経）に触れているのだが、「みそかごとには上手風いれ」「まじなひまゐらせ」など難解である。また、「十善の御力たより候へば白河、鳥羽院あそばされ候へかし。こは何事の世の中にか候。いまは中々げす歌にて候ひなん」と述べた部分もある。天皇の和歌ということで言えば白河院、鳥羽院がよく遊ばされた、まではまだしも「こは何事の世の中にか候。いまは中々げす歌にて候ひなん」は当今や後鳥羽院に対して憚りのある発言ではなかろうか。『内裏名所百首』や「院御百首」が行われ、定家はいずれにも関わり、今また「庚申御会」の召しを受け、請文をも進上している状況である。このあたりは今後の解明に俟たねばならないところである。

四、和歌の特徴

『御百首』の和歌については『群書解題』に「院の作品としては、初期習作時代のものというべきであろうが、すでに非凡な着眼点と落着いた詠みぶりとがあり、（中略）おおらかで慎重清雅の佳作が多い」という谷山茂氏(11)の評がある。概ね首肯される評と言えよう。これに『御百首』の注釈によって気付いた点を付け加えるとすれば、初々しい試行錯誤の跡を残した作品ということである。至尊の作なので評価の論調にも手心が加わりやすいのだが、谷山氏も言われる「初期習作」という面に目を背けるわけにはいかない。『御百首』は珠玉の歌の中に未熟な歌をも含んだ典型的な習作なのである。そこには如何に歌を詠もうとしたか、一人の歌人の始発点としての意義が存在

勅撰集・私撰集入集状況

歌集名	御百首	御集A	御集B	その他	合計
続後撰	16	8	2	0	26
続古今	11	21	5	1	38
続拾遺	1	4	9	2	16
新後撰	3	5	0	0	8
玉葉	1	5	3	0	9
続千載	1	7	1	0	9
続後拾遺	4	2	1	0	7
風雅	0	4	3	0	7
新千載	1	6	1	0	8
新拾遺	0	2	6	0	8
新後拾遺	4	2	0	0	6
新続古今	9	0	1	1	11
合計	51	66	32	4	153
秋風	4	13	0	0	17
雲葉	10	13	2	0	25
万代	7	14	10	0	31
夫木	10	24	26	0	60
合計	31	64	38	0	133

※参考のため『御集』（A・B部分別）の入集状況も示した。

するのではなかろうか。

『御百首』からの勅撰入集状況は上掲の表の通りで、『続後撰集』以下に五十一首と半数が入集している。『御集』からは九十八首（二十二％）の入集なので、比べるとかなり高率である。これには前述のように伝本が多く流布したこと、百首の経緯に関する人々の興味が与っているのだろうが、愛され読まれたということもまた事実であろう。このような『御百首』の特徴として、同時代詠からの強い影響を指摘できる。『新古今集』はもとより『正治初度百首』『千五百番歌合』『内裏名所百首』『院御百首』などを見ていて、それらに触発された歌を多く詠んでいる。新古今期の流行句の摂取にも積極的である。この点については、唯一の『御百首』和歌の先行研究とも言うべき村尾誠一氏(12)の論考も指摘するところである。村尾論は本百首を『新古今集』成立直後という視点から検討したもので、歌句や古典摂取に時代的な意匠が見られることを明らかにしている。土御門院と言えども時代と無関係にはありえなかったのである。しかし、そのような中でも特に後鳥羽院と順徳天皇からの影響が顕著である点は特筆すべきことと思われる。土御門院は父と弟の歌を強く意識し学んでいるのである。また逆に土御門院から順徳天皇への影響、為家、隆祐などへの影響もみられる。以下では例歌を挙げて谷山氏の評を検証しつつ、これらの特徴に言及したい。

秀逸歌十二首

歌の巧拙は合点が一つの目安となろう。合点の状況は一覧表（後掲）の通りだが、家隆の両点は三十首、片点は六十八首、無点が二首である。これに対して定家は両点が十三首、片点が八十一首、無点が六首である。総じて家隆は甘く、定家は厳しい評価だと言えよう。二人とも両点は十二首、二人とも無点は二首ある。ここではまず二人とも両点で高く評価されている歌十二首を挙げてみよう。これらの多くは万葉歌、古今歌を始めとする古歌を本歌とする歌である。いずれも伝統的発想に基づき、谷山氏の評される「落着いた詠みぶり」であり「慎重清雅の佳作」である。

4雪の中に春はありともつげなくにまづしる物は鶯の声（鶯）
37秋もなほあまの川原にたつ浪のよるぞみじかき星合の空（七夕）
45み山ぢやあか月かけてなく鹿のこゑすむ方に月ぞかたぶく（鹿）
50秋の夜もや丶深けにけり山鳥のをろのはつ尾にか丶る月影（月）
80涙ちる袖に玉まくくずのはに秋風ふくととはゞこたへよ（恨）

4については「あなうつくしの姿詞や」という定家の評詞が付けられている。50は「をろのはつ尾」の言葉続きをうまく利用して素直な叙景歌に仕立てている。村尾氏は、本歌の鏡から月を連想して月題の歌に転じており「手慣れた手法」だと評価している。80は美称の「玉」が涙の玉を連想させて美しい上、なめらかな言葉続きになっている点、袖と涙の擬人化、歌題の「恨」を葛の葉で詠み込んでいる点が定家、家隆に高く評価されたものと思われる。

9あさみどり苔のうへなるさわらびのもゆる春日を野べに暮しつ（早蕨）

これは早蕨を浅緑とすることと、苔の上にその早蕨が生えているという設定が珍しい。早蕨と苔を取り合わせて詠んだのはこの歌が初例である。谷山氏の評される「非凡な着眼点」にあたるだろう。色彩的な美しさが初句切れで効果的に歌われており、上句の清新さと下句のゆったりとした穏やかさが融合した一首である。

10見わたせば松もまばらに成りにけり遠山ざくらさきにけらしも（桜）

これは桜の花が咲くにつれて松の緑の割合が相対的に疎らになったことを詠んでいるが、これもまた珍しい着眼である。この歌は後鳥羽院からの影響を示す例でもある。

見わたせば山もとかすむ水無瀬川夕べは秋となに思ひけむ（新古今集・春上・三六）

桜さく遠山鳥のしだりをのながながし日もあかぬ色かな（同・春下・九九）

山桜咲きにけらしも御芳野の八重たつ雲ににほふ春風（後鳥羽院御集・五一五）

これら著名な後鳥羽院歌の傍線部を意識して10の各句は詠まれている。定家と家隆はそのことを認識した上で点をつけたのではないかと思われる。後鳥羽院の三首目は建保四年の「院御百首」詠である。土御門院がこれを見た上で本百首を成しているとすると、やはり建保四年三月詠出という従来説は無理ではなかろうか。

36をざさふくあらしやかはるあし引の深山もさやに秋は来にけり（立秋）

この歌は深山の立秋を清々しく歌っている。定家評は「殊勝に候」。この歌には次の良経歌からの影響が認められる。

ささの葉はみ山もさやにうちそよぎこほれる霜をふく嵐かな　（正治初度百首・四六三、新古今集・冬・六一五）

良経歌も36と同様に人麻呂歌を本歌とするが、「嵐」が共通する点は影響なしとしないだろう。36が三箇所で「あ」の頭韻を踏んでいることは村尾氏の指摘がある。秀逸と言えよう。

65あじろ木によどむ木のはの色みれば都のたつみ秋ぞ残れる　（網代）

これは、冬に宇治の網代木にまだ美しい紅葉葉が澱んでいるのを、秋が残っているのだと詠んだものである。「都のたつみ」という句には後鳥羽院と順徳天皇の次の歌からの影響があるだろう。

宇治の山雲ふきはらふ秋風に都のたつみ月もすみけり　（後鳥羽院御集・一六四八）

秋といへば都のたつみしかぞ鳴く名も宇治山の夕ぐれの空　（紫禁和歌草・二四九）

それぞれ元久元年（一二〇四）七月十六日の御会、建保元年（一二一三）の当座歌会に於けるものである。確証は得られないが、このような詠草も土御門院であれば求めて見ることは可能であったと思われる。

66さか木とるやそ氏人の袖のうへに神代をかけてのこる月影　（神楽）

この歌には通光と良経からの影響が見られる。上句は「賀茂別雷社歌合」での、

さか木とるやそ氏人の袖のうへに香をとめてふく春の夜の風　（二六・通光）

と全く同じである。同歌合は建永二年（一二〇七）三月七日後鳥羽院の主催。下句は良経の、

天の戸をおしあけ方の雲間より神代の月の影ぞのこれる　（新古今集・雑上・一五四七）

と類似している。また66は後年の宗尊親王歌（宗尊親王三百首・一八七）に注として為家が引いている。土御門院は宗尊親王の祖父にあたるので注記したのであろうが、後述のように為家自身の歌にも土御門院との類似が認められるところを見れば、為家は土御門院の歌に精通していたものと思われる。本百首が書写されて定家のもとにあり、

それを為家が披見したことを予想させる。

72とへかしなまきたつ山の夕時雨色こそみえねふかき心を（忍恋）

この歌の初句「とへかしな」は『堀河百首』頃から盛んに詠まれた句であり、

　とへかしな尾花がもとのおもひ草しをるるのべの露はいかにと　（新古今集・恋五・一三四〇・通具）

がある。「まきたつ山」「夕時雨」も新古今期に流行した言葉で、

　さびしさはその色としもなかりけり真木立つ山の秋の夕ぐれ　（新古今集・秋上・三六一・寂蓮）

　下もみぢかつ散る山の夕時雨ぬれてやひとり鹿のなくらむ　（同・秋下・四三七・家隆）

がある。これらを用いて「忍恋」の題意を巧みに詠んでおり、本百首の中では秀逸の一つである。『新古今集』は初心の土御門院が繰り返し繙読した手本であったはずで、そこからこのような秀逸歌も生まれたのである。

84むかしたれすみけん跡の捨て衣いはほの中に苔ぞのこれる（苔）

右は菅原文時の漢詩句「石床留洞嵐空拂、玉案抛林鳥独啼、烟霞無跡昔誰栖」を本文とした歌で、定家は「あなめでた、文時再誕《ノ》景、最《モ》殊勝《ニ》候」と評詞で激賞している。「捨て衣」は巌の中の苔を僧衣に見立てたもので、この巌に昔住んでいた人は出家者（世捨人）だったという趣向である。「捨て衣」という言葉は従来「いせをの海人の捨て衣」（後撰集・恋三・七一八・伊尹）と詠まれるのが一般的で、中世になってこれにとらわれない表現も出てくるが、まさに84はその先駆け的な全く新しい用い方である。伝統にとらわれず苔の衣に結びつけた点は高く評価でき、成功作と言えよう。『御集』には句題和歌五十首が一種収められているが[13]、右は句題への関心を早くも示した一首と思われる。

同時代詠からの影響

右の他にもう少し例歌を挙げておきたい。『御百首』冒頭は次の歌で始まっている。

1朝あけの霞の衣ほしそめて春たちなるゝあまの香具山（立春）

これに対し定家は「本歌の心をみるべし。姿詞およびがたし。真実〳〵殊勝。目もくれ候」との評詞を付けている。本歌とは持統天皇の、

春過ぎて夏来るらし白妙の衣干したり天の香具山（万葉集・巻一・二八）

である。天の香具山は舒明天皇の国見歌以来為政者の統治を象徴する山でもあったので巻頭にふさわしい一首である。この山は新古今期になって再認識された山で、持統天皇歌は『新古今集』夏の巻頭（一七五）に入集するので、土御門院も直接的にはこちらに拠ったかと思われる。この期の歌人達も多く詠んでいるが、1以前で「霞」と共に詠まれた歌に次のようなものがある。

久かたの雲ゐに春の立ちぬれば空にぞかすむあまの香具山（正治初度百首・四〇四・良経）

峰は花ふもとはかすみ久かたのくもゐにみゆるあまの香具山（同・六一三・慈円）

ほのぼのと春こそ空に来にけらしあまの香具山かすみたなびく（新古今集・春上・二・後鳥羽院）

春のたつ霞の光ほのぼのと空に明けゆくあまの香具山（院四十五番歌合・一・後鳥羽院）

大かたの春のひかりののどけきに霞にあくるあまの香具山（同・一四・秀能）

1はこのような新古今期の好尚をよく反映した一首と言えよう。また「朝あけ」を春の歌で用いた例に、

山かげの霞の衣ほころびて春風さむき朝あけの袖（鴨御祖社歌合・五・通光）

がある。源通光は土御門院の院司であり叔父にあたる。土御門院の初期和歌活動に関わっていたと思われる人物で、

前述の66同様やはり影響なしとしないだろう。
順徳天皇からの影響例をここでも挙げておきたい。
2しら雪のきえあへぬ野べの小松原ひくてに春の色はみえけり（子日）
定家の評詞は「義理相叶ひ、詞花珍重」である。白雪と小松の緑という色彩の対比が美しい。残雪に若菜摘みを併せ詠む歌は多いが、小松引きを併せた歌は少ない。その中で順徳天皇が建暦元年（一二一一）三月の五十首歌に子日題で、

ねのびする小松が原に白雪の消えあへぬまに春はきにけり（紫禁和歌草・一二）

と詠んでいるのは注目される。2と類似しており、土御門院はこの歌を知っていたのではないかと思われる。順徳天皇歌は十五歳時のものである。
5たが為のわかなならねど我がしめし野ざはの水に袖はぬれつゝ（若菜）
この歌には本歌である光孝天皇の「君がため春の野にいでて」（古今集・春上・二一）の他に、「君がため山田の沢にゑぐつむと」（万葉集・巻一〇・一八三九）も踏まえられているが、やはり『新古今集』春上に並ぶ次の歌々、

あすからは若菜つまむとしめし野にきのふもけふも雪は降りつつ（一一・赤人）
春日野の草はみどりになりにけり若菜つまむと誰かしめけむ（一二・忠見）
沢におふる若菜ならねどいたづらに年をつむにも袖は濡れけり（一五・俊成）

から学ぶところがあったと思われる。特に本歌の「君がため」を「たが為のわかなならねど」と逆説的に詠んだのは俊成歌の影響であろう。土御門院が『新古今集』に親炙し、同時代に詠まれた和歌に敏感で、直接的にはそれらに拠って詠歌していたことはここでも確認されるところである。

75わすれめやおも影さそふ在明の袖にわかる、よこ雲の空（後朝恋）

この歌の初句「わすれめや」は、

わすれめやあふひを草にひきむすびかりねののべの露の曙（新古今集・夏・一八二・式子内親王）

を想起する。末句の「横雲の空」という句は新古今期に好んで詠まれた。『新古今集』にも四例あるが、特に春上に並ぶ家隆と定家の歌は著名である。

霞たつすゑの松山ほのぼのと波にはなるる横雲の空（三七・家隆）

春の夜の夢のうき橋とだえして峰にわかるる横雲の空（三八・定家）

これらの影響下に詠まれたと思われるが、75は「後朝恋」題であり、『文選』高唐賦を踏まえる定家の歌からの影響が強いだろう。この歌を見た定家と家隆の感想はいかがであったろう。評詞はついていない。75については逆に後代への影響も指摘できる。

草枕一夜の露をちぎりにて袖にわかるるのべの月かげ（道助法親王家五十首・一〇五七・道助）

忘れめやよその涙にかはるとも袖にしぐるる横雲の空（洞院摂政家百首・一二六七・隆祐）

である。道助法親王の歌は『御百首』中の前歌74にこの75を併せたような歌で、『御百首』の享受が窺われる。道助法親王は土御門院の弟宮である。一方、隆祐の歌は75と初句と末句が同じでより類似性が高い。隆祐は家隆の息であるから本百首を見ていた可能性は大きい。この点は為家と同様である。

順徳天皇への影響

22月日へてうつればかはるながめ哉さくらはちりし庭の卯の花（卯）

この歌は定家無点、家隆片点で秀作とは言えない歌であるが、この歌の「月日へて」「うつればかはる」については建永元年（一二〇六）七月二十八日の和歌所当座歌会での次の二首からの影響が考えられる。

袖の露もあらぬ色にぞきえかへるうつればかはるなげきせしまに　（新古今集・恋四・一三二三・後鳥羽院）

月日へて秋の木の葉を吹く風にやよひの夢ぞいとどふりゆく　（拾遺愚草・二八六一）

同歌会の証本は散逸しているが、後鳥羽院詠は「被忘恋」、定家詠は「寄風懐旧」の題。断定は出来ないが、土御門院が右の二首を見ていた可能性はあるのではなかろうか。一方、順徳天皇の承久二年（一二二〇）八月の朗詠題百首に、

桜色の春の衣はぬぎかへて猶よそならぬ庭の卯の花　（紫禁和歌集・一二一一）

がある。この歌は更衣題で詠まれたものだが、土御門院の前歌21「昨日までなれし袂の花のかにかへまくをしき夏衣かな」と22を合わせて成した一首のように見える。特に末句に「庭の卯の花」と置くのは22が初例で、順徳天皇のこの歌が二例目となるのである。土御門院から順徳天皇への影響もあったことが推測される。次もその例である。

38萩が花うつろふ庭の秋風に下葉もまたで露はちりつゝ　（萩）

これについては順徳天皇の建保三年（一二一五）五月比当座歌会での「雨中萩」題に、

萩が花うつろふ庭の秋の雨にぬれてを折らんみぬ人のため　（紫禁和歌草・五四二）

がある。38ではこの歌の「秋の雨」が「秋風」になっているが、上句の類似は土御門院がこれを参照したこと疑いを入れないだろう。内裏での私的な歌会詠をも土御門院は入手して見ていたことがわかる。ところが順徳天皇には建保六年（一二一八）七月十三日当座歌会での「秋朝風」題に、

萩が花下葉うつろふ朝露に袖もほしあへず秋風ぞ吹く　（紫禁和歌草・一〇六九）

もある。これは今度は土御門院詠を順徳天皇が参照したかと思わせる興味深い例である。兄弟間で意識するところがあったのであろう。しかし土御門院から後鳥羽院への影響は認められない。

習作としての未熟さと難解さ

注釈に於いて『御百首』中の六十五首に本歌、三首に本文（漢詩句）、三首に本説を指摘した。約七割が古歌等によっていることになる。これは初心の作者としても、新古今期の風潮からしても当然の結果であろう。和歌技巧も特別のことはないが、村尾氏の指摘もあるように体言止が三十四首に用いられている。これはこの期としてはさほど多くない数字である。後鳥羽院の「正治初度百首」（『後鳥羽院御集』中のもの、以下同じ）は四十五首、「正治後度百首」は六十三首、本百首と時期を接する「院御百首」では四十二首である。では本百首の末句はどのような表現になっているのかと言うと、「―ぞ―」と係結びにするものが多く十六首を数える。次いで「―らん」という推量の表現が多い。例えば前者では、

15氷とけし山のしづくをせきかけてなはしろ水にさゞ浪ぞたつ（苗代）
25夏の池のみぎはのあやめうちなびき吹く風ごとにさゞ浪ぞたつ（菖蒲）
26早苗とる伏見の里に雨過ぎてむかひの山に雲ぞかゝれる（早苗）
27ともしするは山のするゑにたつ鹿のなかぬ比だに露ぞこぼるゝ（照射）
86岩がねのこりしく山のしひしばも色こそ見えね秋風ぞ吹く（山）
87駒とめてひのくま川にやすらへば都恋しきあき風ぞ吹く（河）

というものである。これらは一首ずつで見れば違和感はないが、連続すると難とせざるを得ない。むしろ配列上の

問題とすべきかもしれないが多用は未熟さを示すだろう。後鳥羽院の「正治初度百首」では「春のけしきぞ忘られにける」（四五）、「正治後度百首」でも「荻吹く風ぞかたへすずしき」（一一二六）の各一首のみなのである。[14] 土御門院の場合は係結びが単純な形であることにも気付く。

末句の推量表現「―らん」は次のようなもので、九例を数える。

13みよしの、花にわかる、雁がねもいかなる方によると鳴くらん（帰雁）
51さととほききぬたの音もよさむにて我が衣とや雁もなくらむ（擣衣）
54おく山のちしほの紅葉色ぞこき都のしぐれいかにそむらん（紅葉）
55けふも又たが夕暮の別れ路と秋の名ごりのをじかなくらむ（九月尽）

右に併せて三句末の「らん」も多く、九首見られる。これらの多用は初心者にはありがちなことで、習作としての特徴をよく示したものと言えよう。比較に用いた後鳥羽院の「正治初度百首」は土御門院とほぼ同年齢である二十二歳の作で、やはり初めて成した百首である。その秀逸性は既に多く論評されている通りである。[15]「百世に独歩」（二十一代集才子伝）する、不世出の歌人とも言うべき後鳥羽院と比較されるのは土御門院にとって甚だ迷惑な事であろうが、彼我の違いはやはりはっきりと認めねばなるまい。

ではここで定家、家隆共に無点だった二首を取り上げてみよう。まず一首目は、

16すみれつむ春の野原のゆかりあればうす紫に袖やぬれなん（菫）

である。題の「菫」を初句に詠んでいる。これは『毎月抄』に「一字題をばいくたびも下句にあらはすべきにて候」[16]「頭にいただきて出でたる歌無念と申すべし」と言う通り「無念」の歌である。このような例は他に十六首ある。またこの歌は『万葉集』の赤人歌、

春の野にすみれつみにと来し我そ野をなつかしみ一夜寝にける　（巻八・一四二四）

を本歌とするが、本歌の初・二句を「すみれつむ春の野原」と入れ換えてはいるものの、同じ位置に置いている。三句の「ゆかり」は菫が紫色であることから「紫のひともとゆゑに」（古今集・雑上・八六七・読人不知）によって詠まれたものであろう。しかし末句の「袖やぬれなん」が何によって濡れるのか、はっきりしない。露で濡れると考えたのかもしれないが、そのような発想の先例がないのである。ここは乙系統の伝本で「そめなん」「そむらん」「そめけん」など異文が多いところである。これらは歌の不可解さによって発生した異文と思われる。「染める」とした異文の方が解しやすいのだが、これは一節で述べたように、必ずしも歌意の通りやすい本文が本来的なものとは言えない例である。甲系統の伝本の一つ国立公文書館蔵内閣文庫本（二〇一・三四五）などには「此句すこしよみにくゝ候歟」と書写者が勝手に評詞をつけたりしている。もし本来的に乙系統の本文であったのならば、「ぬれなん」という不可解な異文は誤写以外考えられないだろうし、定家と家隆の点も片点位は付いたのではなかろうか。

この歌に関しては、為家に、

紫に袖もやそめむかり衣すみれつむ野の花のゆかりに　（為家集・二四一）

があり、前掲の66同様に土御門院からの影響が認められるところだが、為家の歌は「袖もやそめむ」となっており、為家が見たのは乙の本文だったかと思わせる。甲の本文だったのを為家が取り入れる時「そめむ」とした可能性はあろうが、ここは伝本の問題と関わってくる。為家が見た、ごく初期に御子左家に蔵せられていた本とは定家の手控え本に他ならないだろう。この点は更なる伝本論の深化に俟ちたい。

無点の二首目は次の歌で巻軸歌である。

100 あま雲の雲井をさしてゆくたづの行末とほき声ぞきこゆる　（祝言）

本歌は伊勢の、

はるばると雲井をさして行く舟の行く末遠くおもほゆるかな　（拾遺集・雑賀・一一六〇）

で、これも16と同様に本歌の「雲井」と「行く末遠く」を同じ位置に置いている。(17) その上「あま雲の雲井」は重言で同心の病を犯している。これが無点歌となった最大の理由であろうが、評詞は付いていない。巻軸歌になぜこのような初歩的なミスを犯した歌を置いたのか、いささか不審で惜しまれる。

以上の他に、合点はついているものの解しにくい歌がある。これらは古歌に拠り、同時代詠をも取り入れながら、そこに独自の新味を出そうとする余り、かえって観念的な難解さに陥り奏功しなかった例と思われる。例えば、

18このごろはたごの藤浪なみかけてゆくてにかざす袖やぬれなむ　（藤）

63山の井のむすびし水や結ぶらんこほれる月の影もにごらず　（氷）

などである。

定家の評詞は冒頭春の歌には多く、二十首中十二首に付いている。ところが夏は十五首中四首となり、秋は二十首中一首のみ、冬は十五首中三首、恋は十首中一首、雑は二十首中二首と後半になると少なく寡黙になって行くのである。『順徳院御百首』に於ける定家評詞の饒舌とは好対照である。実際、百首冒頭はかなり意識された歌が並んでいて、評詞も「あなうつくしの姿詞や」（4）「あな上手の所為哉」（5）と定家の興奮が伝わってくる。しかし、次第に定家の眼には作者が初心者であることが解されて行ったのではないか。雑部84で文時の詩句を本文とする歌に出会っていささか大仰に褒める心情も納得されるのである。しかし欠点の指摘やマイナーな評詞は原則的に無い。あえて言えば「一事も無《シ》レ難。但し普通の当世歌」（7）と「此句ぞいつも愚意にうけず候」（21）、重複表現を指摘した「さゞ浪候ひつれば、ふくは兼ぬるが勝る」（25）程度である。それでも96の懐旧歌「秋の色を」に付けた裏

書で大いに恐縮しているのは合点と評詞が作者に阿るものでなかったことの証左であろう。

撰集抄との関係

『御百首』中の和歌が『撰集抄』巻六第八話「佐野渡聖事」に用いられていることは早く小林忠雄氏[18]によって指摘されていた。和歌による説話の創作という観点からの論考[19]も出されている。用いられているのは秋部の38萩〜43荻の六首で、『撰集抄』では40・41・42・43・39・38の順になっている。西行仮託の話者が佐野の渡を行くと、薄、刈萱、蘭などの秋草で葺いた庵があり、それらには歌を書いた札が付けられているという話で、その歌が『御百首』中の六首なのである。『撰集抄』の成立が十三世紀半ばとすると、早い時期に『御百首』が利用されたことになる。本百首は習作とは言え多くの読者を持ち、愛読されていたのである。

注

（1）旧稿では、宛所の違う書状Ⅰ・Ⅱをも併せて院に参らせたりすることはないのではないか、書状Ⅲで書状Ⅰ・Ⅱの経緯や内容に触れていなくても百首中の定家の点や評詞、裏書を院が見ればわかるのではないか、として院へ参らせたのは書状Ⅲのみと考えた。しかし、逆に考えれば、書状Ⅰ・Ⅱをつけたから書状Ⅲには経緯を記していないとも考えられるし、書状Ⅱには定家が院へ宛てて書いていると思われる箇所があるのも事実である。したがって百首と書状Ⅰ・Ⅱ・Ⅲが院へ参らせられたとみておきたい。

（2）冷泉家時雨亭叢書第七三巻『擬定家本私家集』（朝日新聞社、平成一七年）

（3）拙稿「『土御門院御集』伝本考」（『国語国文』第六一巻第七号、平成四年七月）

（4）拙稿「『土御門院御集』の成立―日本大学総合図書館蔵本を中心に―」（『国語国文』第六二巻第五号、平成五年五月）

（5）『群書解題』『和歌大辞典』『新編国歌大観』解題の他、詠出年次に言及するものは全て建保四年三月としている。

（6）詳細は次の通り。

A　端作に「建保四年三月日」…甲二本、乙五本

B　裏書と書状の間に「建保四年三月」…甲一本

C　末尾に「建保四つのとし三月日」…乙一本

甲三本の内二本は書状部分がⅢのみの本、一本は冒頭に裏書と書状をつける本。乙の六本も甲から書状部分を取り込んだ取り合わせ本や、評詞を持たない本などで形態的に特異な本である。

（7）最初にこれを付けたのが甲乙いずれの本の書写者であったかで、その経緯は色々と想定できるが、九本とも近世中・後期の書写本であり、今は詮索しない。

（8）『中世和歌史の研究』（明治書院、平成五年）六三四頁

（9）『井蛙抄』には「此道事、禁裏御事は申ニ不及。この御所は、詩の御沙汰ばかりとのみ思ひまゐらせて候へば、かゝる不思議なる御事にて候ける」とあるが、順徳天皇や詩作のことなどは話者為藤の付け加えもあるのだろう。

（10）拙稿「土御門院の和歌事蹟拾遺」（『国語と国文学』第七二巻第二号、平成七年二月）

（11）『群書解題』第一〇巻（続群書類従完成会、昭和三五年）

（12）「新古今直後の表現の一側面—土御門院御百首を中心に—」（『東京外国語大学論集』四三号、平成三年一一月）→『中世和歌史論』（青簡舎、平成二一年）以下村尾氏論は全てこれによる。

（13）土御門院の句題和歌については岩井宏子『土御門院句題和歌全釈』（風間書房、平成二四年）がある。

（14）機械的な比較は余り意味がないが、後鳥羽院の「千五百番歌合」で九首、定家と家隆の「正治初度百首」で各十二首である。但し、後鳥羽院の「院御百首」では十四首で冒頭四首に続いている。

（15）後鳥羽院の「正治初度百首」にも同一語の連続があり、習作的側面は認められる。拙著『正治百首の研究』（勉誠出版、平成一二年）一四七～八頁

（16）家永香織氏は『為忠家両度百首』の作者たちが「題の文字を上下の句に配ることの重要性に気付いておらず、結題を

詠む際の留意点として認識するに至っていなかった」という指摘をしている（『転換期の和歌表現―院政期和歌文学の研究』青簡舎、平成二四年）。これは結題についてであるが、このようなことは初心の場合はなおさらありがちだったと思われる。

（17）市橋さやか氏が『内裏名所百首』に於ける順徳院の本歌取り手法について「本歌二首の歌句をそのまま組み合わせる形、本歌の歌句をほぼ同じ位置で摂取する形、特徴的な歌句を摂取し、下句に叙景的表現を置いて一首をまとめる形、など初歩的な本歌取り」がなされていることを指摘している（「『建保内裏名所百首』の順徳院詠について」平成一二年一二月和歌文学会例会発表、於日本大学、『和歌文学研究』第百号「例会発表要旨」より引用）。この時、順徳天皇は十九歳である。従って土御門院のみの瑕瑾とは言えないだろう。

（18）「土御門院御百首に関する覚書―異本の紹介と撰集抄との交渉を中心に―」（『歴史と国文学』第二五巻第二号、昭和一六年八月）

（19）木下資一「『撰集抄』の説話創作をめぐって―歌と歌枕と想像力―」（『室町芸文論攷』三弥井書店、平成三年）

合点の状況

	定家・朱	家隆・墨
1	○	○
2	○	○
3	○	○
4	◎	◎
5	○	○
6	○	◎
7	／	○
8	／	○
9	◎	◎
10	◎	◎
11	○	○
12	○	○
13	○	○
14	○	○
15	○	○
16	／	／
17	○	◎
18	○	○
19	○	◎
20	○	○
21	○	○
22	／	○
23	○	○
24	○	○
25	○	○
26	○	○
27	○	○
28	○	○
29	○	○
30	○	○
31	○	○
32	○	○
33	○	○
34	○	○
35	○	○
36	◎	◎
37	◎	◎
38	○	○
39	／	○
40	○	○
41	○	◎
42	○	◎
43	○	◎
44	○	○
45	◎	◎
46	○	○
47	○	◎
48	○	○
49	○	○
50	◎	◎
51	○	◎
52	○	○
53	○	○
54	○	○
55	○	○
56	◎	○
57	○	◎
58	○	○
59	○	○
60	○	◎
61	○	◎
62	○	◎
63	○	○
64	○	○
65	◎	◎
66	◎	◎
67	○	○
68	○	○
69	○	○
70	○	○
71	○	○
72	◎	◎
73	○	○
74	○	◎
75	○	○
76	○	○
77	○	○
78	○	○
79	○	○
80	◎	◎
81	○	◎
82	○	○
83	○	◎
84	◎	◎
85	○	○
86	○	◎
87	○	○
88	○	○
89	○	○
90	○	○
91	○	○
92	○	○
93	○	○
94	○	○
95	○	○
96	○	◎
97	○	○
98	○	◎
99	○	○
100	／	／
◎	13	30
○	81	68
／	6	2
合計	94	98

○＝片点　◎＝両点

底本の集付と実際の入集

歌番号	集　付	実際の入集
1	続古	続古今・春上・4
2	同	続古今・春上・24
3	新後撰※	新後拾遺・春上・69
4	続後撰	続後撰・春上・18
5	続古	続古今・春上・23
6	続後撰	続後撰・春上・29
7	新続	新続古今・春上・75
10	続後撰	続後撰・春中・71
13	続後拾	続後拾遺・春上・52
14	新続	新続古今・春下・184
18	新続	新続古今・春下・203
19	続後撰	続後撰・春下・142
20	同	続後撰・春下・165
21	続古	続古今・夏・182
26	続後撰	続後撰・夏・195
33	新続古	新続古今・夏・325
37	続後撰	続後撰・秋上・258
38	続拾	続拾遺・秋上・248
42	続古	続古今・秋上・351
43	同	続古今・秋上・303
45	玉	玉葉・秋上・568
50	続後撰	続後撰・秋中・377
52	新千	新千載・雑上・1768
53	新続古	新続古今・秋下・564
54	続後撰	続後撰・秋下・425
55	新続古	新続古今・雑上・1762
56	続後撰	続後撰・冬・461
57	※	新後拾遺・雑秋・779
59	続古	続古今・冬・640
60	新続古	新続古今・冬・700
62	続古	続古今・冬・606
66	続後撰	続後撰・神祇・565
67	新後撰	新後撰・冬・525
68	新続	新続古今・冬・734
71	新続	新続古今・恋一・1014
72	続古	続古今・恋一・995
73	続後撰	続後撰・恋二・763
76	新後撰	新後撰・恋五・1147
78	続古今	続古今・秋上・352
79	続後撰※	続後拾遺・恋一・698
80	続後撰	続後撰・恋四・920
84	続後撰	続後撰・雑中・1123
86	続後撰※	続後拾遺・雑上・1036
90	続古	続古今・雑下・1753
91	新後撰	新後撰・秋上・333
93	続千 新後撰※	続千載・羈旅・772 新後拾遺・離別・862
96	続後撰	続後撰・雑下・1203
98	続後撰 新後拾	続後撰・雑下・1237 新後拾遺・雑下・1470
99	続後拾	続後拾遺・雑上・1056

※　集付を誤る、または漏らすもの

土御門院女房日記

はじめに

土御門院に仕えたある女房が記した家集風の日記、これが冷泉家に蔵されていることが報告され、写真版で冷泉家時雨亭叢書第二十九巻『中世私家集五』（朝日新聞社）に収められたのは平成十三年四月である。それまで全く知られていなかった新出作品である。書名が不明のため「土御門院女房」と仮称され、井上宗雄氏の解題が付された。以下、井上氏の解題によりつつ書誌を述べ、本書収録にあたり『土御門院女房日記』という書名にしたことについて言及し、大方の了解を得たい。その上で、作品の構成と内容、作品の特徴、作者の推定の順に解説する。

一、底本の書誌

本書は、縦十二・二㎝、横十二・〇㎝の枡形一冊本で、内、外題はない。本文料紙は薄茶色または黄色系の薄様の雁皮紙と、やや厚い雁皮紙。表のみと両面の書写がある。一面五～八行書き。和歌は文章より一、二字分下げて書かれ、三行または三行プラス数文字で書写。散らし書き風の部分もある。全四十四丁。奥書等はない。料紙には銀泥流し、金銀切箔、野毛を散らしたものがあり、この詳細は井上氏が表にして示されている。料紙には全体にわたって虫損が多く、しみ、墨による汚損もある。本文は鎌倉中期の写しで、江戸中期頃に改装されている。改装時に補われた紙表紙に包まれており、その前表紙中央に当時の筆で、

此集は土御門院につかへまいらせし女房のかける物とみゆ
もし家隆卿の女小宰相などにてやあるらん

と書かれている。ここから「土御門院女房」と井上氏が仮称されたもので、本来の書名の存否は不明である。

右の他に本書には書誌的に複雑な特徴がある。その一つは装丁の方法で、井上氏は次のように述べられている。

当初この書は、装飾料紙を一枚ずつ重ね合わせ、右側中央部に二穴を穿って大和綴じ様に糸綴じしたものと思われる（いま糸はなく穴のみ見出せる）。そののち汚損がはげしくなった故か、江戸中期頃にいったん本を解体、上下に二穴ずつ穿ち、やや太目の糸で綴じ直している。

これによると、原装丁も改装も古書冊としては極めて特殊な装丁である。十二cm四方の枡形の紙を四十四枚重ねて右側を綴じただけなのである。

このような装丁のものに、同文庫蔵の玄就筆合写本「御製歌少々・近代秀歌（乙）・夜の鶴」がある。このうちの『御製歌少々』（冷泉家時雨亭叢書第三十巻『中世私家集六』朝日新聞社、平成一四年）の解説担当者である井上宗雄・浅田徹両氏はこのような装丁方法について「適切な呼称を知らない」と述べられつつも、この本は本来綴葉装だったものの、綴じ目が傷んだためにノドを裁ち落とした上でそのまま簡易に綴じ合わせようとした結果であると解説されている。両氏も指摘のように本文がノド近くまで書写されており、特殊な装丁となった事情が納得される。

しかし、本書は本来綴葉装だったわけではなく、当初からこのような装丁で、もとは二穴。後に上下二穴ずつに改装されただけである。『御製歌少々』の例からこのような綴じ方が無かったわけではないことはわかるが、極め

て珍しい例であろう。しかも前述のように料紙の厚さと装飾の有無がまちまちで、紙質の違うものを取り合わせたもののようである。厚さの違う紙を混ぜる例としては同じく冷泉家時雨亭叢書第十巻『為家詠草集』（朝日新聞社、平成一二年）中の『秋思歌』の例がある。これも縦十五・八cm、横十四・三cmの枡形本で全六十丁、装丁は綴葉装である。佐藤恒雄氏の解説によると、薄手と厚手の二種類の楮紙打紙を用い、厚手の料紙には両面書写、薄手の料紙には片面書写を原則としているが、後半には薄手の料紙でありながら両面書写のところもある。片面書写のところは丁の表に書写されており、見開きにすると右面は白紙になっている。

一方、本書の片面書写は必ず見開きで続くように書写されている。つまり半丁ずつの白紙にならないように、三丁裏と四丁表に書写、四丁裏と五丁表は白紙という具合である。『秋思歌』のような例は珍しくないと思われるが、本書の場合は装丁方法も相俟ってずいぶん風変わりな印象を受ける。転写本だとすると果たしてこのような写し方をするものなのか、疑問が残る。井上氏が「鎌倉中期の写し」と述べられていることからすると、作者が手持ちの料紙を取り集め、重ねて書き付けた自筆本ではないか、との想像も湧く。

そこで書写形態を詳細に見てみると、和歌部分なのに書き出しが一、二字下がっていない所、行頭から書かれるべき地の文章が和歌末尾に続いている所が各一箇所ずつある。また長歌部分も冒頭五行は句間に一字分の空きがあるものの、以降は続けて書かれている。作者自身の手になるものであればこのようなことは起こらないのではなかろうか。とは言え天壌間の孤本であり、今日までその存在すらも知られて来なかったことからすると、原本に非常に近い転写本ということになろう。

もう一つの書誌的特徴は本文料紙と同質の小紙片が丁間に残存していることで、原装の綴じ穴のあるものもある。何らかの本文が書かれていたが後から切り取られた、その名残の小紙片という推測も可能であろう。しかし、井上氏もこれら小紙片の前後に脱落を疑われつつも「歌・文は連続しているようである」とされている通り、内容的に脱落があるとは思われない。不明と言う他ない。同様に緩衝料紙（藤本孝一氏所説）と思われるものも数カ所に亘って存在する。末尾には緩衝料紙と共に装飾料紙も数枚存在し、井上氏は「なお後文が存在したか」と想像されているが、長歌で完結していると見て不自然さはない。むしろ、そこに長歌が置かれていることが完結を示していると理解すべきであろう。

二、書　名

本作品は長歌一首を含めて四十三首の和歌と文章からなる。和歌が文章より一、二字分下げて書かれているところから、井上氏は「形態的には仮名日記と言えるであろう」とされた。田渕句美子氏[1]も「歌集的な日記」と言うべきであるとされている。重要なのは作者の意識である。日記として書いたのか、家集としてまとめたのか。本書が作者の自筆原本であればその形態は重要な意味を持つだろう。たとえ転写本であるにしても書写者がむやみに形態を変えるとは思われないので原本の姿を反映しているとみてよかろう。

既に注釈で指摘したように、作者が執筆に際して最も強く影響を受けたのは『高倉院昇霞記』（以下『昇霞記』）と『建礼門院右京大夫集』（以下『右京大夫集』）であった。[2]『昇霞記』は源通親という男性貴族の手になる仮名の高倉院追悼日記であるが、和歌を含むものの全体が漢詩文や史書、仏典を典拠とした漢文的教養の産物と言うべきもので、女性である本日記作者が生硬なそれから影響を受けているということはいささか驚きである。しかし、これら男性仮名日記は女房を読者と想定していたことが指摘されている。[3]実際『昇霞記』は当時よく読まれていたらしく、『御製歌少々』が『昇霞記』から影響を受けているのではないかとの指摘もあるし、[4]『昇霞記』鎌倉中期の写本である梅沢記念館本は阿仏尼筆との伝承を持つ。『右京大夫集』は周知の如く日記的家集であり、伝本の中には和歌を下げて書写する本も複数あることが知られている。

両書は故人を偲び追悼するというテーマで書かれ編まれた、作者にとって近い時代の親しい作品であった。作者は上皇の崩御という点では『昇霞記』を参考にし、愛する男性との別離と死という点では『右京大夫集』を参考にしたのだが、スタイルの上では『昇霞記』のような文章は書くべくもなかった。やはり同性である右京大夫の作品が意識されていただろう。作者の見た『右京大夫集』が和歌を下げて書かれていた、というのは好都合な想像であるが、そこまで言えなくとも作者が書こうとしたのが『右京大夫集』のような作品だったとは言えよう。

類似の実際については後述するが、『昇霞記』とは三十箇所、『右京大夫集』とは二十箇所を数えることができる。両書を座右にして書いたと言っても過言ではない。[5]『昇霞記』が散文であり、『右京大夫集』が異例に長い詞書を持つ韻文であることが本作品の形態をも規定したと思われる。

従って本作品を日記的家集とみることは何ら差し支えないとは思われるが、[6]『右京大夫集』との大きな違いは本作品がたった一つのテーマで貫かれていることである。右京大夫が家集冒頭で「ただあはれにも悲しくも、何となく忘れがたく覚ゆることどもの、その折々ふと心に覚えしを思ひ出でらるるままに」書き置いたと言い、資盛との贈答歌や没後の哀傷歌が中心ではあるけれども、それ以外の隆信との贈答、七夕歌群や歌合歌などの題詠歌をも収録した全歌集になっていることとはやはり相違していると言わざるを得ない。恐らく本作者にも他の詠草がたくさん存在したであろうが、それらは一切入れられていないのである。

そのような観点からすれば『土御門院女房日記』と呼ぶのがふさわしいのではあるまいか。作品の主体は和歌で、地の文は短くて簡略ではあるが、次節で述べるように時系列に沿った回想によって書かれていることは女房日記の条件を十分に満たすものである。テーマの類似としては『讃岐典侍日記』を想起することもできよう。田渕氏は「追悼記という一つの領域が歌文のあわいにある」[7]のだと述べられたが至言であろう。我々に求められているのは、追悼という目的のもとに書かれた家集的作品として『土御門院女房日記』(以下『女房日記』とも)を享受することである。私自身ここに至るまで紆余曲折したが、本来の書名の有無さえも不明なこの小作品を文学史上に位置づける第一歩として、まずは書名を与えてやりたいというのが本意である。了解を得られ広く用いられることを望みたい。

三、構成と内容

本日記に書かれている内容を年次の推定と共にまとめると次のA〜Kのようになる。〔1〕〜〔41〕は注釈の段落番号である。

A 序・土御門院の経歴(配流まで)……〔1〕
B 配流時の状況……………承久三年(一二二一)閏十月十日　〔2〕〜〔4〕
C 土御門殿での日々…………同年年末まで　〔5〕〜〔23〕
D 正月になって………………貞応元年(一二二二)正月　〔24〕
E 春になって…………………貞応二年(一二二三)春〜七月　〔25〕〜〔29〕

F　三年目の年の暮れ……………………………同　年　十二月　〔30〕〔31〕
G　翌々年の秋……………………………嘉禄元年（一二二五）秋　〔32〕
〈空白六年間〉
H　崩御……………………………寛喜三年（一二三一）十月十一日　〔33〕〔34〕
I　四十九日……………………………同　年　〔35〕〔36〕
J　一周忌……………………………貞永元年（一二三二）十月十日～　〔37〕～〔40〕
K　むすび・土御門院の生涯……………同　年　〔41〕

冒頭Aは全体の序の趣で、四歳で即位し、在位十二年、上皇として十一年、[8]そして配流という土御門院の経歴を述べたものである。ここで作者は「御ともすべきみ」と思いながらも都に留まる。

Bは配流の時の状況が描かれる。承久三年閏十月十日のことである。下向前に堀川の堂にしばし寄られる院の御供に参り、最後の別れをしたことが記される。

Cの〔5〕には「土御門殿にかへりまゐりて」とある。土御門殿は土御門院の母承明門院の御所で、作者は院の配流前も後もここに居住している。以下〔23〕まで土御門殿での悲しみの日々が語られる。この部分は量的にも充実しており、出立の時を思い出して涙し、旅の空の院に思いを馳せて涙する、という配流後の明け暮れが折々の歌と共に詳細に描かれている。

〔24〕には「なげく〳〵正月にもなりぬ」とあるので、配流の年も暮れて翌貞応元年正月である。続く〔25〕にも再び「春にもなりぬれば」とある。〔26〕は出仕を促される話。〔27〕～〔29〕は忍草・山吹・立秋と季節の順に

折々の歌が配列され生彩を放っているが、これらは同年に係る一連と見られる。しかし〔29〕で、

31うき事はみな月はつとおもひしに秋たつ日こそ又かなしけれ

と詠まれる。「憂きことは皆尽き果つ」と思っていたのにすぐまた人が物思いに沈むという秋になってしまった、という歌である。この前後の年の立秋の日を調べてみると、貞応元年は六月二十一日、貞応二年は七月三日、元仁元年（一二二四）は七月十四日である。[9] 水無月が果てた後に立秋となる、つまり立秋が七月にあって歌の内容にふさわしいのは貞応二年であろう。すると少なくとも〔29〕は貞応二年のこととなる。では〔29〕以前のどこから貞応二年になるのか、判然としないが、やはり〔25〕の「春にもなりぬれば」が貞応二年の春となろうか。貞応元年の記事は〔24〕のみとなるが、これをDとし、〔25〕～〔29〕を貞応二年春から七月のこととしてEとする。

Fの〔30〕には「なげかしさもみとせになりぬ。としのくれに」とある。これを配流から三年目の元仁元年十二月であると考えていたが、足掛で数えて〔29〕と同年の貞応二年十二月と解すべきであろう。[10] 三年目になっても変わらぬ悲しみを二首の歌に詠む。

Gの〔32〕には「又、あきにもなりぬ」とある。右の訂正に従えばFの翌年元仁元年秋となるが、「又」は必ずしも翌年とみる必要はなく、ここは旧稿①での推定通り嘉禄元年の秋とみたい。Fの翌々年である。松虫の歌が詠まれ、還御の期待を抱かせる。

しかし、Hで突如院の崩御が語られる。〔33〕は次のようになっている。

かくれはておはしましぬれば、ゆめにゆめみる心ちして、つや〳〵とうつゝの事とも覚えず。

35おのづからこぎもやよすと思ひしをやがてむなしきふねぞかなしき

崩御は寛喜三年十月十一日のことであった。それ以前に不例であるなどの情報は得ていただろうが、そのようなこ

とは一切書かれていない。しかもGとHの間には六年の時間経過があるが、その間のことも書かれていない。衝撃的な出来事をより効果的に描こうとした意図が感じられる。

I以降は没後の仏事に際しての詠が配されている。〔35〕の「浄土に御まゐり、とき〳〵まゐらせてのちは」は七七忌に際して詠まれたものである。

Jの〔37〕に「みやこをた〻せおはしまし〻日はけふぞかし」とあり、崩御の翌年貞永元年十月十日に配流の時のことを思い出している。そして翌日の〔38〕十一日が祥月命日であるから、ここは一周忌で、〔39〕「御はての日、ちやうもんしていづれば」はその忌明けである。

このあとKでは「はるのはじめよりとしのくれまで、こしかたゆくさきやすむ時なく覚えて」として長歌が置かれるが、これは何時のものであろうか。長歌は、

43はつはるの　十日あまりに　くらゐ山　うつしうゑてし　まつがねの　いつしかこだかく　なりしより

と、土御門院の生涯を即位の時から言祝ぎつつ述べ、

つひにむなしき　ふねなれば　いかにせましと　なげくとも　月日のみこそ　かさなりて　たとへむかたも

なかりけれ　返す〳〵も　なにせんに　春をうれしと　おもひけん　はてはかなしき　神な月哉

と閉じられる。「月日のみこそかさなりて」をJの一周忌から一年の月日が流れていると見れば、天福元年（一二三三）三周忌にあたっての詠となる。旧稿①ではそのように解したが、〔37〕～〔41〕までを一周忌の前後一連のものと見ることもできる。どちらの可能性もあるが、一周忌が月忌の果てであることと、強い影響を受けている『昇霞記』が高倉院の一周忌で終わっていることから、本日記も一周忌を区切りとして長歌を以て閉じられたと考えたい。したがって〔41〕もJと同年の記事だが、内容的には全体のむすびと見てKとする。作品はここで終わってい

るが、格別の不自然さはなく完結していると見てよかろう。

以上によって、本日記が承久三年の配流時から貞永元年の一周忌まで十二年間のことを時間の経過に従って整然と書いたものであること、その内容をA～Kの十一のまとまりとして把握できることが判明するのだが、Cに一箇所だけ問題となる部分がある。それは土御門院が土佐から阿波へ遷されることを記した〔7〕である。前後を含めて引用すると次のようになっている。

〔5〕土御門殿にかへりまゐりて、ひるの御やすみ所の御ざとりのけ、うちはらひなどする心ち、なみだにむせびておぼゆれば、

5かはりゐるかりのよどこのちりばかりおもはざりきなかゝるべしとは

〔6〕土さへ御わたりあるに、

6人かずにけふはゆくともわびつゝはかへるもとさとおもはましかば

〔7〕ちかくわたらせ給ふべしとて、阿波へ御わたりあるべしときくにも、

7なにと又なるとの浦のうらわたりあはれやなにのむくいなるらん

〔8〕ひむがしむきの御つぼにくれたけをうゑられたる、みいだしてふしたれば……

配流の日、院を見送ってから土御門殿に帰り、御座を片づけているうちに涙に咽び5の歌を詠む。そして土御門院の配流先が土佐だというので6の歌を詠むのである。この歌は堀川の堂へ別れに出向いたことを受けて詠まれている。「自分も人数の内に入って院とのお別れに行って帰ってきたが、どうせなら院の配流地土佐に帰るのだったらよかったのに」との意である。〔8〕以下は承久三年が暮れるまでの土御門殿での沈痛な日々を描いており、〔6〕と〔8〕は内容的にも時間的にも連続したものである。その間に「ちかくわたらせ給ふべしとて」と地名鳴門の浦

を入れた歌を詠む〔7〕が入っているのだが、土御門院の阿波遷幸は『吾妻鏡』の次の記事によって貞応二年（一二二三）五月頃と考えられている。

廿七日、己巳、土御門院自土佐国可有遷御于阿波国之間、祗候人数事尋承之、可注進之旨、被仰遣阿波守護小笠原彌太郎長経之許、四月廿日為御迎已進人於土州訖之由、長経所言上也、

貞応二年五月であればEに入るべき記事で、ここだけが時間的に齟齬を来していることになる。井上氏も「ここは少し時間の飛躍があるようだ」と指摘されており、作者の錯誤かとも思われるのだが、時間の流れに沿って整然と記述されたこの小作品の中で作者自身がそのようなミスを犯すとは考えられない。

土御門院の阿波遷幸は『吾妻鏡』の貞応二年五月説の他に、承久三年つまり配流直後に阿波へ遷ったのだという『百練抄』（承久三年閏十月十日奉遷土佐国、同廿四日奉遷阿波国）説[11]、翌貞応元年五月だとする『愚管抄』（土御門院ハ其比スギテ、同年閏十月土佐国ヘ又被流刑給。其後同四年四月改元。五月比阿波国ヘウツラセ給フ由聞ユ）説の二説がある。作品内の流れに従えば『百練抄』説が有力に思われるが、閏十月十日に都を発って急遽廿四日には阿波へ遷ったというのは現実的ではない。

恐らくここは「後には都に近い阿波へお遷しするのだ」というような噂、しかし後々現実になっているので幕府から出た確かな情報と思われるが、その噂が配流当初からあったのではなかろうか。噂というよりは公然の予定だったのかもしれない。それを「阿波へ御わたりあるべしときくにも」と伝聞として作者はここに記したものと思われる。つまり実際に阿波へ遷ったのは『吾妻鏡』のように貞応二年五月頃だったのだが、その風聞は早くも配流時から流れており、作者はそれを聞いていてここに記していると理解すべきであろう。院が土佐から阿波へ実際に遷った時には、作者をはじめ女院御所にとって大きなニュースであったと思われるのに、そのようなことは日記で全

く触れられていないのもこのような事情によるのではなかろうか。もちろん院崩御後に回想として執筆されたものであることは了解しておかねばならない[12]。

したがって本日記の配列に問題はなく、『百練抄』や『愚管抄』の記述がまちまちである理由も、或いはこのようなことの反映であったと理解することができるのではなかろうか。土御門院と親密な関係にあった女性が記した本日記の内容は信憑性が高く、歴史資料としての価値をも認めることができよう[13]。

同様に歴史資料としての観点から興味深い段をもう一つ指摘しておきたい。Gの〔32〕である。これは日記内の配列から嘉禄元年秋のことと推定した短い段である。

又、あきにもなりぬ。むしのこゑ〴〵をきくなかに、まつむしのきこゆれば、

34かへりこむきみまつむしのこゑきけば秋よりほかにうれしきはなし

秋の風物に言寄せた何ということもない段のように見えるが、「かへりこむきみまつ」に込められている期待、すなわち院の還御には裏付けがあるのである。『明月記』によると嘉禄元年四月から六月にかけて、配流中の上皇達の還京の巷説があったことがわかるが、土御門院についても四月廿六日条に「又巷説南海之上皇可有御帰洛云々」、六月二日条に「狂説云、南方旧主可帰給云々」とある。恐らくこのような風聞にかすかな期待を抱いて詠まれたのが「きみまつむし」の歌だったのではなかろうか。前述の如き本日記の構成、つまり時間の流れの中にこの段の置かれている位置と『明月記』の伝える嘉禄元年の還京説とはぴったりと合致しているのである。

この他、日記の場合、書かれていることと同様に書かれていないことにも注意が必要である。例えば貞応元年七月二日には作者が居住している承明門院御所が火災に遭っている(百練抄)。しかし作者はそのことを全く記していない。身辺に起こった大きな事件と思われるが、日記の主題に関わらないためであろう。ここにも土御門院追慕と

いう一つのテーマで貫く姿勢を見ることができる。

四、作品の特徴

本日記が影響を受けた先行作品としては『昇霞記』『右京大夫集』の他に『和泉式部集』『讃岐典侍日記』などがある。『たまきはる』は成立の時期も問題となるが、影響は認められなかった。影響関係の認定はその大小やレベルで諸説あろうし、それらが意図的かどうかは更に検討が必要である。『昇霞記』『右京大夫集』は主要な語彙の類似まで数えると相当数になる。これらの他にも本歌や引歌、類歌などがあるが詳細は注釈に拠られたい。ここでは粉本とも言うべき『昇霞記』と『右京大夫集』からの影響を中心に作品の特徴にふれたい。

〈Ⅰ〉１みにかへておもは［ぬ］□しもなきもの□とまるはをしきいの□なりけり

この歌は日記冒頭（１）にある。欠損があるものの「我が身に代えても都にお留めしたいと思わぬわけではないが、それも叶わず、この世にとどまるとは残念なわが命である」との意である。これは『源氏物語』の「をしからぬ命にかへて目の前の別れをしばしとどめてしかな」（須磨・一八六）を本歌としていると見るべきだが、『昇霞記』に同じくこの源氏歌を本歌とする、

惜しからぬ命をかへてたぐひなき君が御代をも千世になさばや（一〇）

がある。これは『昇霞記』の序文に続く本文第一首目に位置しており、本日記中の位置とも共通している。

〈Ⅱ〉17わがそでをなに、たとへむあま人もかづかぬひまはぬれずとぞきく

これは「伊勢島や一志の浦の海人だにもかづかぬ袖は濡るるものかは」（千載・恋四・八九三・道因）を踏まえ、我が袖の涙の隙なさを歌う。が、同じ道因歌を踏まえた、

しほたるるそのあま人をきくからにかづかぬ袖も濡れまさりけり（二一）

が『昇霞記』にある。〈Ⅰ〉の源氏歌もこの道因歌も著名なものであるから作者は知悉していたとは思われるが、『昇霞記』からの影響もなしとしないだろう。

〈Ⅲ〉御はての日、ちやうもんしていづれば、

41かへるさはいとゞ物こそかなしけれなげきのはてはなほなかりけり

忌明けの日の感慨である。「帰り道はひとしお物悲しく思われる。果ての日とは言うものの嘆きの果てはやはり無いのだった」。これは『昇霞記』四十九日の条で詠まれる、

昨日こそ限りの日とは聞きしかど飽かぬ別れは果てなかりけり（二一）

と類似している。

〈Ⅳ〉ひむがしむきの御つぼにくれたけをうゑられたる、みいだしてふしたれば、風のふくにあはれもせむかたなし。

8よろづよのともとぞうゑしたけのはに□とりかなしき風わたるなり

土御門殿での日々を描いた段である。これは『昇霞記』四月の記事、

閑院の朝餉の御壺に植ゑさせ給ひたりし竹を法華堂に移されたるが、緑変らぬを見て、

思ひきや雲井はるかに見し竹をうきふししげき庭に植ゑんと（一四〇）

に状況が似ている。同じく竹ではなく松で、しかも枯れた例だが、

閑院に参りて、見廻るに、御壺に植ゑられたりし小松が心地よげなりしが枯れたるを見て、千歳もいまだ経ぬに、憂きことを思ひ知りけるにやと、あはれにて、

引き植ゑし君や恋しき心なき松の緑も色変りぬる（七六）

の状況とも類似しているだろう。

本日記には山吹も「つぼねのまへに、やまぶきのうつくしくさきたるが、露にしほれてみゆるあしたに」と美しく描かれ、哀切な歌が詠まれるが、『昇霞記』にも「六波羅の池の汀に山吹の咲けるを見て」として山吹の歌が詠まれている。[14] 全体に『昇霞記』では閑院第各所の青草・梅・桜・柳、六波羅池殿の夕顔・橘など植栽が季節を追って描かれ、それに感慨を催して歌を詠むという設定、画一的印象は否めないのだが、が多いのである。本日記にも竹・山吹の他、桜・忍草が詠まれている。これらは小道具（植物）と状況設定に類似が認められる例である。

〈Ⅴ〉かくれはておはしましぬれば、ゆめにゆめみる心ちして、つや〳〵とうつゝの事とも覚えず。

35おのづからこぎもやよすと思ひしをやがてむなしきふねぞかなしき

土御門院の崩御を記す段である。「ゆめにゆめみる心ちして」は「悲しさのなぐさむべくもあらざりつ夢のうちにも夢とみゆれば」（後撰集・哀傷・一四二一・大輔）に拠るもので、俊頼の長歌にも「夢に夢みるここちしてひま行く駒にことならじ」（堀河百首・一五七六）とある。だが、直接的には平家一門の都落を記した『右京大夫集』二〇五の詞書「夢のうちの夢を聞きし心地、何にかはたとへむ」や『昇霞記』の四十九日詠と百日詠、

あさましや夢に夢みるうたたねに又うき夢をみるぞかなしき（七二）

はかなしや夢に夢みる世の中にまだ夢見ずと嘆く心よ（八五）

の影響下に書かれたものだろう。

また35の「むなしきふね」は本来上皇の唐名「虚舟」の歌語で、後三条院の「住吉の神はあはれとおもふらんむなしき舟をさしてきたれば」（後拾遺集・雑四・一〇六二）に拠るものだが、ここではその上皇が虚しくなる（亡くなる）意で用いられている。これは『昇霞記』の、

池水は水草覆ひて沈みにしむなしき舟の跡のみぞ見る（九三）

という崩御を意味する「沈みにしむなしき舟」を介することによって生まれた表現であろう。

〈Ⅵ〉浄土に御まゐり、とき〻まゐらせてのちは、つねの御くちすさみわすれがたくて、

37夏の日のはちすをおもふこころこそいまはすゞしきうてな〻るらめ

これは蓮と「口すさみ」という言葉が類似する例である。四十九日に院が極楽浄土に往生したと聞いた後、院のいつもの口遊みの詩句が忘れられなくて歌を詠む。歌中の「夏日思蓮」は道真詩序の一句。浄土の連想で蓮の句が導かれたのであろうが、『昇霞記』では通親の夢に故高倉院が蓮の蕾を持って現れる。その花が開くことで故院の極楽往生を確信したと描かれる印象的な場面がある。(15) 更に、

昔の秋、南殿へ出でさせ給ひて、「月ながむ」と御覧じて、「経難く見ゆる」と御口ずさみのありしも耳にたちて（二七前文）

と高倉院生前を回想するところや、本日記と同じく四十九日に「…といふ言を朝夕口ずさみて」（六七前文）と顕基中納言の故事を述べる段がある。「口すさみ」という言葉に触発されて思い出の場面を構成するということもあったのではないか。

〈Ⅶ〉みやこをた〻せおはしまし〻日はけふぞかしとおもふ。かなしくて、

39かぞふればうかりしけふにめぐりきてさらにかなしきくれのそら哉

十月十一日にかくれさせおはします。つごもりにくれゆくそらをみればうらめしくて、

40十かあまりひとひすぐるもかなしきにたつさへをしき神な月かな

一周忌の頃、配流時のことを思い出している。39は「数えてみるとせつなかった十月十日の今日という日に月日が巡って来て、その日もやがて暮れると思うと更に悲しい夕暮れの空だ」の意である。暮れると翌十一日は院の祥月命日になるので更に悲しいのである。この歌の「うかりしけふにめぐりきて」は『昇霞記』の、

御月忌に法華堂へ参りて、

月ごとに憂き日ばかりは廻り来て沈みし影の出でぬつらさよ（一〇四）

と類似している。また〈Ⅶ〉は『昇霞記』の、

三月晦の日、大納言実国の卿のもとへ、昔の事など申しつかはすとて、（中略）

見し夢の名残の春を思ふにも暮れゆく今日はげにぞ悲しき（一〇九）

（中略）三月尽、去年の今日など思ひ出でられて、

とも類似しているだろう。

〈Ⅷ〉御所にてはあたりになぐさむかたもなく、いまもみまゐらするやうなれば、とのゐどころにいでたれば、いとゞなぐさむかたもなくて、

22やどかへておもふもかなしいかにせんみをもはなれぬきみがおもかげ

承久三年末頃の段で、土御門殿には院の思い出がたくさん残っており、心の慰むところもないので宿直所へ出たのだが、という状況である。まず『右京大夫集』に資盛の悲報に接して詠まれた、

ためしなきかかる別れになほとまる面影ばかり身に添ふぞ憂き（二一五）

があり、同集のこの前後に「あやにくに面影は身に添ひ」（一二三詞書）「なぐさむこともなきままに」（一三二詞書）という表現がある。一方『昇霞記』にも、

暁の儀法果てて、宿直所に出でて、つゆまどろまれず、留まるべき心地もせざりければ（二六前文）

閑院の宿直所にまかりて、見廻りければ、夕顔描きたりし、何となく消え失せたるを見て、

夕顔の光を添へし白露の消えにし影ぞおもかげにたつ（一一〇）

つくづくとなぐさむかたのなきままに昔語りぞひとり乱るる（一一一）

とある。〈Ⅷ〉が二書に拠っていることは明らかである。

更に気になるのは「宿直所」という言葉である。通親は公卿であるから六波羅池殿の院御所や閑院内裏に宿直所（直廬）を持っていた。では本日記作者の宿直所とはどこをさすのか。田渕氏は『たまきはる』や『源家長日記』の用例から、御所近くに設けた自分の家や宿所をさすと解されている。(16) しかし『たまきはる』の例は男性の候《さぶらひ》についてであるし、『源家長日記』は卿三位兼子の京極殿や二条邸のことである。実際に作者は女院御所近くにそのような邸宅を持っていたのかもしれないが、ここは単に里に下がったということではなかろうか。『昇霞記』に影響された表現と思われるのである。(17)

〈Ⅸ〉本日記は末尾に長歌を置く。長歌は『蜻蛉日記』以来の女流日記の伝統でもある。常套的な内容ではあるが、やはり『昇霞記』からの影響が顕著である。『昇霞記』には『堀河百首』の題を入れて詠んだ長歌が収められており、長歌を詠むという発想はここから得たかもしれない。が、内容的には『昇霞記』冒頭の文章の方に類似が見られる。まず『女房日記』の長歌の前半部を中略して引用する。

43はつはるの　十日あまりに　くらゐ山　（中略）　あまつそらふく　風なれど　えだもならさず　おとなくて

たのみあふがぬ　人もなし　四海のなみも　しづかにて　ゆきかふゝねも　おそれなく（中略）花ももみぢも　月ゆきも　をりをすぐさず　ながめつゝ　十返り三つの　春秋は　こゝのへにてぞ　すぎこしを　[1]みもすそがはの　ながれには　かぎりありける　ふちせにて　つひにはおりゐ　給ひにき　しづかなりける　うれしさと　きみをあふぎて　すぐすまに　[2]よのおゝあみに　ひかれつゝ　とさへあはへと　めぐりきて　あとにとまれる　あま人は　なみだをながして　すぐすかな

『昇霞記』の冒頭、前文にあたるところは次のように始まっている。

前の天皇の国しろしめす事十返二の春秋を送り迎ふる間、四海浪静かに、九重の花枝も鳴らさずして、国々の貢物おさを重ねて絶えず。朝な〳〵の政事も素直にして怠りなければ、諫めの鼓は打ち鳴らす人なうして鳥も驚かず。張れる網はかゝる類なければ思ひ馴れつゝ、九の年の蓄を持ち、（中略）藻塩草みる蜑人潜かぬ袖を濡らし、かゝる御世にあふみの湖、また遭ひ奉らん堅田浜の難くやあらんとのみ、倭文の苧環繰り返し思ひ乱るゝ。

さすがに漢籍の故事を引く部分との類似は少ないが傍線部分は類似している。但しこのような長歌は類型的な表現が多く、『昇霞記』のみとの類似とまでは言えないだろう。『讃岐典侍日記』にも「御裳濯川の流れいよいよ久しく、位の山の年経させたまはん、まことに白玉椿八千代に千代を添ふる春秋まで、四方の海の浪の音静かに、見えたり」などとある。

しかし、ここで興味深いのは長歌中の「四海のなみもしづかにて」である。「四海」は『讃岐典侍日記』に言う「四方《よも》の海」と同意で天下が平穏なことを言う常套表現である。また「四の海にも浪たたず」（久安百首・九〇一・俊成）のように「よつのうみ」と和語化する。ところがここは字音で「しかい」と詠んでおり異例である。これは

『昇霞記』の散文部分に拠ったためではないだろうか。もちろん『昇霞記』の方は「よつのうみ」と読んでもよいのだが、43では「四海《しかい》のなみも／しづかにて」と七／五で読むべきで、「よつのうみのなみも」では九音の字余りになってしまう。

『昇霞記』の諸本を見ると、最善本とされる梅沢記念館本を始めとして全て「四海」と表記している。「四の海」と表記するのは季吟書写の因幡堂蔵本のみである。(18) 恐らく作者は『昇霞記』を参考にする余り、その表記につられて字音で長歌に詠み込んでしまったのではなかろうか。座右にしていた証拠と言えよう。

さて長歌の中には問題と思われる不穏な表現が二つある。一つは波線部1「みもすそがはのながれにはかぎりありけるふちせにて」である。御裳濯川は「君が代はつきじとぞおもふ神風や御裳濯川のすまむかぎりは」(後拾遺集・賀・四五〇・経信)の歌から、多く賀や神祇で詠まれる。皇室の祖神を祀る神宮の川なので通例はこのように流れが絶えないことを詠むが、ここでは「かぎりありける」と続けており、皇統の断絶を思わせて不審である。続く「ふちせ」は「世の中はなにかつねなる飛鳥川昨日の淵ぞ今日は瀬になる」(古今集・雑下・九三三・読人不知)から物事の変わり易さ、転変を言う言葉である。但し飛鳥川について言うのであって御裳濯川の淵瀬を詠んだ例は無く、やはり不審なのである。後鳥羽院の意向により十六歳の若さで弟順徳に譲位したことによって、土御門院の皇統は途絶えることになった。このことを言ったものと解されるが、まだ後鳥羽院も順徳院も配流の身とは言え在世中であり、かなり大胆な表現である。

二つ目は波線部2「よのおゝあみにひかれつつとさへあはへとめぐりきて」(19) である。これは『昇霞記』の「張れる網」から発想した表現と思われる。『昇霞記』は「天網」の意で用いているのだが、43では承久の乱によって院が配流となったことを言っている。「世の大網」の「世網」は世の中の係累を言う語である。承久の乱も土佐への下向もまさに父と弟という世網に引かれたのであった。しかし和歌はもとより散文にも「世網」や事件に連座することを「網に引かれる」とした用例が見出せないので、作者がこの漢語を知っていて意図的に使ったかどうかはわからない。とは言え女性である作者の時代認識や批判的な姿勢が窺われることは注目される。このような作品であればやはり他見を憚ったのではなかろうか。この点に関しては、田渕句美子氏[20]が『右京大夫集』下巻に家集としても女房日記としても、当時タブーとされたことを描いているとして逸脱性を指摘されていることが想起される。逸脱性という観点から言えば、本日記の不穏な表現二つは『右京大夫集』のそれを上回るものであり、粉本としたこと以上の意義が見出されるかもしれない。

〈Ⅹ〉をかしき事もあれば、おのづからうちわらひなどするも、「こはなにごとぞや」とおどろかれて、

16ありふればなぐさむとしもなけれどもなみだのひまのあるぞかなしき

院が配流になって後、笑う日などあろうとも思われなかったのに気がつくと笑っている自分に驚き、時間の残酷さとでも言うべき認識を示した段である。これは『右京大夫集』で資盛からの手紙を漉返したことを記した部分（二二九・二三〇詞書）で、

ひとつも残さず、みなさやうに認むるに、「みるもかひなし」とかや、源氏の物語にあること思ひ出でらるるも、「何の心ありて」とつれなく覚ゆ。

と、そのような折にも『源氏物語』の一節を思い出してしまう我が身を「つれなし」と見る姿と同様である。悲しみの中でも自己を客観視する一瞬というのは誰にでもあるもので、右京大夫の心境に通じるものを本作者も見事に描いていると言うべきであろう。

〈Ⅺ〉春にもなりぬれば、中門のさくらうつくしくさきたるをみれば、

26きみまさぬやどにはなにとさくらばなかへらぬはるはえだにこもらで
27おのがさくはるをもしらば心してことしは花のにほはざりせば
花こそ物は、とうらやましくも覚ゆ。

貞応二年春の段である。「中門」の辺りはかつて土御門院が好きな小弓合をしていた所。主なきその庭にも春は訪れ美しく桜が咲いたのである。26・27は「君まさで荒れたる宿の板間より月のもるにも袖は濡れけり」（古今六帖・二四八四・業平）「心して今年は匂へ女郎花咲かぬ花ぞと人は見るとも」（栄華物語・五）をそれぞれ本歌とする。もちろん後者は「深草の野べの桜し心あらば今年ばかりは墨染に咲け」（古今集・哀傷・八三二・岑雄）に拠るものである。末尾の「花こそ物は」は、

後三条院かくれおはしまして、又の年の春さかりなりける花を見てよめる　兼方
去年見しに色も変らず咲きにけり花こそ物は思はざりけれ　（二度本金葉集・雑上・五二四）

を引歌とする表現である。『讃岐典侍日記』にも同じ兼方の歌を引用した段があるが、本日記は表現が簡潔でそれも魅力の一つと言えよう。

以上〈Ⅰ〉～〈Ⅲ〉のような和歌の類似のみならず、〈Ⅳ〉～〈Ⅷ〉のように詞書や地の文の言葉、状況設定にも『昇霞記』『右京大夫集』との類似が見られること、また〈Ⅸ〉では長歌の表現に作者の時代認識と批判的姿勢が窺われること、〈Ⅹ〉〈Ⅺ〉では秀逸と思われる段の一部を取り上げた。

しかし、いささかでもこの作品の文学性について言おうとすると、どうしても粉本たる『昇霞記』の文学性ということになる。例えば本日記では歌と地の文とで十五箇所に「かなし」という語が繰り返し使われており、感傷に

流れ過ぎている気もする。水川喜夫氏(21)の言を待つまでもなく、『昇霞記』には「悲し・はかなし・恋し・憂し・あさまし」などが頻用されているのである。つまり粉本とした『昇霞記』自体の達成度ということも関わってくるだろう。水川氏はその点について「短歌に長めの詞書を付したような挿話が、ほぼ月日を追って列記された如くである。それが、挿話の一つ一つに、ために合成した和歌一首ずつを付したように感じられる箇所の多いのは、例の詩心の乏しさによるのであろう」と述べられている。確かに『昇霞記』は漢文的教養には溢れているのだが、和歌は上手ではないし、散りばめられ過ぎた修辞によって哀悼の真情が打ち消されているように思われるのである。有体に言えば『右京大夫集』のみを粉本にすればよかったのに、ということである。しかし前述のように作者は『右京大夫集』を参照しつつも、私家集ではなく追悼の日記を志向したのであろう。或いは土御門家に縁の人物であったかもしれない。

幸いに本日記には『昇霞記』の持つ多弁は一切無い。冗長を極度に排して小品にまとめていることは好感の一因である。愛する人との別離と死という体験を歌に詠み、先行作品に拠りつつ書き記そうとした心情はやはり感動を呼ぶ。時の流れに沿って自分の心を見つめ続けて行った本日記は首尾照応しており、長歌には土御門院擁護の気さえ窺われる。通親が『昇霞記』途中に唐突に置いた長歌を本日記作者は末尾に置くことによって見事に成功させている。むしろ出藍と言うべきであろう。

五、作者の推定

この日記の作者は一体誰なのか。まず日記内に手がかりを求めてみると、

22やどかへておもふもかなしいかにせんみをもはなれぬきみがおもかげ

24まどろめばゆめにも君をみるものをねられぬばかりうきものはなし

の歌があり、井上宗雄氏の指摘もあるように院の寵愛を受けた女性と思われる。もとよりこのような作品を残した必然性もそこに求められるのであろう。しかし、日記中に記述がないので皇子女は産んでおらず、土御門院没後も出家はしていないようである。歌は全て作者自身のもので他人詠は一首も含まない。傑出した歌人とは言えないかもしれないが、長歌も詠んでおり、或る程度の力量は備えた人物である。

更に作者の推定に関わるとして注目されて来たのは次の段である。

みやづかへもひさしくなりぬれば、「内裏へまゐれかし」といざなふ人のあるにも、まづなみだのみところせくて、

28さらに又おほうちやまの月もみじなみだのひまのあらばこそあらめ

配流の翌々年春頃である。「みやづかへ」は現在の女院御所への出仕を指すものと思われるが、それも長くなったので内裏への出仕を勧められたようである。それに対して「さらに又おほうちやまの月もみじ」と答えている。作者の経歴を窺わせる微妙な表現なのだが、作者がかつて院の在位中に内の女房として出仕していたことがあるのなら再出仕になり、「さらに又おほうちやまの月はみじ」と答えるのではなかろうか。また「いざなふ人」も「再び内裏へまゐれかし」などと言ってもよさそうなところである。ここで「月も」と答えているのは内裏の月を女院御所の月に並立するものととらえているからであろう。「女院御所へ出仕しているのだが、更にまた、たとえ（名誉な）宮中への出仕であってもすまい」という気概が背後にあるのではなかろうか。女院御所は仙洞御所と置き換えてもいいだろう。土御門院の寵愛を受けるに至った自分を「かつて仙洞に仕えていた」と認識することは不自然で

はあるまい。

　つまりここは内裏への出仕の話であって、再出仕の話ではないと解すべきであろう。従って作者に内裏出仕の経験者という条件をつけることは出来ない。このことは作者の年齢からも言えよう。土御門天皇の践祚は四歳であるから、この時から出仕した女房は全て院より十歳以上の年長であったはずである。本日記の作者が土御門院より十歳以上も年長であるとは想像しにくいことではなかろうか。譲位は承元四年（一二一〇）十六歳の時である。もし在位末期に出仕し、譲位に伴い共に仙洞御所に移った女房であれば、内裏経験のある女房という条件を満たすだろうが、可能性は低いのではないか。作品の印象としては、作者はさほど年配ではなく、院との親密な関係も譲位後土御門殿で生じたもののように思われる。

　再出仕ではないにせよ、出仕を促されたという事実はあったのであろうが、それを記すのは多分に讃岐典侍や右京大夫などの内裏への再出仕を意識したものではないかと思われる。例えば『讃岐典侍日記』では「流れの水を結び、さやかになり、親しくつかうまつる主とならせたまへば、おぼろけならぬ契りにこそと」と堀河院の子である鳥羽天皇への再出仕を決意する。右京大夫の再出仕先は後鳥羽天皇で、それを「思ひの外に、年経てのち、また九重の中を見し身の契り」としつつも「高倉の院の御けしきに、いとよう似まゐらせさせおはしましたる上の御様にも」（右京大夫集）と記すのである。

　もし本日記作者が内裏に出仕するとなれば後堀河天皇へとなり、土御門院の「流れ」ではない。『たまきはる』には「うとき女房の候ふもなかりき。ただ昔の御ゆかり、我が御乳の人の末々などばかり候しかば」と八条院女房について述べている。女院御所と内裏とでは事情も異なろうが、健御前の記すように主人との縁で女房の人選がなされるのである。しかも作者の場合、主人であった土御門院は配流の身とは言え阿波に生存しており、還御の可能性もあったのである。それを待たずに後高倉院の皇子である後堀河天皇に出仕するというようなことは実際には考えにくいことではなかろうか[22]。主人の死に遭った女房が再出仕を求められる例はよくあることで、それは憂きことではあるが、反面、女房としての有能性を語る誇らしいことでもあった。ここも虚構であるとまでは言えないが、作者の実像と作者の描きたかった自分とを峻別しながら日記の中に読み取っていく必要があるだろう。

ではここで本書の前表紙に書かれている「家隆卿の女小宰相」の可能性を検討してみたい。書誌については先述したが、江戸中期頃に改装した冷泉家の人物も作者について知るところがなく、家隆の女の小宰相などだろうか、と注記したものである。

小宰相の生涯については別稿で考察しているが[23]、正治二年（一二〇〇）頃の生まれで土御門院より五歳程度の年少と推定される。初め承明門院に仕えたが、『増鏡』に、

まことや、その年十一月十一日阿波の院隠れさせ給ひぬ。（中略）家隆の二位の女小宰相ときこえしは、おのづからけぢかく御覧じなれけるにや、人よりことに思ひ沈みて、御服など黒う染めけり。

憂しと見しありし別れは藤衣やがて着るべき門出なりけり（四一）　（巻三・藤衣）

と見え、土御門院の寵愛を受けたことがわかる。彼女は皇子女も産まず、院崩御後出家もしなかった。家隆女として『遠島歌合』や後嵯峨院歌壇で活躍し、晩年には東下して宗尊親王家にも仕えるので、その名を書き付けられたのも無理からぬ最も可能性の高い人物である。『新勅撰集』以下の勅撰集に三十九首入集する。内裏出仕の経験はなく、伝記上は前述の条件に全て当てはまる。

ところで『右京大夫集』は『新勅撰集』の撰集資料として定家から求められ世に出たものである。定家は寛喜二年（一二三〇）には道家から撰集下問を受けている。すると本日記は土御門院の一周忌である貞永元年（一二三二）

十月十日以降に書かれたものであるから、作者は『右京大夫集』のごく初期の読者であり、利用者であったことになる。[24]周知の如く小宰相は『右京大夫集』を書写しており、作者の可能性を強くする。或いは『右京大夫集』書写が日記執筆の契機であったかと思わせる。

小宰相の歌は二百七十六首残されているが、[25]『増鏡』の一首以外には土御門院のことを詠んだ歌はなく、大部分は題詠歌である。本日記と比較してみると歌の性質が違うこともあり、直ちに顕著な類似点を見出すことは難しいが、小宰相が作者であることを否定すべき点もまた見出せない。但し本日記の和歌には次のような剽窃に近い歌が見られる。

3いづちとも思もわか□あけぼのにいかでな［み］□のさきにたつらむ

いづちともしらぬわかれの旅なれどいかで涙の先にたつらん　（後拾遺集・別・四九二・中原頼成）

14かなしさのそのあか月のまゝならばけふまで人にとはれましやは

かなしさのその夕暮のままならばありへて人にとはれましやは　（二度本金葉集・雑下・六二四・橘元任）

小宰相を作者とするに躊躇われる理由もこの辺にある。長命で晩年まで活躍した小宰相であれば、その著作として流布するか知られるなどの形跡が残ったのではなかろうか。

小宰相の他にも『尊卑分脈』等から土御門院または承明門院に仕えていた女房として数名を拾うことが出来る。その中には和歌を残す内裏女房の伯耆や、藤原隆信女である土御門院内侍（少将内侍）と承明門院右京大夫などがいる。いずれも作者の可能性なしとしないだろうが、現時点では決しがたい。本日記が冷泉家に蔵された経緯と併せて解明されねばならない。

本解説は次の二論考を基にしている。これらの見解を今回改めた部分については旧稿①②としてそのことに言及している。

① 「冷泉家時雨亭文庫蔵『土御門院女房』の構成と内容―作者の手がかりを求めて―」(『中世文学』第四八号、平成一五年六月)

② 「『土御門院女房日記』考」(『国文学攷』第二一一号、平成二三年九月)

注

(1) 田渕句美子・兼築信行「順徳院詠『御製歌少々』を読む」(『明月記研究』七号、平成一四年一二月)

(2) 『右京大夫集』とテーマが近いことは田渕句美子氏も『新古今集　後鳥羽院と定家の時代』(角川学芸出版、平成二二年)の中で言及されている。

(3) 久保田淳『藤原定家とその時代』(岩波書店、平成六年)、松園斉「中世の女房と日記」(『明月記研究』九号、平成一六年一二月)

(4) 田渕句美子「鎌倉時代の歌壇と文芸」(日本の時代史9『モンゴルの襲来』吉川弘文館、平成一五年)

(5) 但しこの時の『昇霞記』がどのような本文であったかについては問題を残す。伝阿仏尼書写の梅沢記念館本は「土御門内大臣日記」の書名で『厳島御幸記』と『昇霞記』が収められている。小川剛生「『高倉院厳島御幸記』をめぐって」(『明月記研究』九号、平成一六年一二月)によると、この梅沢本は金沢文庫旧蔵で実際は金澤貞顕書写であるという。小川氏の論考は『御幸記』を対象とするものであるが、梅沢本『御幸記』は遅くとも貞顕書写の嘉元年間(一三〇三頃)までに後人の大幅な改修の手が加わって成立したものだとされている。一方の『昇霞記』については「後人の改変によると思われる本文の不審は、比較的少ないが」とされつつも「『昇霞記』も梅沢本は想定される原態から少なくとも二段階は隔たっている」とされている。もしそうであれば、本日記作者が披見した『昇霞記』はどのような本文であったのかなど、逆に本日記によって解明される点が出てくるかもしれない。また小川氏によると、貞顕が「乾元・嘉元の交、六波羅探題南方在任期に京都において」蒐集していた書物群に『たまきはる』や『右京大夫集』が含まれているという。これも興味深い事実である。

（6）このあたりのジャンル分けの困難さについては、妹尾好信「歌物語的私家集・日記的私家集」（国文学研究資料館編『古典籍研究ガイダンス　王朝文学を読むために』笠間書院、平成二四年）に述べられている通りである。

（7）注4に同じ

（8）本文は「十年□□□」と欠損がある。「余り一年」などの文字があったかと思われる。

（9）内田正男『日本暦日原典』（雄山閣出版、昭和五一年）

（10）旧稿②発表の際の査読子より指摘を頂いてこの古典の常識に気付いた。そのように考えるべきであろうが、必ずしも全て足掛で数えていたわけではない場合もあることと、続く〔32〕が嘉禄元年秋のことと解されるので〔30〕が元仁元年ではないかとの思いも捨てきれない。しかし元仁元年の記事がなくても問題はない。

（11）『百練抄』には「廿四日」を「十四日」とする異同がある。

（12）田渕句美子・中世和歌の会「『土御門院女房』注解と研究（上）」（『早稲田大学教育学部　学術研究―国語・国文学編―』第五九号、平成二三年二月）は、7は貞応元年五月以降に詠まれたもので「土佐と阿波の二つの地を詠んだ歌を、あえて一対にして並べたのではないか」との可能性を提示している。しかし「阿波へ御わたりあるべしときくにも」は阿波遷幸前にその噂を聞いて書いているように読めるし、その時点では阿波に遷されるのは都に近づくことで、還京をも予想させるうれしい出来事であったはずで、7の内容と齟齬するように思われる。

（13）諸説が出されている『六代勝事記』の作者説に幾分寄与するものと思われる。日野資実説（五味文彦『藤原定家の時代』岩波書店、平成三年）で問題となる貞応二年二月没の資実が五月の阿波遷幸の事を書けるか否かについては、本日記によって資実が早くから阿波遷幸を知っていたことが裏付けられる。しかし弓削繁氏（『六代勝事記・五代帝王物語』三弥井書店、平成一二年）が指摘するように、『六代勝事記』が五月以前に「後にはあはの国へわたしたてまつれり」と完了形で書いていることは依然問題となろう。

（14）末尾近くに通親が夢を見る場面がある。故高倉院に仕えていた蔵人が山吹の花一房を折って持ってくる夢で、ここにも山吹が和歌（一四五・一四六）と共に登場する。

（15）この話も注14の山吹の夢と似ており、それらの話は本作者にとっても印象的なものだったのであろう。

（16）注12論文に同じ
（17）旧稿②では、作者が宿直所に出たというのも『昇霞記』に触発されて結構された状況ではないかと憶測したのだが、それを結構する積極的な効果は考えにくいだろう。ただ宿直所という言葉には疑問を残す。
（18）水川喜夫『源通親日記全釈』（笠間書院、昭和五三年）三八七頁
（19）「よのお、あみ」は底本では「よのを［、］あみ」。踊り字部分が少し見えにくくなっている。
（20）「建礼門院右京大夫試論」（『明月記研究』九号、平成一六年一一月）
（21）注18一一四頁
（22）旧稿②でこのことを作者の再出仕としているのは誤り。
（23）拙稿「承明門院小宰相の生涯と和歌」（『国語国文』第七二巻第六号、平成一五年六月）
（24）櫻井陽子氏が『右京大夫集』成立後の早い時期に『平家物語』後半部に利用されているとの指摘をしている。「『建礼門院右京大夫集』から『平家物語』へ」（『中世文学』第五五号、平成二二年六月）→『平家物語』本文考』（汲古書院、平成二五年）
（25）拙稿「承明門院小宰相全歌集成」「承明門院小宰相全歌集成・補遺と各句索引」（『志學館大学文学部研究紀要』第二二巻第二号・第二三巻第一号、平成一三年一月・七月）

参考文献

土御門院御百首

影印・本文

1列聖全集『御製集』第二巻（和田英松解題、列聖全集編纂会、大正四年）
2『続群書類従』一四輯下（続群書類従完成会、大正一三年）
3和田英松『皇室御撰の研究』（明治書院、昭和八年）
4谷山茂『群書解題』第一〇巻（続群書類従完成会、昭和三五年）
5山崎桂子「「土御門院御百首」の一伝本―翻刻と解題―」（『古代中世国文学』第三号、昭和五七年八月）
6『新編国歌大観』第一〇巻（藤平泉解題、角川書店、平成四年）
7松平文庫影印叢書第一六巻『三院遠島百首』（唐沢正実解題、新典社、平成一〇年）
8冷泉家時雨亭叢書第七三巻『擬定家本私家集』（田渕句美子解題、朝日新聞社、平成一七年）

注釈・論文

1小林忠雄「土御門院御百首に関する覚書―異本の紹介と撰集抄との交渉を中心に―」（『歴史と国文学』第二五巻第二号、昭和一六年八月）
2村尾誠一「新古今直後の表現の一側面―土御門院御百首を中心に―」（『東京外国語大学論集』四三号、平成三年一一月）→『中世和歌史論』（青簡舎、平成二一年）
3山崎桂子「『土御門院御百首』伝本考」（『志學館大学人間関係学部研究紀要』第二九巻第一号、平成二〇年一月）

土御門院について（土御門院御集については除く）

1武田勝蔵『土御門天皇と御遺蹟』（御所神社奉讃會、昭和六年）
2藤井喬『土御門上皇と阿波』（土成町観光協会、昭和五〇年）
3嵯峨山善祐『阿波の院　土御門天皇のお歌とその背景』（昭和五八年、非売品）
4山崎桂子「土御門院の和歌事蹟拾遺」（『国語と国文学』第七二巻第二号、平成七年二月）
5菊池大樹「土御門院の皇子女」（『明月記研究』六号、平成一三年一一月）
6寺島恒世「天皇と和歌―土御門院の営みを通して―」（『東京医科歯科大学教養部研究紀要』第三七号、平成一九年三月）

土御門院女房日記

影印・本文

1冷泉家時雨亭叢書第二九巻『中世私家集五』（井上宗雄解題、朝日新聞社、平成一三年）
2山崎桂子「新出資料『土御門院女房』（冷泉家時雨亭文庫蔵）の翻刻」（『志學館大学文学部研究紀要』第二三巻第二号、平成一四年一月）
3新編私家集大成ＣＤ―ＲＯＭ版（兼築信行担当、エムワイ企画、平成二〇年）

注釈・論文

1山崎桂子「冷泉家時雨亭文庫蔵『土御門院女房』の構成と内容―作者の手がかりを求めて―」（『中世文学』第四八号、平成一五年六月）
2田渕句美子・中世和歌の会「『土御門院女房』注解と研究（上）」（『早稲田大学教育学部　学術研究―国語・国文学編―』第五九号、平成二三年二月）、同「『土御門院女房』注解と研究（下）」（『早稲田大学教育・総合科学学術院　学術研究―人文科学・社会科学編―』第六〇号、平成二四年二月）

3山崎桂子「『土御門院女房日記』考」（『国文学攷』第二一一号、平成二三年九月）

和歌各句索引

算用数字は両作品の歌番号。御＝土御門院御百首、裏＝裏書、女＝土御門院女房日記。「む」と「ん」は底本のままで統一していない。句頭に欠損のあるものは末尾に掲出した。

あ

ゐ

を

山崎桂子（やまさき・けいこ）

昭和29年　広島県生まれ
昭和52年　広島女子大学文学部国文学科卒業
昭和58年　広島大学大学院文学研究科博士課程後期単位取得退学
平成７年　鹿児島女子大学文学部助教授
平成14年　博士（文学）広島大学
現　　在　志學館大学人間関係学部教授（大学・学部名称変更）
主　　著　『正治百首の研究』（勉誠出版、平成12年）

新注和歌文学叢書　12

土《つち》御《み》門《かど》院《いん》御《おん》百《ひゃく》首《しゅ》
土《つち》御《み》門《かど》院《いん》女《にょう》房《ぼう》日《にっ》記《き》　新注

二〇一三年七月三一日　初版第一刷発行

著　者　山崎桂子
発行者　大貫祥子
発行所　株式会社青簡舎
〒一〇一-〇〇五一
東京都千代田区神田神保町二-一-一四
電　話　〇三-五二一三-四八八一
振　替　〇〇一七〇-九-四六五四五二
印刷・製本　株式会社太平印刷社

ISBN978-4-903996-67-7 C3092